光文社文庫

# 身の上話

新装版

佐藤正午



光 文 社

# 目次

# 身の上話

# 1　東京へ

私の妻の郷里は、私たちがいま暮らしている都会から、新幹線でおよそ一時間行ったところにあります。妻はその町で二十三歳になるまで、これといって特筆することもない人生を送りました。

幼いころ母親に死に別れた不幸をひとつのぞけば、と補足しておくべきかもしれませんが、しかし幼い彼女には家族として父親と、妹と、祖母がそばにいたし、のちに新しい母も来ました。とくに不幸を強調しなければならない生い立ちではなかったと思われます。

そこは海に面した町で、近年、観光地としても知られているようです。大金を投じて建設されたリゾート施設があり、家族連れでカヤック漕ぎを楽しめる天然の入江があり、有名な牡蠣《かき》の養殖場があるということです。旱魃《かんばつ》や洪水、台風、大雪、そういった自然災害の脅威に直面することの比較的すくない、おだやかな土地柄だとも聞いています。

妻はその小都市の小学校と、中学校と、高校とをめだたない成績で卒業して、堅実な就職口を得ました。初恋をふくめた少女時代の恋はぜんぶ、とうぜんながら初体験も故郷の町ですませたことになります。小学校のとき、都会からの転校生で、おとなしくて勉強のできる少年に憧れをいだきましたが、あるとき招かれて家に遊びにいったところ、弟がいて、その弟に対する少年のふるまいが専制君主的で、横暴きわまりなく、普段の学校での優等生ぶりとはかけはなれていたそうです。おおいに驚き失望して、憧れも好意もいっぺんに消えてしまった、といつか妻のほうから話してくれたことがありました。それが初恋の思い出のようでした。

　妻は二十三歳になるそのときまで、勤務先には親もとから通っていました。親もとといっても最初に断ったとおり、生みの親がふたり揃った、絵にかいたような家庭ではないのですが、まあその話はおいおいする機会があるかもしれません。妻は実家を出るときは自分で新しい家庭をもつときだと決めていたのでしょう。きっとあとは良い相手を見つけて結婚して、仕事はやめて、子供をひとり産み、ふたり産みして子育てに専念する、そういった人生の設計を立てていた時期だったと思います。他人事《ひとごと》みたいな、情のうすい言い方に聞こえるかもしれませんが、それがいつの時代にも妻のような、そして私のような平凡な男女にとっての自然のなりゆきというものです。結婚して、子供を産み、いちにんまえに育てあげ、夫とともに年老いてゆく。内海に面した気候のおだやかな小都市で、長い年月を暮らし、のちのちは夫のほうの家の墓か市民霊園の片隅の区画に骨が埋められることになる。そこまできっちりと人生の終点を見据えていたとは申しませんが、おそらく、自分が生まれ故郷を離れることなく一生を終える、という自然のなりゆきについて、妻は疑いをさしはさんだことはなかったはずです。

おまけに妻には当時、つきあっている男がいました。将来を誓いあっているというほどではなくても、もしかしたら結婚することになるのかもしれない、とはときどき想像してみるくらいの相手がいて、かれこれ一年以上も続いていたので、まさかその自分があえて地元をとびだして、ふたたび帰るあてのない境遇になってしまうとは予想だにしていなかったと思われます。

そのころ妻は、市内に三つの店舗をかまえる老舗《しにせ》書店の、アーケード商店街にある本店に勤務していました。つきあっている男は二歳年上で、職場の同僚のあいだでもすでに噂にのぼるほどでした。仮定の話ですが、もし相手の男がその気にさえなっていれば、私の妻はあっさりとプロポーズを受けて、二十三歳で、おなじ商店街にある宝石・時計店の若奥さんにおさまっていただろうということです。しかしまだ二十代なかばの男には決心をつける様子がなかなか見えず、私の妻は妻でなにごとも自分からさきに積極的にうごくタイプではなかったので、結局、ふたりが結ばれなかったのはただそれだけの話、という結論のようでした。

「古川《ふるかわ》は自分から、わざと男の言うなりになってみせるところがありました」と教えてくれたひとがいます。「男のわがままを許して、不幸な自分に自己満足するんです。だから見ていて歯がゆいときもあった。先輩たちのあいだの評判では、古川は、男のまえでは『土手の柳は風まかせ』みたいなところがあるからあぶなそう、お金が足りないって泣きつかれれば、いくらでもみついじゃう、みたいな言われ方でしたけど、でもあたしは、彼女がそこまでお人好しじゃないことは知っていました」

古川というのは私の妻の結婚まえの名字です。この話を語ってくれたのは初山《はつやま》さんという妻の同僚だったひとで、いまも同じ書店に勤めています。口のかたさを信用して、私の妻がゆいいつ携帯電話で連絡を取りつづけていたひとです。

「古川とその宝石屋の息子と、ふたり一緒のところを見るのは珍しくもなかったんです。仕事の終わりがけに彼のほうが迎えに来ることもあったし、べつに親に内緒で隠れて交際していたわけじゃないから。それで、ふたりが一緒のときに、あのひとが横を通りかかったことだってあります。お店の裏に従業員専用の通用口があって、そこでばったり出くわす。そのときあたしはそばで見ていたから印象に残っています。あのひと、やあ、と笑顔で古川に片手をあげてみせて、あとはくるりと背中をむけて歩いていった。たったそれだけ。あのひとは古川に彼がいることをちゃんと知っていたし、古川だってあのひとが知っていることはわかっていた。あのひとと、古川はその程度の関係だったんです。関係というより無関係ですね。ほんとうに、その無関係が一年くらいつづいて、ある日突然」

ある日突然、と初山さんは思い出して語ったのですが、私の妻から、いわゆるふたまたをかけているという告白があったのだそうです。

初山さんの話に出てくるあのひととは、豊増一樹《とよますかずき》という名前の、当時、東京の大手出版社の社員で、販売部という部署の主任をつとめていた男です。

月に一度、豊増は出張でやってきました。受け持ち区域内の取引先をあらかた巡り歩いたあとで、夕方ちかく、この店舗が最終の目的地という感じでいつも汗をふきふき現れて、書店員の誰かれなしに如才なく笑顔をふりまきます。挨拶の声をかけ、棚の整理なども手伝いながら店内を一周すると、書店の直接の売場担当者と一対一で要件を話し合い、その担当者を夕食に誘い出して接待するのがお決まりで、あとはホテルに一泊して翌日また東京に帰っていきます。その繰り返しです。支店でも本店でもだいたい全員が豊増一樹とは顔見知りになっていました。仕事となればまめに身体がうごくし、なにしろ愛想のいい男なので、悪い感情を持っている書店員はひとりもいなかっただろうという話です。

しかしさすがにふたまたの告白を聞いたときには初山さんは耳を疑いました。驚愕、といいたいほどの衝撃のあと、気を取り直して、質問をしたのはおもに次の三点についてでした。

いったいいつのまに始まっていたのか？

あたしいがいにこのことを知っている人間はいるのか？

ところであなたはどっちの男をとるつもりなの？

「先月の豊増さんの出張の晩から」というのが最初の質問への回答で、二番めは「誰もいない」、三番めには言葉らしい言葉は返ってきませんでした。

返事を聞いているうちに初山さんにはだいたいの想像がついたのですが、先月、つまり五月の豊増一樹の出張の晩というのは、単行本の売場責任者である立石《たていし》さんが仕事を早引きした日のことで、夕方、彼女の小学生になる息子さんが近所で飼われている大型犬にふくらはぎを咬《か》まれるという事件が起きていたのでした。それで接待する相手のいなくなった豊増は、急遽《きゅうきょ》、かわりに晩ご飯をつきあってくれる女性を探すことになったのでしょう。そのとき古川ミチルが、ミチルと片仮名で書くのが妻の戸籍上の名前なのですが、相手として選ばれたのには、いつか先輩の誰かが評したという「土手の柳は風まかせ」みたいな印象が作用していたのかもしれません。あるいは、前々から男はそういうミチルの見た目の頼りなさに目をつけて機会をうかがっていたのかもしれません。当然ミチルのほうも男に好意ていどは持っていたのでしょう。

「それで、どうするつもり」

と初山さんが強い口調で訊《き》いたのは、ふたまたの告白を聞かされたその日が、ちょうど六月の二十五日で豊増一樹の出張の予定日にあたっていたからです。

「まだ、わからないけど」

とミチルが煮え切らないことを言って目を伏せたので、今日も会うつもりなのだな、と初山さんは女の勘をはたらかせました。きっともうメールで会う手はずは整えてあるのだと見抜きました。

「豊増さんがタテブーと別れたあとで会うつもりね？　そうでしょ？　豊増さんが泊まっているホテルに行く約束をしてるのね？」

「来い、とは言われてる」

「やっぱり」

と推理が的中したいきおいで、

「そんなあぶない橋をわたって、久太郎《きゅうたろう》君にばれたらどうするつもり。タテブーにだって知られちゃまずいでしょう。ねえ、なに考えてるのよ」

と初山さんはたたみかけました。ここで久太郎君という名前が突然でてきたのは、説明するまでもなく地元の恋人のことです。またタテブーというのは、どうでもいい話ですが、立石さんのあだ名です。本店勤めの社員の中に横井《よこい》という名字の女性がいて、実は立石さん横井さんともに顔の輪郭と身体つきが、ぱっと見るとほとんどふたり見分けがつきがたいくらいに全体にまるっこいタイプのひとたちなので、気の毒なことに「タテブー／ヨコブー」と仲間内ではペアで呼びならわされていたのだそうです。

「タテブーが豊増さんのファンだってことぐらい知ってるでしょう？」

「うん」

「うんじゃわからないよ」

「タテブーには、でも旦那さんがいるし、それにあのひと旦那さんに隠れて不倫もしてるし」

「不倫？」初山さんはその事実を知りませんでした。「不倫て、相手は誰」

「よく知らないけど、川崎《かわさき》とかいう名字のひと、電話で喋ってるのを聞いたことがある」

「とにかく」

とさえぎりながら、このとき釈然としない思いが初山さんの頭の隅に残りました。川崎という名字の男の話など、これまで立石さんの周辺ではまったく耳にしたことがなかったからです。

いま思えば呑気なことですが、このあとも、ふたりのあいだにはこんなやりとりがあったそうです。

「とにかくタテブーに気づかれないようにしないと」

「タテブーには絶対気づかれないと思う。久太郎には、悪いと思ってるけど、でも、もう行くってメールの返信もしちゃったし」

「そうか。古川はさ、もう久太郎君に冷めてしまったのね。剣道部の彼のときみたいに。そうでしょ？」

「剣道部がなに」

「ほら高校のとき、中学のときの話だった？　剣道部の彼に、家庭科の実習で作ったホットドッグを差し入れしたんでしょう？　そうしたら、お返しに技術家庭の時間に作った本立てをくれて、そういう貧乏くさい発想が嫌で冷めてしまったっていつか話してたじゃないの。違うの？」

「久太郎がプレゼントしてくれたのは釣竿よ」古川ミチルはにこりともせずに言い、こう付け加えました。「鍵付きのケース入りで六万円もする」

「よけいにひどい。まったく、何考えてるんだろうね。鍵付きのケース入りの釣竿？　せつかくの誕生日に、六万円もする釣竿を欲しがる女がいる？」

「そのかわり魚釣りのキャンプにも連れていってくれたし、考えなしにやってるわけじゃないのよ」

「あたしだってね、そんなものプレゼントされたらやけをおこすかもしれない」

「ねえ初山、この話、内緒にしてくれる」

「釣竿の話？」

古川ミチルは目もとに、急に疲れたような、倦《う》んだような濃い影をつくってそっぽを向きました。ちがう、釣竿の話なんかじゃなくて豊増さんの話に決まってるでしょう、と言い返されるのを初山さんは待っていたのですが、ミチルは言葉を喋りません。ただ、ゆっくりと一回、ひとより長い睫《まつげ》を見せつけるようなまばたきをするだけです。そうなると、自分ではちょっとした皮肉か冗談のつもりで「釣竿の話？」とあいづちを打ったはずなのに、それがなんだか場の空気を読みちがえた、根っから鈍い女の口にした自然の質問のように思えてきて、冗談のつもりにしても軽はずみで、誰を笑わせたかったのかも曖昧だし、あんなこと言わなければよかったと後悔がはじまる。古川ミチルと喋っているとよくそういうときがあったといいます。毎日顔をあわせている職場の同僚のあいだでそんなはずがあるわけもないのに、たったひとこと、言いまちがえただけでも罰を受けなければならない、このひとのまえでは口を慎んだほうが身のためだ、と思い知らされるときがあったということです。ため息をつき、癪《しゃく》にさわる、と思いながらも折れてしまうのは初山さんのほうでした。それにしても、癪にさわってしかたないのでまたひとこと言いたくなるのですが。

「わかってる」と初山さんは気難しい同僚の注意をひきもどしました。「豊増さんのことは誰にも言わない。言えるわけないし」

「絶対内緒にして」

「口のかたいのは知ってるでしょ？」

古川ミチルは顔をあげて初山さんの目を見返しました。

「うん、初山の口のかたいのは知ってる」

「腕にタオル巻いて寝ることだって誰にも喋ってないのよ」

「タオルがなに」

「ほら半袖の季節になると、腕にタオル巻いて寝るって言ってたことあったでしょう。そうしないと腕の毛がまっすぐ立っちゃうから。高校のときの話だっけ？」

古川ミチルはまた長い睫をふせて、ぷいとよそみをして黙ってしまいました。

これからお話するのはちょうどその一と月後、つまり、七月二十六日の出来事です。のちに私の妻となる古川ミチルは、その日、昼休みまえに仕事場を抜けようとしていました。

表向きの用事は歯の治療と宝くじの購入でした。単行本の売場責任者の立石さんと、いつも店の出入口近くのレジカウンターを仕切っている沢田《さわだ》主任がたまたま朝からふたりでその話をしているところへ、古川ミチルが歯医者へ行くという嘘の外出願いを申し出るために近づいてしまったのか、それとも、一時間の外出願いを許可したあとで、立石さんか沢田主任かのどちらかが、発売終了日のせまっているサマージャンボ宝くじのことを思い出して、ついでのお使いを頼むことに決まったのか、いまとなっては経緯はわかりません。確かなのは、十一時ちょうどに書店裏手の従業員通用口の外で、初山さんが古川ミチルを追いかけて呼びとめている、という事実です。初山さんは財布の中から千円札を三枚とりだして、こう言いました。

「古川、やっぱり、あたしのぶんもお願い」

すると彼女はべつに嫌な顔もせずに紙幣を受け取りました。

書店裏口は道幅が三四メートルの狭い路地に面しています。並びには昼休みに行く喫茶店や食堂があり、通りの空気は夏の日差しに炙《あぶ》られていて、香りたかいコーヒー豆とデミグラスソースの混じり合ったような匂いを放っています。働いているときに常時掛けているエプロンははずしているものの、半袖の白いブラウスに紺色のスカートという制服姿のまま、片手には財布と携帯電話とハンカチだけつめた小物入れ、もう一方の手には初山さんから借りた日傘を握って、古川ミチルはその路地を右へいくか左へいくか一瞬ですが迷ったようでした。

「バスのターミナルでしょ？」初山さんは鎌をかけるふうに言いました。

古川ミチルは聞こえないふりをして日傘をひらき、アーケードではなく車道へ出るほうへ路地を歩きだしました。

「豊増さんを見送りに行くつもりでしょ？」

返事はありませんでした。肩にかつぐように差した日傘がくるっと一回転しただけで、いちども振り返ってはくれなかったので、古川ミチルの表情で答えをたしかめることもできませんでした。

しかしのちに初山さんの推理が正しかったことが証明されます。

七月二十六日、午前十一時二十分頃、彼女はタクシーでバスターミナルに到着しました。建物内に入ると、電光掲示板を振り仰いで、空港とのあいだを往復するシャトル便の発車時刻を読み、それに乗るはずの豊増のすがたがあたりに見えないことを確認して、ただ待つよりも、お使いの用事をてっとりばやくすませることに決めました。彼に何か持たせてあげようと思い、視線を投げたさき、売店が何軒かならんだ一角に、発売中の宝くじの赤い幟《のぼり》が立てられているのが目にとまったからです。彼女は早足でそちらへ歩いてゆき、三つある発売窓口のひとつが客でふさがっているだけなので、列に並ぶ必要もなく向かって右側の窓口の前に立ち、三〇センチほどの幅で前に突き出している勘定台のはじに日傘の柄をひっかけてから、もしくはその台の下に日傘を立てかけて置いてから、財布をひらきました。

三人から預かってきた総額の一万三千円を用意された皿にのせて窓口に差し入れると、売場の女性の声がなにごとか訊《たず》ねたようでしたが、古川ミチルは首をねじってシャトルバスの発着場のほうを見ていて聞き洩らしました。たぶん、通し番号ではなくてバラ券でいいか？　というような質問だろうとひとり決めして、おざなりにうなずきました。女性の声が重ねてなにごとか訊ね、はい、お願いします、と答えてまたうなずくと、やがて四十三枚の宝くじと、釣銭の百円玉が一枚、皿にのって戻ってきました。

すこし細かい話になりますが、この日、立石さんと沢田主任から渡されていたのはそれぞれ五千円ずつでした。それに出がけに初山さんに頼まれた三千円を加えて合計一万三千円。この金額をおのおの宝くじの枚数にあてはめると、一枚が三百円なので、立石さんと沢田主任が十六枚ずつで二百円のお釣り、初山さんの場合はぴったり十枚という計算になります。つまり三人ぶんあわせて宝くじは四十二枚しか買う必要はないわけです。このとき古川ミチルが買ってしまった宝くじは一枚だけ余計でした。

しかし彼女はまだそんな細かいことには気づいていません。立石さんと沢田主任に二百円ずつ返さなければならないお釣りの計四百円のうちの三百円で、一枚余分な買物をしたなどという失敗は、もしその場で気づいたとしても、どうでもよい小さな話ではなかったでしょうか。それよりも、彼女は買った宝くじをまとめて財布にしまおうとしている最中に、豊増のすがたを発見し、すぐに宝くじを持ったほうの手を高々とあげて、男の視線をとらえようと爪さき立ちまでして懸命でした。いくら手をひらひらさせてもらちがあかないので、気が急《せ》いて、自分から歩いてゆきかけて、皿の上に残した釣りの百円玉のことを思い出して小走りに取りに戻ったくらいでした。

「ほんとに見送りにきたんだね」と豊増は彼女を見つけると嬉しそうに言いました。

「あ、忘れてた」と古川ミチルは思わず声をあげました。「お土産を買うんだった」

それからふたりは売店に行き、毎月来てるんだからお土産なんか必要ないと男が言い張るので、彼女はバスの中で食べてもらうために箱入りのスナック菓子を何種類かとガムを買って持たせ、その直後に、男の乗るバスの到着と、乗車開始のアナウンスが聞こえてきました。

もしもこのとき、ふたりであと五分でも顔を見合わせて話す時間があれば、別の展開が待っていたかもしれません。しかし実際には次のような短く味気ない会話しかありませんでした。

「あれに乗るんでしょ」

「うん。一緒に乗ってく?」

「そうしたいけど、仕事があるから」

「冗談だよ」

「わかってる。じゃ、また」

「また来月」

「メールしてね」

「うん、メールする」

しかも豊増は背を向けてほんの数メートル、大股に歩いたところで頭を掻《か》いて振り返り、いま自分で言ったばかりの「また来月」という約束を訂正してみせたのです。

「そうだ、八月はお盆休みがあるから、出張は一と月あいだが空くんだった。今度は再来月になるね」

「九月？」

「うん、九月の末。こんど会うときはもう秋だね」

「かずきさん」

と古川ミチルは男の名を呼びました。ゆうべホテルで過ごした睦《むつ》まじい時間、外泊するわけにはいかないので別れ際に物足りなさの残る時間、いくつかの濃密な場面を急にありありと脳裏によみがえらせながら、彼女は男のそばに歩み寄りました。こんど会うときはもう秋だね、と男の口にした言葉はまるで帯ドラマの最終回にふさわしいように耳に届いていました。一と月あいだが空く、などと簡単にいう男、そんな大事な内容の話をいままで黙っていた男が憎らしくも思われました。この町に置いていかれるあたし、秋まで放って置かれるあたし、あたしと久太郎との関係を、この男は知らないわけでもないのに。途中から、決然とした足取りになりました。

「なに、どうした」と間のびした男の声が訊ねます。

「これ返して」

さきほど買ってやったスナック菓子とガムの入ったビニール袋を、男は旅行鞄といっしょに提げていましたが、古川ミチルは男の手からそれを奪い取りました。

「怒ってるのか？」

「ううん、ぜんぜん。これはあたしが食べる。あたしもバスに乗って空港まで行く」

半分は意外なことに、あとの半分はいっそう憎たらしいことにというべきかもしれませんが、男には、さほど狼狽《ろうばい》した様子は見られませんでした。むしろ若い女の自由で向こう見ずな言動を面白がっているふうでした。空港に着いたあとで、こんどは「あたしも飛行機に乗って東京まで行く」と彼女がだだをこねたときにもそれはおなじでした。むろん空港までの見送りを許すことと、羽田まで飛行機に乗せてしまうことはおなじではなかったでしょうが、でも、少なくとも、男は自分からは、ここで帰ってくれ、というひとことを口にはしませんでした。これはその日だけではなくのちに古川ミチルが別れを切り出す最後の最後のときまで、いちども、という意味です。

見送りのターミナルでは別れがたく、バスに乗ってしまったのはまだわかります。さらに空港でも名残惜しくなり、勤務先の制服姿のまま、財布と携帯電話とハンカチだけいれたポーチを持ってあろうことか羽田行きの飛行機に乗ってしまったのは、はずみがついたとでもいうのでしょうか。しかしそのときの気持ちについて、本心についてのちに初山さんから電話で説明を求められたときにも、古川ミチルはうまく答えることができませんでした。彼女がはっきり憶えていて語ったのは、バスと飛行機に乗ったあとの些細な出来事だけです。バスに乗ったあと、反対側の列の座席に、自分と同い年くらいの娘と中年の母親がならんでいるのが目にとまりました。ふたりとも旅装のようにも見えますが、通路側にすわっている母親は日傘を持っています。娘のほうをむいて喋っているときにも片手で柄を握りしめて離しません。旅行に出る娘を、母親が空港まで見送りにいく途中なのかもしれない、旅行中の心得をしきりに言い聞かせているのかもしれない、と想像して眺めているうちに、初山さんに借りた日傘をバスに乗るまえ忘れてきたことに気づきました。もう手遅れで、戻ってはこないだろうから、初山さんにはとにかくあとで謝らなければ、弁償もしなければと、そんなことを気にしていたようです。

羽田行きの便に搭乗してからも、おなじ娘を見かけましたが、隣は空席で母親の姿はありませんでした。やはりバスの中での想像が正しかったのでしょう。そんな考えとは別に、そのときその娘のことをすこしも羨《うらや》ましいとは感じていない自分自身が、古川ミチルには新鮮で意外でもありました。彼女の生みの母親は、彼女が小学校にあがった年に亡くなっていますが、何年もしないうちに父親が再婚したので、幼かった妹のほうは継母《ままはは》の手がかかって育ちました。しかし古川ミチルはこの二番目の母親に心を許して甘えた記憶がありません。いがみあっているというわけではなくよそ目《め》には、たとえば父方の親戚たちが言うには、なさぬ仲とは思えないくらいにあたりまえの、つまりは平凡な親子のようにうつるということでしたが、本人の心の底には常に、本当のお母さんはもうこの世にいないという意識がひそんでいました。同居している祖母に、そのことを忘れてはいけない、と言われたのを子供心に肝に銘じたせいです。

この祖母は母方の祖母ということで、昔から釣り船の商売をしている家に漁師だった父親が入婿《いりむこ》して、母親の死後、二番目の妻を迎えたという、話しはじめればちょっと複雑な内幕があります。しかしここではただ古川ミチルの昔からの悪い癖で、仲の良さそうな母親と娘との関係を外で目にするたびに、自分には生涯欠けているものがそこにある、と羨んで拗《す》ねるような、あるときには我が身をいとおしむような気持ちまでこみあげていたのに、それが空港へむかう車中でも羽田行きの機内でもまったくなかったという点に注目すべきです。そんな思いにひたる暇もないくらい彼女は幸福でした。まあ二十三歳の娘であれば、母親に見送られてのひとり旅の身分を羨ましがるよりは、おなじ故郷を出るにしても、男と手に手を取っての逃避行を夢見る、という傾向があってあたりまえかとも思われますが。

ちなみにこのときの航空券は男がカードで支払っています。飛行機の中では窓際の席にすわらせてくれて、彼女が手を隣の膝のうえへやると、男はいやがらずに握り返してくれました。この日、七月二十六日の午後、男と手を握りあって東京へむかっている古川ミチルが、仕事のことも、家族のことも、それからふたまたをかけている地元の男のことも忘れて、つかのまの幸福を味わっていたのはまちがいありません。

ただし、彼女はまだ気にもとめていないのですが、手荷物として唯一機内に持ち込んだポーチ、その中には頼まれたより一枚多く買った例の四十三枚の宝くじが眠っています。半透明の袋に十枚ずつ四つに分けられたものと余りの三枚が、財布の紙幣のあいだに無造作にはさまって眠っています。東京への逃避行のきっかけになったとも言えるお使いのことは、この時点では、すっかり意識の外へ追いやられています。しかしこれがあとあとミチルの運命を狂わせることになるのです。

## 2 放心

幸福は持続しません。

出張が終わり帰京する男を、昼休みにバスターミナルまで見送るつもりが名残惜しくなり、のこのこ空港までついていってあげくのはてに自分も同じ便に乗りこんで羽田に飛んでしまう。勤め先の制服のまま、荷物といえば財布と携帯電話とハンカチの入ったポーチのみ。そんな軽はずみなことから末長く幸福になれるものなら、誰も苦労はしません。

その日、七月二十六日午後の東京は、まるで梅雨が戻ったかのような鬱陶《うっとう》しい天候でミチルを迎えました。窓からうかがうと空はあつい雲に閉ざされ、鳩の羽根のような濃い灰色に見えます。飛行機の後輪が滑走路に触れるところから、着陸にともなう轟音や振動によってふいに現実に引き戻されたようで、幸福とは別の何かがやって来て彼女の心にくっきりと足跡をつけました。予感、とミチルはあとで初山さんに語ることになります。機内を埋めている乗客全員が、未来へ目的を持って旅する人の気ぜわしい顔をしていました。

目的もなく座席にすわっているのは自分ひとりです。隣の豊増一樹ですら見知らぬ人のように、出張帰りの単独の旅行者のように目に映りました。ここはあたしの降りるべき場所ではないかもしれない、とミチルは予感しました。あたしはここでは歓迎されないだろう。

しかしそれは頭の隅をよぎった予感でしかありません。着陸がすんで轟音が遠のいてしまうと、隣の席の男は見慣れた顔に戻っていました。フライトのあいだ手を握ってくれていた優しい顔にです。大手出版社の販売部主任という男の職業的な、ときに見せて当たりまえの顔がいま垣間見えた、それだけの話なのだ、とミチルは深く考えるのをやめました。もういちど握ってもらおうと、遠慮がちに手をそちらへ差し伸べると、男は笑顔でつかみ取って、人差指の爪でミチルのてのひらをおざなりに引っ掻いてみせてから、いかにも時間がもったいなさそうに、

「降りよう」

と言い、シートベルトをはずして先に立ちあがりました。

何列か前の座席では例の、地元の町からバスも飛行機もずっといっしょだった若い女が通路へ出て、出口へ急ぐ人々にまじる姿が目にとまりました。そのときの横顔や後姿を記憶にとどめたのが最後で、その日はもう彼女を見かける機会はありませんでした。ミチルはもちろんですが豊増一樹にもむこうで預けた荷物などなかったので、飛行機を降りると

他の旅行客より一と足さきに空港をあとにして電車に乗ってしまったせいだと思われます。

ふたりはその日、羽田からいったん品川へ行き、下車しています。

携帯電話で男が予約していた品川プリンスホテルに投宿の手続きをするためでした。なぜそこが当日の宿に選ばれたのかはよくわかりません。十年以上も昔に、父と妹と新しい母とで東北の温泉に旅行したとき東京は通過しただけ、というくらいでミチルは西も東も知らなかったようなので、おそらく飛行機に乗っているときに何もかも豊増が考えて決めたことでしょう。あとでまた説明することになると思いますが、豊増一樹の自宅は練馬区《ねりまく》大泉町《おおいずみまち》というところにあり、職場は文京区音羽《おとわ》にあります。自宅の最寄り駅は光《ひかり》が丘《おか》、または埼玉県の和光市《わこうし》駅、会社のほうは護国寺《ごこくじ》という駅になります。品川は通勤のルートには入っていないわけで、おそらくこのことから豊増は、一と晩だけというつもりでいたのではないかと想像がつきます。つまり一と晩だけはミチルの気まぐれの相手をつとめるつもりで、翌朝、自分が出社しているあいだに、彼女がひとりで羽田から帰郷するときのことを考えて品川のホテルを選んだのではないでしょうか。一と晩くらいなら、出張が延びたとか大泉町の自宅へはどんな言い訳も立つだろうし、一と晩だけなら、自分もホテルに泊まったところで人目につく危険もあるまいと踏んでいたのではないでしょうか。明日の朝になれば古川ミチルは疲れた顔であの海辺の町へ帰っていくだろう。一日かぎりの東京旅行を思い出にして。

ところが翌朝を迎えるまえに、事情がすこしずつ変わっていきました。

夕方、初山さんから電話がかかりました。

当然のことです。豊増にともなわれてプリンスホテルの新館の部屋に入り、ベッドに腰をおろして一と息つき、飛行機に乗るとき電源を切っていた携帯電話を思い出してもとの状態に戻すと、直後に鳴り出しました。言うまでもなく初山さんは何回もかけ続けていたのです。

「もしもし？」

としか言いようもないので、普段どおりの口調で電話に出てみると、

「もしもし？　古川？」

と鋭く聞き返されました。

「うん」

「ああ、よかった。ほんとにもう、なんで携帯切ってるのよ、心配させないでよ」

初山さんの声は心配しているというよりも怒っているようで、いったいいまどこにいるの？　とすぐに続けて訊《たず》ねます。

「ごめんなさい」

「ごめんなさいじゃわからないよ、どこにいるの」

「いまね、東京」

「どこ？」

「品川のホテル」

「古川、なに言ってるの？」

「それがね」

とミチルはそこで声をひそめて打ち明けました。

「いま豊増さんといっしょなの」

すると電話のむこうで息を呑む気配がありました。

「ごめんね」

「バスの見送りにいったんじゃなかったの？　もう夕方の五時だよ。なに考えてるのよ、いつまで待っても帰って来ないから、タテブーも沢田主任も心配しておろおろしてるのに。もうすこしで警察に捜索願出すところだよ。古川、あんたね、昼休みとはいっても仕事の途中でお使いに出てるんだから、何の連絡もしないで東京まで行っちゃうなんてひどすぎない？」

「うん、わかってる。帰ったらちゃんと謝るから、とにかくみんなには心配しないように伝えて」

「心配しないようにって、どう伝えればいいのよ。いったいなにが起きてるの。心配どころか、話を聞いたらみんな怒りだすと思うよ」

「ねえ初山、この件、内緒にできない？」

「この件？」

「あたしが東京にいること」

「無理よ」

「じゃあ豊増さんといっしょにいること」

「みんなにどう伝えればいいの」

「あのね、こっちに竹井《たけい》っていう友達がいるから」あらかじめ次善の策として考えていたことをミチルは口にしたようです。「実家が近所の子。もし東京にいることがばれたら、その子に呼ばれて会いに来たことにする」

「それって確か男の子でしょう、年下の」

「そうだけど、いいの。そっちの心配はないから。ぜんぜん無害なのは久太郎だって知ってるし」

「その子とどういう関係でも、古川は白い目で見られると思うよ。昼休みに宝くじのお使いに出て、そのまま何のことわりもなしに東京まで行っちゃったんだから、馬鹿あつかいされるかもしれない。覚悟しないと」

「覚悟はできてるって」

「ほんとに馬鹿なんだから。今夜の最終便で帰ってくればいいじゃないの、帰って来ないの？」

「うん、もうホテルもとってもらったし」

初山さんの口から深い息が洩れました。

「お願い、初山、うまく言っといて」

「うまく言えるかどうかはわからないけど、とにかくタテブーと沢田主任には無事だと伝えておく。そうしないとおおごとになるから。それでふたりにあんたがいまどこにいるのか訊かれたら、訊かれるに決まってるけど、東京の知り合いに急用で会いに行ったと答える。それを聞いてみんながどう思うか、あとのことはあたしは知らない」

「それでいいよ、ありがと」

「まったく意外だよね、人は見かけによらないっていうけど、古川がこんなことやらかすひとだとは思わなかった」

という捨て台詞《ぜりふ》を残してその電話が切られ、携帯の時計表示を見ると昼休みまえに勤め先の書店を出てからちょうど六時間がたとうとしていました。

まだたったの六時間、大騒ぎするほどのことじゃない、という思いがそのときミチルにはあったかもしれません。途中でテレビのリモコンを探していじったり、洗面所へ行って水を流してみたり、部屋の中をうろうろしながら電話のやりとりを聞いていた豊増がひとこと、大丈夫か、仕事のほう？　と訊ねたので、明るい顔でうなずいてやると、安心したようで、ベッドを離れて浴室のほうへ立っていきました。

まもなく二つめの電話がかかりました。汗になったからシャワーを浴びよう、そのあとで晩飯にしようという男の暢気《のんき》な声が聞こえて、ミチルが、面倒でも今夜、自宅の父か母に連絡を入れるのを忘れないようにしないと、初山さんではないけれどそれこそおおごとになる、と気にしながら返事をして、ベッドから離れようとする寸前に電話が鳴りはじめ、着信の表示を見てみると、夏休みで家の商売を手伝っているはずの妹からでした。

「仕事ちゅうにごめん。ミチルちゃん、いまちょっと時間いい？」

「どうしたの」

「ねえ挽肉のカレーの作りかた教えて」

「なによ、それ」

「美味しい挽肉のカレー作れたでしょ、あれ、レシピ教えて」

「あたしいま忙しいのよ」

「野菜はぜんぶ微塵《みじん》切《ぎ》りでいいんだよね？　挽肉は、あいびき肉でしょ、三百グラムだと玉葱は何個くらい使えばいい？」

ひとつのことに頭がいくともうほかが見えにくくなる。高校三年になる妹は子供のころからそういう直情径行型のところがあったようですが、電話でその妹に押しこまれながら、ミチルが思い浮かべていたのは昔の思い出などではなく、偶然の一致、というような現象のことでした。そのとき妹が「美味しい挽肉のカレー」と呼んでいたのは、さきほど初山さんと話したときに急な上京の言い訳として持ちだした東京在住の友人、竹井輝夫《てるお》がそもそも手ほどきしてくれた料理だったからです。いつだったか、竹井に教えられたとおりのレシピで、休日の午後に試作してみたものを家族の夕食に供したことがあって、この挽肉のカレーは普通にカレーというときのとろみのまったく欠如した、父親に言わせれば「おはぎのあんこ」がご飯にのっかってるみたいな出来あがりになるのですが、妹はその見た目も味も気に入って覚えていたものとみえます。竹井のことを直前に考えたばかりのところへ、電話でいきなり竹井がらみの話題が展開されたもので、ちょっと待って、実はね、いまそのレシピを伝授してくれた竹井のとこにいるの、あんたも知ってるでしょ？　そう東京、急に出てきちゃったの、本人と代わるからしっかり教えてもらいなさい、と妹に喋っている嘘の自分をミチルはいっとき想像してみたくらいでした。

「ミチルちゃん、玉葱何個？」

「そうねえ、四分の三個くらいかな」とミチルは仕方なく答えました。「チエちゃん、これからうちでカレー作るの？　お母さんは？」

「ううん、うちじゃなくて友だちんとこ。あと野菜のほかはカレー粉でしょ、チャツネでしょ、水は野菜炒めたあと？　カップにちょこっとだけ足すんだよね」

「ワインも忘れないようにね。チエちゃん遅くなるの？　お母さんには連絡した？」

「した。赤、白？」

「赤。なければ日本酒でもいいけど」

「赤かあ。どうしても必要？　ワイン入れなきゃだめ？」

「友だちに作ってあげるんでしょ？　ないならコンビニで買ってきなさいよ」

「なんかめんどくさ」

「チエちゃん、何のためにワイン使うか知ってる？」

　と熱しやすくも冷めやすくもある妹をたしなめるために思わず気持ちが入って、確か昔、竹井に聞かされたとおりの受け売りで、肉を柔らかくする、肉のうまみを出すと頭の中で

その理由をまとめていると、突然、

「ミチル？」

と尻あがりに呼ぶ声が浴室の開いたドアのむこうからして、電話のこちら側とあちら側とで姉妹はしばし黙りました。いま行くから、とでもミチルは送話口をてのひらで覆って答えたでしょうか。しかし明らかに豊増の声のニュアンスを聞き取ったのでしょう、女子高生の口調はそれまでとはもう違っていました。

「ミチルちゃん？」と妹の千絵は訊ねました。「仕事ちゅうじゃないの？　そこどこ？」

「うん、今日は午後から早引けしたの。いま、ここはね……」

「早引け？　からだの具合でも悪い？　病院じゃないよね」

「ううん、病院なんかじゃない。ちょっと用事があってね。いいのよ、こっちの心配はしなくても」

「久太郎君は？」

「え？」

「久太郎君はそのこと知ってるの？」

「だって、余計な心配かけたくないでしょ」

「ふうん」

「家には言わなくていいからね、早引けのこと、あたしが帰ってから自分で話すから。わかった？　じゃあ、忙しいから切るね」

そしてミチルはその電話を自分から切ったあと、さきほど羽田に着いたときと同種の予感が再燃するのを感じて、ためらいがちにではありましたが自宅の番号を押すことになります。

電話に出た継母《ままはは》は、かけてきた相手の声を聞き分けるやいなや普段よりもかなり上ずった調子でひとこと、娘の名を呼びました。その瞬間にミチルの後悔がはじまりました。覚悟はできている、などと初山さんには見栄を張りましたが、その言葉が大嘘だったことにも気づいていました。覚悟なんて何ひとつできていません。やはり誰にも断りもなしに東京までやってきたのは大きな過ちだった、とミチルは継母の声を聞いたとたんに唇を噛《か》んだだけでした。町を出てからまだたったの六時間しか過ぎていない、確かにその通りだけれど、あたしは仕事を抜け出してきている。職場での六時間、午前十一時から夕方五時までの不在はたったの六時間ではすまされないだろう。初山さんはさっきの電話では、おおごとになる一歩手前みたいな言い方をしたけれど、タテブーや沢田主任の目には事態はもっと重大に映っていたのかもしれない。とにかく勤め先から自宅へ、連絡はもう回っているのだ。

「ミチルちゃん！」

「ああ、お母さんごめん、あのね」

「いまどこ、どこからかけてるの、ミチルちゃん」

「それがね」

「主任の沢田さんて人から二回も三回も電話がかかってるのよ、そっちに戻ってるんじゃないかって、戻ってなければ事故にでも遭《あ》ったんじゃないかって、むこうじゃみなさん心配されてるのよ、いったいどこで何やってるの。古川さんはお昼休みに宝くじ買いに出かけたまま戻らないって、大騒動らしいのに。ね、ミチルちゃん、本当なの？　宝くじ買いに出かけたって本当？　いったいなんでまた宝くじなんて。それでいまは？　どこで何してるの？　宝くじはもう買えたの？」

「お母さん、落ち着いて。何でもないんだから、あたしはだいじょうぶだから。いまね、職場のほうともちゃんと連絡取れて、初山さんに事情を説明したとこなの。もうそんなに大げさに騒ぐことない。お父さんは？」

「継徳《つぐのり》さんはお客さん乗せて海に出てるけど、さっき携帯で話したからもうこっちに向かってると思うよ」

「ああもう、お母さん、そんな必要なかったのに。お父さんに知らせても事を大げさにするだけなのに」

「初山さんじゃなくて沢田さんに電話して報告しておかないと、何か事件でも起きたんじゃないかって、会社の上のほうで心配してくれてるんだから」

「わかってるって、それはあとで自分でやる」

「とにかくミチルちゃんはそこにじっとしていなさい、いまはチエちゃんも聡一《そういち》も出かけてるし、お母さんが行くと店番する人間がいないから、継徳さんが戻ったらすぐ車で迎えに行ってもらうようにするわ」

「迎えなんかいい。お母さん、よく聞いて、あとでまたかけるから。夜、落ち着いたらもう一回電話するから、お父さんにもそう言っといて」

「落ち着いたら？　もう一回って、ミチルちゃん、それはどういう意味？　車で継徳さんに迎えに行ってもらうと言ってるのよ」

「今日は帰れないの」

「へっ？」

「ごめんなさい、あとでまたかけます」

「ミチルちゃん！」

あとでもう一回かけるというこのときのミチルの言葉に嘘はなかったと思います。しかし結果として、その夜、彼女がもういちど自宅へ電話することはありませんでしたし、仮にむこうから携帯にかけてきたとしても、きっとかけてきたでしょうが、それに出ることはできない状態でした。特別に事件が起こったというわけではなくて、単に携帯の充電切れが原因です。

続いてすぐ三つめにかかってきたのはミチルの地元の恋人、上林《かんばやし》久太郎からの電話で、これをミチルは母親と話したあとで疲れて面倒な気がしたので、いわゆるしかとしてすませました。

鳴りやむと電源を落とし、それから三時間ほど、入浴やら食事やら豊増との自由な時間についやして、ふたたび電源を入れ直したところで待っていたのは、こんどは職場の上司からの電話でした。このときすでに携帯の蓄電池の残りは僅かになっていたと思われます。ふたりのあいだには以下のような会話がありました。

「古川さん、沢田です、わかります?」

「はい」

「あたしがなぜこの電話をかけているかもわかるわね? 今日はどうしたの。いったい何があったの?」

「何がと言われても、べつに」

「別にって、古川さん、別にってことはないでしょう？　こんな突拍子もないことをしでかしておいて。初山さんに聞いたけれどあなた東京にいるそうじゃないの」

「ええ、じつは……」

「実は、何？　教えてよ、どうしてそんなことになっちゃうのかな？　古川さん、あなた今日はお昼休みを少し早めに取らせてもらって歯医者に行きたいって言わなかった？　それであたしは許可を与えましたよね、ついでに、宝くじを買ってきてもらえないかと頼み事をしましたよね？　あなたは喜んで引き受けてくれました、違う？　それがどこでどう間違えばこんなふうに鉄砲玉になっちゃうのかしら？　説明してくれない？」

「すいません」

「すいませんじゃわからないの。どうせ歯医者は外出の口実だったんでしょうけど、頼んだ宝くじは買ってくれたの？」

「ええ」

「え？　聞こえない。買ったの、買わなかったの？」

「買いました」

「そう、じゃあ歯医者のかわりにどこかで油を売って、宝くじを買って、それから急に仕事に戻るのがいやになり、飛行機に乗って東京に行こうとアイデアがひらめいたわけね？　あり得ない。あり得ないでしょう、古川さん、あなたの取った行動は理解に苦しみますよ。今日の午後あたしが整体に行くのは知ってましたよね、あたしが腰に持病をかかえて苦しんでいるのも知ってますよね、交替で初山さんとあなたがレジの当番になってることはわかってたはずでしょう？」

「ほんとにすいません」

「ほんとにすいませんじゃなくて、あなた自分が何をしたかわかってるの。社会人としてどんなに無責任な行動をしたのか少しは自覚があるんですか？　お昼休みに外出したまんま行方不明になっちゃうなんて、しかもどこまで行ったかと思えば、飛行機に乗って東京までだなんて、そんなの普通あり得ないでしょう。頭が変になったんじゃないか、うちの娘はって、お父さんもお母さんもひどく心配されてるわよ」

「あの、父も、ですか」

「あたり前です、実のお父さんなんだから。だいたいあなたいま東京で何をしているの、いつまでそっちにいるつもり？」

「父と電話で話したんですか」

「ええ話しました、くれぐれも娘をよろしくとお願いされました。ほとんど哀願です。娘をよろしくと言われてもね、無責任に仕事を放棄する人はうちでは使えないんだけど、でもあなたも昨日今日来たバイトでもないし、社長とも相談して、今回だけ、一回だけは大目に見ることにします。古川さん、明日の朝の便でこっちへ帰ってきて、ご両親に心配かけたことを謝りなさい。それからもちろんあたしたちにもきちんと事情を説明するのよ」

「わかりました。ああ主任、電池が……」

「どうしたの古川さん」

「もうちょっとで携帯の電池が切れそうなんです」

「だったら充電器を持ってきなさい、待ってるから。まだこっちの話は終わりじゃないのよ、社長とも相談したんだけど、古川さんにはいちおう始末書と、今後のこともあるから誓約書を一通書いてもらって」

と沢田主任のお喋りが続いているあいだにミチルの携帯は使えなくなってしまいました。声はぷつんと途切れました。当然ながら充電器はホテル内の売店でも探せば見つかったかもしれませんが、そうまでして沢田主任に電話をかけなおす必要を認めなかったその夜のミチルに、私は同情的です。

娘の不始末を穏便におさめてもらうよう沢田主任に電話でぺこぺこしたらしい父親、他人にぺこぺこしたぶんだけ不満が身内へむかいそうな父親のもとへ、飛んで火に入る夏の虫じゃないけれど、わざわざ火あぶりにされるためにホテルの電話を使って連絡を入れるのも気が進まなかったでしょう。今日いちんちだけ、とミチルは怠けごころを起こして、閉じた携帯をポーチの中に戻したはずです。このときそばにいた豊増が何を考えていたかは謎ですが、明日になれば厄介払いができるとでも思っていたのでしょうか、すくなくともミチルのほうは、今夜、一と晩だけ無責任に楽しんでも罰は当たらないだろうと思い、朝になったら羽田から飛行機に乗るつもりでいたに違いありません。要するにあした、あした帰ればいいんでしょ？　というくらいの拗《す》ねた心持ちでいたのです。

翌朝、会社に出る豊増と別れたミチルは、午前十一時過ぎ、ひとりで空港の待合室にいました。ちょうどいちんち経ちました。着のみ着のままです。下着を取り替えたことをのぞけばまるいちんち前、町を出たときのまま哀れな制服姿です。

航空券の手配は豊増がしてくれていたので、あとは支払いをすませて故郷へ飛ぶ便に乗るだけでした。前日持ってきた財布の中には、ぎりぎりでも片道航空券の代金分くらいは入っていたでしょうし、もし足りなくてもＡＴＭで地元銀行の口座から現金をひきだせばよかったはずなのです。お金のせいではありません。航空会社のカウンターの前までたどり着きながら、ミチルはためらい、すこし離れたところに並んでいる椅子のひとつに腰をおろしました。そしてその場所をほとんど動かずに夕方まで過ごしました。

奇妙な話に聞こえるかもしれませんが、長時間、何をするでもなく、ただぽつねんと椅子にすわっていたのです。それがミチルにはできます。実を言うと、私はこれとは別の場所でミチルが黙然とすわっているところを見ていたことがあります。だから想像がつきます。おなかの前で罰点《ばってん》をつくるように両手を交差させて、その両手でポーチを押さえこむようにして持って、僅かに肩を内側へまるめるような姿勢ですわっていたはずです。目線は自分の足もとからほんの数センチさきに落ちています。そうやって一時間でも二時間でもじっとしていられるのです。

もちろんミチルは迷っていたのだと思います。そのとき彼女の頭の中を覗《のぞ》けば、家に帰りたくない、父親や職場の上司に叱られたくないという子供っぽい考えしか詰まっていなかったのかもしれません。本人は、特別なことは何も考えていない、放心状態がひとより長くつづくだけだと言うのですが、あれこれの思い出が脳裏を駆け巡って、ひとつひとつと丹念につきあううちに時間がすっと過ぎてしまう、そんな様子を私は想像してみます。もしかするとずっと昔から、ミチルはそのての放心と慣れ親しんだ子供ではなかったのでしょうか。私が繰り返し想像するのは、小学校にあがったばかりの少女です。椅子に腰かけて、床にまだ靴が届かないので足をぶらぶらさせているミチル。すると横から父親に、祖母にかもしれません、じっとしていなさいと注意される。生みの母親の葬儀の日に、よそゆきのワンピースを着せられて、家族や親類にまじって火葬場の待合室にいるのです。言いつけどおりおとなしくして、うつむいていると、そのうちに心がほどけて旅をはじめます。頭の中にあれやこれや映像が浮かんできてミチルはそれらとひとつひとつ丹念につきあってゆきます。母親の火葬がしあがるまでの時間。私の想像では最初はそこなのです。大人たちと同じ椅子にちょこんとすわって放心している女の子の姿です。そのときから、ミチルのその悪い癖ははじまったのだと私は見ているのです。

## 3　転々

　こうして七月二十七日、前日の雨空からいってんして強い夏の光が降りそそいだ一日、午後いっぱいを羽田空港の待合室でいたずらに過ごしたあげくミチルは東京にとどまることになります。

　しかし、というべきか、しかもというべきでしょうか、豊増一樹に連絡をいれたのは翌二十八日の夕方でした。

　このあたりのいきさつはやや入り組んでいて、二十七日の夜にはミチルと豊増はいっさい連絡を取り合っていません。豊増は練馬区大泉町の家族のもとへ帰宅し、ミチルはミチルで東京での二日目の夜を過ごしたのです。空港待合室で長い放心から醒めたあとミチルは、まず携帯を充電して生き返らせることから始めたに違いありませんが、その携帯で最初に話した相手は故郷の初山さん、それから東京在住の友人という順番だったようです。

　七月二十八日、夕暮れ時の電話には、男の仕事が終わる頃合いを見はからってという配慮があったのかもしれません。でも電話を受けたほうの男はおそらく戸惑ったでしょう。あの海辺の町へとっくに帰郷したと思っていたミチルが東京にいる。意外な事実をまるいちんちの空白を置いて知らされたわけだから大いに戸惑ったはずです。厄介ばらいができて安心していた、とまでは言わなくても、豊増にしてみれば、すでに二十七日の午前中に品川駅で別れた時点で、火遊びの相手との面倒事の芽はきれいに摘みとったつもりでいたと思います。

「まだ家には帰ってないってまだ東京にいるってこと?」

「うん」

「きのうあれから羽田に行ったんじゃなかったの」

「行ったよ」

「でも飛行機に乗らなかったのか」

「うん、乗らなかった」

「予約してた飛行機が飛ばなかったとか?」

「飛行機は関係ない。飛行機はちゃんと飛んだと思う」

男の早口の質問にミチルの落ち着き払った声が答える、おそらくそんなちぐはぐなやりとりになったはずです。

「いまどこから電話してるの」

「近く」

「近くってどこ」

「かずきさんの会社の近く。地下鉄の駅を出たとこ、護国寺？」

するると電話口の物音がふっと遠ざかり、携帯を手にオフィスを出たのか、男の声が戻ってくるまで長めの沈黙がありました。

「それでいままで」と豊増は追及口調で言い、すぐに質問を変えてこう訊ねました。「ゆうべはどこで何をしてたの」

「友達と会ってた。吉祥寺《きちじょうじ》で」

「友達？」

「うん、後輩の竹井って子」

後輩の竹井というのは、前にもいちど話に出てきたと思いますがミチルの地元の幼なじみである竹井輝夫のことです。竹井はこのときは吉祥寺にある大学の三年生で、井の頭《いかしら》公園駅にほど近いマンションにひとり住まいでした。当然ながら前夜ミチルはそのマンションに泊めて貰ったのです。しかしこのときのミチルの説明、「後輩の竹井って子」という言い方では男女の区別は明確には伝わらなかったのではないかと疑われます。竹井の性別を、いつか何かのおりにミチルが喋ったことを記憶していて承知しているのか、それとも男だろうと女だろうとこの際気にならないのか、豊増はその点については特に触れませんでした。

「じゃあ、ゆうべのうちに連絡くれればよかったのに。その後輩といまも一緒なんだ？」

「ううん、いまはひとり。ゆうべ連絡しても、どうせかずきさんは家族水入らずだったでしょ？」

「まあ、それはそうだけど」

「出張から帰った晩はいつも子供とお風呂に入るんでしょ？」

「なんでそんなことまで知ってるんだ？」

「いつか沢田主任が話してた。沢田主任はタテブーから聞いた話だって言ってた。タテブーって立石さんのことだけど、かずきさんファンの」

豊増は咳払いをひとつして、話題を変えました。

「ひとりで電車に乗って護国寺まで来たの」

「そうだけど。ねえかずきさん」

「よく駅の名前まで憶えてたね」

「ねえかずきさん、いまから会える？」

「それは、会えないことはないけどさ」

「会社まで会いに行ってもいい？」

いいわけがありません。ミチルもそういうことはわかっていながら敢えて無理を口にしてみたのだと思います。

歯切れの悪かった豊増一樹もこの質問には、

「いや、君はそこを動かないで。僕がいますぐそっちへ行くから」

と即答しました。


七月二十八日の夜、ミチルが宿泊したのは池袋にあるメトロポリタンホテルです。宿泊費はまたしても豊増一樹がカードで支払っています。ホテルは駅に近接しており、池袋の駅は豊増一樹の自宅練馬区大泉町から勤務先の出版社文京区音羽までの通勤ルートにあります。このホテルの一室で豊増はミチルと許される時間ぎりぎりまで過ごし、それから終電車に乗って帰宅するというなりゆきだったのでしょう。

ちなみにこの日、ミチルはもう勤めている書店の制服姿ではありませんでした。新品のブルージーンズにTシャツという軽装に着替えて男のまえに現れています。荷物も東京へ来たときはポーチ一つだったのが、竹井と遊んだときに吉祥寺で求めた街歩き用の小型リュックを背負っていました。汗になった制服は洗濯して畳んでその中に入れてあったと想像できます。それを不要なものとして処分する決心をつけるのはもっとあとのことですから。

ミチルが電話で初山さんに語ったところによれば、七月二十七日午後の便で故郷の町へ帰らず東京滞在を延ばした理由は、理由にならない理由もふくめていくつかあります。あのときすんなり帰っていれば、もしかしたら勤務先や家族とのごたごたはすべてまるくおさまっていたかもしれないのに、とはのちに初山さんにかぎらず誰もが思ってみたことなのですが。ミチルはまず、せっかく東京まで来たのにたったのいちんちでとんぼ返りするのはもったいない、竹井にだって会っていきたいし、という驚くほど幼稚な理由を初山さんに語っています。

「もったいない？」

「そうよ、もったいないと思わない？　こんな機会、めったにないんだもん」

それから次に、いますぐ帰っても職場の沢田主任や実家の父親は頭に血がのぼった状態だろうし、二三日置いて冷静になった頃に会って謝ったほうが得、などという身勝手な屁理屈もこねてます。

「そんなこと言うけど、二三日も置いたらもっと頭に血がのぼるかもよ、沢田主任も古川のお父さんも」

するとミチルは初山さんのこの道理にかなった忠告を聞き流して、あとこっちで服とかバッグとかも見てみたいし、みんなにお土産も買って帰りたいしね、と続けました。

「初山は何がいい？　東京のお土産」

きわめつけは特別休暇の件です。ミチルの勤める書店では毎年八月になると、本店支店の従業員めいめいが三日ないし四日、時期をずらして普段の休日とは別に夏休みというかお盆休みというかを取る慣例があり、その年ミチルの休暇は八月一日から四日までとあらかじめ決まっていました。その四日間には恋人の上林久太郎とキャンプに行く予定も組み込まれていたのです。だからミチルの主張はこうです。あたしはその特別休暇を東京で早めに使わせてもらうことにする。こっちに四日間いてからそっちに帰る。三十一日の朝に帰ったらその日から心をいれかえて働く。久太郎とのキャンプも中止にする。特別休暇返上。ね？　それでぴったり計算合うでしょ？　八月一日からも休まずに出勤すればチャラになるでしょ？

このどこからどう見ても自分勝手な理由づけ、現実逃避の言い訳を聞いて初山さんはもううんざりして、返す言葉もなかったそうですが、ミチルは懲りずに豊増一樹にも同じ話を披露しています。そして男の反応が期待したほど好意的ではなく、明日も一緒にいられるとわかれば素直に喜んでくれるかと思ったのに、逆に、「ふうん」と眠い目をして言っただけで「まるでお昼ご飯食べたあとのタテブーみたいに鈍い」ことへの不満をまた翌日の初山さんへの電話で述べています。

言い訳は言い訳として、ミチルはただ単に寂しかったのかもしれません。豊増一樹と別れて羽田から飛行機に乗り、故郷の町へ帰り着いた自分を想像して寂しくなったのではないでしょうか。東京までのちょっとした冒険、たった一日の冒険が引き起こした地元での騒ぎ、しかしその一日が過ぎて、真夏の海辺の町へ戻ってみると何ひとつ変わってはいない。東京へ発つ前、「こんど会うときはもう秋だね」とTVドラマの登場人物のような台詞《せりふ》を聞かされて、男を憎らしく思った、思うことしかできなかった自分にまた戻るだけなのです。ずけずけ嫌みを言われながら沢田主任に頭を下げ、また自分は明日から書店員の仕事に戻るだろう。そうするしかない。むっつり黙りこんだ父親の前で、おろおろしながら継母がとりなしてくれてまた明日から実家での暮らしが始まるだろう。きっとそうなる。時間がたてばすべてまるくおさまり、またあの内海に面した気候のおだやかな小都市での生活が続いていくだろう。空港待合室の椅子にすわり続けていたミチルの頭には、おそらくそのような未来の場面ひとつひとつの、自分の映像があり、男と別れる名残り惜しさも手伝って、その未来の自分の姿が寂しく眺められたのだと思います。

あともう一点、これは初山さんのうがった見方なのですが、東京滞在を引き延ばしたときミチルには、すくなくとも最初の一日には、地元の若い恋人とはぜんぜん違って常に冷静な、何が起きてもあたふたした様子を見せたことのない豊増一樹を一度でも驚かせてやりたい、もしくはただ困らせてやりたいという小悪魔的な思いつきがあったのかもしれません。どうやらミチルは頭の中に想像のシナリオを書いて、豊増一樹から「なぜ？」と質問されたときのメロドラマ風の殺し文句まで用意していたようです。

（なぜ君はあの町に帰らないんだ？）

（だって帰りたくない。かずきさんのいる東京を離れたくない。ずっとこっちで暮らしたい）

しかし男が現実にそう訊ねることは一度もありませんでした。なぜ？　という素朴な質問を回避したがる男の気持ちは、私にもわからないではありません。素朴な質問を口にした場合に予想される、女の素朴な回答を恐れる気持ちも。で、気の毒にミチルには、たとえ演技半分にしてもとっておきの殺し文句を用いる機会は訪れなかったのです。代わりに男が何よりも先にした質問は、

「仕事はどうする。だいじょうぶなのか？」

というものでした。それでさきほどの、きわめつけの現実逃避の言い訳が豊増の前でも

は割愛して。持ち出されることになります。とうぜんながら地元の恋人上林久太郎とのキャンプの予定

「ふうん」

「ほんとよ。特別休暇ってみんな取れるんだから」

「嘘だとは言ってないよ」

「いまね、初山に頼んで話してもらってるから、沢田主任に。沢田主任がスケジュール表を見て考えてくれてるんじゃないかな。誰かの休暇をずらしてあたしの休暇と入れ替えるとか、そういう調整が必要だから。きっとむこうでいまいろいろ事務手続きをしてくれてると思う」

喋っているうちに、ミチルは自分でこねあげた苦しまぎれの言い訳を信じはじめていたのかもしれません。

「だから明日、あさってまでは正々堂々と東京にいられる。三十一日の朝には帰らなくちゃいけないけど」

「あと二日」

「うん、早めのお盆休み。かずきさん明日は忙しい？」

「普通に仕事だけど」

「そうだよね。もしお休み取れたらショッピングにつきあってもらおうかと思ったんだけど」

「まあ、午後からだったら少しだけ時間が作れるかな」

「ほんとに？」

「何か買いたいものがあるの」

「うん、バッグがほしい、ちょっと大きめの」

「ちょっと大きめって？」

「着替えとかも入れて持ち歩けるやつ。この恰好であと二日いるわけにもいかないでしょ？　新しい服も必要だし、できれば靴だって買いたいし、いまより荷物が増えて、このリュックじゃたぶん入りきれなくなると思うから」

このとき豊増一樹はちらりとでも次のようなイメージを頭の隅に浮かべていたかもしれません。東京滞在初日はポーチだけだったのが今日は小型のリュックへ。小型のリュックから明日は大きめのバッグへ。女の荷物はだんだんと増えてゆき、そして滞在期間は次第に長期化する。ついには増え過ぎた荷物を保管する場所が必要になり、部屋を借りて、この女は東京に居ついてしまうだろう。

そのイメージを振り払うためには冗談にまぎらすしかなかったはずです。

「でかいスーツケースを買ったほうが早くないか？　オリンピックに出場する選手が海外に持ってくようなやつ」

でもミチルは男の発言をまともに受けてこう答えました。

「スーツケースは大げさだと思う。それだとまるで長期滞在みたいになるから。かずきさんがそう言ってくれるのは嬉しいけど、ほんとはあたしもずっと東京にいたいけど、でもあと二日しかいられないんだし、靴とか買って、もし大荷物になったら宅配便でむこうに送っちゃえばいい」

「そうだね」

豊増は不安がいや増すのを感じながらこの話にけりをつけました。

「そうすればいいね」

「そうよ」

しかしそうはなりません。七月二十九日の深夜、池袋に連泊中のミチルの部屋に初山さんから電話がかかっています。ただしここでミチルが泊まっていたのは前日のメトロポリタンホテルではなく、同じ西池袋にある料金が低めのホテルです。大ざっぱにいえば宿泊料金は前日の半額でした。このホテルを手配したのも豊増一樹ですから、すでにこの時点で懐具合の心配がはじまっていた、つまり、男はミチルの東京滞在の長期化をある程度現実的なものとして予測し、恐れていたと想像がつきます。

「どうしたの。いま何時？」

「どうしたのって、古川の携帯ぜんぜんつながらないから。寝てた？」

「ああごめん、かずきさんが帰るまでと思って電源切ってそのままだった。メール見てくれた？」

「見たからホテルに電話かけてるの。あのね、古川、ちゃんと聞いて」

「聞いてるって」

「大事なこと、はっきり言ってもいい？」

「うん、なに？」

「あたしもこういう場合には、はっきり言ったほうがいいと思うんだ」

「だからなに」

「このままじゃ、あんたもうだめかもしれない」

「何のこと」

「仕事のことよ」

「だめかもしれないって？」

「古川はもう、うちの職場には戻れなくなるかも」

「なんで？」

と聞き返しながらミチルがベッドの上でむっくり起きあがる気配が伝わりました。

「休暇願いの話、沢田主任にしてくれなかったの？」

「したよ。今日、仕事が終わったあとで」

「じゃあなんで？　沢田主任は何て言ってるのよ」

「言語道断だって言ってる」

「なにそれ、ゴンゴドウダンて」

「言語道断は言語道断よ。もっての外よ。そんな無責任が許されると思ってるんですか？絶対に許されません、社会人としてあるまじき無責任な行動です、だいたいなぜ古川さんは自分で電話をかけてこないの、あたしの前に立って、申し訳ありませんでした、とひとことわびてなぜ頭を下げられないの、そういう約束だったのに、沢田主任はそう言ってる。あたしが何を喋っても、聞く耳持たないって感じ。そいで、初山さんじゃらちがあかないとか言って、古川のお父さんに電話かけてた。おたくの娘さんはまだ東京にいらっしゃるそうですが、いったいどういうお考えなんですかって」

「また？」

「うん、だからお父さんからも電話がかかると思うけど。もうかかってきた？」

「ううん」

「ねえ古川、早く帰ってきたほうがいいよ。いっこくも早く。明日、朝の飛行機で帰ってきて沢田主任に頭下げたほうがいい。そうしないと、ほんとにクビになるよ。それに久太郎君のこともあるし」

「久太郎？」

「あんた久太郎君の電話ずっとしかとしてるでしょう。おかげで久太郎君から毎日あたしに電話がかかってきてるんだよ」

「へえ」

「へえとか言ってる場合じゃないって。ね、こっちがもうどういう状況かわかるでしょう？　まじでやばいんだって。このまま東京にいつづけたら古川、そのうちみんなにサジ投げられるよ。沢田主任だけならまだいいけど、親にも、久太郎君にも見捨てられたら困るでしょう。こっちで居場所がなくなっちゃうんだよ」

「初山はどうするの」

「あたし？」

「初山も見捨てる？」

「あたしは、だってこうやって古川に電話をかけてるじゃないの。とにかく帰って来て。明日の朝、帰って来てみんなに謝るしかない、もうそれしか方法はないんだから」

「わかった」

とこのときミチルは答えています。

答えたあと黙りがちになり電話を終えたのですが、にわかに心細くなり、これは私の想像の範囲ですがひとしきり泣いて、気を取り直してまたすぐにその携帯で、さきほど別れて終電車に乗ったはずの豊増一樹に連絡をとろうと試みました。が、電話はつながりません。相手は電車に乗っていて電話に出られなかったのかもしれません。あるいはすでに自宅に帰り着いていて、出たくとも出られなかったのかもしれないし、もともとその夜はもうミチルの電話には出るつもりがなかったのかもしれません。

だから、ミチルが現実にひとしきり泣いたかどうかは別にして、これだけは言えます。その夜から翌日の夕方までにミチルのしたことは、誰に相談したわけでもありません。テレビのCMや、雑誌の広告や、散歩中に見た街なかの看板から暗示くらいは得たのかもしれませんが、なにしろ彼女はひとりで考えて、その考えをひとりで実行に移してしまったのです。

七月三十日の夕方になってミチルは豊増一樹に電話を入れています。

前夜とは違い、今度は待ちかねたかのように豊増はすぐに携帯に出て、心配そうに「いままで何をしてたの」それから立て続けに「いまどこにいるの」と訊ねます。ふたりのあいだでは、三十一日の朝の便で帰郷する予定がまだ生きていたわけですから、今夜がミチルの東京最後の夜になるという思い込みが豊増にはあったはずです。最後の夜くらいは優しい態度で通そうと決めていたのでしょう。滞在の長期化を恐れてミチルを低料金のホテルに移した件とこれは矛盾するようですが、それはそれです。一方で最悪の事態に備えつつもその事態が回避されるのを心では願っている。回避されると思い込みたがる。別段珍しいことではありません。

「池袋」とミチルは二つ目の質問にだけ答えました。

「ああそう。じゃあこれから僕がそっちへ行くよ。おなかすいてるだろう？」

「うん、すいてる」

「なるだけ早く行くから、ホテルのロビーで待ち合わせる？」

「こっちに来てくれる？」

「うん、だからホテルのロビーで」

「昨日のホテルのほうじゃなくて、いま駅の反対側にいるんだけど」

「駅って池袋の駅だろ？」

「そうだけど、あたしがいまいるのは西池袋じゃなくて東池袋」

「ああそう」

と取りあえず意味のない相槌《あいづち》を繰り返してみたものの、男の最初の思い込みはここでぐらついたはずです。頭の隅を不安が稲妻のように走り抜けたことでしょう。

「じゃあ僕がホテルに行くまでに君も西池袋に移動したら？」

「そうじゃなくて」

とミチルが遮《さえぎ》り、男の不安は現実となりました。

「いまね、東池袋のウィークリーマンションにいるの。今日から部屋を借りることにしたから」

その後の一週間ほど、つまりミチルが東池袋のワンルームマンションで暮らした日々の詳細はつかめていません。なにより初山さんとの電話・メールでの連絡がその間ぱったり途絶えてしまっているからです。

ミチル本人から、私がのちに聞かされた話のなかでもそこは曖昧です。七月の二十六日に東京へ出て来て、品川プリンスホテルに泊まり、井の頭公園駅近辺の竹井輝夫のマンションに泊まり、池袋のメトロポリタンホテルに泊まり、もう一泊池袋のホテルをはさんで七月三十日にウィークリーマンションに移った。そこまでの経緯は疑いようのない事実です。ただし、それは私がその経緯について直接根掘り葉掘り問いただして妻から引き出した答えではありません。そんなまねを妻にしたおぼえはありません。

私がいまお伝えしている「事実」とは、あるとき問わず語りにミチルが語ってくれた過去のおおよその顚末《てんまつ》と、それに初山さんからもたらされた当時の記憶とをつきあわせておのずと導き出された結果に過ぎないのです。いわばミチルの告白と、初山さんの証言。そのふたつを足し合わせたもの、それが私にとっての事実です。そのふたつを聞かされたとき私のなかに生まれて定着した映像、それも私にとっての事実です。特にこの時期の出来事については、その事実をいま私の声で語り直すしか手段がありません。

ウィークリーマンションの契約切れが明日に迫った夜、ミチルは初山さんに電話をかけます。真夜中です。すでに布団にはいっていた初山さんが枕もとの携帯の音に驚いて出てみると、ミチルの声はあきらかに酔っていました。お金に困って相談を持ちかけているのかと思ったらそうでもない様子で、結局、これといった用件もなく苦しまぎれに電話をかけてきたという印象だったそうです。

「初山？」

「古川？」

「ひさしぶり」

「どうしてたの？　ぜんぜん連絡もくれないで」

「べつに」

「べつにって、まだ東京？　あれからずっとそっちにいるの？」

「いるよ。そんなこと言わなくてもわかってるでしょ。初山はそっちで何もかも聞いて知ってるんでしょ？」

「何もかもは聞いてないけど、仕事のことは、沢田主任から聞いてだいたい知ってる」

「ジゴウジトクヨ」

「え？」

「自業、自得よ」

「ああ」

「沢田のやつもそう言ってる？　うちの親は陰で言ってるらしいけど。ふん、なにが自業自得よ、娘の銀行口座から勝手にひゃくまんえんも引き出しといて、そんなの、家族のあいだでも犯罪でしょ。むかつく。まじむかつく。なにがヒョウロウゼメよ」

「古川、なに喋ってるのかわからないよ」

「だいたいおかしいと思わない？　特別休暇って毎年みんな貰えるようになってるでしょ、なってるよね？　労働者の権利でしょ。せっかく東京まで来てるんだから、その権利ちょっとだけ早めにこっちで使わせてくれってお願いしてるだけなのに、その気持ちがなんで沢田に通じないかな」

「ヒョウロウゼメって何？」

「沢田もちょっとだけ融通きかせてスケジュール調整してくれれば済むことでしょ。四日休むかわりに、四日働くってあたしは言ってるんだから。それなのに、なんで？　もともと会社辞めるとかって大げさな話じゃなかったのに。そういう簡単なことがなんであの沢田にはうまく伝わらないのかな」

「あたしのせい？」

「なに」

「あたしが沢田主任にうまく伝えられなかったせいでクビになったたって言いたいの？」

「べつに」

「そんなふうに聞こえるんだけど」

そこで電話口にいちど強い吐息が吹きかかる音が聞こえて、ミチルの口調が少ししゃんとしました。

「ごめん、そんなつもりはない」

「古川、お酒飲んでるんでしょ」

「なんだか変だよね。あたし今夜どうかしてる。いまウィークリーマンション借りて住んでるんだけど、お金足りなくて明日には出なきゃいけないし、ここ出ても行くあてないし、預金ゼロで、東京で頼れるひともいないしね。ひとりでテレビ見ながらワイン飲んでたんだけど、いつもならワイン飲んだらすぐ眠れるのに、いろいろさきのこと考えてたらきょうは眠れなくなって」

このまま好きに喋らせたら酔ったミチルはだらだら泣きはじめる、と直感して初山さんは割って入りました。

「東京で頼れるひともいないって、いるじゃない、古川には豊増さんがいるでしょ」

「うん、かずきさんはいるにはいるけど」

「いるにはいるけど？」

で、この質問をきっかけにおよそ二時間にもわたり、初山さんはミチルの愚痴につきあわされています。

逆に言えばおよそ二時間も、ミチルの男に関する愚痴を初山さんは聞いてあげたのです。

この日までに地元では関係者の全員がもう、東京へ行ったきり鉄砲玉のミチルに匙《さじ》を投げていたわけで、職場の同期の友人とはいえ初山さんもその中のひとりではあったのですが、でも彼女はミチルからの電話をこのときも、このあとも、冷たくあしらうようなまねはしませんでした。人が良いというのか友達甲斐があるというべきか、加えて口のかたさも兼ねそなえた初山さんの人柄が、最後までミチルが信頼を寄せ連絡を絶やさなかった理由だと思います。

結局この電話の翌日、ウィークリーマンションを引き払ったミチルは窮余の策として、豊増一樹に頼るのではなく、年下の友人竹井輝夫のもとに身を寄せる道を選ぶことになります。そしてそこで運命が大きくひとひねりされる一日を迎えます。東京へ発つ直前、地元のバスターミナルで買い求めてそのまま財布の中に眠っている四十三枚の宝くじ。その抽選がおこなわれ一夜明けて結果が全国の新聞でも報じられる日。八月十二日。その日が間近にせまっていました。

## 4　その日

先立つものは金。

ミチルはこの言葉を痛切に感じていたと思われます。

地元の幼なじみである竹井輝夫のマンションに転がりこんだまではよかったのですが、さてそれからどうするか、未来への展望がありません。

東京にとにかくとどまる、こっちで暮らしてゆくという目的はあっても、どうやって暮らしてゆくかの手段がない。仕事といえば書店員としての経験しかなく、べつに手に職があるわけでもない。しかも財布の中には一万円札がほんのわずかしか残っていない。運良く働き口を見つけたにしても給料が貰えるのは先の話になるだろうし、肝心なのは今月、今週、今日をどう乗り切るかで、働き口を探すにしても、また恋人の豊増一樹に会うにしても、電車で移動しなければならず交通費はかさむ。滞在が長びけば着替えも履物も買い足さなければならない。化粧品代もかかる。荷物も増えてスーツケースが必要になる。これ以上豊増に甘えて、金食い虫みたいに見られるのは気がすすまない。毎日の食費だって竹井によりかかってばかりもいられない。でもかといって何の妙案も浮かばない。

その頃ミチルの所持金が一万円だったのか二万円だったのか知りませんが、どっちにしても当座をしのぐにもままならない金額だったのは確かです。

ミチルにも貯金はありました。地元銀行に口座を持っていて、残高は百万円をちょっと超えるくらいだったそうです。高校を卒業して働き始め、二十三歳になった娘の預金額としてそれが多いのか少ないのか私にはわかりません。ただ、それなら当座をしのぐという言いまわしにふさわしい金額だったと思えるし、本人もそれをあてにしていたのです。ウィークリーマンションを契約しても百万円ほどあまった預金を、使い切るまでは東京でどうにかやっていけると踏んでいたのです。

ところがミチルの父親は先手を打ちました。銀行の預金通帳と印鑑のありかをつきとめてさっさと娘の口座から全額を引き出してしまった。これがウィークリーマンションを出る前夜、初山さんとの電話でミチルが嘆いた「ヒョウロウゼメ」という表現の正体です。この表現を最初に、というか実際に口にしたのは釣り舟の船頭をしている父親であって、それが電話で口うつしに妹からミチルに伝わったのです。兵糧攻め。要するに食糧補給の道を断って敵を困らせるという意味ですが、先立つものがなければ飯も食えないだろうし、東京暮らしも途中で挫折して、ミチルは故郷に舞い戻るしかあるまい、どうだ、この冷徹な戦略、俺さまを甘く見るなよ、という親の威厳がこめられていたのでしょう。

しかし結果、父親の戦略は裏目に出ます。

兵糧攻めの成果はあがったけれども、それは娘にほんの一時期、貧乏を強いるだけに終わったということです。娘を故郷に引き上げさせる力としてではなく、むしろ、追いつめられた娘に意地を張らせ、頼れる肉親などいなくともひとりでやっていける、という自恃《じじ》の思いを強くさせる力として働いたという意味です。

先立つものは金。

頼れるものは何よりも金。

父親の兵糧攻めに打ち負かされた瞬間から、言葉にすればそういった露骨な金への執着心が芽生えはじめたのではないか。それがいつしかミチルの心の奥底にまで、太い根を伸ばしてしまったのではないかと思われてなりません。

頭の中は金の算段でいっぱいだったはずです。その日まで、どうやって当座をしのぐだけの金を工面するか、そのことばかりを考えていたはずです。その日とは八月十二日をさします。もしそこまでの日数がもっと遠ければ、ミチルはほんとうに、初山さんとの電話で半分くらい本気に聞こえる口調でそんなことを喋ったそうですが、新宿の風俗店ででもどこでも働いてみせていたかもしれません。兵糧攻めへの仕返しに、奇襲をかけて、父親の親心に打撃をあたえるという性悪な意図もこめて。

八月十二日、快晴。

ミチルは竹井輝夫のマンションで朝を迎えています。

こまかいことをいうと竹井輝夫が親の仕送りで借りている1LDKのマンションの、竹井輝夫が寝室として使っている部屋の、竹井輝夫のベッドの上で目覚めました。

エアコンの風を行き渡らせるためにLDKとの仕切りの戸がひらいていたので、そちらの隅に畳んだ布団とタオルケットが重ねて片づけてあるのが見え、竹井がすでに外出しているのがわかりました。朝といっても十時をとっくにまわった時刻です。冷蔵庫まで素足で歩いて飲物を取り出したあと、リモコンを見つけてテレビをつけると、たまたまそのチャンネルでは古いドラマが放送されていて、どんな場面なのか窓のそばに寝そべった太った黒猫が大映しになり、ふてぶてしい面構えとは不釣り合いにかぼそく、短く、甘えるように一と声鳴きました。それでミチルは朝からわびしげな猫の声を聞かされるなんてろくでもないと思い、すぐにチャンネルを切り替えました。

このくだりは本人の記憶です。

八月十二日のことは忘れられないとミチルは言い、じっさい私に一部始終をこまごまと語ってくれたのですが、聞いてみるとそれはどうも、よく憶えているというよりも「奇妙な憶えかたをしている」といったほうが正しい内容のようでした。何年も前のある一日の始まりを、起きぬけにほんの数秒だけ目にしたテレビの一場面から思い出せる。そんなことがありうるとお思いでしょうか？

たとえその日の午後、とてつもない出来事が持ちあがり、のちのち決して忘れることのできない重要な一日になったのだとしてもです。しかも、その出来事の直前と直後の記憶があらかた飛んでいるにもかかわらず、です。

ミチルの記憶はいわば、飛び飛びに、細密なのです。人の記憶とはそういうものだ、と言われればまあそれまでの話ですが。このあとミチルは朝食に牛肉の細切りとニンニクの芽の炒め物を食べています。これは前の晩に竹井が作ってくれたのが冷蔵庫に残っていたのです。ご飯は一膳ぶんずつラップにつつんで冷凍庫に保存してあります。まめな竹井が朝から鰹節でだしをとった味噌汁も、きれいに磨かれたクッキングヒーターの上に鍋ごと用意されていました。

食事のあとミチルはテレビを見飽きて、携帯でメールを二通送信します。一通は豊増にあてた以下のような文面――相談したい話があるのでお昼から時間をつくってもらえないか、会社がひけてからでもいいけれど、もしその前に時間がつくれるのなら一緒にお茶でもどう？　もう一通は竹井あての連絡——今日は午後から用事がある、帰りは遅くなる、もしかしたら明日まで帰らないかもしれないけど心配いらない。それからミチルはなおもテレビの前にすわって無為に時間を過ごし、竹井の部屋には新聞がないから番組表を見れなくて不便だ、と昨日も思ったことをまた思ったりしているうちに、座卓の上にたままま置きっぱなしにされていた二冊の文庫本に目をとめています。表紙の題名も記憶しています。井上靖の『しろばんば』と、もう一冊は『古今和歌集』です。

豊増からの返信を待ちながらミチルは本を開き、さほど関心があるわけでもなくページをめくります。ちなみに言っておくと、書店員として五年ほど勤めた経歴があるというだけでミチルは読書好きではありません。井上靖が誰であるかも知りません。メールを待つついでですから、一冊につきほんの二三分の読書です。読むというより文字の配列を見ていただけです。まず現代の日本語で書かれた長編小説、そして次に古い日本語で詠まれた和歌。

そこで不意に指のうごきがとまりました。なぜなのか理由はわかりません。本人にも説明はつけられないのですが、そのとき偶然にも自分の指がめくりあてたページ、そこに印刷されていた一行の日本語に目が引きつけられました。そしてそれをのちに私と出会ったときまで憶えていて、暗唱することができました。

命にもまさりて惜しくあるものは見果てぬ夢の覚むるなりけり

着信音が鳴り、携帯を開くと、きょうは忙しくて途中では仕事を抜けられないので夕方いつもの場所で、と豊増のメールにはありました。しばらく考え事をしてから、ＯＫ、とだけ再返信をしてミチルはシャワーを浴びに立ちます。

バスルームで湯気につつまれながらミチルはさきほど目に焼きつけた三十一文字を頭のなかで反復していたのかもしれません。それとも、彼女の頭はこのときも金の算段で占められていたのかもしれません。豊増と昼間にいちど会って相談事をして、夜もういちど会うときには望みどおりのものを用意して貰う、という予定が、自分勝手な予定ですがもろくもくずれたことに気がかりを覚えて、きょうという一日の始まりに、不吉な鳴き声をたてたあのテレビの黒猫を恨めしく思っていたかもしれません。

その日ミチルは豊増にまとまった金の無心をするつもりでいました。これが最初で最後、借りた金は将来必ず返済するという条件付きで。まとまった金とは、ミチルの考えでは五十万円か百万円か、どちらかだということでした。どちらにしても豊増は困り果てた顔をするだろう。でもほかに手立てがない。仕事を探すにも住む部屋を借りるにしても先にまとまった金が要る、金融会社に借金して高い利子を支払うくらいなら、いやな顔をされても身近な人間に頼むほうが利口なのだ。事情を説明して真剣に頼めば、豊増はしまいには折れるだろうとミチルは読んでいました。もしどうしても渋るようであれば、非常手段として、こう言ってやろう。

「あなたのせいであたしは東京に出てきて、結果、職を失い、実家に帰れない身の上になってしまった。責任を取ってほしい」

この脅迫的な決め台詞があるかぎり、豊増はいささかでも男としてのけじめをつけざるを得ないだろう。

汗を流してさっぱりしたミチルは浴室を出たときにはもう立ち直っていたはずです。「土手の柳は風まかせ」と誰かがいつか評したという気質と相通じるのか、それとも相反するのか、解釈はおまかせすることにして、私の見るところミチルには「切り替えの巧さ」とでもいうべき美質が備わっていました。ひとつ物事を決着させるにも自省の時間をたっぷり必要とする私には、それを彼女の美質と呼ぶしかありません。身近にいて感じた妻の心の持ち方のいちばんの特徴ですから、このときもミチルは、いつまで落ち込んでいてもはじまらない、こう考えればいい、と頭を切り替えられたはずです。

言い出すほうも、持ちかけられるほうも絶対に気まずくなる借金話は、明るいうちではなく日が落ちたあと、もっと親密な時間、男が優しくなり頼み事を断りにくくなる時間に切り出したほうが得なのではないか？　できれば脅迫的な決め台詞などなしで話を進めるのがおたがいのためなのだし。

出版社の社員がいったいどのくらいの給料を貰っているものなのか、私には見当がつきません。が、妻子もあり住宅ローンもありというごく一般的な三十代後半の男が、すでにミチルの東京滞在のためにいくばくかの費用も捻出していたわけです。そこへまた五十万円も百万円もの上乗せはかなりの重荷になっていたことでしょう。そう考えれば、この日の午後からのなりゆきで、ミチルの借金の申し出が立ち消えになったのは豊増にとっては幸いなことでした。

八月十二日、午後。

本人の記憶によれば三時頃、ミチルは池袋駅周辺を歩いていました。

これといって用事があったわけではありません。豊増との待ち合わせは六時です。それまでおよそ三時間、どう時間をつぶすあてもなく、ただ竹井のマンションでぼーっとしているのも暑苦しいので、早めに化粧をして着替えて電車を乗り継いで出てきたというだけの話でした。

だからこれはめぐりあわせです。

とにかく約束の六時にいつものホテルのロビーに着けばいい。池袋まで来た目的といえばそれしかなく、たまたま歩いていた道路ぎわ、たまたま足をとめたすぐ目のさきに宝くじ売場があったのです。その窓の貼り紙にサマージャンボ宝くじの六桁の当選番号が記されて、この売場から2等の当たりくじが出ましたと訴える文句にも目がいったのです。しかもそのとき、足をとめたミチルは街歩き用のリュックから財布を取り出して中をあらためたばかりでした。これからひとりでお茶を飲むにしても甘いものを食べるにしても映画を見るにしても、いったいどのくらいの出費に耐えられるのか自分の全財産を再確認するために。

財布の中をあらためたということは、紙幣の枚数を数えると同時に、ミチルはそこにしまってある例の四十三枚の宝くじにちらりとでも「目をやって」いたことになります。東京に出てくるまえ沢田主任らに頼まれたお使いのことを十何日ぶりかに「思い出して」いたことにもなります。その直後です。

それは窓口がひとつきりの、箱型とでも表現すればいいのでしょうか、こぢんまりした宝くじ売場でした。赤地に白抜きの宝くじという文字の看板が屋根に掲げてあります。同じ色、同じ文字の幟《のぼり》の竿が売場の横に斜めに取りつけられています。窓口に客の姿はありません。ミチルはリュックの口を絞って肩にかけ、財布を手にそちらへ歩み寄りました。

窓の貼り紙には2等の賞金額も書かれていました。一千万円だったのか二千万円だったのかもう記憶は曖昧ですが、どちらだったとしても変わりはありません。自分には縁のない金額だとミチルは思い、財布から宝くじを取り出して窓口へさしいれました。地元のバスターミナルの売場で買った、四つの半透明の袋に入っている四十枚と余りの三枚の宝くじを。

「あの、すいません」

窓越しにミチルは声をかけたけれど売場の女性は目も合わせません。

「これが当たっているかどうか確かめたいんですけど、調べてもらえますか？」

声がとどかないのかと思ってすこし大声で頼むと、売場の女性はやはり目を合わせないまま袋から宝くじを取り出し、全部まとめて、手もとのレジスターみたいな機械の挿入口にセットしました。それがくじ番号の当否を判定するためだということはミチルにもわかりました。判定機は滑らかな音をたてて作動して一枚一枚を取り込み、くじの選別を始めます。スーパーなどのレジと同じように、金額を表示する小さなモニターが窓口に立つ客に見えるように向けてあります。

最初ミチルはその表示窓に３００という赤い数字が浮かびあがるのを見ました。下二桁だか下一桁だかが当選番号と合えばもとの宝くじを買った値段と同じ三百円が支払われるのではなかったか、たしかそれが最も安い賞金ではなかったかというようなことをミチルは考えていたようです。

ともかく一枚は当たったんだ。もしあと一枚でも二枚でも当たっていればこれから時間をつぶすための珈琲代が浮くのに。そのくらいの幸運ならいまの自分にもというかいつ誰に訪れても不思議ではないのに。でも今朝のあの黒猫が気にかかる。悲しげな黒猫の鳴き声が。きょうという一日があの不吉な一と声から始まったことが。ミチルはたった百円単位の当たり外れに、きょうこれからの、大げさにいえば今後の命運を託すような思いで結果を待ちました。

次の瞬間、表示窓の赤い３００が消えました。すぐさま判定装置の突然の故障を嘆くかのような、

「ああ」

という女性の声をミチルは耳にしています。でもそれは確かではありません。ここまですでに曖昧な記憶がこの瞬間を境にしてまるごとうしなわれてしまうからです。

「お嬢さん」

と窓口の女性がはじめて顔をあげ、ミチルの目を見て呼びます。目と目を見あわせたとき、その中年女性の顔はおだやかで、優しげであると同時に、前に立つ客への哀れみの表情もにじませていたらしい。水晶玉の内部にわきおこる黒雲を見て、このうえない不吉な前兆を読み取った占い師。いまにも彼女がこう告げる。気の毒だけれど、お嬢さん、あなたの未来には重大な不幸が待ち受けている。

ミチルに言わせれば最後に残った記憶はそのようなものです。でもこの話も怪しい。ほんとうに「お嬢さん」と呼ばれたのかどうかも定かではありません。ただそう呼ばれて違和感をおぼえたような気がしただけ、何かとくべつ悪いことを告げられる寸前のような、そんな気味の悪い瞬間をミチルが味わったというだけで、実際にはどうだったかわかりません。ふつうに事務的な声で「お客さん」と女性は呼びかけたのだったかもしれない。

「お客さん、おめでとうございます。高額当選ですよ」

「はい？」

「これね、1等の当たりくじですよ」

次に記憶があたりまえの機能をとりもどしたとき、ミチルは井の頭公園駅で電車を降りて、売店前に、リュックを両腕で抱きしめるようにして立っていました。リュックの中には財布が入っています。財布には宝くじがしまわれています。夕方五時頃のことです。

つまりそこまで、八月十二日の記憶のうち二時間ぶんほどが飛んでいるわけです。池袋から電車を乗り継いで井の頭公園までは一時間もかかりません。たぶん往きと同じ経路、まえもって竹井から教わっていたわかりやすい乗り継ぎ方を逆にたどり、新宿、吉祥寺を経由して帰り着いたはずなのですが、彼女がどこから切符を買って電車に乗ったのか、また、正味の乗車時間をのぞいた残り一時間あまりをどこでどうやって過ごしたのかもはや知ることができません。ミチル自身が知らないのです。

駅の売店前に立っていたのは、そこでようやく頭をいくらか正常に働かせることができたからです。まだいくらかです。ミチルは長い時間をかけて財布の中から小銭をつまみだして新聞を買います。長い時間がかかったのは宝くじの入っている財布をそれだけ慎重にとりあつかったためですが、買った新聞は夕刊でした。店員にこれを朝刊と交換してほしいとかけあうと、朝刊はここにはもう置いてないという返事でした。

ミチルは夕刊代の出費五十円を惜しみつつ駅をあとにして、わきめもふらずに歩きます。前傾姿勢で「壊れもの注意」の品物でも持ち運ぶようにリュックを胸のまえに掻き抱いたまま。駅から竹井のマンションまでの途中に新聞販売店があったのを思い出したのです。あそこにならまだ今日の朝刊が残っているかもしれない。さいわい朝刊は残っていて、販売店の店員は愛想良く一部売ってくれました。ただし、財布を用心深くあつかうあまり小銭を支払うのにひどく手間のかかるミチルの様子を挙動不審に思ったかもしれません。

竹井のマンションをめざしてまた一目散に進みます。我慢できずに最後は小走りになって、息を切らしてたどり着くと合鍵でドアを開け、中へ入るや内側から施錠し、それのみでは不用心な気がしたのでさらにドアに取り付けられた内鍵をかませました。脱いだサンダルをそろえる余裕もありません。ＬＤＫの床へ倒れ込むように身を投げ出します。いったん膝をくずしてすわり、思い直して正座して、膝の上にリュックをおろすと、ばさばさと音をたてて朝刊をひろげます。

何がしたいのかというと、その新聞に掲載されているはずのサマージャンボ宝くじの当選番号を探して、自分がいま持っている宝くじの番号と照らし合わせるつもりなのです。二桁の組番と、六桁の番号。あのちっぽけな宝くじ売場の判定機や、それを扱ったおばさんが何と言おうと、宝くじを自分の目でしっかり確かめないうちは安心できない。

その記事が出ているページはすぐに見つかりました。横幅が3センチ、縦が10センチほどの狭いスペースに、1等から8等までの当選番号が並んでいます。真っ先が1等で、その横に括弧でくくって、

（2億円）

とあります。こんどはリュックから財布を取り出し、財布から四十三枚そのまま売場のおばさんから返してもらった宝くじを取り出し、新聞の当選発表記事のわきに置きます。息が静まるのも待ちきれず、袋から抜き出した四十三枚のいちばん上の一枚からとりかかりました。

ミチルはひろげた新聞の上におおいかぶさり、数字ひとつひとつを指で慎重にたどりました。一枚につき組番こみ八つの数字の確認です。その四十三枚ぶんです。といっても組番が違っていればその時点で1等当選の可能性は消え、はずれが決まるのですから、ふつう確認作業にはものの五分とかからないのではないかと推測されます。でもそのときミチルは一時間近くかけています。宝くじを連番ではなくバラで買っていたせいで組番がいちいち違っていたこと、それと重ねた四十三枚の宝くじのいちばん下に、その問題の「高額当選」くじが置かれていたことも理由になるでしょうが、それにしても長い時間を要したものだと呆れます。

とっくに六時を過ぎていました。指先で、というか爪の先で何度も繰り返したどり直したその一枚の番号確認が終わり、深いため息とともに肩の力を抜き、正座をくずして緊張をといたとき、といたとたんに携帯が鳴りました。とうぜんですが電話をかけてきたのは豊増です。ミチルは自分から言い出した待ち合わせを忘れていたのです。

「いまどこ？」と男の声が訊ねます。

「ああかずきさん、ごめん、あのね」

ミチルは自分でも何を言い出すのかわからずにそう言いかけ、思わず息を詰めました。そのとき携帯をにぎった手が小刻みに震えて耳たぶをこすり、たったいま、とけたはずの緊張が揺れ戻しのようにはじまりました。

「どうした？　いまどこにいる？」

「たけいんち」

「え？」

「竹井のマンション、井の頭公園の」

「まだそっち？　なんでまた」

「ごめんね」

「からだのぐあいでも悪い？」

「ううん、そうじゃないけど。でもきょうはちょっと、なんだか」

「ぐあいが悪い？」

「うん」

「どっちだよ」

「やっぱり少しぐあいが悪いかも」

「ひょっとして始まったの？」

　おそらく生理のことを豊増は訊ねたのでしょうが、このまったく的外れな愚かな質問はわずらわしいだけで、そうだともそうでないとも答えずに黙っていました。ミチルが軽口に乗ってこないので豊増はすぐに質問を変えます。

「じゃあ相談事は？　今日じゃなくていいの？」

「は？」

「は？　じゃないだろ。何か相談があるからって、そっちがメールしてきたんだろ？」

「ああ、そうだ、そのことね。でもそのことはいい」

「今日じゃなくていいんだね？」

　今日だけじゃなくて、そのことなら未来永劫忘れてくれていい。誰に金の無心をする必要も自分にはなくなったから、とここで宣言したい誘惑にミチルは耐えました。ひとりきりで、じっくり落ち着いて、1等（2億円）の当選の実感がわくのを待ちたかったからです。

「うん」

「そう。じゃあ、ぐあいが悪いのなら今日はやめとく？　会うのはまたにしようか」

「うん、ごめん、そうして」

「わかった」

「また連絡するね」

と言い終わるやいなやミチルは電話を切ります。そして膝をくずして床にすわりこんだままさらに長い時間を過ごします。照合を終えた宝くじは1等と下一桁の当たりくじ8等の数枚だけを袋に戻し、袋をまた財布の中に入れ、財布をリュックの底に押しこんでありました。で、そのリュックをいつのまにか膝のうえで再度抱きしめる姿勢をとっていました。

ミチルはここでもお得意の放心に入りこんでいたのかもしれません。あるいはリュックを掻き抱いて2億円の当選の実感というものをひとり嚙みしめていたのでしょうか。いずれにしてもこの八月十二日夜、竹井輝夫のマンションにひとりでいた時間、ミチルがある種の、高額当選の未経験者にはうかがい知れない種類の、幸福感に浸っていたことは間違いないと思われます。

しかしこれは前にも申しましたが、幸福は持続しません。ミチルについて語るとき、私はこの格言を特に強調したい思いにかられます。産みの母と死に別れた幼児期からはじまって、この日まで、そして今後も例外なく、ミチルの身の上に常にまとわりついて離れない格言だからです。ミチルの幸福は決して長続きしない。

打ち鳴らされるドアチャイムの音と、またもや鳴り出した携帯の着信音とで、この夜のミチルの放心は断ちきられました。

ドアチャイムを鳴らしているのは内鍵によって締め出された恰好のこの部屋の主、竹井輝夫でした。ミチルは携帯をひらいて発信者名を見たあと、そのまま放置して玄関へ立ちます。ドアを開けてやると竹井は自分の部屋から締め出されて気分を害したふうもなく、反対に心配そうに、どうかした？　と訊いてきました。

「中に誰かいるの？」

「誰もいない」

「びっくりした。明かりもついてないし」

と竹井が玄関に入って靴を脱ぎながら言い、すぐに蛍光灯のスイッチを押したのでミチルの周囲が白々と照らし出されました。

「今日は遅くなるはずじゃなかったの」

「そうだけど、でも、ちょっと予定が狂って」

「なにやってたの、ひとりで」

「べつに」

「べつにって、気味悪いなあ、部屋真っ暗にして。それ何のまね？」

「え？」

竹井に指摘されて自分が片方の腕でリュックを胸に押しあてて立っていることに気づきました。

「これは、何でもない、ただのリュックよ」

「なんで部屋の中でそんなもの抱きしめてるの」

「べつに、そんなのあたしの自由でしょ」

「それはそうだけどさ。変だなあ、何だか」

「何でもないって」

「ミチルちゃん」

「何よ」

「また携帯が鳴ってるよ」

「わかってる」

発信者名を見るとさきほどと同じです。

ぜひとも話したい相手ではありませんが、竹井の追及をのがれるためもあったのでしょう、ミチルはその電話に出ます。

これもまためぐりあわせなのです。

もう一日、いや半日でも早く電話がかかっていれば、つまり宝くじの当選番号をミチルが知る前にかかって来ていたならば、以後の展開はがらりと変わったかもしれません。

変わったに違いありません。すくなくとも当選番号を知らなければ、ミチルにはこのとき電話で嘘をつく理由はなかったはずだし、そのひとつの嘘をきっかけにして、のちに、果てしのない悪だくみの連鎖へと深く迷いこむこともなかったはずなのです。

あるていどの覚悟を決めて、奥の部屋まで歩いてゆき、ベッドに腰をおろしてから、もしもし？　と努めて冷静に言うと、聞き覚えのある声が早口で応えました。

「もしもし古川さん？　沢田だけど」

## 5　その夜

沢田主任が何のためにミチルに電話をかけてきたかは言うまでもありません。

「わかるわね？　あたし、沢田」

としつこく名前をくり返して、

「おひさしぶりです」

という返事をミチルから引きだすと、

「あなたに預けてある宝くじのことで電話してるんだけど」

とさっそく核心に入りました。そういうひとなのです。

「あたしたちの宝くじのこと。あたしたちというのは、あたしと立石さんと、それに初山さんもあとから三千円ぶん乗ったそうだけど、とにかくあなたに頼んでおいた宝くじのこと。まさか忘れてはいないでしょう？」

ミチルの反応がにぶいので沢田主任はおおいに焦《じ》れました。

「歯医者に行くと嘘をついてあなたが東京に家出した日の話。サマージャンボ宝くじのお使いを頼んだでしょう。あたしは宝くじ代として五千円あなたに預けましたね？　立石さんも同じ金額を渡しました。あたしたちはあなたが本当に歯医者に行くものと信じていたから。ところがどう？　あの日、常識では考えられないことが起こって、それっきりあなたとは会っていない。仕事を辞めるにしても主任のあたしにひとことの挨拶もなかった。いいえ、そんなことはもういいんです、済んだことだからどうでもいいんです。でも宝くじのことはどうでもよくない、五千円という現金を渡してあるんですからね。それであなた憶えてる？　あの日の夜、一回だけあたしと電話で話しましたよね？　そのときにあたしが『頼んだ宝くじは買ってくれたの』と訊いたら『買いました』と古川さん、あなたは確かに答えましたよ。その宝くじのことでいま電話してるの。きのう抽選が終わって、きょうの新聞にも結果が出ています。あなたは他人のお金で買った宝くじのことなんか気にかけていないかもしれないけど、あたしと立石さんは自分の財布から五千円も出して買った宝くじなのよ。当たってるにしろ、はずれてるにしろ、それはもうきっちりけじめをつけてもらわないとね。なにしろ1等の賞金は2億円なんですから。言ってることはわかるわね？　古川さん」

ここでミチルが返事をしなかったのはどう答えようかまだ迷いがあったからです。沢田主任は先走って、こう問いかけました。

「古川さん？　初山さんから聞いてると思ったけど。何も聞いてないの？」

「はい」

「宝くじのことで電話がなかった？」

「いいえ」

実のところ初山さんから宝くじの件での電話はうけていないので、ここは正直に答えることになります。

「まだなにも」

「いいかげんねえ、あの初山さんてひとも。まあ、あなたが東京でいろいろあって、それどころじゃないと思って遠慮してるのかもしれないけど。あのね古川さん、気をおちつけて聞いてね」

急に沢田主任の声に笑いがにじんだような気がして、何を言い出すのかとミチルは身構えました。

「あのとき買った宝くじはちゃんと預かってくれてるのね？」

「はい」

「宝くじはこっちで買ってから東京へいったんでしょ？　東京に着いてから買ったんじゃ

なくて」

「そうですけど」

「いま手もとにある？」

「あります」とミチルは答えました。「たぶん財布のなかに」

「じゃあその財布のなかに2億円入ってるかもしれないのよ」

「え？」

「冗談よ」こんどはあきらかに笑いまじりの声で沢田主任が言いました。「古川さん、その宝くじはどこの売場で買ったの」

ミチルは返す言葉に詰まります。財布のなかに2億円が入っているかもしれないなどと、冗談にしても、言われて気が動転していたからです。実際、いまから二週間ほどまえ東京へ出て来た日に、あの町のどこの売場で宝くじを買ったのだったか、とっさには思い出すこともできませんでした。それが幸いしたと言えます。

「憶えてないの？」

「すいません、いまちょっと思い出せなくて」

「それがね古川さん、こっちで1等の当たりくじが売られてたらしいの。今朝そんな噂がまわってきてね、どこの売場から1等が出たのかはまだ知らないんだけど、とにかくあたしも立石さんもちょっと気になって、特に立石さんはそわそわして仕事が手につかないし、それでお昼休みに初山さんに言って、あなたに連絡して預けてある宝くじの番号を確認してもらうように頼んだんだけど」

「そうなんですか」

「ええそうなの。まったく、あてにならないわねえ、あの初山さんてひとも。あなた抽選日が昨日だったこと知らなかったでしょう、その財布のなかの宝くじの番号はまだ見てもいないでしょう?」

「はい」とここでミチルは最初の嘘をつきました。自分でも驚くほど自然に。自分でも驚くほどですから、その自然さは相手にも受け入れられます。

「やっぱりね。そうだと思ったから初山さんに電話してもらうように頼んだのに。待てど暮らせどあなたからは何も言ってこないから、おかしいなと思ったのよ。それでいまこうやって電話をかけてるの」

「そうですか」

「そうなの、とにかくそういうことだから古川さん、そっちで宝くじの番号と抽選の結果を照合してみてくれる?　今日の朝刊にも当選番号が載っているし、あなたがいまどんな暮らしをしているのかは知らないけど、パソコンがあればインターネットでも調べられるでしょう？　2億円とは言わないまでも、もしかしたら十万円くらいなら当たってるかもしれないしね。そうでしょう？　ね、それで確かめたら報告してちょうだい。それくらいやってくれるわよね？」

「はい、やらせてもらいます」とミチルは辻褄《つじつま》合わせに答えるしかありませんでした。

「ところで古川さん」

と電話を切るだんになって沢田主任が細かい点へのこだわりを示しました。

「あのとき宝くじは何枚買ってくれたの？　あたしと立石さんが五千円ずつ預けたでしょう、初山さんはちょうど十枚ぶんの三千円預けたって言うからそれは別にして、計算してみたんだけど、あたしたちの一万円で一枚三百円の宝くじは三十三枚買えるわけでしょう？　それだとお釣りは百円しか残らないけど、でもあたしのぶんと立石さんのぶんと別々に買ってくれてたんなら、ふたりとも十六枚ずつでお釣りも二百円ずつになりますよね？　そのへんはどうなっているのかしら。あのね、なにもお釣りをきっちりよこせと言ってるわけじゃないのよ、それはもう立石さんとも話し合って、あなたへの餞別《せんべつ》にすることに決めてあります。ただね、計算してみて、宝くじの枚数が気になっただけなの」

「すいません、それもよく思い出せないので」

とミチルは呟いて、この質問をやり過ごしました。

「あとで数えて報告します」

「うん、そうして。ちゃんと報告してくださいね」

皮肉なことに、この沢田主任の細かい点へのこだわりが、ミチルの頭に悪だくみの種を植えつけることになります。

電話を終えてLDKに戻ると、竹井は台所に立って働いていました。クッキングヒーターの上にはフライパンと鍋が用意されています。その竹井が背中を向けたまま、邪気のない口調で、

「宝くじ、いくらか当たった?」

と訊いてきたので、

「え?」とミチルはまた動揺して声をあげました。「なんで?」

むしろその声に竹井のほうが驚いて、首をねじりミチルの表情を読むような目つきになりました。それからミチルの足もとからさほど離れていない床のあたりへ顎をしゃくってみせます。するとそこには、うかつなことにさきほど当たりくじの番号を照合したときのまま新聞がひろげてあり、その上にははずれの宝くじが置きっぱなしでした。

「ああ、これね」

「宝くじだよね？　サマージャンボの」

「うん宝くじ。でも、ぜんぶはずれだから」

ミチルは動揺を気取られないように、無頓着を装い、しかし敏捷《びんしょう》に動きます。床にしやがんで宝くじを手早く集め、

「輪ゴムない？」

とあえて竹井の注意を引きました。その場ですばしこく頭を働かせたのです。竹井に渡された輪ゴムではずれ券をまとめ、リュックの中に押し込み、朝刊をたたんでテーブルの上に載せながら、念を入れてこう言いました。

「東京に出てくる前にね、人に頼まれて買ってた宝くじ。きょうの新聞に当選番号が出てたから、さっき見たんだけどぜんぶはずれ。ぜんぶ紙切れ同然」

「じゃあなんで輪ゴムでとめるの。はずれなら捨てれば？」

「だって」ミチルは答えを用意していました。「これは人に頼まれて買った宝くじだし、ぜんぶはずれでも捨てるわけにはいかないでしょう。ちゃんと持主に返して見てもらわないとね、変に疑われるのも嫌だし」

「ミチルちゃん」

と竹井がまた背中で言うので、ミチルは立ってそばへゆきました。はずれ券をしまい口

を絞ったリュックは胸に抱いたままです。竹井はニンニクと生姜《しょうが》と葱と筍《たけのこ》のみじん切りをフライパンで炒めて豆板醤《とうばんじゃん》を足しているところでした。横の鍋にはたっぷりと湯が煮立っています。

「何つくってるの」

「ミチルちゃん、今夜うちに友達呼んであるんだけど、かまわないよね」

「今夜？　これから？」

「うん」

「誰。男？」

「女の友達。今夜は帰らないかも、とかミチルちゃんがメールくれたからさ、一緒にご飯食べようと思って呼んであるんだけど」

迷惑でした。できれば今夜は初対面の人間になんか会いたくないというのが本音でした。もっと言えば、今夜はひとりきりでいたいというのが本音だったかもしれません。このときミチルは、さきほど電話の最後に沢田主任が触れた宝くじの枚数のことがいまさらながら気になり、正確に数え直したくてうずうずしていたのです。竹井と竹井の女友達と三人で晩ご飯など食べる気分ではありません。

でも女の友達なんか呼ぶなとも言えない。この部屋の住人は竹井輝夫であり、ミチルはいわば居候《いそうろう》の身分なのですから。ひとりでいたいなら自分がこの部屋を出て行くしかありません。それは無理な相談です。東京に出てきてまもない若い女がひとり、リュックの中に2億円の当たりくじを忍ばせていったいどこに行くあてがあるでしょうか。迷惑だけど仕方がない、ここにいるのがいちばん安全なのだし、今夜一晩の我慢だ、とミチルはすぐに頭を切り替えたはずです。

「あたしはかまわないけど。それなにつくってるの、あたしの食べるぶんは？」

「ジャージャー麺。三人ぶんつくるよ」

「いま入れたのなに」

「テンメンジャン」

「なんか手伝う？」

「じゃあ胡瓜《きゅうり》を洗って細切りにしてくれる？　麺を茹《ゆ》でるから」

「いいよ」

「あとさ、ミチルちゃん、そのリュック」

「なによ」

「よっぽど大事な物が入ってるのかもしれないけど、何とかならない？　友達が見たら変な人に思われるよ」

ミチルは黙って奥の部屋に行き、ベッドの枕もとにリュックを寝かせて、タオルケットをかけたりはがしたりしたあとようやく踏ん切りをつけて、台所に胡瓜を洗いに戻りました。

ひとめ見たとき、この女にはどこかで見覚えがあるという気がしたそうです。

竹井輝夫が夕食に呼んだ女友達のことです。彼女は吉祥寺で評判だという洋菓子店のケーキをお土産にして現れました。ちなみにケーキの数は二個で、ミチルの口には入らなかったのでどんな種類だったかは憶えていません。

華やかできれいな顔立ちの女でした。でもミチルはこれまでの人生で、自分より華やかできれいな顔をした女などいくらでも見慣れています。だから容貌のせいだけではなくて、やはり、あとから思えばということもありますが、特別な因縁のようなものを感じ取ったのかもしれません。会って一時間もしないうち、つまりジャージャー麺を一緒に食べている最中に記憶はよみがえりました。

七月二十六日のことです。

つまりすべての始まりの日。

このことはまえにも話しましたが、故郷の町から豊増一樹とともに空港行きのバスにとび乗ったミチルは、車中、日傘を持った母親とその娘に目をとめています。それから羽田行きの便に搭乗してからも、羽田で降りる際にもおなじ娘を見かけて、特に美しい横顔を記憶にとどめました。彼女がその娘なのです。

その娘がいま目の前にいて、竹井の作ってくれたジャージャー麺を食べ、ビールを飲んでいるのです。ママの作ってくれる味とほんとに似ているなどと言って無邪気に喜びながら。手製のテンメンジャンに八丁味噌ではなくて赤だし味噌をつかうのがコツなのだという竹井の料理の説明を聞きながら。

「ねえ高倉《たかくら》さん」

と記憶を一気によみがえらせたミチルはふたりのあいだに割って入りました。

「高倉さんは先月、地元に帰ってなかった?」

「はい」と高倉さんがあっさり認めます。「帰ってましたけど、父の三回忌で。古川さんとむこうでお会いしました?」

「ううん、そうじゃなくて、東京に戻ったのは二十六日でしょ?」

「たぶん、二十六日だったと思います」

「やっぱりね」

「何の話だよ」

と竹井が聞きたがるので、実は二十六日の午後、おなじシャトルバス、おなじ飛行機に乗って自分たちは上京したのだという話をミチルは披露します。高倉さんの手前とうぜんですが、昼休みに職場を抜け出して、着の身着のまま男と駆け落ちしてきたなどという驚きの事実は省いて。すると高倉さんはその偶然をまた無邪気に喜びました。竹井のほうは首をひねって、

「それで、ミチルちゃんは高倉さんの顔を憶えてて、高倉さんはそのときのことを憶えてないわけ？」

と余計なことを指摘しました。

「それはそうよ」とミチルは鷹揚に応えます。「高倉さんは美人だし目立つから」

「あらそんなことないですよ、古川さんだって」

と高倉さんがいちおう照れてみせ、ミチルはすぐさま、古川さんだって？　それじゃ謙遜にすらなってない、とか、だっ、て、のあとはどう続くの？　とか揚げ足を取ってみたくもなりましたが、おたがい気まずくなるのは目に見えているので、それ以上この話をするのはやめておきました。ただ心のなかでふんと思っただけです。

ちなみにここで高倉さんがミチルに敬語を使っているのは、彼女が竹井の高校時代の同級生でミチルより二つ年下にあたるからです。あともうひとつ、高倉さんの下の名前は

「えりか」といい、漢字で書けば「恵利香」が正しいのですが、このあたりのいきさつを私に打ち明けてくれたとき、ミチルはもう憶えてはいませんでした。ですから「高倉恵利香」という姓名は、私が自分で新聞記事を探し出して確認しました。

　しかしそれはのちの話です。

　いまは時間を巻き戻すと、このときミチルは七月二十六日の記憶をたどるうちに、高倉さんの美しい横顔などよりももっと重要な記憶をよみがえらせていました。空港行きのシャトルバスに乗る直前の、バスターミナルでの出来事。そこで宝くじを買っている自分の姿です。豊増一樹を待つあいだに赤い幟《のぼり》を目にとめて売場のほうへ早足で歩み寄った。沢田主任たちに頼まれた用事を済ませるために。そしてその売場で、預かっていた一万三千円とひきかえに宝くじとお釣りの小銭を受け取り、そのあとそこに日傘を置き忘れたのだった。昼休みに初山さんに借りて持って出た日傘を。遠い昔に思えるけれどあの午後からまだ二週間くらいしか経っていない。あの日、あのとき、急いで宝くじを買っていた自分はまだ東京へ家出することなど考えもしなかった。

　ものの三分とかからなかった宝くじの買物。しかしよみがえった記憶は詳細です。連番にするかバラにするかと売場の人に質問されたのも思い出しました。宝くじのことなどどうでもよかったので適当にうなずいておくと、バラ券でいいんですね？　となおも訊ねる声が聞こえた。

（はい、お願いします）

そう答えてまもなく、プラスチックの皿に載せた宝くじのバラ券と、釣銭の百円玉が一枚窓口から差し出されたのだ。百円玉が一枚。まちがいない。あのときあたしが受け取ったお釣りは百円だけだった。

ミチルは竹井と高倉さんとの会話に上の空でくわわりながら、すばやく頭を働かせます。あの日、沢田主任と立石さんから預かったお金が五千円ずつ、初山からは三千円、計一万三千円。それで受け取ったお釣りが百円ということは一万二千九百円ぶんの宝くじを買ったことになる。宝くじは一枚三百円。１２９００割ることの３００は……？

「ミチルちゃん」

「はい」

１２９００割ることの３００は、43。四十三枚の宝くじのうち十枚は初山のぶん、あとの三十三枚が沢田主任と立石さんのぶんということになる。それをふたりで等分にすると、ひとり十六・五枚ずつ。

「まだビールでいい？　コーヒーは？」

「うん」

いや十六・五枚ずつはない。宝くじはふたつに千切れない。三十三枚をふたりに分けると、それぞれ十六枚ずつで、あまりが一枚。つまり不必要な宝くじが一枚残る。そこまで、ざっと計算して答を得るとミチルはもう居ても立ってもいられなくなります。

「うんて、なに」

「なにが」

「ひとの話聞いてる？　高倉さんがケーキ買ってきてくれてるからコーヒーいれようかって言ってるんだけど」

「ケーキ？　二個しか入ってないように見えるけど、その箱」

「だからミチルちゃんが食べるなら三人で分けようって」

「あたしは竹井君と半分こでいいですから、古川さん一個食べてください」

「ごめん竹井、あたしちょっと出てくる」

ミチルは自分で思わず口にした台詞に勢いづいたようです。さっと立ち上がって奥の部屋へ歩き、リュックを取りあげるとそのまま玄関へ向かいました。

「どこに行くの」

「どこかそのへん、コンビニとか」

「コンビニとか？」

「ケーキならあたしはほんとに半分でいいんですよ、もともと少食だから」
玄関でサンダルをつっかけながら振り向くと、ちょうど目の合った高倉さんの顔がこわばるのがわかりました。よほど怖い目をして彼女を睨んでいたのかもしれません。じゃあなに、このあたしはもともと大食に見えるとでもいいたいの？　そんな揚げ足取りをちらりと頭に浮かべて、ミチルは竹井の部屋をあとにしました。

それからしばらく近所をほっつき歩いて、ミチルは初山さんに電話をかけています。近所をぐるぐる歩いたのは、リュックの中の宝くじの枚数をきっちり数え直す場所を求めたのです。夜九時を過ぎた頃ではなかったでしょうか。真夏の夜です。池袋に朝出かけるとき化粧したまま、シャワーも浴びていません。汗になったTシャツ一枚にジーンズ、おそらくそんな恰好だったでしょう。でもその晩のミチルはよれよれの服装も、剝げかけた化粧もさほど気になりませんでした。ミチルが考えていたのは宝くじのことのみです。歩いていてたまたま目についた建物の、正面玄関に通じる階段の途中にすわって、そこが人気《ひとけ》もなく、暗くもなかったので、と本人は言うのですが、ミチルは宝くじの枚数を正しく勘定しました。街灯に照らされた歩道沿いの建物です。話からすると井の頭公園駅近辺ということになるし、人通りがまったくなかったとは思えません。でも人目も気にせずミチルはリュックを背中にしょって、中から取り出したはずれ券を数え直したのです。予想通り三十八枚ありました。

さらに財布には当たり券が五枚あります。1等2億円の券と、8等三百円の券が四枚。それらを合わせると四十三枚になります。やはりさっきの計算にまちがいはありません。ミチルは生唾をのみ、しばし瞑想にふけります。しかるのち携帯を取り出して初山さんに電話をかけました。街灯の下、階段の端っこにすわりこんだままです。

「もしもし、初山？」ミチルはいつもと変わらぬ口調ではじめました。「元気？」

「ああ古川、ちょうどよかった。あたしもいま電話しようと思ってたとこ」

「わかってる、沢田でしょ？」

「沢田？」

「宝くじのこと。きょうお昼休みにあたしに電話かけろって言われたんでしょ？」

「そうか、そうだ、その話もあったんだ。でもいま電話しようと思ってたのは久太郎君のことよ」

「また？　久太郎がこんどはなんて？」

「こんども前もおなじよ。ミチルがどこにいるのか教えろって、しつこくて。あんたが電話に出ないからいけないのよ」

「メールは一回返信したんだけどね。ほっとけばいいのよ」

「古川は遠くにいるから簡単に言うけど、ほんとに毎日しつこいんだから。しつこいっていうか気持ち悪いっていうか。きょうなんか仕事帰りに待ち伏せされて、教えるまで車から出さないっておどされて、さっきまで久太郎君の車に閉じこめられてたんだよ。あたしもまだ晩ご飯も食べてないし、お風呂だって入りたいし、はやく家に帰りたいのに一時間もねばられて、ほとほと困って」

「なに」

「うん」

「ほとほと困ってなに」

「東京にいる後輩のとこにお世話になってるみたいよって喋った」

「ああそう」

「ごめんね。でも後輩の名前とかは言ってないから、住所も。住所はあたしも聞いてないから知らないけど」

「いいよ、そんなの気にしなくて。それより沢田のことなんだけど」

「宝くじ？　それはあれでしょ？　こっちの売場で1等が出たって話。もう今朝から沢田主任もタテブーも舞いあがっちゃって、みっともないくらいだった。沢田主任からなんか言ってきたの？」

「言ってきたから電話してるの。それで、その1等の当たりくじはどこの売場から出たの？」

「さあ」

と初山さんが気のない返事をした瞬間、いけるとミチルは強気になり、こう言いました。

「あたしはたぶん駅で買ったと思うんだけどね、ＪＲの駅の売場で」

「見てないの？　宝くじの番号。さっさと新聞見て調べればいいじゃん。どうせ1等なんて当たってるわけないんだから」

「うん、あたしもそう思う。でもまだ見てない、気にもしてなかったし。考えたんだけど、面倒くさいから新聞とか見ないままそっちに送っちゃおうかな。あのとき頼まれた宝くじ、ぜんぶで四十二枚あるんだけど、そのほうが間違いがなくてよくない？」

「まちがいって？」

「あとからごちゃごちゃ言われるのもいやでしょ、沢田に。預けたお金でほんとに宝くじ買ってたのかみたいなこと、あいつ細かいから」

「ほんとに買ったのは買ったんでしょ？」

「うん、買ったよ、いまも持ってる。だからそれを初山に郵便で送っていい？」

「いいけど、ぜんぶで何枚あるって言った?」

「四十二枚。初山のぶんが十枚に、沢田とタテブーのぶんが十六枚ずつ。あのとき預かったお金が一万三千円だから、お釣りが沢田とタテブーに二百円ずつになる」

「それで計算合うの?」

「合う。沢田に渡してくれればわかる。さっきも電話で話したし、お釣りの四百円はあたしが貰っていいそうだから。餞別として」

「ふうん」

「いい? わかった?」

「わかった」

「じゃああした送るから、よろしくね」

「ああ、ちょっと待ってよ。久太郎君のことはどうするの」

「久太郎はほっとけばいいって」

「ほっといてだいじょうぶかな? なんか東京まで連れ戻しに行きそうな勢いあるよ」

「だいじょうぶ。久太郎にそんな根性はないから」

自分には何も告げずに東京へ家出してしまった恋人を、追いかけて連れ戻す行為を男の根性と呼ぶことの妥当性は別として、結果からいうと、ミチルは上林久太郎という人物をこの時点で過小評価していたことになります。

しかしこの夜、見知らぬ場所の、何とも知れぬ建物の階段に腰をおろしたまま電話を終えたとき、上林久太郎のことなど頭の隅にもありませんでした。

ミチルはこう考えていました。あたしは預かったお金で、自分でも気づかぬうちに、一枚余分に宝くじを買っていた。沢田とタテブーにお釣りとして返すべきだった四百円で。でもその四百円をケチくさい沢田はあたしに餞別としてくれると言っている。だったらその四百円はもうあたしのものだし、その四百円から買っていた一枚の宝くじは、もともとあたしのもの、と言ってもいいはずだ。そしてその一枚が、偶然にも1等当選の宝くじだった、と考えることもできる。そう考えていったい何が悪い？　偶然にも、という言葉を、幸運にも、と置き換えて何が悪い？

何度もくり返しますが、この夜ミチルの頭にあったのは2億円当選という夢のような現実です。夢と現実とを行きつ戻りつ考えつめるうちに悪魔が囁《ささや》いたのです。すでに初山さんにしてしまった偽りの数の報告。彼女たちから頼まれて買った宝くじの総数は四十二枚。もうそれで通すしかない。

四十三枚目は買わなかったことにする。その一枚はないことにする。

2億円の当選金をどうにかして独り占めしたいという悪だくみのはじまりです。

## 6　待機

もうすぐあなたは、現金、もしくは小切手で、当せん金を受け取られることでしょう。当せん金を受け取ったら、まず最初にやらなければならないこと――それは、当せん金をとりあえず安全な場所に置くことです。（『【その日】から読む本』第一部・第1章）

宝くじの1等当選を知った日から五日あいだを空けて、つまり六日後の八月十八日、みずほ銀行吉祥寺支店に出向きました。

五日あいだが空いたのは、それがミチルにとってぎりぎりの日数だったからです。

十三日の朝、ミチルはさっそく初山さん宛に宝くじを郵送しています。三十八枚のはずれ券に8等の当たり券四枚をくわえた合計四十二枚を、買ったときに付いてきた半透明の袋にまとめ、それを封筒に入れて送りつけたのです。郵便はおそらく十四日の午前中には届いたでしょう。即座に、沢田主任らから何らかの反応があるものとミチルは予測していました。

けれど何も言ってきません。

翌十五日もミチルはいちんち電話をそばに置いて待ち構えていました。やはりむこうからは何の連絡もきません。夜、落ち着きをなくして初山さんに電話をかけると、

「ねえ、送った宝くじ沢田とタテブーに渡してくれた？」

「ううん、まだ」

「まだ？　きのう届いてるはずよ。ちゃんと四十二枚袋に入れて送ったんだから」

「うん届いてる。枚数までは数えてないけど」

「じゃあ沢田とタテブーに早く渡して、みんなで枚数を確かめてよ」

「だって沢田主任はきょうまでお盆休み取ってたから。あしたの朝渡す。あしたの朝はみんな揃うから」

という事情のようでした。

しかし十六日になってもミチルの電話は鳴りません。

それでひとりで考えたのはこういうことです。

まず、宝くじの枚数を確認したはずの三人から何も言ってこないところをみると、三人とも納得してくれたのだろう。とくに細かいことにこだわるあの沢田から電話の一本もか

かってこないのは良い兆候で、きっと問題なしと見なされたのに違いない。宝くじが何枚あるかを数えるよりさきに、彼女たちは当選番号との照合をすませただろうし、結局、高額当選の幸運などそうそう転がりこむものではなくて、8等三百円が十枚につき一枚当たる仕組になっているので投入した金がゼロにならないだけまし、というくらいのよくある感想にゆきついたのだろう。しかも送られてきた宝くじは数えてみればきっちり四十二枚ある。初山のぶんが十枚、沢田とタテブーが十六枚ずつ。お釣りの四百円はあたしへの餞別。何の問題もない。どう考えても疑いをはさむ余地などない。きょうになっても電話が鳴らないのは鳴らなくてあたりまえなのだ。沢田があたしに電話をかけてくる理由がないのだから。

もうだいじょうぶ。あの三人のことは心配いらない。これで財布の中の当選くじは自分のものにできる。このことを誰にも喋らず隠しておけば、隠し通せれば、2億円があたしひとりのものになる。あたしは明日にでも億万長者になれる。

でもミチルはもう一日だけ待ちました。

軽々しい行動をとってはいけない、くれぐれも用心深く、慎重であるべきだ、と自分に言い聞かせて迷っていたためです。

東京に出てくる前に買った宝くじが全部はずれていたという「偽りの報告」を、ありふれた「事実」に見せかけたいのなら、本当にそれがはずれていたときのような行動を自分はとるべきではないだろうか、と考えたのです。できるかぎり。つまり宝くじのことなど忘れたふりをしてとうぶんは暮らすべきではないだろうか。すくなくとも一ヶ月とか、二ヶ月くらいは。たぶんそうするべきなのだ。

たぶんそうするべきなのはわかっていても、ミチルにはできない相談でした。慎重でありたいと願う一方で、1等当選の宝くじを手もとにながく置いておく不安にもさいなまれていたからです。

2億円の当たり券といっても、銀行へ行って換金しないうちは、ただ一枚の薄っぺらな紙切れにすぎません。その薄っぺらな紙きれが常に財布の中にはさんであるわけです。いつ失くしてしまうかもしれない。財布ごとだれかに盗まれるかもしれない。不注意で破損してしまう心配もある。なにしろ一枚の紙だから、絶対安全な保管場所でもないかぎり破れたり燃えたりという危険はかならずつきまとう。ただの紙切れなら失くしても破いてもかまわないけれど、この紙切れは2億円の価値を持っている。たとえるなら2億円札と同じことだ。2億円札を一枚財布に入れたまま、普段どおり平気な顔で暮らしていける人間がいるだろうか？

こんな不安をかかえてながく暮らしていくのは自分には無理だ、というのが十七日夜、ミチルの到達した結論でした。あともうひとつ、とうぜんながら懐具合の心細さも不安に追い討ちをかけたと言えます。前にも申しあげたとおりミチルは慣れない東京暮らしでかなり困っていましたから、とにかくいますぐにでもまとまった現金が必要だったのです。

それは慎重に徹するに越したことはないけれど、もうここまで自分はじゅうぶんに慎重だった。ひとつのミスも犯してはいない。2億円の当たり券をいまあたしが握っていることを、あの三人には気づかれていない。誰ひとり気づいている人間はいない。だとすればこの当たり券はこのまま手もとに置いておくよりもいまのうちに現金に換えてしまったほうがいい。一枚の宝くじという動かぬ証拠ははやいうちに隠滅してしまったほうがいい。そのためには銀行へ行くしかない。生まれ故郷の、あの海辺の町でならあたしの行動は人目に立つかもしれない。でもここは東京だ。誰もあたしのすることになど目をとめないだろう。海辺の町にいるあの三人にも、あたしの東京での行動がばれる心配はない。あの三人はたぶん送られてきた宝くじのなかの四枚、8等の賞金千二百円を三人で分け合うだろう。細かい沢田のことだからきっとそういう提案をする。そしてそれで宝くじの一件には決着がつく。沢田はもう数日もすれば、東京へ家出して勤めをやめた部下のことも、その部下に頼んで買わせて結局は四百円しか払い戻しのなかった宝くじのことと一緒に忘れてしまうだろう。銀行へ行こう。あした、銀行へ行って億万長者になろう。

八月十八日午後。

ミチルは椅子に腰かけて自分の名前が呼ばれるのを待っていました。

窓口カウンター前に配置してある椅子のひとつに腰かけてから、というよりも午前中に銀行内に足を踏み入れてからずいぶん時間がたっていたので、やや疲れてもいたし、おなかもすいていました。

行員に名前を呼ばれるまでのあいだに例の「放心」に入りこんでもおかしくないところですが、そうならなかったのは疲労と空腹とでぴりぴりしていたせいと、考え事の深みにはまるまえに、知った顔に声をかけられて驚いたからです。

知った顔といっても、東京にミチルの知り合いは何人もいません。まして吉祥寺で出会う可能性のある人間となると、竹井輝夫か、その友人にかぎられるわけです。

「こないだはどうも」

と高倉さんは無邪気な笑顔をミチルにむけました。こないだとは言うまでもなく十二日夜のことをさしています。ジャージャー麺の夜です。ふたりはそれ以来会っていません。

「びっくりした。竹井は？」ミチルはとりあえず応えました。

「さあ。この時間はバイトじゃないですか？」

「高倉さんは何してるの、こんなとこで」

とそのあとつい口走ってから、まわりに目がいって、馬鹿な質問をしたとミチルは後悔します。銀行には銀行に用事のある人が大勢来るのです。なにも2億円の宝くじを当てた人だけのために銀行があるわけではなく。

もし高倉さんがいまの質問を、あなたは何の用事で銀行にいるのかという意味にとったのなら、そしてそんな意味の本来答える義理もない質問に律儀に答えるようであれば、この会話はすこし面倒なことになるとミチルは唇を嚙みました。あたしならこんな馬鹿な質問されたら、聞こえなかったことにして別の話題を見つけるんだけど。

「通帳の繰り越しに来ただけなんですよ」

と高倉さんは質問におっとり答えました。

「古川さんは？」

「あたし？」

とミチルは間を置いて、そう問い返されてとうぜんだ、軽率な質問をした報いだと観念し、正直に教えることにします。みじかい時間に頭を働かせ、ここは下手に嘘をつくのはまずいと判断したのです。どうせこの話は竹井にも伝わる。

「あたしは口座をひらこうと思って。こっちで暮らすには、やっぱりこっちの銀行に口座があったほうが便利でしょう?」

言ったあとで窓口のほうへ顔をむけると、ちょうど係の行員と目が合ったような気がして、じきに名前が呼ばれました。

ミチルは立ってそちらへむかい、真新しい預金通帳を受け取ります。一方の肩にあいかわらずのリュックをかけてはいますが、もう財布の中に2億円の当たり券は入っていません。証拠隠滅はひとまず実行されました。それは午前中に「お客様サービス課」の担当者の手に渡っています。

その場で通帳をひらいて、残高を確認しました。まちがいありません。そこに打ち込まれた数字は、さきほど口座開設の手続きの際にあずけた千円のみ。キャッシュカードはあとから、届け出用紙に記入した竹井の住所に送られてくるという説明を再度聞いて、ミチルは冷房のきいた銀行をあとにします。

外へ出たときには光をまぶしく感じて軽いめまいをおぼえたほどでした。午前中からつづけて二時間ちかく銀行内にいたのです。リュックを背負って歩き出すまえに深呼吸をして、気持ちを静め、めまいを感じたのは太陽の光と、あとやっぱり空腹のせいだと思いあたりました。そのときそばで「古川さん」と呼びとめられてミチルはまた驚くことになります。

窓口で預金通帳を受け取り、ひらいて見て、これで一と仕事をやり終えたという安堵感からか、次の瞬間にはもう高倉さんの存在を忘れて銀行を出てきてしまったのです。そこまでの一連の行動は高倉さんを避けているように見えたでしょうか。人目を嫌い、逃げ去るふうにも見えたでしょうか。でもミチルに追いついた高倉さんはこう言いました。

「古川さん、このあと用事あります？」

「べつに、用事はないけど」

「いっしょにお茶でも飲みません？　話してみたいことがあるので、もしよかったら」

「ごめん、おなかすいてるの。話ならこんどにして」

ミチルはつれなく言い放って高倉さんのそばを離れました。

べつにあてもなく、駅の方角へ見当をつけて歩き出したのですが、途中で気が変わって足を止めました。おなかはぺこぺこなのにどこで何を食べてよいのか知らなかったからです。竹井のマンションに帰れば冷蔵庫にゆうべの残り物があるにはあるけれど、それでませるのもなんだか味気ない。2億円が自分のものになると決まった日の昼食であればなおさらのこと。

振り返ると高倉さんはまだ銀行の前にいて、こころもち首をかしげてこちらを眺めています。ミチルの後ろ姿を観察していたようにも見えます。ミチルは声を張りあげました。

「ねえ、おひるいっしょに食べる？」

「いいんですか、ご一緒しても」

小走りに追いついた高倉さんがまた無邪気な笑顔を浮かべます。

「このへんに知ってるお店ある？」

「ありますよ」

「そこに連れてって。何でもいい、定食屋さんでもパスタ屋さんでも中華屋さんでも。とにかく近いとこがいい、てくてく歩きたくない、おなかへってめまいがしそうだから」

「まかせてください」


今のあなたは、喜びと興奮でいっぱいのことでしょう。気持ちを落ち着けるまでのあいだに、そうした感情を心ゆくまで味わってください。当せん直後の人のほとんどは、軽躁状態と呼ばれる一種の興奮状態に置かれていると言ってさしつかえないと思います。

（『【その日】から読む本』第一部・第3章）


この日の昼食にミチルはメンチカツを一個とパスタを一と皿たいらげています。

メンチカツは高倉さんに案内された店まで歩く途中の商店街に肉屋さんがあり、店先に行列ができていたのでミチルが興味を示したのです。材料に松阪牛を使ったメンチカツということです。それを一個立ち食いしたあとでつづけてパスタ屋さんに入ったのです。

昼食後、高倉さんとコーヒーを飲みながら話をしたのですが、とりたてて印象にとどめるほどの話題が出たわけではなく、いわばふたりの接点である竹井をめぐっての雑談に終始しただけでした。たとえばミチルが披露したのは、とにかくよく転ぶ子供だったという竹井輝夫の小学生時代の話です。

朝の通学時にも、下校時にも、歌を歌いながら歩くのが竹井少年の癖だった。調子に乗るとスキップまで踏みはじめるので、またはじまった、と上級生のミチルは思い、後ろからランドセルめがけて叫ぶことになる。竹井！　ちゃんと前見て歩かないと転ぶよ。ところがどれだけ注意しても、石ころにつまずくわけでもなくただの平坦な道なのにふいに竹井は前のめりに倒れ、膝小僧や顎《あご》の下を擦りむいたり、ひどいときには歯を折って口を血だらけにしたりもした。そのたびにミチルは大人びたため息をついて、竹井を助け起こし、男のくせに泣くなと叱りつけながら学校の保健室へ連れていったり、竹井の母親のもとへ送り届けたりした。

とくになんということもない逸話です。しょっちゅう怪我《けが》ばかりしていた泣き虫の竹井がいまは大学生で、東京で一人暮らしをしている、しかもミチルを居候させている、といった他愛ない思い出話です。

だからこのときの雑談でむしろ印象に残ったのは、銀行の前では「話してみたいことがあるので」とミチルを誘ってきた高倉さんが、そういった他愛ない思い出話を退屈なそぶりもみせずに聴き、自分からはこれといって「話してみたいこと」を持ち出さなかった点です。ミチルには合点がいきませんでした。いったい何のつもりでこのひとはあたしを誘ってきたのか。竹井の少年時代の話をあたしの口から聞くのがそんなに興味深いことだろうか？

合点がいくいかないに話をしぼれば、ミチルはこの日の高倉さんとの昼食、昼食後の雑談の印象をのちに思い出すことになります。まざまざと思い出して、自分が見逃していた点にようやく気づく、というよりも、ある先入観から正しく周囲の関係が見えていなかった自分に歯噛みすることになります。でもいまはまだそのときではありません。

実をいえばミチルはこの日、心ここにあらずといった状態で高倉さんを相手に喋っていました。高倉さんが竹井の子供の頃の話を聞きたがろうとうるさがろうと、自分から話題を持ち出そうと持ち出すまいと、そんなことはほとんどどうでもよかったのです。彼女の態度に多少はもやもやしたものを感じ取っていたにしても、そのもやもやの正体をつきとめる余裕はまだなかったのです。

ミチルの財布の中にはこのとき、2億円の当たり券とひきかえに渡された「預かり証」が丁寧に折り畳んでしまってありました。その預かり証を持って一週間後にふたたび銀行を訪れるてはずになっていました。そのときに当選金2億円が正式にミチルのものになるのです。

ここで仕組みをすこし説明しておくと、銀行側は宝くじの1等当たり券を持参した人にその場で当選金を支払うようなまねはしません。そんなにお人好しではありません。まず当たり券はみずほ銀行本店宝くじ部へ鑑定にまわされます。そのために「高額鑑定依頼書」というものへの記入を求めてきます。依頼書の提出にあたって必要なものは当たり券と、免許証などの本人確認資料と、印鑑です。で、それから一週間ないし十日後に、何事もなく鑑定が済めば、こんどは預かり証とひきかえに当選金が支払われる運びになる、そういうことらしいのです。

ややこしい手続きですが、まあ2億もの大金が動くのだからそう簡単に「はいどうぞ。さあ、持ってってください」というわけにもいかないでしょう。午前中から正午過ぎまでミチルが銀行にとどまらなければならなかった理由もそこにあります。なにしろ「高額鑑定依頼書」についての説明を受けて、それに記入して「預かり証」を受け取るまでに時間がかかったのです。

ちなみに言っておくと、ミチルは運転免許を持っていません。したがって本人確認資料としてはたまたま財布に入れてあった健康保険証を提出しています。このことには意味があります。豊増一樹と東京へ駆け落ちした日、ミチルは沢田主任に歯医者に行くと断って勤め先を出ているわけですが、その断りが、沢田主任にそう告げた時点ではまるっきり嘘でもなかったことがこれで証明されます。財布に保険証を入れていたのはあの日、豊増をバスターミナルで見送ったあと、もし時間があれば定期検診またはホワイトニングのために歯医者に立ち寄る予定でいたということなのです。その予定をふいにして空港行きリムジンバスに飛び乗ったのは、ミチルの言うとおり、もののはずみでしかなかったのでしょう。いまさらそんな事情を述べても取り返しのつかないことではありますが。ちなみにもう一点、依頼書提出に必要な印鑑については、東池袋のウィークリーマンション契約の際にあつらえたものがあったので、新たに用意する必要もなかったことをつけくわえておきます。

さて。メンチカツとパスタでおなかを満たしたミチルは、高倉さんを相手に喋りつづけながら意識のはんぶんは、隣の椅子に置いたリュックにむけていました。リュックの中には銀行の預金通帳と財布、財布の中にはいま申しあげた大事な預かり証。当たり券は自分の手を離れたけれど、こんどは代わりにそんなものを所持することになった。証拠隠滅は完璧に果たされたわけではないのです。でも、のこり一週間の辛抱だとミチルは自分を励ましていました。億万長者になるまであとほんの一週間。

それまでにしなければならないこと。まず、今週中にお金の入るあてがあるといって竹井に借りていた五万円の返済を来週までのばしてもらうこと。今週が来週にのびるだけだし竹井は許してくれるだろう。それから次に、あたしがしなければならないのは、待つこと。ただ一週間を黙って待つこと。そうすれば今日ひらいたばかりの口座に当選金が振り込まれる。いまは1000と預金通帳に打ち込まれている数字が来週には2000000に変わる。いや、そうではなくて200001000に増える。

「うたってたとえば？」

と高倉さんが言葉を投げかけてきたので、ミチルは夢見心地からさめて、意識を向かいの椅子に集中させました。

「歌？」

「小学校の行き帰りに歌ってたのは、たとえば、どんな歌だったんですか？」

また竹井の話です。高倉さんは先を聞くつもりでいたのです。

「そうねえ」

と仕方なくミチルは記憶をたどってみて、

「いま思い出せるのは、たとえばこんなの」

と言って一曲口ずさみました。

♪骨まで溶けるようなテキーラみたいなキスをして……

「聞いたことある？　松任谷由実」

「はい」

「篠原涼子の曲もよく歌ってた」

♪恋《いと》しさと せつなさと 心強さと……

まさかこの場で私の歌をお聞かせするわけにもいかないので、念のため言っておきますが、ここはさわりの歌詞をミチルが実際に声に出して歌ってみせたのです。吉祥寺のパスタ屋さんの、小さなテーブルに高倉さんと向かい合っている状況で。

「あとね、雨の日には定番だけど、♪あめあめ ふれふれ かあさんが じゃのめで おむかえ うれしいな……とかね。なんかぜんたいに女の子っぽいよね。竹井って、昔から女子とばっかり遊ぶ子供だったたし。ごめん、携帯見ていい？　メールが来たみたい」

リュックのポケットから携帯を取り出している途中で高倉さんが話しかけます。

「それは彼が女子とばっかり遊ぶ子供だったんじゃなくて、ただ古川さんのそばにいたというだけじゃないんですか？」

「うん？」

「彼がいつも古川さんのそばにいたせいで、自然と、女子とばっかり遊ぶ結果になったんじゃないですか？」

高倉さんの言いたいことがよく理解できないし、よく理解したいとも思わないので、あまり深く考えずに、

「ああ、そうか。そうかもしれないね」

と相づちを打ってから携帯をひらくと、着信拒否に設定している上林久太郎からの着信を知らせるアイコンが表示されていました。しつこい、とこれについては思っただけです。

メールは豊増一樹からで、週末の予定をたずねています。折り返し回答を求める文面でもなかったのですが、読み終わるとミチルはうつむいたまま返信を書きはじめます。昼食が終わってこれ以上高倉さんにつきまとわれる理由はないわけだから、このメールが席を立つきっかけになればと考えてあえてそうしたのです。

「古川さん？」

とほどなく高倉さんが声をかけます。あるいは気配を察してくれたのかもしれません。

「何か御用があるんだったら、あたしのことは気にしないでくださいね。またいつでもお会いできると思うし」

この思う壺の発言に、

「うん、ごめんね。ちょっとこれから行くところができて」

とミチルは入力画面から目もあげずに答えることができました。


あなたに知っておいてほしいのは、人間にとって秘密を守るのはむずかしいということです。たとえひとりでも、あなたがだれかに当せんしたことを話したのなら、そこから少しずつうわさが広まっていくのは避けられないと考えたほうがよいでしょう。（『【その日】から読む本』第二部・第4章）

自分がだんだん嫌な人間になっていく。

ということへの反省。もしくは自分自身への不信感。

そんなものがまったくなかったわけではありません。誰のもとへも自省の時間は訪れます。嫌な人間になりつつあるのがまぎれもない事実なのか、ちょっとした気の迷いなのか、つまり自分の心は健全なのか金の亡者になりかけているのか自分ではよくわからないまま、ミチルはそれから宝くじの当選金が払い込まれるまでの一週間を過ごしました。そのうちに何度か、いや何度も、悪いほうへの疑念をおさえきれずに苛立っています。

いちばん苛立ちがひどかったのは週末に豊増一樹と会ったときでした。豊増とはいつものように池袋で待ち合わせて、食事をして、おなじみのホテルに部屋をとりました。でもその日のミチルはいつもと違い、ひとことで表せば「テンションが上がらない」状態でした。

出がけから、いつもと違うのは自分でも気づいていたのです。待ち合わせにむかう車中でも心の弾みのようなものがなかったし、池袋に着いて、人ごみのなかに豊増の笑顔を見つけても安心感がわいてこない。それよりその無精髭《ぶしょうひげ》を剃ってこい、と冷たく思ったりする。連れていかれたしゃぶしゃぶの店も、東京に来てからもう三度目か四度目で、初めてのときほど新鮮味がない。たいして美味《おい》しくもない。食べ終わる頃になって今夜あたしが食べたかったのはしゃぶしゃぶなんかじゃないと気づく。今夜あたしが何を食べたいのか訊かずに店に予約を入れていた豊増の独断にも気づく。東京に来たばかりのころはすべて豊増まかせで頼りがいを感じていたのに、今夜はその豊増のやり方が無神経に感じられる。ごちそうさま、美味しかった、とそれでもいちおう礼を言うと、いや、いいんだよと豊増が答える。それがいつもの決まり文句だとわかってはいても、いつにもまして恩着せがましい台詞に聞こえる。人のことを貧乏人あつかいして。

豊増がホテルをめざして歩き出す。おおまたで歩くので急いでいるように見える。この男は今夜も大泉町の家に帰るつもりなのだと思う。終電車で帰る予定を勝手にたてているから急いでいるのだ。あたしを抱いてシャワーを浴びて家族のもとへ帰宅する。あたしを池袋に呼び出して晩ご飯を食べさせてホテルに連れ込んで抱いてシャワーを浴びて終電車に乗る。毎回まいかい同じことの繰り返しじゃないか。この男はあたしのからだめあてにあたしとつきあっているだけじゃないのか。この男のために、あたしは仕事をやめ、地元の恋人を捨て、実家との縁まで切るという大きな犠牲をはらっているのに。

ホテルに入るまえからそんなふうではあとのことは容易に想像がつきます。

「どうかした？」と最中に男が訊き、

「べつに、どうもしない」と女が答えるのです。

「何かほかのことを考えてるように見える」

「そんなことないよ」

「その気がないならやめよう」

「やめてもいいけど、その気がないのはかずきさんのほうじゃない？」

「僕はいつもと同じだよ」

「あたしもいつもと同じよ」

おそらくそんな不毛なやりとりが交わされたのではないでしょうか。

ふたりともいつもと同じなら、終わると豊増は電車の時間を気にしてそそくさとシャワーを浴びに立つところですが、その夜は違ったでしょう。時間はまだたっぷり余っています。普段は必要としない会話がいやでも求められます。

「ミチル」

「なに」

「僕に話したいことがあるんじゃないか？」

「どうして？」

「今夜はずっとそんな気がしてた。話したいことがあるのなら遠慮なく話してくれよ」

ふくみのある発言でしたが、ミチルは敏感に感じ取りました。これはお金の話です。豊増はミチルの東京での生活のこと、つまり今後の生活費のことを気にしてくれているのです。

「何か心配事があるんだろ？」

さらにそう訊かれてミチルは戸惑いました。

ほんとうは宝くじの秘密を誰かに打ち明けたかったし、打ち明けるとしたら相手は豊増しかいないということも、自分でわかってはいたのです。でもそれはできません。なぜなら豊増はあの海辺の町とつながっているからです。今後も月に一度あの町を出張で訪れては沢田主任や立石さんと会いつづけるからです。書店で顔を合わせるだけならともかく、担当の立石さんとは接待がてら晩ご飯をともにするのが習慣化しています。つまり宝くじの秘密をいちばん知られたくない人物と、豊増との関係はあまりにも近すぎる。したがって豊増に秘密を打ち明けるのはいちばん危険なのです。

まっさきに秘密を打ち明けたい相手と、打ち明けるとその秘密の洩れる危険性の最も高い相手とが同一人物である。これはジレンマと言えます。豊増にだけは話したいけれど同時に豊増にだけは話せない。そのことでもどかしさを味わい、混乱していたのです。ミチルはこうも考えました。豊増の口から秘密が洩れることを心配している自分は、要は、豊増を信用していないのかもしれない。

この男のためにすべてをなげうって東京に出てきたというのに、秘密ひとつ分かち合うことができない。分かち合えばそのとたんに2億円を失う危険にさらされることをあたしは恐れている。たとえば接待の席で、酔った豊増が軽率なミスを犯し、何か言わなくてもいいことを言い、タテブーに秘密の糸口をつかまれることを恐れている。それが沢田に伝わり、初山にも伝わり、三人から当選金を奪いとられることを恐れている。とどのつまり、あたしはお金を大事に見ている。この男は信用できないけれどお金は信用できると見ている。2億円のためならこんな男のひとり失っても惜しくないと考えている。あたしはそういう人間なのかもしれない。

ミチルは考えてたどりついた結論に苛立ち、こう答えました。

「心配事？　あるに決まってるでしょ。だいいちあたしのことどう考えてくれてるの？　あたしは仕事もやめて、かずきさんと一緒にいるために東京まで出てきたのに、そのせいで親にまで見放されたのに、かずきさんのほうはぜんぜん変わらない。仕事も、帰る家も家族もある。あたしはかずきさんと会わないときはひとりぼっちで、将来のこと考えると不安で、不安でしょうがない。毎日、心配事だらけ。それなのに、何か心配事があるんだろ？　よくそんな質問ができるわね。あたしの将来のこと考えてくれたことがあるの？　真剣に。奥さんと別れてあたしと一緒に暮らすとか一度でも考えたことあるの？」

そしてまた反省します。答えたあとで気づいたのです。いま自分の口から出た言葉はそのときまで、東京に来て一ヶ月弱のあいだにという意味ですが、思ってみたこともなかった内容でした。豊増一樹が奥さんと別れて自分と再婚するとか、一度でも考えたことがなかったのはミチルのほうなのでした。

ところが男は予想外の反応を示します。

「考えてるよ、もちろん」

とまともに返事をしたのです。

その瞬間の豊増一樹の真剣なまなざし、うるんだ目がその夜の、象徴的な映像としてミチルの脳裏に刻みこまれることになります。

この男の存在は重い、と感じた最初でした。

## 7　その日から読む本

この時期に気をつけたいのは、喜びや興奮の勢いにまかせて、軽はずみな言動に出てしまうことです。当せんしたことをあちこちで触れ回る、気が大きくなって意味のない大盤ぶるまいをする、当せん金の贈与について口約束を交わす、仕事を辞める…。今のあなたは、以前の自分からは考えられないような行動に出てしまう可能性もあります。（『【その日】から読む本』第一部・第3章）

八月十八日からちょうど一週間後のことです。

待ちに待った連絡を受けてミチルはふたたび銀行に出向きます。

そしてその日、思ったより自分が冷静でいられることを知ります。預金通帳に打ちこまれた2からはじまる9桁の金額を見たとたんにからだが震えだしたり、ひどければ気が遠くなって昏倒《こんとう》したりという心配までしていたのですが、無用でした。そのかわり心の底からしみじみと自然にわきあがる喜びとも無縁でした。

銀行の応接室に案内されて「お客さまサービス課」の担当者と向かい合ったとき、とくに相手の口から決定的なひとことが聞けた瞬間に、それまで微かに耳に伝わっていた行内の雑音が完全に遮断されたような錯覚をおぼえただけです。

当選くじの鑑定がとどこおりなく済んだことを知らされた瞬間という意味です。別の行員が硝子《ガラス》のうつわに入った麦茶を運んできて去ります。扉が閉まって、さて、という感じで担当者の口から洩れたのはごくあっさりとしたひとことでした。

「古川さま、おめでとうございます」

直後、まわりが無音の状態につつまれ、ミチルは目をつぶって、睫毛《まつげ》を指で撫でるような仕草をしました。

したと思います。自分が冷静でいられるのを知ったのはきっとそのときです。ひとより長い睫毛を見せつけるようなまばたき、あるいはまばたきをくり返す途中で睫毛をそろえるように指先を添える仕草、それは子供のころから意識してやるうちに身についた癖なのです。普段と変わらぬ自分がいまここにいる。雑音が戻りました。目をひらくと、ミチルはもう正式に2億円当選者となっていました。

リュックから預金通帳をとりだす手も震えはしません。その日まで何回何十回となく模擬練習していた夢の場面が現実に追いつき、予定通りぴったり重なった。それだけのことに過ぎません。いわば想像のなかで場数を踏んで、さんざん慣れたことをし、見慣れたものをいま見ているのです。若い女性という自分を殺した中性的な口調で、

「この口座に2億円振り込んで頂けますね？」

とミチルは確認しました。

「もちろんです。古川さまのご希望どおり。手続きはすでにととのっております」

「すでに？」

「お帰りの際、ATMで御記帳なさってみてください」

シンプルな回答に満足して、というよりもいささか拍子抜けの思いすら味わってミチルが席を立とうとするのを、担当者がひきとめました。

「もう一点だけ、お話がございます」

「まだあるの？」

ミチルの目つきに自分を殺しきれない未熟さがあらわれ、すると担当者は安心させるように笑みを浮かべます。

「ちょっとした決まり事です。これを」

そう言って差し出されたのは一冊のハンドブックでした。

表紙に『【その日】から読む本』と大きくしるされています。おとなしく受け取って、一枚めくると最初のページに、これは高額当選者の一般にかかえる「不安や疑問の解消に役立つよう、弁護士、臨床心理士、ファイナンシャルプランナーといった専門家のアドバイスを得て作成されたものです」と説明されていました。

「お読みになってみてください」

「きょうから、という意味ね？」

「ええ、ぜひ」

「これでおしまい？」

「おしまいです」担当者はまた笑顔になりました。「お疲れさまでした。なお当選金の運用については当行でご相談を承ります。いつでも、どうかお気軽にお電話を。そのハンドブックをお読みになり、ゆっくりお考えになったあとで」

ミチルはうなずいて、冊子をリュックにしまい、居候している竹井のマンションに持ち帰ることになります。そしてその日から、おりにふれてページをめくり何回も読み返すことになるのです。内容の目新しさに飽きたあとも、単に、この本を読み返すと気持ちが落ちつくという理由で。

この『【その日】から読む本』という薄い冊子は世間ではあまり知られてはいませんが、

宝くじの高額当選者にはかならず渡される、そういう決まりになっている本です。つまり誰もが手に入れられるわけではない、知るひとぞ知るという性格の本なのです。おわかりでしょうが、これを逆からいえば、この本の読者、この本を所有している人物はすなわち宝くじの高額当選者である、という理屈になります。

少しだけ現金で持って帰ろうと思っている人がいるかもしれません。でも今のあなたは、いつもとは違う興奮状態にあるはず。現金を手にしたことで気が大きくなり、後悔してしまうような行動に出てしまう可能性も考えられます。今すぐ現金が必要でない限りは、とりあえず全額を金融機関の口座に入金することをおすすめします。(『【その日】から読む本』第一部・第1章)

ミチルは銀行を出るまえにATMの列にふつうに並んで記帳を済ませました。ふつうに並んで、とは意味ありげな表現ですが、本人がその言葉を使ったのを私は憶えています。あるいは、自分は特殊な事情をかかえているけれど、ふつうをよそおって列にまぎれこんで、といったニュアンスを伝えたかったのかもしれません。でもいまいちど考えてみると、ATMの列に並ぶ人々の用件は他からうかがい知れないものです。誰がどんな用件で並んでいるかわからないし、いちいちたがいに気にとめることもない。それがふつうです。みな一様ではなく、おのおの特殊な事情をかかえている。そう考えてみるのがふつうです。特殊なひとりひとりが集まってふつうの列をつくっている。道理にはずれた行為をした人間もそうでない人間も、誰もがふつうの列をつくるのに一と役買っている、と言えるのかもしれません。だから見知らぬほかのひとたちと同じように自分も、ふつうの顔をして列に並んで、とミチルは言いたかったのかもしれません。

しごく冷静に、２０００１０００という残高を確認すると、もういちど通帳を機械に通して暗証番号を入力し、十万円を引き出しました。これはまえもって考えていたとおりを実行したのです。竹井への借金返済のぶんが五万円と、もう五万円をとりあえずの生活費にという計算です。

預金残高はこれで１９９０１０００円。

そのあと竹井のマンションへはまっすぐ帰らず、先週高倉さんと歩いた道をそのままなぞって寄り道しています。つまり途中の商店街でメンチカツを立ち食いして、ひとりでパスタの店に入って遅めの昼食といった順番です。この日は知った顔には誰にも会いませんでした。

昼食後はとくに行くあてもなく、竹井のマンションに帰るだけです。せっかく億万長者になったという日に何の予定もないのはものたりない気もしましたが、大事な預金通帳を手にあてもなく街をぶらぶらするわけにもいきません。ミチルがしたのは吉祥寺から隣駅の井の頭公園まで腹ごなしに歩いたこと、マンションに帰り着くまでに目にとまった公園の木陰のベンチで汗がひくまでひとやすみしたこと、あとはセブンイレブンでプリンアラモードを買ったことくらいでした。

木陰のベンチではたまたま周囲に人影がなかったので、リュックから『【その日】から読む本』を取り出して時間をつぶしています。そのときはざっと目を通しただけでしたが、それでも不安の解消に役立つとまえがきにあった文句はほんとうで、たとえば、

口座に当せん金を入金すると、当せんしたことが公になってしまうのではないかと心配しているのなら、どうかご安心を。あなたが当せんしたこと、当せん金の手続きに関することについて、金融機関の職員があなたの許可なく他言することはありません。

と第一部の第1章で断言してあるのも頼もしく思われ、先週と今日と二度会って二度とも信頼できそうな物腰が印象に残った「お客さまサービス課」の担当者のことも思い合わせて、すなおに納得できました。

このすなおにというところは重要です。東京に出てきてほぼ一と月がたち、ミチルは徐々に、すなおに心をひらける相手を見失いつつあったからです。初山さんに電話をかけて地元の情報を得るにしても、豊増に会って甘えるにしても、竹井と朝晩の食事中にあたりさわりのない言葉をかわすときにも。

私も身に覚えがありますが、ひとには心にできた結び目のようなものをほどいてすなおにさせてくれる存在が必要です。必要とするときが来ます。そのためこの本はのちのちまで、ミチルにとって癒しをもたらす秘密のバイブルのごとき存在になるのです。秘密のバイブルというのは本人の言です。正確にはミチルは、隠れキリシタンのバイブルと言ったのですが、そのままでは語弊があるかもしれないので私なりの表現になおしておきます。

話を戻しましょう。帰宅まえにプリンアラモードを買ったのは自分にちょっとした贅沢を許したのです。コンビニでの買物が贅沢のうちにはいるのかと思われるかもしれません。が、普段なら百円ていどのプリンで辛抱するのを三倍か四倍かの値段のプリンアラモードに手をのばしたのです。察してやりたいと思います。億万長者になれたことをできれば純粋に喜びたい気持ちと、億万長者になったことを他人に気取られないように努めなければならない重い課題と、両者のあいだで揺れうごいたあげくの思い切りですから。

竹井のマンションに帰り着き、冷蔵庫にプリンアラモードをしまっているときふいに部屋の空気の色合いに気づきました。

日暮れどきです。

寝室として使っている部屋の窓を振り向くと、レースのカーテン越しに外が葡萄色に染まっているのが見えました。

ここで葡萄色とは子供心にそう呼んだ記憶のある薄紫色のことです。ミチルはこのとき、母親がまだ生きていた時代のことを思い出しています。小学校にあがるまえ、母親に連れられて近所の海べりを散歩し、崖の上にたつ教会の清掃を手伝ったころの思い出。母親はさほど篤《あつ》い信仰はもたないものの、熱心な信者である祖母の教育のもとに育った、いわば代々続くカトリック教徒でした。熱心な祖母はより熱心な曽祖父母の世代の薫陶《くんとう》をうけた、という系譜です。とうぜんミチルも洗礼を授かっていますが、彼女の場合は洗礼のことを七五三の行事のようにぼんやり記憶している、そのていどの名ばかりの信者です。いっそ無宗教といったほうがはやいくらいです。ちなみに、まえにも申しあげたとおり父親は古川家にむかえられた入り婿で、仏教徒。母親が亡くなったときまだ二歳にならなかったミチルの妹も、それから新しい母が来てから産まれた弟も洗礼はうけていません。

やはり夏の日暮れどきだったのでしょうか。信者のあいだで当番制になっていた聖堂《せいどう》の掃除をすませたあと、母親はみずからみがきあげた床に両膝をついて無言の祈りを捧げました。おまえも、と強制されたわけでもないのにミチルは隣で真似をして、小さな手の指を組み合わせ、顔をうつむかせます。なにかただごとではない気配を感じ取ったのです。最初はつぶっていた目をかたほうだけひらき、母の横顔をうかがうと祈りはえんえん続いています。声などかけがたい、厳粛なオーラにつつまれています。ミチルは目をそらして反対側へ顔をむけ、そのとき聖堂内の空気に色がついていることに気づきました。左右の壁を見上げましたがステンドグラスの反射のせいではありません。からだごと振り返って入口のほうを見ると、風通しのために開放された両開きの扉のむこうに、薄紫色に暮れなずむ外の景色がありました。

（お母さん、見て、外が葡萄色）

これは子供のとき声に出せなかった母への呼びかけです。ミチルは実際には口にできなかった言葉と、母の無心に祈るすがたとを重ねあわせていまも憶えているのです。もしくは、いまも憶えていることにその日初めて気づいたのです。

いままではいちども思い出しもしなかったのに、思い出してみると、それがさも大切な事件であったかのように疑問が生まれます。母はなぜあの日にかぎって、娘のあたしが声もかけづらいほど一心不乱に祈っていたのだろうか？　前の週もその前の週の当番の日も、帰りがけに型通りの十字を切って、あとは聖母像にお辞儀をするくらいだったのに。娘を待たせて床にひざまずいたためしなどなかったのに。母があれほど真剣に祈っていたその祈りの文句とは何だったのだろうか？

死んだ母にそのことを確かめるすべはありません。もしかしたら、いちばんの理解者だったはずの祖母なら当時の母の悩みに思いあたるふしがあるかもしれませんが、その祖母もすでにこの世にはいません。母が死に、祖母が死に、残ったのはいまはあたしだけ。古川家代々のカトリックの血筋はこのあたしで終わる。いまのいままで自分が洗礼をうけた事実など意識したこともなかったのですから、自分でも大げさだとわかっていながら、ミチルはそんな感傷的な思いにとらえられていました。冷蔵庫のドアに手をかけて、窓のほうへ首をねじったまま、背中にはまだリュックを背負ったままで。

つまりこれは夕方ほんの短い時間の出来事なのです。

プリンアラモードを冷蔵庫の棚に置いて、ドアを閉めようとして、寝室の窓を振り向き、外の日暮れの色に気づいた。遠いむかしに見たのとおなじ色を目にした。そのとき、ほとんどその一連の動作の最中にミチルの頭を駆けめぐった記憶と感傷の思いなのです。

でも本当のところは、もっと単純だったのかもしれません。冷蔵庫のドアに手をかけたまま窓の外に気づいて、ミチルはただ、自分の目にしたものを誰かに伝えたいと思っていたのかもしれません。

「見て、あんなに外がきれいな葡萄色」

そして伝えるべき相手が誰もいないことを悔しがっていたのかもしれません。

いま自分は幼いころ母と教会にいたときの自分とおなじ目で外を見ている。

きれいなものを見てすなおにきれいだと言える。

でもそれをわかちあえる相手はいない。


もしもあなたが当せんしたことをどうしても秘密にしておきたいのなら、だれにも話すべきではありません。（『【その日】から読む本』第二部・第5章）

翌日からミチルは動きました。

第一に考えたのは居候の身分を脱して自分の部屋を借りることです。次に携帯電話を解約してあらたに買い替えること。三番目に求職活動です。

部屋探しの件はとうぜんですが豊増一樹と竹井輝夫に黙っているわけにいきません。豊増のほうへは会ったときに経過報告をして、あとはむこうが勝手に援助を申し出るのを、敷金などは自分が持つから心配するなとか、エアコンや冷蔵庫や洗濯機などおもだった家電製品を手配するとか言うのを、冷めた目で眺めていればすみました。でも同居している竹井の場合は別です。はじめミチルは自分の好きにするつもりで、賃貸物件の情報誌を買ってきて調べたりもしていたのですが、毎日顔をつきあわせているのでつい頼りがちになり、情報誌の種類にも頁数の多さにも辟易《へきえき》するし、そのうち面倒くささも手伝って、場所選びから何から何まで竹井に相談するという状況が生まれます。そこへたまたま遊びにきた高倉さんまでが、頼みもしないのに相談される側にまわり、あれこれ助言するようにもなります。自然のなりゆきです。持ち前の「土手の柳は風まかせ」がここで発揮されたのかもしれません。もともと東京のどの町に土地勘があるわけでもなく、どこらへんに住みたいという希望もミチルにはなかったのです。とにかく一日二十四時間ひとりきりでいられてプライバシーの保持できる部屋を確保したいだけ。2億円の秘密は秘密としてあくまで隠し通したいけれど、なにも東京にひとりぼっちで世間から逃れて暮らしたいというわけではない。そこでミチルは竹井と高倉さんに「せまくてもなるべく家賃の安いほうがいい」と希望条件を提示して、なりゆきにまかせることにしました。てごろな部屋が見つかってそこへ引っ越してしまえば、あとの人づきあいはあとで考えればよいのですから。

携帯電話を解約して別会社に乗り換えたのは、ミチルが自分で考えた小細工です。小細工といえるでしょう。引き落とし用の銀行口座を実家の父親に空にされたせいで、このままもう一と月もすればどうせ料金未納で利用を止められてしまうという事情があったにせよ、新たに契約して電話番号とメールアドレスを変更した目的は、要は、地元の知り合いたちとの連絡をたちきることにあったはずです。携帯電話ひとつ変えればそれで彼らの目から行方をくらませられる。そういった安易な考えです。しかもその考えは終始徹底されたわけでもなく、私などの理解を超えたことに、ミチルは新しい電話を手にいれるとまもなく元同僚の、問題の宝くじ購入者の一員でもある初山さんに連絡を取っています。その初山さんがミチルのたくらみを疑いもせず、「新しい携帯のことは誰にも内緒に、とくに久太郎には」という口約束をまもれる友達甲斐のあるひとだったからいいようなものの、そうでなければこんな小細工などいちんちで崩壊していたことでしょう。ミチルとしては、地元の唯一の情報源を確保しておきたい考えがあったのかもしれませんが、いずれにしろ安易は安易です。この件については初山さんの口の固さがミチルに大いに幸いしたと言えます。

三番目の求職活動は、はんぶんは見せかけでした。「せまくてもなるべく家賃の安いほうがいい」とさもお金の余裕がないように竹井や高倉さんに部屋探しの条件を伝えたのと同様です。沢田主任らに頼まれて買った宝くじが全部はずれていたという「偽りの報告」を、ありふれた「事実」に見せかけたいのなら、本当にそれがはずれていたときのような行動を自分はとるべきではないだろうか？　と以前自問したことを実践にうつしたまでです。

皮肉なことに自分では見せかけのつもりでも、いや見せかけだからこそというべきでしょうか、それが効を奏すれば奏するほど人目には見せかけどおりにうつるわけで、まわりは親身に考えてつてをたどってくれたりもするし、ミチル自身もあとへはひけなくなります。まあ、見せかけを貫徹させるためにも就職先はぜひ必要なのだから、と覚悟を決めるしかなかったでしょう。見せかけではない残りのはんぶんの、書店員だったときにはあたりまえにあった勤労意欲を思い起こして、このまま毎日ぶらぶらしているわけにもいかない、当選金があってもなくてもとりあえず働かなければと思ってみたのかもしれません。そう時間を経ずにミチルに勤め先を提供してくれる人物があらわれます。この件には仲介役として豊増一樹がいちまい嚙むことになります。

こうして九月上旬まで、ミチルの計画はとんとん拍子に運びました。思惑どおりひとり暮らしに適した部屋を見つけて引っ越しが決まり、新品の携帯電話を手に入れ、求職活動は面接の予約というところまでこぎつけました。

お金はお金でしかありません。お金は何かほかのもの、あなたの人生を幸せにするものに換えてこそ価値を持つものです。(『【その日】から読む本』第二部・第7章)

九月九日、日曜日。

ミチルは浜田山《はまだやま》の賃貸マンションに入居します。

その日、竹井はバイトで都合がつかなかったので手伝いは高倉さんが買ってでてくれました。

といっても、引っ越しの荷物は例のリュックと、まだ処分しきれない書店員の制服もふくめ大きめのバッグひとつにまとめられる量の衣類と、あとは歯ブラシくらいしかありません。誰の手を借りるまでもなくそれらの荷物を手に、電車で井の頭公園から浜田山まで移動すれば引っ越しは完了です。ちなみに乗車時間は十分たらずです。高倉さんの手伝いを有り難く思ったのはむしろ、入居後に揃えなければならない日用品の一日がかりの買物のときでした。

あらかじめ1DKの部屋に必要な二つの蛍光灯と、冷蔵庫、洗濯機、エアコンまでは設置済みで、同時に部屋じゅう掃除をして押し入れの中まできれいに拭きあげてあったのですが、今夜寝る布団がありません。まずそこから始めなければなりません。ベッドを置くと手狭になるのは下見のときからわかっているので押し入れを活用することにして敷き布団に掛け布団にマットレスに枕、さらに今後のことを考えて毛布を一枚買い、配達だと翌日になるというので、高倉さんと力をあわせて部屋まで運び入れました。

それから居間の窓に取りつけるためのカーテン、居間に置く小さなテーブル、台所に置く小さな食器棚。食器、薬缶《やかん》、大小の鍋にフライパンにその他台所用品、洗剤、柔軟剤、芳香剤、食料品、ミネラルウォーター、ビールとワイン。高倉さんとふたり午前中から日が沈むまで、マンションと西友、またマンションと商店街とのあいだを何回往復したかわかりません。買物リストの最後にあるビールとワインは、高倉さんの労をねぎらうためもあって追加されたのです。

その夜ミチルと高倉さんはふたりきりで初めて酒を飲みます。

飲み出したのは六時前です。シャワーで汗を流すのもあとまわしです。竹井が来たら料理してもらう予定の肉やら野菜やら果物やらを冷蔵庫におさめて、昼ご飯に食べた宅配ピザのあまりをかじったり、食材といっしょに夕方買っておいた唐揚をつまんでいるうちに止まらなくなったのです。

やっぱりこういうときは電子レンジがあったほうが便利ですねと六時を過ぎて高倉さんが言い、それに対して、あした炊飯器を買うときに一緒に見てみようかななどと応えるうちに、ミチルは、アルコールのせいもあったかもしれませんが凝り固まっていた不安がしだいにほぐれて、ひさしぶりに相手にむかって心がひらいていくのを感じています。これはその前日までは高倉さんをあくまで竹井の友人と見て、一線をひいて扱っていたのに、いまはまるで自分の、古くからの親友と飲んだり喋ったりするような安心感を味わっていた、そのくらいの意味です。朝から晩までふたりきりで過ごしたのだし、しかも高倉さんは休日を犠牲にしてミチルのために働いてくれたのだから、感謝の念がわいて、気をゆるしたくなるのはとうぜんだったかもしれません。凝り固まっていた不安とは言うまでもなく、リュックに隠してある預金通帳およびキャッシュカードからもたらされる不安でした。依然として続いています。もともとは2億円の当たりくじだったものが、いったん預かり証に姿を変え、こんどは預金通帳になって戻って来ただけで、結局その隠し場所はリュックの中ということになります。それを持ち歩く不安、持ち歩かなければならない強迫観念はどこまで行っても解消されません。実はこの日もミチルはリュックを背負ったまま終日買物に歩いたのです。

七時をまわった頃、高倉さんはブロッコリの話を持ち出しました。

「あたしはブロッコリのゆで加減がわからない男とは結婚したくない。とくにゆで過ぎる男とは結婚したくない」

という唐突な発言です。本人の意見としてそう言ったのか、そういう意見を述べた知り合いの話を披露してくれたのだったか、記憶は曖昧ですが、ミチルの耳には高倉さんのほろ酔い機嫌の声が残っています。

そのときミチルは高倉さんと並んで台所に立ち、果物鉢に盛るために巨峰を洗っていました。引っ越し祝いにと高倉さんがわざわざ果物鉢を持参してくれていたのです。ここでは便宜的に果物鉢と呼びますが、実のところサラダボウルとも、むやみに大きな灰皿とも見えなくもない硝子の器でした。実家から二つ持ってきたうちのひとつということで、あえて引っ越し祝いに持参するくらいだから価値のある品物かもしれず、高倉さんの前で使って見せなければ悪いような気がしたのです。冷蔵庫の野菜室にレタスとトマトとブロッコリがあったので、とりあえず「野菜サラダでもつくろうか？」と訊ねてみると、「じゃああたしやります」と高倉さんが先に立ちあがったので、自然と台所にふたり並ぶことになったのです。

ブロッコリのゆで加減についての発言を聞き流して、というより、このひとはときどきこんなわけのわからないことを言い出す癖があるなと思い、居間のテーブルに包装をといたときのまま置きっぱなしの果物鉢を取りに戻ろうとすると、高倉さんはレタスを指でちぎりながらこう言い添《そ》えました。

「でもその点、竹井くんは完璧ですよね」

「そうね、竹井ならブロッコリをゆで過ぎたりはしないね」

と返事をしてミチルは居間へ行き、まず携帯をひらいて時刻を見ました。

「そういえば竹井、遅いね」

「何時ですか？」

「もうすぐ七時半」

「遅くなっても八時までには来れるって言ってましたけど」

そのあとミチルは果物鉢が包まれていた包装紙とリボンを折りたたみながら高倉さんの話を聞きます。

「ミチルさん、あたし、ミチルさんが東京に来てくれてほんとうに良かったと思います。こんなとき、前だったら余計なことを考えて、不安がったりしてたのに、いまはなんだかそんな不安もなくなったし」

よく意味がわかりません。このひとはさっきから何が言いたいのだろうと台所を振り返ると、背中をむけたまま高倉さんが続けました。

「バイトで遅くなるから会えないとか言われても、前はほんとにバイトしてるのか信用できなくて、あたしを避けるための言い訳じゃないかと疑ったりもしてたんですけど、こうやってミチルさんといっしょにいると心が安らぎます。だってミチルさんは竹井くんの幼なじみだし、いちばん大事な友達だから。そうですよね？　だから今日はどんなに遅くなっても安心して待てます。ミチルさんの引っ越しの日にお祝いに来ないはずないから。竹井くんがバイトだと言えばほんとうにバイトなんです。竹井くんはミチルさんに嘘はつかない。たぶんあたしにも嘘をついたことはなかったんだと思う。ミチルさんが竹井くんの部屋に住むって知らされたときは、それはショックで、閉じこもってしばらく会わなかったりもしたけど、でもいま思えば、あのとき、ジャージャー麺を竹井くんが作って呼んでくれた晩、思い切って行って良かった。偶然にでもミチルさんと知り合えて良かったです。あの晩あたしかなり緊張してたんですよ。ひとと会うのはひさしぶりだったし、ミチルさんがどんなひとか知らなかったから。あたしが知ってる高校のときの先輩たちみたいな怖いひとだったらどうしようかと思って。でもお話するうちにだんだんわかってきました。竹井くんのいういちばん大事な友達の意味。ミチルさんが竹井くんにとってどんな人間なのか」

自分は竹井にとってどんな人間だというのか？

そんな疑問をいだく以前に、ミチルはまったく意表をつかれた思いでこのとき黙りこんでしまいました。

ひらきかけた口を閉じて、一拍か二拍かの間を置いて、気づかれないようにそっと生唾をのんだだけです。高倉さんが喋っている途中でひとつ頭に浮かんだ質問があったのを我慢したのです。もしその質問を口にしたら自分はバカに見えるだろうし、今後、年下の高倉さんになめられると思ったからです。我慢したのはごくありふれた質問です。こうです。

「高倉さん、もしかしてあなた竹井とつきあってるの？」

## 8　フライパン

高倉さんと竹井がつきあっていないわけがありません。

私に言わせれば一と月前、ジャージャー麺の夜に気づいてしかるべき事実です。若い女が夕飯に呼ばれて若い男の部屋にやってくる。ケーキを二個、お土産にして。その場に居合わせたミチルがふたりの関係に気づかないほうが不思議です。

でもミチルは気づいていませんでした。この日、九月九日の夜、七時半になろうとするそのときまで、高倉さんと竹井は地元の高校の同級生であり、東京に来てからも行来がつづいている友人どうしであるとしか見ていませんでした。つまり目が曇って、見ているつもりのものが正しくは見えていなかったのです。

台所に立っている高倉さんはそれ以上喋りません。こんどはミチルの番です。相づちくらいは打たなければと焦りますが、ほかに言葉が浮かびません。

(高倉さん、もしかしてあなた竹井とつきあってるの?)

という、いくらなんでもの質問を我慢して、飲みかけのワインをあおり、質問の先に続くはずの、

（はい、つきあってますよ）

（どうして言ってくれなかったの）

（だってみんな知ってることだから）

という、もはや自明のやりとりを回避するのがせいぜいでした。

二杯目のワインを注《つ》ぎなおして、

「高倉さん、もっと飲める？」

と、とりあえずどうでもいい質問を口にしましたが、すぐには返事がなく、ブロッコリがゆであがったのか勢いのよい湯切りの音がします。きっと適度な堅さ、鮮やかな緑色にゆであがったことでしょう。あの竹井の恋人なら万事ぬかりはないでしょう。なぜこんなあたりまえのことがいまのいままで見えていなかったのだろうか？　ミチルは自分の目を曇らせていた原因について考えをめぐらせます。

断っておきますが、ここでのミチルは高倉さん同様すでにしらふではありません。ビールの乾杯からワインに移ってほろ酔いといった状態です。それでも考えをめぐらせてすぐに、ひとつ大きな原因をつきとめました。竹井輝夫という人物に対する誤った思い込みで

す。もし高倉さんと竹井がほんとうにつきあっているのなら、つきあっているという表現はあやふやだからもっとあけすけに言うと、要はふたりが継続的にセックスをしているのだとしたら、あたしは昔から竹井のことを勘違いしていたのではないか？　しかも竹井本人にはいちども確認することなしに。

考えはそこで途切れます。台所から高倉さんがやってきて自分でワインを注ぎ足してひとくち飲み、グラスを手にまた台所に戻ります。ミチルは黙ってその様子を見守っていました。玄関のチャイムが鳴ったのはそのときでした。

「竹井くん？」

と高倉さんがおおらかな声をあげ、これもそうだ、このいかにも同級生っぽい呼び方も、高倉さんと竹井がただの友達づきあいだとあたしが思い込まされていた原因のひとつなのだ、とミチルは気づきました。

ドアのむこうから高倉さんの呼びかけに応える声はなく、ふたたびチャイムが鳴ります。ごくありきたりの音ですが、入居当日だから初めて耳にするドアチャイムということになります。浜田山の新居への初めての訪問者という意味です。

ドアの覗き穴から外を見てためらったのでしょうか、高倉さんがミチルのいる部屋まで戻って来て小声で、男のひと、とだけ報告しました。

「竹井じゃないの？　だれ？」

「暗くてよくわからない」

そこでミチルはようやく腰をあげます。

玄関に立ち、覗き穴に片目を近づけようとしたときドアがノックされて、相手の声も聞こえました。ノックというより拳でドアを二度三度と乱暴に叩く音です。その音にかぶさった声で、突然の訪問者が竹井輝夫でも豊増一樹でもないことがはっきりしました。

「ミチル！」

とドア越しに男の声は叫んでいます。

「おれだよ、おれ」

覗き穴から顔を確かめるまでもありません。

「開けろよ、ミチル」

「うそ」と思わずミチルはつぶやきました。

九月九日夜、ちょうど七時半のことです。

きょう引っ越しをすませたばかりの部屋の前に、先々月までつきあっていた男、上林久太郎が立っているのです。

いったいどんな方法で上林久太郎は浜田山の住所をつきとめることができたのか？

ここでまずその点を不審に思われるのではないでしょうか。

ミチルにとっても最優先の疑問はそれでした。

そのことにくらべれば、久太郎が何の目的でいきなり現れたのかは疑問とすら呼べません。別れ話もしないどころか、ひとことの断りもなく東京へ出てきてそれきり会っていないのですから。久太郎の身になってみれば、ある日突然恋人が行方不明になってしまったも同然で、なぜなのか？　なにが起こったのか？　とむしろミチルのほうへ数々の疑問をぶつけたいところでしょう。先月には初山さんから電話で「なんか東京まで連れ戻しに行きそうな勢い」の久太郎について聞かされてもいたし、ただ、そのとき「久太郎にそんな根性はない」と見切った自分の判断が甘かったというだけの話です。携帯電話の番号変更という小細工に走ったとき、ミチルの頭には最悪の事態が想定されていたはずで、いずれ迫りくるかもしれない地元からの「追手」というものも予想していたに違いありませんが、おそらくその「追手」のリストから上林久太郎の名前は除外されていたのでしょう。

言うなれば、ここでもミチルは人を見誤っていたのです。正しく見ているつもりが実はそうではなかったという事例がふたつ、この夜ミチルの眼前につきつけられることになりました。

とうぜんミチルは動揺します。

激しく動揺しながらも、しかし次の点だけは唯一、正気をたもつための拠《よ》り所《どころ》として、頭の中心に銘記されていました。こうです。さいわいなことに、この追手は2億円の奪還に来たのではない。久太郎の突然の訪問の目的、それはあたしの家出の理由を問いつめること、もしくはあたしをあの海辺の町へ連れ戻すことであって、あたしが独り占めした宝くじの秘密を探ることではない。久太郎は2億円の当たりくじのことなど何も知らないのだ。たとえ今夜これから何が起きようと、この男がどんな馬鹿げた行動に出ようと、あたしが黙っているかぎり、あたしの2億円は無事なのだ。

自分の胸にそう言って聞かせたあと、ミチルは部屋のドアを開けようとします。それにしてもこの男はいったいどうやって、誰からここの住所を聞き出したのだろう？　といぶかりながら。

高倉さんがミチルの腕をおさえました。

「ミチルさん」と囁きます。

「何？」

「開けちゃだめです、開けないでください」

「いいの」

「でもなんか怖いし、竹井くんが来るまで待ったほうが」

「だいじょうぶよ、乱暴なひとじゃないから」

と言いつつ振り向くとフライパンが目に止まりました。高倉さんはそれをテニスラケットのように握りしめて立っています。その日買ったばかりの真新しいフライパンです。

「それなに」

「武器です」

ミチルは笑い声を洩らしました。

このときを最後にミチルの人生は笑い声とは無縁のものに変わってゆくのですが、本人は知るよしもありません。

ドアを開けてやると久太郎はものも言わずにずかずか中へ入りこんできました。

「誰にここの住所を聞いたの」

ミチルは切り出しました。

外にいたときの威勢のよさとは裏腹に、男はまともに視線も合わせず、テーブルの前にあぐらをかいてむすっとしたままなので、こちらから話しかけてやるしかないのです。

「あれ、誰だよ」

質問を無視して、久太郎は台所のほうへ顎をしゃくりました。

「友達」とりあえずミチルは立ったまま答えます。「高倉さん。竹井の高校のときの同級生」

「高倉？　ふたりでここに住んでるのか」

「住んでるのはあたしひとりよ。住んでるていうか、きょうから住むんだけど」

すると久太郎はミチルの顔を見上げ、口をひらきかけて、しかし息を吸いこむ音を聞かせただけで、同時に言いたい言葉も呑みこんだようでした。

「久太郎、いつこっちに来たの？」

「すわれよ」

「ちゃんと答えてよ」

「すわって話せ」

一年以上もつきあっていた恋人どうしにしては実に噛み合わない会話のはじまりですが、無理もありません。顔を見るのも声を聞くのもおよそ二ヶ月ぶり。ミチルはビールとワインの酔いがすでに顔に出て、ほんのり赤らんでいます。ジーンズにTシャツという相変わらずの、誰の目にもくつろいでうつる恰好です。一方の久太郎は、地元にいるときはめったに着ない夏物のオフホワイトのスーツ姿で、いちおう服装はまともですが、上着にもズボンにも皺《しわ》が目立ち、険しい顔をあえて作ろうとしているのか自然とそうなるのかはわかりませんが、その顔に旅の疲労がはっきり浮かんで肌の色が薄汚れて見え、頬には無精髭も点々と散らばって、ひとことで言えば殺伐とした空気をまとっています。おまけにふたりきりではなく台所にはミチルと同じくほろ酔いの高倉さんがひかえています。

言われたとおりミチルはそばにすわりました。

テーブルをはさんで男と向かい合うことになります。テーブルといっても幅は数十センチ程度です。久太郎が上着のポケットから煙草とジッポのライターを取り出して一本点けました。

これがあの久太郎なのだろうか？　とミチルはワインを口にしながら観察しました。このひとはいま二十五という実年齢よりも十は老けて見える。以前つきあっていたころには自分よりも年下に見えることがあったのに。ふとした拍子に、たとえばこのひとが何かに見とれたり、何か考え事をしたりするときに、薄くひらいた唇のあいだから上の前歯二本が覗き、それが見方によってはときに可愛げにすら思えることもあったのに。つい二ヶ月前までは、魚釣りが大好きな、日に焼けた健康的な青年だったはずなのに。猫背になった久太郎の物欲しげな目つきに気づいたので、

「飲む？」

と訊ねました。

返事はありません。かわりに高倉さんの声が飛んできました。

「ミチルさん、そっちの部屋の窓開けてもらえません？」

台所からは換気扇のスイッチが強に入れ替わった音が聞こえてきます。

「煙草やめたんじゃなかったの」ミチルはまた訊ねました。「いつからすいはじめたの」

返事はありません。ミチルは手持ちぶさたに携帯をひらいて時刻を見ます。八時までまだ二十分ほどあります。

「ねえ久太郎」最初の質問にもどりました。「ここ、誰に聞いて来たの？」

煙草の灰が長くなっていまにも落ちそうなので、ミチルは何気に、そのときはほんとうに特に意識もせず、硝子の果物鉢を前に押しやりました。

ここの住所を誰かが教えたのだとしたら、思いあたるのは竹井か豊増かのどちらかしかいないし、どちらもあり得ない、ふたりとも久太郎との接点はないのだから、と考えることで頭がいっぱいだったのです。久太郎が果物鉢のふちに煙草をたたきつけて、やっと口をひらきました。

「ミチル、おまえ何やってるんだ、こんなとこで。竹井の高校のときの同級生？　高倉？　だいたい竹井って誰だよ」

「竹井はあたしの幼なじみよ。家も近所だし、小学校と中学校の後輩。初山からぜんぶ聞いて知ってるんでしょ？　きのうまであたしは竹井のとこに居候してたの」

「初山とはまだ連絡取ってるのか」

　こんどはミチルが答えを渋りました。例の小細工のことが頭をかすめたからです。

「おまえ携帯変えただろ」相手はすかさず痛い所を突いてきます。「初山も、立石さんも、ミチルがいまどこにいるかはまったくわからないっておれには言ってた」

「携帯変える前よ、初山と喋ったのは」嘘をついたあとでミチルは聞きとがめます。「立石さん？」

「なんで携帯変えたんだ」

「それよりなんで急に立石さんの名前が出てくるの、あのひととは友達でもなんでもないのに、あのひとに訊いてもあたしの居場所なんかわかるわけないじゃない」

　久太郎が果物鉢の底で煙草をねじり消しました。口が半開きになり二本の前歯が覗いていました。声を出さずに相手が笑っているのだと気づいたとたんにミチルはぞっとします。いちばん怖れている不幸がひたひたと迫る予感をおぼえたのです。

「ミチル、おまえ俺たちをなめてるのか」

「なんのこと？　俺たちって誰よ」

「俺や立石さんのことだ」

「だから立石さんがどうしたっていうの。あたしがこっちに来たことと立石さんと何か関係がある？　彼女がそのことで何か言ってた？」

「ああ、何もかも聞いた」

わけがわかりません。何もかも聞いた？　それが何のことか、宝くじの秘密を指しているのかそうではないのか、ミチルにはとっさに判断がつきません。ただ不幸の足音だけが聞こえて胸騒ぎがし、おのずと視線が部屋の隅に置いたリュックのほうへ向きました。

「知らないのはおまえだけだ」

できればリュックのほうへ走り寄って抱き寄せたいのをこらえて問い返します。

「あたしがなにを知らないの？」

「実際、何も知らないだろ」

「なにを知らないのか言ってよ」

「おまえはそういうとこが子供なんだよ。まわりがぜんぜん見えてない、昔からぼんやりなんだ」

「あたしがぼんやり？」

「自分は頭がいいつもりで、まわりのおとなをなめてかかってる。特に男をなめてる、自分が騙《だま》されてるとも知らずに」

「騙されてるって、誰に」

「やっぱり気づいてないだろ」

「はっきり答えて」

ミチルはしびれをきらしました。

「さっきからもったいつけて。あたしのする質問にちゃんと答えなさいよ。なにが言いたいの。あたしが誰に騙されてるというのよ」

「俺が言いたいのは」

と久太郎が答えかけたのですが、その声をミチルは背中に聞くことになりました。辛抱できずに部屋の隅へ行ってリュックに手を触れたところだったからです。

「なんだおまえは？」

続けざまの久太郎の声に振り向くと、台所とリビングの境に高倉さんが立っていました。両脚をふんばって威嚇するように立っていただけなのですが、その高倉さんの様子はまるで場違いというか滑稽というか、現実の映像のなかへ唐突に漫画のカットが一枚挿しこまれたような、ちぐはぐな感覚をミチルにもたらしました。リュックをつかんでいた腕力がふっと抜けたのを記憶しています。

久太郎がせせら笑いの声で繰り返しました。

「なんなんだおまえは、それはなんのつもりだ？」

「おまえおまえって、うるさい」

「そのフライパンをどうしたいんだ」

「ミチルさん、だいじょうぶ？」

うなずいて見せるまえに久太郎が叱りつけます。

「関係ないからおまえは引っ込んでろ。いまから大事なおとなの話があるんだ、万年筆屋の娘は万年筆でも磨いてろ」

「万年筆屋の娘？」ミチルは久太郎と高倉さんを交互に見ました。

「おまえ高倉ステーションの娘だろ、俺はおまえの親のことも兄貴のことも知ってるぞ」

「高倉ステーション？」ミチルはまた久太郎と高倉さんを順番に見ました。「それ何のこと？」

「おとなしくしてるなら黙っててやろうと思ったけど、おまえの顔には見覚えがある。俺はおまえの親父の葬式のとき手伝いに駆り出されたからな、おまえの親父がどんな死に方したかミチルに言ってやろうか？　おまえの兄貴がどんな出来損ないかも話してやろうか？　話してほしくなかったらあっちに行ってろ。いや、ここから出ていけ。だいたいおまえはこんなとこでフライパンなんか振り回してる場合か？　宗教かぶれのおまえのお袋さんは、毎日毎日お題目唱えながら仏壇の前で泣いてるぞ」

「ちょっと久太郎」

「おまえおまえって、さっきからほんとにうるさい、偉そうに、金持ちぶって、もとは時計の修理屋だったくせに、出ていくならおまえが出ていけ」

「ちょっと高倉さんも、落ち着いて」

「ダイヤの密輸で蔵建てた家のボンボンが」

「ふざけるな」

「ふたりとも落ち着いて」

ミチルはリュックを抱きしめて両者の中間に立ちました。高倉さんと久太郎は睨み合ったままです。

「あなたたち急に何の話をしだすの」

「商店街の内輪の話だ」久太郎が吐き捨てました。「いまの話はミチルには関係ない」

そのようです。どうやら地元のアーケード商店街には、長年そこに根を張って暮らしている一族たちによって形成された、部外者には窺い知れない独特の「内輪」というものがあり、外に向けては語られることのない「内輪揉め」がさまざまあるようなのです。前にも説明したように、上林久太郎の家は商店街に老舗の時計・宝飾店をかまえています。ただ高倉さんの実家がおなじ商店街で万年筆を商っているのは初耳でした。

「あたしに関係ないのはわかるけど」

とミチルは仲裁に入るつもりで言いますが、あとが続きません。

アーケード商店街は町の中心部に位置し、彼らはその近辺を遊び場に育った町っ子です。ミチルはといえば昔から海岸べりで釣り具屋兼釣り船屋を営んでいる家の娘、部外者もいいとこです。

「とにかくおまえはここから消えろ」

と久太郎がまた始めました。高倉さんも黙ってはいません。

「人に命令するな、看板の字も読めないバカのくせして」

「なんだ？」

「ミチルさん、こんなバカ相手にしないほうがいいですよ」

「おまえ誰にむかってものを言ってるんだ」

「うちの店の看板に英語でステーショナリて書いてあるんですよ、文房具を扱ってるという意味で。それをこの男は高倉ステーションなんて、バーカ、どうせ言うなら高倉ステーショナリくらい言え。中学に入って英語の勉強しなおせ」

「もう、うんざりだ、こいつ」

「ああタカクラ文具店?」ミチルは聞き覚えのある店名を口にしました。「あなた、あそこの娘さんだったの? 万年筆屋とか言うからぴんとこなかったけど、タカクラ文具店ならあたしも買物したことがある」

「そんなことはいいから、なんとかしろよこいつ。こんなのがいたら話にならない」

「バカの話、まともに聞いちゃだめですよ」

「もういい。わかった、おまえはいたけりゃここにいろ。ミチル、俺たちが出よう。うるさくてここじゃ話もできない、さあ行こう」

「さあ行こうって、どこに」

「ホテルに行こう。品川プリンスホテルに部屋を予約してあるんだ。ツインの部屋。ミチルとそこに泊まってもいいつもりで」

「いやよ」

「どうせいっしょに帰ることになるんだからいいだろ?」

「どうせいっしょに帰ることになるってなによ、あたし帰らないよ」

「ミチル、おまえまで俺をうんざりさせるな。おまえは俺といっしょに帰るんだよ、いやだと言っても連れて帰る」

「あたしはきょう、ここに引っ越してきたばかりなのよ。あの町に帰るつもりなんかさらさらないの」

ミチルがきっぱりと宣言したため、久太郎は怯《ひる》んだ模様でした。しかしそのときすでに立ち上がっていて、勢いでミチルの手をつかもうとしていた一連の動作を止めることができず、実際にはミチルの手首のあたりを鷲づかみにして、

「帰るんだよ」とどすを利かせます。「話を聞けばわかるはずだ。立石さんの話を俺が聞かせれば、おまえも絶対帰る気になる」

宝くじの一件以外に出てくる理由のない立石さんの名前がまた出てきたので、さきほどの「まわりが見えてない」とか「何も知らない」とか「騙されてる」とかの久太郎の言い草を思い出して気になりはしたのですが、次の瞬間にそれどころではなくなりました。久太郎の一連の動作の仕上げとして、おなかの前に抱いていたリュックが奪い取られたからです。

「何するの！」ミチルは頭にいっぺんに血がのぼりました。「返してよ！」

久太郎は片手でミチルの手首を、もう一方の手でリュックのストラップをつかんで玄関へ向かおうとします。どけ、と高倉さんに命じます。命令嫌いの高倉さんが通せんぼするので、いちどだけ肩を落とし、短い吐息を洩らしました。その隙をミチルがついて、全身

に力をこめて振りほどくと手首が久太郎の手のひらからするりと抜けました。間を置かず次はリュックです。火事場のなんとかというやつでしょうか。ストラップの綱引きにもミチルが勝ちました。久太郎はいったん諦めて手を放し、それから玄関とは逆向き、部屋の奥へと逃げこんだミチルを追いました。

ミチルは息をあらげ片隅にうずくまっています。リュックを抱きしめて、頭を押し入れの襖《ふすま》にこすりつけるようにして、背中を追手に向けた恰好です。もう冷静さを欠いているのです。これはあたしのもの、あたしのすべて、何があってもこのリュックだけは守らなければならない。いったいなんの真似だ？　とあるいは上林久太郎は眉をひそめたかもしれません。それでも大股に二三歩歩いて、ミチルの肩に手をかけ振り向かせようとしました。ミチルが金切り声をあげます。こんどはミチルの背中に久太郎が胸をくっつけてきて、両腕を前へまわして抱き上げようとします。ミチルがさらに叫んで身体をくねらせて抵抗します。抱き上げられるか抱き上げられないかのきわどいところで、ふたりともほぼ仰向けに倒れ込みました。

余談になりますが、こうやって当夜の状況を言葉のみで再現すると、ふたりがプロレスをして遊んでいる様子でも説明しているような気がしてきます。ミチルからこの話を聞かされたときも私はそんな様子を目に浮かべたものです。しかし当夜のこのあとの状況は遊びとはほど遠いものでした。ふたり折り重なるようにして後方へ倒れながらか、もしくは倒れた直後にか、ミチルは、男の後頭部がテーブルにぶつかって立てる鈍い衝撃音を耳にとどめました。

その音が、実はそうではなかったことに気づかされたのはしばらくしてからです。プロレスまがいの騒動がかたづいて静まりかえった部屋に、高倉さんの息づかいとつぶやき声を聞き、彼女の言葉の意味を聞き取ってからです。

「ひとの大切な贈り物を、灰皿に使うなんて」

高倉さんはそうつぶやいていました。独り言ではなく、床に仰向けに倒れた久太郎の顔を見下ろして。

「ミチルさんの引っ越し祝いに贈ったのに。それで煙草を消すなんて、果物鉢と灰皿のくべつもつかないなんて、許せない。こんなやつ、殴られてとうぜんよ」

高倉さんは両手打ちのテニスラケットのように例の武器を握りしめていました。ミチルは膝をくずしてすわり、床に片手をついた姿勢で彼女の顔をまじまじと見ました。何が起きたか理解しました。

高倉さんの顔は紅潮していました。ワインの酔いのせいなどではないのは明らかでした。

興奮して金切り声をあげていたのはミチルだけではなかったのです。まるで動物の警戒色のように高倉さんの肌は頸《くび》もとまで赤く色を変えていました。

「ねえミチルさん、こんなやつ、殴られてとうぜんですよね」

ミチルは目をそらしました。高倉さんの目の内部まで充血して真っ赤に染まっているような錯覚をおぼえたからです。

床にのびている久太郎へ目をやると、苦しむ様子もなく眠っているようでした。両目はとじています。頭部に血の跡も見えません。料理用のフライパンで人の頭を殴りつけるなんて、このひとはどうかしている、とミチルは心のなかで高倉さんを非難しました。前からおかしなことを言ったりするひとだとは思っていたけれど、もうついていけない。殴られてとうぜん？　そうよ、こんなやつフライパンで頭を殴られてとうぜんよ、とあたしが賛成するとでも思っているのだろうか？

贈り物の果物鉢を灰皿に使ったのが許せないというのはわからないでもない。でも目の前にそれっぽい硝子の器があれば煙草の灰も落としたくなるだろうし、だいいち、高倉さんは見ていなかったのかもしれないが果物鉢を久太郎の前に押しやって灰皿として使うように勧めたのはあたしなのだ。

そう、許されないのは久太郎だけじゃなくてあたしもおなじなのだ、高倉さんは見ていなかったのかもしれないけれど、とその考えをなぞってみたあとでミチルは、いや、高倉さんは何もかも見ていたのかもしれないと疑惑を持ちました。あたしが久太郎と同罪なのを知っているのかもしれない。「ひとの大切な贈り物を、灰皿に使うなんて」というつぶやきはこのあたしにも向けられていたのかもしれない。彼女はいまにもあたしをなじりはじめるのかもしれない。突然の、というべきか遅ればせのというべきかミチルが恐怖に襲われたのはそのときでした。

声にならない声をあげて、ミチルは後ずさりします。

まだ床にすわりこんだ姿勢でした。腰が抜けたようで力が入らないので両脚をばたつかせたかもしれません。そのどちらかの足が久太郎の身体を蹴りつけ、眠っていた意識を揺り起こしたのかもしれません。寝起きのぐずり声のようなものが聞こえ、確かに床から頭が持ち上がるのが見えました。

高倉さんが久太郎の身体を跨《また》ぎました。跨いで立ち、両腕を振り上げました。

振り下ろす瞬間をミチルは見ていません。

押し入れに背中をあずけて尻餅をついたまま、手のひらでみずから目をふさぎました。それでも恐怖は耳から入りこんで来ます。床を這いずっているのか激しく衣服の擦《こす》れる音がし、執拗に追う足音が響きます。まるでゴキブリでも退治するかのように連続して叩きつける音はやみません。うう、うう、とうめく声も連続して聞こえました。高倉さんの口から洩れ出た声でした。うう、うう、うう、とその声はいつまでも続きます。フライパンの底で人の頭や、肩や、背中を殴りつける音を想像してみてください。高倉さんの声が聞こえる数だけその音も聞こえ続けていたのです。果てしなく続きそうでミチルは正気を失いかけました。それが恐ろしくて高倉さんに頼みました。やめて！　目をふさいだまま懇願しました。お願い、もうやめて！　涙のまじった声でした。

「久太郎が死んでしまう」

もう死んでいました。

# 9　後始末

いま真っ先にしなければならないのは一一九番、一一〇番への通報！

そういうあたりまえの思考を取り戻したのは竹井輝夫が到着してからのことです。

時刻は八時を数分過ぎていました。

高倉さんに伝えていた予定をまもり「遅くなっても八時までには」竹井は浜田山のマンションを訪ねたのです。おそらく上林久太郎の死体をあいだにはさんでミチルと高倉さんが対峙《たいじ》していた時間は短かったと思われます。いや、そんなことより、上京した上林久太郎が当夜七時半にミチルのまえに現れてから、死をむかえるまでの時間のほうがよほど短かった、とここでは言っておくべきでしょうか。

久太郎の死を、まぎれもない現実としてミチルに受け入れさせたのは竹井でした。まずドアチャイムの軽快な音を響かせることでミチルの耳を驚かせ、詰めていた息を吐かせ、意識を現実に連れ戻しました。それまではフライパンを握りしめた高倉さんと、床に倒れたままの久太郎と、押し入れの襖に背中を押しあてててへたりこんだ自分と、三人だけの、沈黙に支配されたこの狭い部屋、それが全世界、ともいうべき凝縮した時間の中にいたのです。一時停止の静止画に閉じこめられていたも同然だったのです。

部屋の鍵はあいていたのでしょう、竹井は勝手に上がりこんできて、最初に高倉さんの立ち姿が目に入ったのか、ミチルちゃんは？ と声をかけ、台所とリビングの仕切りのあたりで足を止めました。

一と目、なかの様子を見渡して、どうしたの？ とどちらへともなく訊ねます。

「ああ竹井くん」高倉さんが反応しました。

「どうした？」

「竹井くん、助けて」

「竹井！」と高倉さんの声よりも高くミチルが叫んだので、竹井が目を合わせました。

「久太郎が死んでしまう」

「キュウタロウ？」竹井は床に視線を落とします。「誰？」

「竹井くん、あたしなの、あたしがやったの、いつのまにかこうなってたの、気づいたらあたしがこの人を殴ってたの」

「高倉さんが？」竹井はようやく彼女の手もとに注目したようです。「フライパンで？」

「でも悪いのはこの人なの、あたしはミチルさんを守ろうとしただけだから、あたしは悪くない、ぜったいあたしは悪くない」

「落ち着いて高倉さん、きみは悪くないよ。きみが意味もなく人を殴るわけない」

誰が悪くて誰が悪くないのか、そんな話はあとまわしでいい、いまならまだ久太郎の命は助かるかもしれないのに。ミチルは必死の思いで携帯電話を手に取ろうとしますが見つかりません。見つけるためにどこに手を伸ばせばいいのかすらわかりません。引っ越したばかりの部屋でさっきまで高倉さんとワインを飲みながら、携帯電話に触れた記憶はたしかにあるのですが、いまは何がどこにあるのかさっぱり思い出せません。

「竹井！」ミチルは混乱してまた叫びました。「電話して！」

「電話？　どこに」

「救急車を呼んで！」

すがる思いのひとことに対して、しかし竹井は意外なことに返事をせず、持っていた手提げ鞄を下に置くと、そのついでにといった感じで床に横たわる男の頭部付近にしゃがみました。手を触れずに顔を近づけるだけの検分をしながら、そばに立つ高倉さんを見上げてぼそぼそ声で言葉をかわし、それだけ時間をかけてからやっと、もう息をしていない、電話なんかかけてもしかたない、と答えたのです。切迫した状況にふさわしくない平坦な口調でした。ミチルの感じた印象をそのまま言葉にすれば、そのとき竹井は異様に落ち着いていました。

「どういうこと」

「もう死んでる。ミチルちゃんもわかってるだろ。救急車を呼んでも手おくれだよ」

それから竹井は高倉さんをうながして血糊の残るフライパンを自分の手に受け取り、ふたりで台所にこもりました。

台所からは竹井の低くおさえた声だけが聞こえてきて、そのまま五分、十分と時間がたちます。取り返しのつかない現実の時間がこくこくと流れてゆきます。

久太郎の死体とともに取り残されていたミチルは指の震えを止めるため、というよりも小刻みな震えを自分の目から隠すために固くこぶしを握っていたのですが、突如立ちあがり、ふたりのいる台所のほうへ向かいました。吐き気を我慢できなくなったのでそちらにあるトイレへ駆け込むためです。

昼から高倉さんと一緒に食べたものをたいがいもどして、それでもまだおさまらない吐き気と戦っていると、ユニットバスの扉がノックされました。

「ミチルちゃん、だいじょうぶ？」

竹井のいたわる声です。便器のわくを両手でつかんでうつむいたまま答えました。

「電話して」

「そんなことしても無駄だって、わかってるだろ？」

「救急車を呼ぶんじゃない、警察に電話して」

こんどは返事は聞こえません。

「竹井？」

「警察に電話してどうするの」

「どうするのって」

ミチルは言葉の選択に迷い、なおも「決まってるでしょ」と言いかけて、自分でも何がどう決まっているのか、警察に電話してどうするべきなのか具体的に答えられないことに気づきました。便器に顔を伏せた姿勢で考えがまとまるわけもありません。

「そのことで相談したいんだけど」と竹井の声がしました。

それ以上吐くのをあきらめて、洗面台で口を漱《すす》ぎ、朝からしている化粧のこともかまわずに手のひらですくった水に顔をひたしました。こんどはタオルが見つかりません。

洗面台の前の鏡には哀れな泣き顔が映っていました。実際には、もっと泣きたがっている自分の顔、です。前髪から滴《したた》ってTシャツを濡らしているのは涙ではありません。目をうるませているのはただの水です。ミチルはその夜はもう泣きませんでした。正しくは、泣けませんでした。眠りたくても眠れない夜とおなじです。どんなに頑張ってみても「泣き」の手前で目が冴えてしまい、まるで泣く手順を忘れたかのように涙はこみあげません。ただ感情がむやみにたかぶって、何をしていいのか、何をするべきなのか、そわそわ落ち着かないだけです。もういちど顔を洗い、もういちど鏡に顔を映してみて、手のひらで左右の頬をぴしっと叩きました。しっかりして、と自分を励ましたのです。いまいちばんにやるべきことを考えて。

「竹井、そのへんにタオルがない？」

ユニットバスの扉がひらいて差し出されたバスタオルを使いながら、ミチルはいったんリビングへ戻り、押し入れのそばまで歩いてリュックを拾いあげました。背中に背負います。行きも帰りも久太郎の死体が目に入らぬようバスタオルをベールにして遮《さえぎ》って、ふたたび台所に入り、ふたりの前に立ちました。

竹井は流しに背中をむけてこころもち寄りかかるようにしてミチルの視線を受けとめました。高倉さんはといえば、隣で竹井の肩口に鼻先を埋めるような感じで立っています。ぱっと見、悲嘆にくれているふうでもあります。でも高倉さんの右腕と竹井の左腕がしっかり絡んでいることもあり、ミチルはまずこう思いました。やっぱりこのふたりはつきあっていたんだ。初対面のときの妙にかしこまった態度も、二度目に会ったとき昔の竹井の話をしきりに聞きたがったのも、いま思えば合点がいく。このひとはあたしを警戒して、竹井とあたしとの関係に探りを入れていたのだ。それにしても、と次にこう思いました。どうしてこの高倉という女は、あんなにむごいことをやらかしておきながら、いまはこうやってしおらしく泣いて見せることができるのだ。

「相談て？」ミチルはふたりに言葉を投げつけるつもりで言いました。

「こんなとき、ミチルちゃんはどうすればいいと思う？」

竹井の言葉遣いにちょっとした違和感をおぼえながらも、ミチルは即答します。こんなとき？

「警察に電話するべきよ」

「警察に電話してどうするの」

「決まってるでしょ、もちろん話すのよ、全部。今夜、ここで起きたことを、正直に」

「そしたらどうなるの」

「どうなるか、そんなことあたしにもわからない。でもとにかく警察に電話するべきよ」

とミチルが言い終わったとたん、高倉さんがひとつ大きなしゃっくりをして泣き声をあげ始めました。竹井はなだめるために片手で彼女の髪に触れます。

「僕は警察には知らせないほうがいいと思うな」

「なにを言ってるの、竹井」

「警察に知らせたら面倒に巻き込まれるよ。みんなひどい面倒に巻き込まれる」

「面倒ってなによ」

「よく考えてミチルちゃん。だいたい、今夜ここで起きたことってなに？」

「竹井、そのひとは久太郎を死なせたのよ。『武器です』とか言って最初からフライパンを握っててね、あたしは冗談かと思ってたら、ほんとにフライパンを武器にして」

「それは正当防衛だろ？　高倉さんがフライパンを武器にして男と戦ったのは、ミチルちゃんを守るためだろ？」

「そうかもしれないけど、確かに、あたしを守るためだったのかもしれないけど、ううん、ちょっと待って、男と戦った？　高倉さんが久太郎と戦った？　その言葉遣いはおかしい、高倉さんは久太郎と戦ったんじゃない、久太郎を……」

「なに」

「ただ殴ったのよ、フライパンで、何回も何回も残酷に」

おさまりかけていた高倉さんの泣き声がふきだし、竹井が髪を撫でて再度なだめます。

「だから高倉さんはなんのために殴ったんだよ？　動機はなに？　男の暴力からミチルち

やんを守るためだろ？　それは認めるんだろ？」

「それは、動機はそうだったかもしれないけど、でも久太郎は無抵抗だった」

「無抵抗の男を高倉さんがフライパンで殴った？」

「そうよ」

「何回も何回も」

「ええ」

でもその現場を竹井は見ていない、とミチルは思いました。高倉さんがフライパンを振り上げた瞬間の、警戒色に染まった獣のような顔色も、目の色も見ていない。振り上げ振り下ろした回数だけ聞こえた音も、そのたびに彼女の口から洩れた呻《うめ》き声も、竹井は知らない。だから正当防衛などという現実にそぐわない言葉遣いができるのだ。

「じゃあどうして止めなかったの」

「え？」

「高倉さんがフライパンで何回も何回も殴るところを、ミチルちゃんはだまって見てたことになるよね？」

ミチルは首にかけていたバスタオルを使い、湿った感触の苛立《いらだ》たしい前髪をごしごし擦りあげました。

「止める暇なんかなかったのよ」

「一回だけならわかるけど、何回も何回も殴っているのを止める暇がなかったというのは矛盾してるよ」

「ほんとにあっというまだったのよ」

「一回だけならね」

「怖かったの。怖くて、止めるどころか見ていられなかったの」

「やっぱり。怖くて目をふさいでたんだろ？　実際に見ていなかったのなら、相手の男がほんとに無抵抗だったのかどうかもわからないよ。高倉さんだって、抵抗されて怖かったから何回も反撃したのかもしれない。相手が無抵抗なのにしつこく殴り続けるなんて、普通に考えてあり得ないよ」

「人はゴキブリを何回も叩くことがあるでしょう？　死んで動かなくなるまで」

「ゴキブリ？」

「竹井はなにもわかってない」

「警察はもっとわかってくれないと思うよ。ねえミチルちゃん、ここに警察を呼んだらひどく面倒なことになるんだよ。警察だけじゃない、テレビも来るし、新聞も、週刊誌も来る。きっと『フライパン殺人事件』とか見出しがついて大騒ぎになるよ。事件は警察だけじゃなくて日本じゅうの注目を浴びる、ミチルちゃんや高倉さんや、僕たちみんなの親や兄弟まで面倒に巻き込まれる、想像つくだろ？」

「面倒面倒って竹井は言うけど、あたしはきょうここに引っ越してきたばかりなのよ、引っ越してきた晩に殺人事件が起きたのよ、あっちの部屋で元彼が死んでるんだよ、もうじゅうぶん面倒に巻き込まれてるよ」

「だからここで食い止めないと。これ以上面倒が大きくならないように」

「どうやって食い止められるの」

「それをいまから相談するんだよ」

ミチルが返事をためらっているあいだに高倉さんが泣きやみ、竹井と絡めていた腕を自分からほどくと、冷蔵庫を開けてミネラルウォーターを飲み始めました。ほんのひとくちずつでしたが、喇叭《らっぱ》飲みにして、ひとくちごとに長めの吐息を洩らしました。でもミチルとは目を合わせようとしません。流しの、さきほどまで高倉さんの身体で隠れていた場所には想像通り、色鮮やかにゆであがったブロッコリが笊《ざる》ごと置きっぱなしにされていました。

「相談て？」

ミチルはこの台詞を二度目に口にします。今度はふたりにむかってではなく、自分自身に問いかけるように。相談て、いったいあたしはどんな相談に応じられるというのだろう?

「その前に確認だけど」と竹井が切り出します。「ミチルちゃんはきょう男がここに来ることを知ってたの? つまり本人から連絡を貰ってた? 電話かメールで」

「連絡なんか貰ってない。久太郎が上京してることも知らなかった」

「ひとりで突然やって来たんだね?」

「そうよ。どこで住所を聞いてきたのかわからないけど、一時間くらい前に突然」

「じゃあその一時間くらい前に戻って、何もなかったことにできないかな」

竹井はもう相談に入っていました。

「今夜、ここでは何も起きなかったことにする。一時間前、あの男はこの部屋を訪ねて来なかった。ミチルちゃんも高倉さんも会っていない。ふたりでワインを飲んでるところへ八時頃、僕が加わって三人で引っ越し祝いの飲み会になった」

もともとその夜はそうなる予定だったのです。予定が無事に現実にたどり着いていればどんなに良かったでしょう。高倉さんが竹井のそばに戻り、膝を折ってしゃがむと流しの下の戸を開けました。中から部屋の掃除のときに使ったバケツを取り出すのが見えました。

竹井は高倉さんのために場所を空けてやり、ミチルと向かい合います。

「あの男がここに来たのを知ってるのは僕たちだけなんだから、口裏を合わせれば、そういうことにできるんじゃないかな」

「高倉さん？」ミチルは我慢できずに声をかけます。高倉さんは振り向きません。竹井がなおも喋ります。

「もともとこのへんで顔が知られてるわけじゃないんだし、万が一、この部屋に入るところを見かけた人がいたとしても、そのあとなにも起きなければ、つまり僕たちが警察を呼んで事件を表沙汰にしなければ、一回見た男の顔なんかすぐに忘れてしまうんじゃないかな」

「高倉さん、なにしてるの？」

高倉さんは掃除用のゴム手袋を両手にはめて、玄関に脱ぎ捨てられていた久太郎の靴を拾いあげるところでした。ミチルが気味悪がって見守るうちに、台所を出てリビングへ歩いてゆきます。

「竹井、やめさせて。あのひと変よ」

「いいんだ、あれで。ただ靴を履かせるだけだから」

「ただ靴を履かせるだけだからって……」

「よく聞いて、ミチルちゃん、ほら、そこにフライパンが置いてあるだろ、流しの中に。あれをいまからミチルちゃんが洗剤で洗う。そのくらい簡単だよね？　それで殺人事件の証拠がひとつ消える。フライパンについた血痕《けっこん》なんかきれいに洗い流せる。あっちの部屋だっておなじだよ。床に落ちた血も、丁寧に拭き取ればあとかたもなくなる。証拠さえ消してしまえばこの部屋で殺人事件は起きなかったことになる」

「でも」ミチルは言い返そうとして焦りました。「どうするの」

「なにが」

「靴を履かせてどうするの」

「この部屋には上がらなかったことにするんだよ。靴を履かせてから死体を外に運び出そう。あのままいつまでも置いとけないだろ？　一と晩じゅう自分の部屋に死体があるなんて考えただけで憂鬱だろ？」

あっさりうなずいて「そうね、そうして」と言ってしまいたくなるくらい魅力的な提案でした。ミチルは今日越してきたばかりの部屋が元通りに、ほんの一時間前にそうであったように隅から隅まで復元しているイメージを頭に描きました。描いたはずです。うなずくだけでそのイメージが手に入るのです。でもここでは誘惑に勝ちました。

「だめよ」ミチルは首を振ります。「なにもなかったことになんてできない」

「どうして」

「どうしてもなにもない、これじゃみんな犯罪者になってしまう。警察を呼んで、全部、正直に話すしかない」

「竹井くん、足を持つの手伝ってくれる？」

「ちょっと待ってて」竹井が高倉さんに答えました。

「あわてなくていいから、靴紐をほどいてやってみたら？」

「やめさせて竹井、いま靴なんか履かせたら警察が来たときかえって疑われる」

「ミチルちゃんこそ、もう一回考えてみてよ」

「考えても同じだって」

「あとあとのことをよく考えてみて。警察を呼んだりしたら、いまより大きな面倒に巻き込まれるのはわかってるよね？　そのときミチルちゃんを守ってくれる人は誰もいないんだよ。頼りにしてる人にも見放されて、東京で、ひとりぼっちでどうやって生きていくつもり？」

「それはいまだって同じよ。とっくに親にも見放されて、あたしはひとりで生きてるじゃないの」

「僕が言っているのは、ミチルちゃんがこっちで頼りにしてる出版社の人のことなんだけどね」

　とうぜんながらこの「出版社の人」とは豊増一樹をさしているのです。竹井の部屋に居候していあいだ、ミチルは自分からぺらぺら喋らないだけで、べつに豊増との関係を秘密にしていたつもりもありません。竹井といるときに豊増から電話やメールが入ることもあったし、そのとき訊かれて何をしてる人か年齢はいくつくらいか、そのていどは素直に答えた覚えもあります。たぶんおおよその事情を竹井は把握できていたでしょう。それにしても、含みをもたせた言い草が気になったのでミチルは思わず問い返しました。

「その人がどうしたの」

「久太郎って男が誰にここの住所を聞いて来たのかよく考えてみろよ。高倉さんと僕をのぞいて、ここの住所を知ってる人は誰。ほかに誰かに教えた？　その人以外にいないんじゃないか？　ちょっと考えたらわかるだろう？　ねえ、僕の言ってること、わかるよね？　ミチルちゃんはもうその人のことを信用しちゃだめだと思うよ」

竹井の目にまっすぐ見つめられて、ミチルは背筋が寒くなりました。まさにその通りだと直感したからです。ちょっと考えたらわかるのにいまのいままで考えもしなかった自分の「ぼんやり」が、「無防備」と同義語だと気づかされて怖くなったのです。一時間ほど前、まだ生きていたときに久太郎の口から出た嘲《あざけ》りの文句が頭によみがえりました。知らないのはおまえだけだ。そうだ。そうとしか考えられない。豊増と久太郎に接点はないけれど、あいだに立石さんが入れば話は別だ。単行本の売場責任者である立石さんは立場上、豊増の東京の連絡先くらいは知っているはずだから仲介役をつとめることができる。つまり上京した久太郎は豊増を訪ねて会うこともできる。ここの住所を久太郎に教えたのは豊増に違いない。でも、なぜ？

「竹井くん、できたよ」高倉さんの声がします。「かたほうだけ。あともうかたほう、ひとりでやってみる」

「わかるよね？　ミチルちゃんの味方はもう僕と高倉さん以外にいないんだよ。警察は捜査本位だからミチルちゃんの都合なんかかまってくれない。警察に何もかも正直に話すなんて、口で言うほど簡単なことじゃないよ。今日ここで何が起きたかを話すだけじゃ済まないと思うよ。きっと過去にさかのぼってあらゆることを質問される。死んだ男とミチルちゃんの関係は？　彼はどこから来た？　ミチルちゃんはなぜ東京にいる？　なぜひとりでここに住んでる？　ここに住む前はどこにいた？　いつ東京に出てきた？　そもそもの始まりは何？　そのリュックの中には何が入ってる？　ミチルちゃんはそういう質問全部に答えなきゃならなくなる。そんな面倒にひとりで耐えられる？」

　でもなぜ豊増は久太郎にここの住所を教えたのだろう？　唐突に久太郎が口にした立石さんの名前、あたしには唐突に思えたのだが、あれがこの疑問を解く鍵になるのだろうか？　立石さんの名前が出てくるということは、やはりすべては「そもそもの始まり」であるあの宝くじに繋がっているのだろうか？　豊増も久太郎も立石さんも、もしかしたら沢田主任も初山もすでに、あたしが独り占めにした2億円の当選金に気づいているのだろうか？　ここまで隠し通せたと信じていた秘密はもうみんなに見抜かれているのだろうか？　それともこれはあたしの思い過ごしなのか？

「頼むから、考え直して」竹井がミチルの肩に手を触れ、念を押しました。「フライパンを洗ってよ」

「ちょっと待って、まだ話は終わってない」

と呼び止めたつもりだったのですが、声にならなかったのかもしれません。竹井はさっさとリビングへ移動してしまいます。ミチルは台所にひとり残り、どうして自分がそんなことをしているのか理由もわからずに、時間をかけて、バスタオルの四隅を合わせて折りたたみました。指先がまったく震えていないのに気づいたのはそのときでした。いつの時点で震えが止まったのかも記憶にありません。折りたたんだバスタオルを手に、リュックを背負ったままミチルは殺人現場の様子を覗きこみました。久太郎の死体の足もとにふたりともうずくまっています。両足に靴を履かせることに成功して、手分けして靴紐を結び直している模様でした。

「ミチルちゃん、それ、こっちに」

一と仕事終えた竹井がバスタオルを要求して片手を差し出しました。

「警察はリュックの中身まで調べると思う？」

「うん？」

「さっきそう言ったでしょう」

「警察はあらゆることを知りたがるという意味で言ったんだよ。殺人事件の捜査となれば、人のプライバシーだって何だってほじくりまわす」

「そうね。そうかもしれないね」

「そうさ、容赦ないよ」

ミチルはバスタオルを放りました。人はこうやって魔がさす瞬間を迎えるのかもしれません。いいえ、私にも経験がないわけではないのでここは明確に言っておきます。人はこうやって魔がさす瞬間を迎えるのです。竹井がバスタオルを受けとめ、二つ折りにまでひらいてから死体の頭部を覆い隠します。そのあとミチルはリビングへ一歩、足を踏み入れました。

「でもどうするの」

ミチルが死体遺棄に加担した瞬間です。

「外に持ち出すと言ってもどこに運ぶつもり？」

「こんなとき、人はふつう死体を土に埋めるんだよね」

また竹井の「こんなとき」が出ました。ミチルはさきほどと同じ違和感を覚えながら追及します。

「どこに埋めるの」

「いや、どこにも埋めるつもりはない」

高倉さんがつと立ち上がって、すいません、と呟きながらミチルの脇を通り抜けて台所に戻りました。何をするのかと思って見ていると、飲みかけのペットボトルを口にふくんで喉をうるおし、次に流しの前に立つと水道の栓をひらいて水をほとばしらせます。そちらも気になりますが、竹井の考えを聞くのが優先です。

「どこに」

「捨てるんだよ」と竹井が続けました。「埋めないで、ただ、捨てるんだ」

「海か山」

このあまりにも大雑把《おおざっぱ》な返答にミチルは驚きました。驚いたというより衝撃をうけたというのが正確かもしれません。

「あのね竹井」

と言いかけて、早くもげんなりしました。警察を呼んで正直に話すほうがまだましかもとの再考が頭をもたげました。警察はリュックの中身など調べないかもしれない。かりに調べたとしても預金通帳の残高など問題にしないかもしれない。「古川さん、これはまた大金ですね」「はい、宝くじが当たっちゃって」「それはそれは、幸運なかただ」背後で水音がやみ、振り向くと高倉さんがフライパンを手に、底についた異物にまじまじと見入っています。これにもげんなりして、ミチルは竹井に向き直りました。

「そんなことしたらすぐに見つかっちゃうでしょう」

「運が悪ければ見つかるかもしれないし、良ければ見つからないかもしれない。そこは賭けだね」

「ふざけないで。人が真剣に話してるのに。これはゲームじゃないのよ、現実に人がひとり死んでるのよ」

「見つかるか見つからないかは、死体を埋めても埋めなくても同じことだよ。そんなのは時の運だよ。埋めたほうが安心だと思うかもしれないけど、いつ台風が来て豪雨で土砂が流されるかもしれない、野良犬が匂いを嗅ぎつけて被せた土を掘り起こすかもしれない。しかもそうやって発見されたときに、死体が埋められていた事実がわかればそれは殺人事件として処理される。誰かが死体を隠す目的で埋めてるんだからその誰かが犯人なんだろう。警察はその誰かを探す。そしてじき探し当てる。僕の考えでは、こんなときは死体を埋めちゃだめだ。埋めて隠そうとするから犯罪の意図がばれるんだ。いちばんいいのは人《ひと》気《け》のない場所に捨てることだよ。たとえば崖の上から投げ捨てる。死体は発見されるかもしれないし、されないかもしれない。もし発見されたとしても、落下事故の可能性がある、投身自殺の可能性もある、もちろん殺人の可能性もあるけど、どれも可能性に過ぎない。発見まで時間が経てば経つほど区別はつきにくくなる。もし何年も経ってから発見されたとしたら死体はもう骨だけだ。骨だけになっても埋められていたらそれは殺人ぽいけど、そうでなければ、たとえば深い森の中に人骨がただ落ちていたらどう？　それでも今夜ここでフライパンで殴り殺された男の骨だと警察にわかるのかな。ミチルちゃん、どう思う？　賭けてみる値打ちはないと思う？」

このときミチルはどう答えようもなく眉をひそめただけでした。が、私には竹井の考えの値打ちが理解できます。はからずも人を殺《あや》めてしまったとき、とかく凡庸《ぼんよう》な人間は死体を土に埋めたがります。私をふくめた大多数の凡庸な人間という意味です。過去にテレビや新聞で、どれだけ埋まった死体が掘り起こされるニュースを見聞きしたかしれないのに、それでもなお今日、犯罪者は死体を埋めることをやめません。埋めるのは自分が殺したからだと語っているようなものなのに。お叱りをうけるのを承知で申し上げると、私は竹井の発想というか発想の転換を高く評価しています。まあ私の評価いかんにかかわらず、これに賭けてみる値打ちの大いにあったことは現実が証明しているわけですが。

「その人気のない場所ってどこ」

と眉間にしわを寄せたままミチルが訊き、竹井がこう答えます。

「わかりやすく言えば、青木ヶ原《あおきがはら》の樹海、みたいな場所」

「人気のない場所まで死体をどうやって運ぶの」

「車で」

「誰の車」

「バイト先の車。いつでも使えるようにキーを預かってるから」

「バイト先って、学習塾の車で死体を運ぶの？」

この質問に竹井は振りむいただけで答えず、背後からやんわりたしなめる声がかかりました。

「違いますよ、ミチルさん。学習塾のバイトなんて竹井くんはもうやってませんよ。いまはね、料理教室の助手」

同時にステンレスの流しに当たる激しい水音が聞こえ出します。竹井とミチルの会話の行方を見定め、指摘すべきことをし終わった高倉さんがフライパンについた血糊を洗い始めたのです。

## 10　ほとぼり

ミチルに違和感をおぼえさせた言葉遣いのひとつ、竹井の口からさかんに出た「こんなとき」とは、要は、前々からひそかに温めていたアイデアを生かす機会、の意味です。そのくらいの意味に取ってよいと思われます。

死体の始末法、とでもいうべき問題を竹井は考えたことがあったのです。おそらく一度ならず、想像上の実験をおこなって、結果、賭けてみる値打ちのある方法を導き出していたということです。何のためにそんな準備をしていたのかは私の頭では理解できませんが、将来起こりうる問題のため、対策を怠らない人間はいます。いると思います。緊急時にそなえて非常口を頭に入れておく。避難場所を確保しておく。想像ですが、竹井にとっての緊急時とは、もしかしたら「自分の手でひとを殺したとき」であったのかもしれません。

そうでなければ、事件当夜の状況で、死体を捨てるなどというシンプルな発想はできなかったと思うのです。

経験から申し上げて、現実の殺人現場に置かれたとき、つまり何もかもが終わってしまって取り返しがつかないと思い知った瞬間、ひとは通常の思考とはほど遠い状態におかれます。頭のなかで後悔や絶望や恐怖や言い逃れやらが渦を巻いて混乱し、自分が取るべき行動の優先順位すらつけられなくなります。ぜんぶ投げ出して逃亡する孤独な背中が見え、捕えられて引きずり回される哀れな光景が目に浮かび、みずから命を絶ったのちの死顔が見えたりもします。しかしひとは往生際が悪いもので、見えたものを見なかったことにして、あげくにこんどは証拠を隠そうと焦るあまり死体を埋めようなどと考えはじめるのです。なかには焼いたり、むごたらしく切りきざんだりする方法を考えつく人々もいます。愚かであることは認めますが、これらは通常とはかけはなれた状況下で産み落とされる考えなのです。いわば殺人にかかわった人間が一般的に考えることです。たとえ自分の手でひとを殺したのではなくても、自分のよく知る人間が殺人を犯し、その現場を目の当たりにしているのですから状況としては同じことで、私に言わせればひどくうろたえたミチルのほうがよほど自然なのです。

ところが竹井は違った。何を目撃しても終始冷静に対応し、まるで今夜、自分のアイデアを試す絶好のチャンスが到来したと言わんばかりに、死体を単に捨てることを提案し、ミチルを説き伏せ、即座に実行に移した。

しかもほかには何もしていません。たとえば、上林久太郎の携帯電話で本人になりすまして家族や友人にメールを送信し、まだ生きているかのようにごまかしたり、たとえば上林久太郎が予約していたはずのホテルにキャンセルの電話を入れたりなど、いわゆる犯罪の隠蔽《いんぺい》工作とかアリバイ工作とか呼ばれるものはひとつもなしです。小細工はしない。その点、きっぱりとした態度をつらぬいています。迷いや混乱のあとが見られません。ただミチルの部屋から荷物同然に死体を運び出して、トランクに押し込め、高倉さんとともに深夜のドライブに出かけた。死体を山の中に捨てるため車を走らせたのです。そしてその間、ミチルにはひとりで部屋の後かたづけを、というか殺人事件の痕跡をすっかり消してしまうことを要求しました。

あとはひとつ嘘をつくだけです。

竹井と高倉さんとミチルの三人で口裏をあわせて、上林久太郎は浜田山には現れなかった、三人とも彼には会っていないと嘘をつく。それで終わりです。竹井が実践した死体の始末法のそれがすべてでした。

以後の経緯から明らかなように、竹井は間違っていません。

ひとの道を踏みはずしていないという意味ではなく、殺人現場から死体を遠ざけることで自分たちとの関連性を絶つ、あるいは死体の発見を遅らせる、もし死体がずっと発見されなければ殺人そのものがなかったことになり高倉さんは罪をまぬがれる、そういった竹井の計算に間違いはなかったということです。現にいまだに上林久太郎は行方不明です。おおやけには失踪者扱いのままです。いま彼の死体が朽ちはてているであろう場所は、東京青梅《おうめ》市の山中、としか申し上げられません。その山の神社で何年かにいちど催される薪能《たきぎのう》を見物に行ったことがあり、竹井には土地勘があったという話です。おそらくそのさいに死体の捨て場所のあたりをつけていたのでしょう。ミチルが聞かされているのはそこまでで、とうぜん私に知りようもなく、どのようなお訊ねにもこれ以上の回答はできかねます。

さて。

確かに竹井の計算に間違いはなく、事件は露見しませんでした。

上林久太郎が高倉さんにフライパンで殴り殺されたという事実はひとまずこの世から消滅しました。

でもそれはいまだから言えることです。

現在に立って見れば竹井の考えが正しかったことにもなるけれど、事件当夜から今日まで、何もかもが竹井の計算通りなめらかに運んだわけではありません。竹井の言うところの「こんなとき」のシミュレーションはじつは完璧ではなく、危うい土台に支えられていました。簡単に言うと、高倉さんとミチルのことです。竹井の賭けに乗ったふたりのその後、その後の変わり様です。これはわれわれ凡庸な人間の心の問題とも言えます。強さと脆《もろ》さ、情熱と無気力、思いやりと無慈悲、子供っぽさと分別、正義と独善、そういった両極端のあいだで常に揺れうごいているひとの心。

それをこれからお話します。

事件翌日、ミチルは竹井のマンションに戻りました。

そしてその日からなしくずしに居候生活が再開されます。

引っ越したばかりの自分の部屋は事実上ほったらかしです。できればすぐにも契約を解除して、殺人の起きた部屋との縁は切ってしまいたかったのですが、それはいくらなんでも、竹井に指図されるまでもなく、性急すぎることはミチルにもわかります。だからよそ目には、普通にひとが住んでいるようにとは言わないまでも、引っ越し翌日から無人のままだとは映らないよう心がけました。

公共料金の請求書や、ダイレクトメールの類いや、あとは銀行からの連絡など郵便物をポストに溜めこまないようになるべくひんぱんに訪れて、真新しいエアコンのスイッチを入れ、真新しい洗濯機で持ち込んだ洗濯物を洗って干すようなこともしました。ちょうどそこへ豊増が勝手に手配していた液晶テレビの配達が来て、取り付けの作業の様子をだまって見守ることもありました。また別の日にはそのテレビを点けっぱなしにして、台所とリビングの窓を開けて風を入れながらぼうっと時を過ごすこともありました。

　でもそれはいずれも昼間のことです。日が落ちる時刻になると、決まって気分がすぐれなくなり帰り支度をはじめます。乾いた洗濯物をたたんで紙袋にしまい、リュックを背負い、部屋の戸締まりをします。あの晩久太郎の頭から流れ出た血、その血痕は念入りに拭き取られて跡形もありません。しかし明け方までかかってみずからの手で後始末をした、当夜の記憶だけはくっきり残る床の上に、マットレスや布団を敷いて寝るということはミチルにはどう考えてもできない相談でした。

　竹井の1LDKのマンションで再開された居候生活は、表向きは以前とまったく同じだったと言えます。奥の一と間をミチルが寝室として使い、竹井のベッドでやすませてもらう。竹井のほうはLDKの床に布団を敷いて寝る。エアコンの風を通すために仕切りの戸はひらいたまま。でも以前とは違い、ミチルの寝つきはわるくなっていました。竹井が起きていようと寝ていようと気にとめたこともなかったのに、真夜中、微かに伝わってくる寝息に耳をそばだてている、そんな自分に気づいたりします。たまに竹井が布団を出て冷蔵庫の飲み物を取りに歩く足音などが聞こえると、ベッドの上で反射的にからだを起こして身構えることもありました。

何に対して身構えるのかは、うまく説明がつきません。というのも、事件をさかいに竹井の態度があらたまったわけでもなく、見た目はあいかわらずだったからです。先輩のミチルを立てるようないくらか遠慮がちな物言いも変わらないし、その物言いにときどき女性的なというか中性的なというか柔らかさがまじるのも変わりません。文句も言わずに毎朝毎晩ふたり分の食事を用意してくれます。洗い物もやるし、掃除機もかけます。おまけに真面目に大学にも通っている。バイトも休まない。だからミチルにはひとりでいられる時間もたっぷりある。こないだまでの居候生活と同じです。幼なじみで気のおけない年下の男との、居心地の良い、こないだまでとそっくり同じ日々が反復される。不満はありません。不満など持ったらバチがあたりそうです。

しかし逆に、その不満のないところ、そのあいかわらずというところがミチルの気に入らなかったのかもしれません。人生を激変させてとうぜんの、大事件が起きたあとなのです。その大事件をなかったこととして処理し、さっさと元通りの日常に復帰してしまった竹井に対しての不信が芽生えるのもうなずけます。同時にその不信感は、心ならずも竹井に追随してしまった自分自身へも向けられていたはずです。

見た目の竹井はいままでと変わらない。でもあの晩、あたしが過去に見たことのなかった別の顔を垣間見せた、そのことも事実だ。寝つけないときミチルはベッドのなかで何度となくあの晩の竹井の言動をなぞりました。別の顔を垣間見せたというよりも正体を現したといいたいくらいの別人ぶりを発揮して、自分の意見を主張し、堂々とふるまい、先輩のあたしに遠慮もなく命令を下した。ところがいまはもうそんな態度や口ぶりはちらりとも表に出さない。あの晩の竹井を竹井じゃないように感じるのは、あたしが子供のころからずっと偏見で見てきたせいだろうか？　竹井が高倉さんとつきあっていたこと、つまり男として彼女と寝ていたことにも気づかないくらい、あたしがぼんやりだったからだろうか？　あたしはただ竹井という男を見損なっていたのか。昔から、時と場合によっては竹井は男っぽく、堂々と、女たちをリードして生きてきたというのが真実なのだろうか？

幼いころの思い出と事件の晩の記憶とのせめぎあいでいくら考えても答えは出ません。ベッドで目が冴えるだけです。寝つけないときにはワインを飲めば効く。そんな習慣が郷里で書店員をしているころからあったのですが、いまは効き目も不確かでした。効き目うんぬんのまえに、ワインじたい飲む気が失せてしまったのです。事件当夜、直前まで高倉さんと飲んでいた記憶が呼び起こされるからでしょう。直後に起きた殺人と、死体の後始末の記憶にもまとわりついているからでしょう。のちに私と出会ったときにもなお、からだが受けつけないというこの拒否反応は続いていました。

自分はワインも飲めなくなって眠れぬ夜を過ごしている。竹井は隣の部屋であいかわらずの安らかな寝息をたてている。あたしが知っている子供時代の竹井と、あの一と晩だけの竹井と、それ以外の竹井といったい何人の竹井がいるのだろうか、とミチルは羊の数のかわりに数えてみます。あたしとふたりでいるとき、高倉さんといるとき、大学で同級生にまじっているとき、バイト先で働いているとき、あたしの知らない誰かと会って話すとき、人ごみのなかをひとり歩いているとき、ひとりきりで考え事をしているとき。その全員が竹井という人間で、たぶん周囲の状況にうまくあわせて喋ったり行動したりするのがひとの本来の姿だという気もするし、周囲の状況にあわせて自分の性格や態度を変えるのは、もし都合よく変えられるのだとしたら、それは動物の体の保護色といっしょで竹井の特異体質みたいなものかもしれない、と心配にもなります。よく知っているつもりで実は正体不明の男と、あたしは毎朝毎晩顔をつきあわせているのかもしれない。

しかしまたいっぽうで、寝つきがわるいと言いながらもいつのまにか寝てしまった一夜が明けてみると、そんなに複雑なことではないという気もしてきます。竹井の正体を見損なっていた唯一の原因は、やはり無関心以外になく、これまで後輩としてかるく見下していた、とどのつまり、竹井を男としては見たことがなかった、そういう失礼な話に行き着くのかもしれないとも反省しました。

ちなみにこの「無関心」とか「失礼」とかの言葉は竹井の口からじかに出たのをミチルが引用したものです。事件の夜に高倉さんから教えられるまで、竹井が学習塾でのバイトを続けているものとばかり思いこんでいたのですが、その勘違いが事件から数日後、朝食のさいに話題にのぼったのです。

季節もやや秋めいて、エアコンが不要なくらいの気持ちの良い朝のことです。ふたりで黙々と食事をするのも気詰まりなので、ミチルのほうから、ふと思いついて質問を投げかけてみました。

こんな感じです。

「ねえ竹井」

「何」

「学習塾のバイトいつやめたの」

竹井の返事は素っ気ないものでした。

「もうだいぶまえだけど」

「あたしがここに来てから？」

「もっとまえ」

「でもいつだったか電話で一回話したときには、学習塾でバイトしてるって言ってたよね」

「それって大昔でしょ」

「そうだっけ」

「僕が大学入ってすぐのころ。挽肉のカレーの作り方教えてってって、ミチルちゃんがメールしてきたときじゃない？　メールじゃらちがあかないからって電話で話したんだよ」

「じゃあ、あたしが東京に出て来たときは、もういまのバイトだったの？　いっしょに住むようになって、きょうはバイトだから遅くなるって言ったときは料理教室で働いてたの？」

「そうだよ」

「嘘みたい。ずっと学習塾で小学生を教えてるんだと思ってた」

「嘘みたいって、こっちが言いたいよ」

「学習塾のあと料理教室？」

「いや、学習塾のあと家庭教師やって、そのあと料理教室」

「二回も変わったの？」

「そうだよ」

と事実だけ押さえておしまいかと思ったら、竹井がめずらしく自慢話をはじめました。

自慢話というのはミチルの受けた印象です。竹井はバイトの変遷の経緯を説明してくれたのです。要約するとこうなります。

学習塾で教えていた時代、まず自分はわりと人気のある先生だったのだが、生徒の中にとくになついてくる女の子がいて、送り迎えに来る母親とも自然に親しく口をきくようになり、結果その子の家庭教師に引き抜かれることになった。次に自分は家庭教師としても文句のない働きをして認められ、ますます母親の信頼を得て、その家に仕事抜きで出入りするまでになった。たとえば娘のお誕生日会に招待されたり、夫が海外出張で家をあけたときなど娘が寂しがってるから遊びに来てと呼ばれたりする。そんな機会に料理の腕前を披露して、こんどはそっちの才能に驚かれ、大学が同窓で親友だという料理教室をやってる女に「うちの娘の先生」の話が伝わり、やがて紹介され、最後に娘が小学校を卒業して家庭教師の仕事が終わるころ、竹井くん、彼女があなたを欲しいと言ってるんだけど、料理教室を手伝ってみる気はない？　このままあなたとの縁が切れちゃうのも悲しいし、と勧誘されたのを受けて、いまに至る。

「ふうん」

とミチルはその場しのぎの相づちを打ちました。

のちに思ったのは、この話をすでに全部聞かされていたはずの高倉さんの胸の内です。

ここまでの経緯を知っていれば、それはあの高倉さんでなくても、毎回毎回バイトで遅くなるという竹井の言い訳を疑いたくなるのはとうぜんだろうと同情したのです。まず小学生の女の子に好かれて、次に母親に気に入られて、最後にその親友にまで見込まれる。あなたがどれだけ女性にもてるかはよくわかった。それで竹井、母親とその親友とどっちと寝てるの？　りょうほう？　と自分なら問い詰めただろう。

でもその場では詰問など思いつきませんでした。竹井が高倉さんとつきあっているのにも最初は驚いたくらいですから、この自慢話を聞き終わったときにはたいがい呆れて、あいた口がふさがらないといった状態です。こんな男をてっきりゲイだと信じこんでいた自分の見る目のなさに対して出る言葉もなかったという意味です。高倉さんの気持ちをもてあそぶようなまねを竹井はしていたのだ、というほうへ考えが向いたのは、もうすこし時間が経ってからのことです。

言葉が途切れて、その場しのぎの「ふうん」が宙に浮いた感じになりました。せっかく竹井が初めて打ち明け話をしてくれたのに、感想が「ふうん」だけじゃおさまりがつかない気がしたので、ミチルは付け足します。

「そんなこと、ぜんぜん知らなかった」

「一と月もいっしょに住んでたのにね」

「そうね」

「教室から貰ってきた肉とか野菜とか、ミチルちゃんもいっしょに食べてたのに」

「自分でもぼんやりだったと思う。でも、竹井が何も言ってくれないから気づかないんだよ」

　この発言はいただけない、思わず口をついて出てしまったけれど、ちょっと自分勝手すぎる、と悔やむあいだに竹井が言い返しました。

「それは違うでしょ。自分で気づくべきだよ、だって、よく考えてみてよ、ミチルちゃんのほうが居候の立場なんだし、もっとこまやかに気をつかってとうぜんじゃない？」

「ごめん」

「だいたいミチルちゃんは無関心なんだよ。僕がすることに。僕が何か重要なことを言っても、ミチルちゃんには聞こえてないんだよね、昔から。例外は料理のレシピが必要なときくらいでさ」

「うん、そう言われたら、そうだったかもしれない」

「そうだよ。そういうのは失礼だよ、昔のことはともかく、いっしょに住んでる相手に対して。無関心はひとを傷つけるんだよ。ほんとに失礼な女だって、あのとき僕は思った」

「あのとき？」

ちょうどその会話があった日の午後に、豊増一樹が浜田山のマンションに現れました。

正午をすこしまわった時刻。例によってミチルはほかにやることもないので洗濯物を持ち込んで洗濯機をまわし、ベランダに干し終えたところでした。あとは乾くのを待つ以外、何の予定もありません。床に置きっぱなしのリモコンを拾いあげてテレビを点け、時報とともに始まったニュースをしばらく見守りました。リビングに立ったまま、リュックを背負ったままです。関心を引かれるニュースは流れません。見終わるとテレビを消し、室内へ光と風をじゅうぶんに通すために、ベランダに向いた窓、台所の窓、浴室のドア、それから玄関のドアまで開け放ちました。

そのあと豊増の来訪に驚かされるのですが、驚かされるまぎわまで、ミチルは自分では考え事をしていたつもりでした。

事件の夜の顚末《てんまつ》のうち、とくに久太郎の死体の始末について竹井の考えを質《ただ》していたときの模様を頭に再現中でした。

（人気のない場所まで死体をどうやって運ぶの）

ミチルが恐る恐る訊ねると、

(車で)

と竹井は久太郎の死体を見やりながら返事をしました。

車？　いったいどこに車があるのかとミチルは疑問に思います。

(バイト先の車。いつでも使えるようにキーを預かってるから)

(バイト先って、学習塾の車で死体を運ぶの？)

ミチルのこの質問に、竹井は振り向きました。

これがつまり竹井の言う「あのとき」です。

この質問をされた瞬間、竹井はミチルのことを「ほんとに失礼な女だと思った」と事件後はじめて本音を述べたのです。

あえて言われてみなければ気づかないことはあります。ミチルは「あのとき」こっちを振り向いた竹井の顔がそう言えばはっきり白けていたのを憶えていました。いま思えば「そこまで僕に無関心だったの？」と声にならない落胆がにじんでいたのでしょう。目の前の死体を力を合わせてどうにかしなければならない、そんな緊急時に、相手の発言が失礼だとか失礼でないとかこだわっている場合ではないような気もしますが、現に竹井は何日かあとまで根に持ち、ミチルはミチルでその夜の竹井の一瞬の顔つきを忘れなかったわけです。

竹井への無関心のもとにあるのは、ひとつは子供のころから持ち続けていた偏見のせいだと認めざるをえません。その点はもう自明です。しかしあとひとつ、竹井には言い訳したくてもできない宝くじの一件もあります。この一と月ほど、あたしの頭はそっちでいっぱいだった。いっしょに暮らしている竹井に無関心だったというよりも、むしろ誰に対しても無関心だったというべきなのだ、あたしの全関心は2億円の当選金に向いていたのだから、ともミチルは考えました。

そんなことを考えたあと、次に、ふいにひとの気配を感じて玄関のほうへ目をやったときには、ミチルはリビングの床に這いつくばっていました。両手、両膝を床についた四つん這いのかたちです。その姿勢で顔を横向きにねじり、玄関の、開け放ったドア付近を見て、そこに半袖のワイシャツにネクタイ姿の豊増が立っているのを認めました。

ミチルは床板のにおいを嗅いでいたのですが、豊増の目にはそうは映らなかったと思われます。じつはリビングの床に張りめぐらされた十センチ幅の板と板との隙間、わずか一ミリほどの溝に黒い染みのようなものを発見して、それが血痕ではないかと疑い、最初は目をこらして見ているだけだったのが、見分けがつかないので板と板とのあいだの溝に鼻先を近づけて、嗅ぎ取れるわけもないにおいを嗅ごうとしていたのです。しかもいつ、その小さな塵のような染みを見つけて自分が床に顔を伏せたのか、考え事を途中で放り出してからそうなるまでの過程が定かではありません。とにかくいつのまにか四つん這いになっていたのです。

「かずきさん」

とミチルは最初に言い、続けておなじ口から、自分ではしっかりコントロールできないまま言葉が滑ってゆきました。

「なにしてるのよ、そんなとこで」

豊増の返事はありません。

いつからそこに立ってこっちを見ていたのだろう？　ばつの悪い思いでミチルは起き上がり、玄関まで歩きました。手のひらに浮いた汗をジーンズの腿《もも》に擦りつけて、その手で髪のみだれを整えながら、

「あがらないの？」

とさらに不安定な言葉を継ぎます。

「ミチル？」

「ああ、そういえばテレビ届いてるよ」

「そうか。なんだか元気そうだね」

「元気よ」

「変わりはない？」

「べつに、変わりはないけど。テレビありがとう」

「ちょっと心配で寄ってみたんだ。このところ電話にも出ないしメールの返事もよそよそしいから、何かその、良くないことでも起きたのかと思って。うでたてふせか？」

「はい？」

「いま何をやろうとしてた？　腕立て伏せ？」

馬鹿にしてる、とミチルは些細なことに反発しました。なんのためにあたしがここで腕立て伏せなんかやるの。反発をおぼえたとたん、いくらか動揺がおさまったようです。変わりはない？　ちょっと心配で寄ってみたんだ？　そらぞらしい、とミチルは頭の隅で思いました。

「腕立て伏せなんかじゃなくて、床にワックスがけしようかと思って様子を見てたの」

「あそう」

「ほんとよ」

「だれも嘘だなんて言ってないよ」

豊増が靴を脱いで台所にあがります。あがらないの？　と勧めたからあがってあたりまえなのに、あがるな、とミチルはとっさに止めたくなるのを堪えました。

これはのちに本人も認めている点ですが、死体遺棄に加担してからというもの、ミチルは自覚の薄いまま、一般にひとの取るべき言動を見失いつつあったようです。ひとの言動に正常値の幅があるとして、そこに収まっているかどうかを判定する目盛りが世間一般とくらべて狂いはじめていたようです。久太郎を殺害した高倉さん、その罪を隠蔽するために活躍した竹井の両者とも大きくはみだしているのは明らかで、それは理解できていても、高倉さんへの糾弾を中途半端にし残したまま、竹井とはいままで通り同居し、何事もなかったかのごとく朝晩食事をともにしている自分も同類だとの意識はなぜか希薄でした。ミチルはその意識を抑えつけて日々を送っていたのかもしれません。抑えつけることにそろそろ無理が生じていたのかもしれません。

来る途中に酒屋に寄ったのでしょう、台所に立った豊増が土産の袋を持ち上げて見せてから、自分で勝手に冷蔵庫を開けて缶ビールをしまおうとし、

「なんだ、なんにも入ってないんだな」

と中の様子に驚きます。

「きょう買物に行こうと思ってたの」

「じゃあほかにもいろいろ買ってくれば良かったな。ワインとかも」

この呑気な言い草にもミチルは噛みつきたくなりました。

ほかにもいろいろ？　ワインとかも？　こっちは冷蔵庫の中身どころじゃないのに。あなたが久太郎にここの住所を教えたせいで殺人事件が起きて、あたしたち三人、いや久太郎を入れて四人の運命が大きく変わってしまったというのに。あの日曜の晩以来、あたしはワインなど受けつけないからだになってしまったのに。

でもそれは言えません。豊増と会う機会があっても久太郎のことは口にしない、と前もって竹井と相談して決めてあったからです。豊増のほうから久太郎の名前を持ち出さないかぎり、こちらからはその件には触れない。触れないでほうっておいたほうが身のため、というのが竹井の考えでした。なにしろ自分たちは久太郎には会っていないし、彼が上京していたことも知らない。こちらから触れなければ豊増も黙っているしか手はないだろう。教えるべきではない人物にここの住所を教えてしまった、つまりミチルに対して裏切り行為を働いたという弱味があるのだから、自分からその弱味をさらけだすようなまねはしないはずだ。

もしそれでもあえて豊増が久太郎のことを訊ねたとしたら、そのときこそ注意が必要だろう。おそらく久太郎の身を案じた誰かが安否の確認を求め、東京での足取りを探ろうとしている、そういう事実を指し示すことになるからだ。すでに捜索願が出されて、警察が動き、久太郎が東京で最後に会った人物として豊増に事情を聞いたのかもしれない。もしくは身内の者がただ胸騒ぎをおぼえて連絡してきたのかもしれない。それで豊増は異変を感じ取ったのかもしれない。ただしどちらの場合も、たとえどちらかが現実化するとしても、いまよりもっと先の話になる。久太郎の消息がつかめなくなって一週間も経っていない。身内が本気で心配しだすまでにはまだ時間がかかるだろうし、まして犯罪の兆候もないのに警察が動く道理もない。だから現時点では、豊増はミチルの前で久太郎の名前は持ち出さない。持ち出せないはずだ。

「ビール飲むか？　あんまり冷えてないけど」

「いらない」

「おなかは、すいてない？」

「うん」

「じゃあすわって話そう」

豊増が缶ビールを手にリビングへ入りこみました。

ミチルが素直についてくるものと思っていたのか、腰をおろそうとして台所を振り返り、怪訝な目を向けます。

「すわってなにを話すの」とミチルはその目に訊ねました。

「ちゃんと話したほうがいいだろう?」

「ちゃんとって?」

「ミチルが怒ってるのはわかるんだ。でも、こっちの事情も聞いてほしい」

「なんのことを言ってるの」

「こないだの日曜のこと」

豊増はあぐらをかいてすわり、缶ビールを開けました。さきほどまでミチルが這いつくばっていた床板のあたりです。

「上林君、ここに来たんだろ?」

男の背中をまじまじと見て、ミチルは生唾をのみます。

# 11　疑うこと

自分で生唾をのみこむ音がはっきり聞き取れました。台所からリビングまでその音が伝わったのではないかと心配になるほどに。

しかし豊増の背中に反応はうかがえません。ミチルがそばへ来るのを待って話を続けるつもりなのでしょう、あぐらをかいたまま缶ビールを飲みはじめます。

(上林君、ここに来たんだろ?)

たったいま豊増がさらりと口にした文句が、頭のなかで谺《こだま》になって反響します。ここに来たんだろ?　来たんだろ?　だろ?　なにか返事をしなければ、こういうときこそ機転をきかせなければとミチルは焦ります。

「上林君て?」

とりあえず、しらばくれてみました。

「もしかして、久太郎のことを言ってるの?」

「うん」

　こちらを見ずに豊増がかすかにうなずきます。

「久太郎がなぜここに来るのよ、東京にいるはずもないのに。だいいち、ここの住所も知らないのに」

「僕が教えた」

「教えた？」

　と聞き返してミチルは言葉に詰まりました。

　想定外のなりゆきに自信を失いかけたのです。「僕が教えた」のはあの事件の夜、竹井の指摘をうけておおよそ想像がついていたけれど、そのことを、まさか豊増がこうもあっさり告白するとは思いもしなかったからです。でも後戻りできません。この場に竹井が居合わせたなら、「知らないふりを通すしかない」とミチルに目配せしたことでしょう。

「ここの住所を久太郎に？」

「うん」

「かずきさん」と呼びかけてミチルはまた言葉に詰まり、時間稼ぎに訊ねました。「久太郎と会ったの？」

「うん」

「いつ？」これもわかりきった質問です。

「だから日曜日に」

「どこで会ったの」

上林久太郎がここに来たか来ないかの回答は棚上げにして、ミチルは強引に話を進めようとします。でもそれにしても、いったい豊増がどんな顔をして喋っているのか見てみたくもあったので、台所からリビングへ入り、まわりこんで正面に立ちました。腕組みをして、男を見下ろしますが相手はすぐには目を合わせません。

何よりも聞きたいのは、久太郎といつどこで会ったかなどではなく、なぜ久太郎にここの住所を教えてしまったのかという理由です。豊増の意図です。つきつめて言えば、久太郎と、おそらく久太郎に豊増の連絡先を教えたであろう立石さんまでふくめての、三人のつながりの持つ意味です。三人のつながりに宝くじの件はからんでいるのかいないのか？

急ぎすぎてぼろをだすわけにもいきません。まだ久太郎がここに現れた事実も認めてはいないのだし、下手な質問はできません。また時間稼ぎにリュックの左右のストラップの位置を直し、背中の重みを確認しました。いわば2億円の重みです。その重みで安心を得ることができます。正確には化粧品をつめたポーチやハンカチや財布や携帯電話とともに例の『【その日】から読む本』、そして預金通帳が入っているわけですが。

怖《おそ》れることはない、とミチルは自らに言い聞かせます。三人のつながりの意味がどうであろうと、当せん金はいまあたしのもとにある。あたしひとりのものだ。あたし以外の誰にも触らせない。

それからもういちど「久太郎とはどこで会ったの？」と無難な質問をしかけると、ビールをひとくちすする、そのついでに豊増がミチルの目をとらえて、気弱さと鈍さとが入り交じった、あとどう言えばいいのでしょうか、うっすらと悲愴感のただよう顔つきで、

「明日の面接はどうするつもり？」

と意表をつきました。

「はい？」

「久我山《くがやま》の面接」

これはまえに申し上げたとおり、豊増の斡旋で就職面接の予定が立てられていたのです。久我山の面接とは、都内に多くの店舗を持つ大型書店の、京王井の頭線久我山駅にある店の面接試験という意味です。ちなみに浜田山から電車で数分の距離です。

「どうするつもりって、受けるつもりだけど」

とミチルはここは正直に答えました。この件もあわせてすでに腹はくくってあります。とにかく事件前にそうするつもりだった予定は今後も予定通りにこなしてゆくしかない。

あの晩、何事も起きなかったかのように。

「受けるのか」

「受けるよ」

「そうか、このまま東京に残るつもりなのか。だったら、よかった」

「東京に残る？　だったらよかったってなに、どういう意味？　あたしが東京を出てどこに行くの」

「いや、僕はその、ひょっとして、ミチルがここを引き払って故郷に帰る気でいるんじゃないかと心配で、上林君と一緒に。だから冷蔵庫の中はわざとからっぽにしてあるんじゃないかと思って。そう思って見ると、この部屋も、なんだかすっきり片づきすぎてる気がするし」

「冷蔵庫になんにも入ってないのは、きょう買物に行こうと思ってたとこなの、さっきそう言ったでしょ」

「聞いたけどさ」

「あたしの言うこと信じられない？　この部屋だって床にワックスかけようと思ってるって言ったよね？」

「信じるよ、だからいま明日の面接を受けると聞いて、自分の勘違いに気づいたんだ」

「ここを引き払って故郷に帰る？　上林君と一緒に？　いったいなんの勘違い？　あたし久太郎とは一回も会ってないよ。日曜日に久太郎はここには来てないし」

「そうか」

「ねえ、かずきさんはどこで久太郎と会ったの」

豊増はネクタイを緩め、ワイシャツのボタンをひとつはずし、またビールを口にしました。べつに焦らすつもりではなく、事の次第をどう説明すべきか考えるため間をとったのでしょうが、ミチルのほうは焦れます。

「だいいち久太郎はどうやってかずきさんに連絡を取ったの、会社に電話がかかってきた？」

「いや、電話は自宅に」

「自宅？」

「日曜日の夕方、いきなり電話がかかってきて、近くにいるから出て来いと言われた」

「近くって、大泉町のこと？　久太郎はかずきさんに会いにわざわざ大泉町まで行ったの？」

「うん、それで」

「信じられない」

「ほんとだよ。それで、あまりに突然だし、最初は電話の相手が誰なのかもわからなかったんだけど、ミチルの名前が出たのでようやく事情がのみこめて」

「それで久太郎に呼び出されて自宅の近所で会って、あたしの居場所を訊かれて、ああ、ミチルなら浜田山にマンション借りて住んでるよって、簡単に教えちゃったわけね。なんで？　ううん、ちょっと待って、そのまえに、なんで久太郎はかずきさんの自宅の住所とか電話番号とか知ってるの。あたしだって自宅の電話番号は教えてもらってないのに」

「いや、それは」豊増はいったん口ごもりました。「詳しいことはわからないけど、たぶん立石さんから聞き出したんだと思うよ。立石さんとは、ほら、年賀状のやりとりだってあるし、お歳暮とかも贈ったことがあるしね、上林君がその気になれば、わりと簡単に調べられたんじゃないかな」

このときミチルは、あらまし自分の想像通りだったと満足していました。一、豊増がこの住所を久太郎に教えた。二、久太郎は豊増の連絡先をタテブーから聞き出して上京した。三、タテブーは書店の担当者として豊増とは長いつきあいだから連絡先くらいは把握していて当然だ。そう考えて結局、疑問はふりだしに戻ります。ではなぜ豊増は簡単にあたしの居場所を久太郎に教えてしまったのか？

「教えるべきだと思ったんだ」

というのが豊増の用意した回答、いかにも苦しげな回答でした。

「だって、上林君とのことは、このままうやむやにはしておけないだろう？　会いたくないからといっていま逃げても、いつかは話し合わなきゃいけないときが来るはずだ、そう思ったんだ。いずれ僕たちが一緒になるにしてもさ、上林君とは一回は会ってきちんと話をつけておいたほうがいい。それはもしかしたら、彼と会うことでミチルに里心がついて、やっぱり実家に戻るなんて言い出すかもしれない、元の鞘《さや》におさまることになるのかもしれない、その不安もあるにはあったけど、でも、結果がどう出てもそれはミチルの選択だし、僕には止める権利はない」

苦しげな回答というよりまさに言い逃れに聞こえます。

「久太郎とあたしをわざと会わせるためにここの住所を教えたの？」

「うん」

「はっきり別れ話をさせるために？」

「うん、まあ、できればそうなればいいと思った」

「じゃあ、なぜそのことをあたしに伝えてくれないの」

「いま伝えてるつもりだけど」

「日曜日の夕方によ！」

苛立ちのあまり、ミチルの脇がやや甘くなりました。

「電話で注意くらいはできたはずでしょう？　いまから上林君がそっちに行くって、なんでひとこと言ってくれないの」

「それは迷ったんだけど、ふたりの問題に僕が余計な口出しをしない方がいいかと思って。でもさ」

「なによ」

豊増はのそっと立ち上がり、ミチルの剣幕から逃れるように台所へむかいました。冷蔵庫を開けてもう一本缶ビールを取り出しながら言います。

「上林君はここには来なかったんだろ？」

「来なかったけど」

とミチルは強調しました。

「もし来てたらどうするのよ。予告もなしに久太郎が現れてたら、いったいどうすればよかったの。あたしの身にもなってよ」

「でも来なかったのなら良かったじゃないか」

「そうだけど」

「ミチル、ビールは？」

「いい」

「もうだいぶ冷えてるよ」

「いらない。二本も飲んでだいじょうぶなの、仕事中でしょ？」

「うん、やめとく。上林君はね、ミチルをむこうへ連れて帰りたいと言ったんだよ。連れて帰って近い将来、結婚するつもりだとも言ってた。そんな話、前にしてたのか？」

以前、結婚の話をしたことがあったか、なかったか、ミチルは記憶をすなおにたどりかけて、すぐにやめました。豊増とこうなるまえの、久太郎との思い出をいまさら掘り起こすのは困難にも、苦痛にも思われました。だからこの返事はおざなりです。

「してないと思う」

「彼は本気でミチルとの結婚を考えているふうだった。その気持ちが僕にも伝わったから、ミチルの居場所を教えてやるしかないと思ったんだ。教えるまで帰らないとも言うし、面と向かって結婚なんて言葉を口にされたらどう言い返しようもない、いまの僕の立場ではね。こうなったら当事者どうし、とことん話し合って貰うしかないだろう。上林君がこの部屋に来てたら、きっとそういう話になったと思うんだけど」

そう言ったあと、ペットボトルの緑茶を手にした豊増が台所とリビンクの仕切りのあたりに立ち、ミチルと正面から向きあいます。

「でも変だな」首を傾《かし》げるしぐさは自然でした。「上林君は日曜日の晩、どうしてここに現れなかったんだろう？」

「そんなこと、あたしに訊かれても」

「ミチル、何か僕に隠してないか？　上林君のことで」

「ううん」

「ほんとに？」

「なんにも隠してない」

「そうか。でもあの晩の勢いなら、上林君がここに現れないはずはないと思うんだ。日曜日は何か事情があったのかもしれないけど、近いうちここにはかならず来るよ。結婚の話をしに。覚悟しといたほうがいい」

「わかった」

と平気で嘘をつけたのは、すでに豊増のほうの隠し事を感じ取っていたからです。

男の話のなかに隠れた欺瞞《ぎまん》を見切っていたからです。ふたりで話し合いの場を持たせるために、久太郎にこのマンションの住所を教えた？　余計な口出しをしないほうがいいと思ったから、当事者どうしとことん話し合って貰おうと思ったから、そのことをあたしには知らせなかった？　あり得ない。

ミチルはこう考えました。久太郎があたしとの将来の結婚を口にしたのがもし事実なら、同時に、豊増の「いまの僕の立場」にも触れずにはいられなかったはずだ。

（おれはミチルの夫になる資格があるけれど、あんたはすでに妻帯者だ。しのごの言える立場じゃない。さっさとミチルの居場所を教えろ。どうしても教えられないというのなら、おれはいまからあんたの家に押しかけて、奥さんに事情を説明する。そのためにはるばる練馬くんだりまで来たんだから）

そんなふうに詰め寄られたら、豊増は口を割るしかなかっただろう。こっちはあり得る。しかもそのことをあたしにすぐに電話で報告するのはためらわれただろう。ためらわれてとうぜんだ。なぜ教えるべきじゃない相手に居場所を教えてしまったのか、言い訳がたたないからだ。だからその場ではさわらぬ神に祟《たた》りなし、口をつぐんで問題を放り出して、日曜日から今日までのあいだ、たまにメールや電話で感触を見たけれど、ろくに返事もないので辛抱しきれず様子を見にやっとここを訪れた。つまりこの男は無責任で、自分勝手で、妻にあたしとの関係がばれるのをびくびく恐れているのだ。おおいにあり得る。

ということは、いまのこの状況はどういうことになるのか。

小心者の豊増は欺瞞をひとつ隠してはいるけれど、すくなくとも久太郎と会ったいきさつに関してはありのままを話しているのではないか？　豊増と久太郎とを結びつけたのは宝くじの一件ではなく、大泉町で初めて会ったふたりの男はあたしとの三角関係を問題にしただけで2億円の話などしなかったのではないか？

たぶんこういうことだ。久太郎は、あたしと豊増との関係をどこかで聞きつけた。あの海辺の町のどこかで、誰かが囁くのを耳にした。これまでの事情をすべて知っているのは初山ひとりしかいないけれど、たとえ彼女が秘密を洩らさなくても、あたしの「家出」から一ヶ月以上も経てばいろんな噂が飛び交ってあたりまえだろう。みんながあることないことあたしの噂をする。そのなかにはあたしが男と「駆け落ち」したというあながち誤りではない噂もふくまれている。それを久太郎が聞きつけ、正しい情報を求めて親友の初山や先輩のタテブーにしつこくまとわりつき、ある日とうとう豊増の名前にたどりつく。豊増の住所や自宅の電話番号までタテブーから聞き出して、そして予告なしに上京してきた。あたしの新しい携帯番号を久太郎は知らないし、仮に知っていて電話をかけてもあたしは出ないから予告しようにも方法がない。きっとそういうことだ。久太郎と豊増はあたしが想像していた通りタテブーをはさんで線でつながっていた。けれど、久太郎、豊増、タテブーの三人が宝くじの件にからんでつながっているわけではない。三人がぐるになって当せん金を横取りしようと企んでいるなんていうのはあたしの気の迷いにすぎない。

ちなみに、このときミチルがあわただしくまとめあげた推理には一点、見落としがあります。タテブーすなわち立石さんの役回りについての重大な見落としです。のちほど述べます。

この日の豊増はそれ以上は久太郎の話題にこだわっていません。ミチルの就職への意欲が変わっていないのにひとまず安心して、あとは話すことを話して胸のつかえがおりたというところでしょうか。あるいは単に、それ以上こだわるには時間が足りなかったということでしょうか。いずれにしても、久太郎には会っていないというミチルの嘘をまるまる信じたかどうかは定かではないのです。このあと豊増はペットボトルの緑茶をゆっくり飲むひまもなく、携帯に電話がかかってきたのを潮に、ゆるめたネクタイを締めなおして仕事に戻ることになります。ただし帰り際に、ひさしぶりに池袋で会わないか？　と誘うのは忘れませんでした。駅で待ち合わせて行きつけの店でしゃぶしゃぶを食べていつものホテルに行きたい、という下心のあらわな誘いです。もしミチルが応じればそのときにもうすこしつっこんだ話をするつもりでいたのかもしれません。

ミチルは翌日の面接を理由に断ります。愛想もなくきっぱり断ると、豊増に心を見透かされてぐずぐずごねられて長居される心配もあるので、あらためてあたしから連絡する、近いうちに、と明日の予定に気を取られているようなふりで言っておきました。

それからひとりになって洗濯物が乾くのを待ちながらミチルが考えたのは、豊増のことはこのままにしてはおけない、ということです。この考えには二つの意味合いがあり、ひとつは豊増との不倫の関係をこのままずるずる続けるわけにはいかない、正確には、続ける意志が自分にはもうないという判断から来るものです。あけすけに言えばもうあの男と池袋で会ってしゃぶしゃぶを食べてホテルでセックスするのは嫌だということです。だからどうにかして関係を切らなければならない。

もうひとつは、こちらのほうがより重要に思えたのですが、豊増はいずれ、久太郎がここに来たことを知るだろう、来た証拠を見つけることはできなくても疑いを持ち、あたしの嘘を見抜くだろう、との不安から来ていました。豊増の疑いは、いまは仮になかったとしても今月の下旬、二ヶ月ぶりにあの海辺の町へ出張することでまちがいなく生まれるだろう。あの町の、あたしの元職場である書店へ例のごとく顔を出し、例のごとく接待をかねて立石さんと夕食をともにして、その席で、上林久太郎の行方知れずの報を聞くだろう。

（上林君のこと、何か聞いてません？）

（上林君がどうかしたの）

（東京に行ったきり、帰ってこないらしいんですよ）

（帰ってこないって？　いつから）

（もう二週間くらいになるかしら。あたしから豊増さんの連絡先を聞き出して、上京したきり。会ったんでしょ？　東京で）

（会ったよ、今月の九日、日曜日に）

（そのあと本人から連絡がないし、携帯も通じないそうです）

（変だな）

（会ったとき、これからどこに行くか言ってませんでした？）

だから次の出張までが限界だとミチルは判断しました。

豊増は出張から戻ったときにはもうあたしの嘘を見抜いている。九月九日、日曜の夜に上林久太郎は浜田山のマンションを訪れたのだと。そこから想像をふくらませるだろう。そのあと彼の身に何が起きたのか？　なぜ消息を絶ってしまったのか？　豊増はとうぜんそう考え、明確な疑いを持ってあたしの前に現れるだろう。


夜、初山さんから電話がかかりました。

ちょうどこちらから様子見にかけてみようと口実を考えているところだったので、この電話は好都合でもあり、しかし初山さんのほうからあえて電話してくるのは珍しく、それで不意を突かれて、ちょっとした胸騒ぎを覚えたのも事実です。

「ひとり？」とまず初山さんは訊ねました。

「ひとりよ」

さらりと答えたとたん、ミチルはいま自分が、自分で借りた浜田山のマンションにひとりでいる、という演技をしはじめていることを自覚しました。これといった理由もなく、竹井の部屋に再び世話になっているのは隠したほうがいいような気がしたのです。当の竹井はバイトで遅くなるというメールをよこして不在です。時刻は十時をまわっていました。バイト先から高倉さんのところに寄り道したのかもしれません。ひきこもりみたいになった前歴もあるし、ひとりでいるときの高倉さんの様子が気がかりだという意味の言葉を、この数日のあいだに竹井の口から聞いたおぼえがあったのでそんな想像もしていました。

「豊増さんは？　一緒じゃないの？」

「一緒じゃないよ、毎日一緒にいるわけじゃないし」

「そう」

「そうよ。かずきさんには帰る家があるんだから」

「毎日そこに来てるのかと思った」

「そんなことしてたら奥さんに疑われるでしょ。かずきさんがここに来るのは週一くらい」

「そう」

「そんなことで電話してきたの？」

「まあ、そんなことっていうか、その川崎さんのことでちょっと話があるんだけど」

「川崎さんて誰よ」

「川崎さん？」

「いま川崎さんて言わなかった？」

「言ってないよ」

「川崎さんのことで話があるって聞こえたけど」

「そのかずきさんのことでちょっと話があるって言ったの」

このときは初山さんもミチルも聞き違えの意味するものにまだ気づきません。ミチルのほうはとくに、何ひとつ疑う理由を持ちませんでした。

「なんだ。かずきさんのこと？　どうしたの」

「あのね、それが、何だかおかしいのよ。豊増さんと古川のこと、みんなもう知ってるみたいなの」

「そう。みんなって？」

「職場のみんな、沢田主任もタテブーもヨコブーも、それからあと、古川の親も知ってるみたい」

「妹もでしょ？」

「さきに言っとくけど、あたしが喋ったわけじゃないから」

「わかってる」

「驚かないの？」

「べつに、驚いたって仕方ないでしょ」

　ここでミチルは鎌をかけます。

「久太郎は？　そのこと知ってるのかな」

「さあ、会ってないから久太郎君のことはよくわからないけど。でもおかしいと思わない？　あたしが喋らないのになぜみんな豊増さんと古川の関係を知ってるの。古川、あんた妹に豊増さんのこと喋った？」

「喋らないけど、あたしが久太郎以外の男とつきあってるのは気づいてたと思う。かずきさんといるときに一回電話がかかってきたことあったし」

「でもそれが豊増さんだとは知りようがないでしょ」

「それはそうだけど。妹が気づかなくても、そっちでかずきさんと一緒のとこ誰かに見られてたのかもしれない。居酒屋だってふたりで入ったし、ホテルにも行ったし、だいいち同じ飛行機に乗って東京まで来たんだから、バスターミナルや空港で知らないうちに見られてたのかもしれない」

「そうかなあ、あたしはそれだけじゃないと思うんだけど。じつはね、古川」

「なによ」

それだけじゃないと言われてみればそれだけじゃないもっと大きな過失があったような気がしてきて、胸騒ぎが高まりました。

「ちょっと小耳にはさんだんだけど」

「タテブーのこと？」

「そう。まえから豊増さんと仲がいいのは知ってるでしょ？」

「あたりまえよ、単行本の売場責任者だもの」

「うん、そうだよね。あたしもあたりまえだと思ってた。でも」

仕事上のつきあいといっても、タテブーは豊増の自宅の住所や電話番号まで知っている、というような事実が語られるのだと予測して待ったのですが、初山さんはためらいを見せます。

「言っていい？　怒らない？」

「いいよ、言って」

「でも、ほんとはそうじゃなかったのかもしれない。だってほかに考えられないもん。そっちの情報、豊増さんからタテブーに筒抜けなんだと思う。あのふたり、プライベートでも仲良くしてたんじゃないかな」

「そんな」

「落ち着いてね、古川。あのふたりがつきあってたという事実があるのよ。いまでも続いてるかどうかは別にして」

ミチルは沈黙しました。初山さんも長い間を置きます。

「さっき古川、居酒屋やホテルに行った話をしたでしょ、それって豊増さんがこっちに出張したとき常宿にしてるホテルのことでしょ？　あたしが小耳にはさんだところでは、同じホテルにタテブーも出入りしてたらしいよ」

「そんなはずない」

「あたしもそう思いたいけど、タテブーがそのホテルにいるとこ見られてるんだから、相手は豊増さん以外考えられないでしょ」

「仕事の用事でホテルに行ったのかもしれないじゃない」

「あり得ないって、真夜中の話だもん」

「だってあんな太った女と、かずきさんが」

「太ってるか太ってないかは関係ないよ」

「だってタテブーには、旦那さんも子供もいるし」ミチルは急いで記憶をたぐりよせます。

「それにあのひと」

「旦那さんに隠れて不倫もしてる？」

「そうよ」

「それはまえにもあんたから聞いたよね。ねえ古川、落ち着いて考えてみて、その不倫の相手が豊増さんじゃなかったのかな」

「でもその男の名字は豊増なんかじゃなくて」

「何だったっけ、タテブーが男と電話で喋ってるのを聞いたことがあるとか言ってたね」

「ちょっと待って。いま思いだすから」

「でもそれは通りすがりに耳に止まったっていどでしょ？　違う？　注意して聞いてたわけじゃないんでしょ？　電話の相手はもしかして豊増さんだったのかもしれないよ。古川？」

「うん」

「なんで黙ってるの？」

「川崎だ」

「え？」

「相手の名字は川崎だった。あのときはそう聞こえたんだけど、さっきとおんなじだったのかもしれない。タテブーは電話で、かずきさん、て呼んでたのかもしれない」

「ああ」

ふたりして思い出していたのはいまから三ヶ月ほど前、正確には六月二十五日、初山さんがミチルのふたまたの告白を聞かされた当日のことです。その日の呑気なやりとりの一部始終です。そのころ久太郎と豊増とを天秤にかけるようなまねをしていたミチルは、もしいま初山さんとミチルの想像していることが事実なら、自らも豊増から同じあつかいを受けていたことになります。

うかつにもほどがある。

沈黙が長びき、電話のむこうから、我に返った初山さんの声が慰め、もしくはなだめすかしにかかります。でもね、タテブーがホテルで目撃されたのはだいぶ前の話だし、いまは男と女の関係は消滅しているのかもしれない。豊増さんは古川を好きになって、タテブーとは別れたのかもしれない。ただ、いまでも電話やメールで連絡を取り合うくらいはあるのかもしれないけれど。ミチルにはその言葉の意味が伝わりません。けんめいに頭を回転させて昼間考えたことをもういちど考え直していたからです。

豊増はもともとタテブーと不倫していたのかもしれない。そう考えれば納得がゆく。久太郎に自宅の近所まで押しかけられて豊増があたしの居場所を教えざるを得なかったのは、奥さんにあたしとの不倫をばらされるのを恐れて、ではなくて、それだけではなくてタテブーとの不倫とあたしとの不倫とをこみでばらされるのを恐れてのことだったのだ。あの男はとんだ食わせ者だ。久太郎と会ったことを内緒にし、すぐにあたしに警告の電話をよこさなかったのは、しかもきょうのきょうまであたしの前に姿を見せなかったのは、久太郎の口からタテブーとの不倫が明かされるのが目に見えていたからだ。あたしに会わせる顔がなかったのだ。あの晩、久太郎があたしにぶつけた言葉——知らないのはおまえだけだ、ぶちまけようとした秘密——立石さんの話を俺が聞かせれば、おまえも絶対帰る気になる。ぜんぶ納得がゆく。

豊増はもともとタテブーと不倫していたのに違いない。あたしは彼女の後釜にすえられただけなのかもしれない。それとも、いまもあたしはふたまたをかけられつづけているのか？

# 12　別れ話

あくる日の面接で就職が決まり、週末からすぐに働きはじめました。

次の一週間は無事に過ぎます。

九月九日の日曜日に事件が起きているわけですから、翌週つまり九月十六日からの一週間は無事に、という意味です。そのあいだ豊増からは何も言ってきませんでした。

毎朝ミチルは井の頭公園から久我山まで電車通勤して、夕方まで真面目に勤めています。とはいっても新米なのでさほど難しい仕事をまかされたわけではなく、たとえば書棚を整理整頓したり、配送されてくる新刊書や雑誌の梱包をといてしかるべき陳列棚に並べたりということの反復です。地元の書店でさんざんやったことのある作業です。いまさらやりがいがあるとも言えませんが、それでもミチルはほかの余計なことを考えずに一週間、与えられた仕事に取り組みました。白のブラウスに紺のスカートという昔の職場の制服を着用し、エプロンをかけて働きました。

変化があったのは翌々週のことです。

九月二十三日の日曜日、仕事帰りに浜田山のマンションの様子見に寄ったさい、秋祭りの御輿《みこし》に行きあいました。思わぬ賑やかさにも人出にもめんくらって、マンションまで目と鼻の先だというのに、沿道の見物客のなかを掻き分けることもできずミチルは立ち往生しています。御輿が去ったあと、結局、マンションには寄らずに来た道を駅へ引き返しました。

このときミチルが味わったのは軽い被害妄想、ないしは落ち込みの気分だったようです。御輿が通り過ぎるまで、祭りに浮き立つ人々に何重にも包囲され孤立していたわけです。見物客にまじってそこに立っているのに、ほかの住民たちが共有している一体感からほど遠いところにいる、という自覚。大勢のなかでひとり、はじかれている。異物としてまじっているだけで、ここに自分の居場所はない。そんな思いがよほど痛く心にきざまれたようで、翌々日、九月二十五日の火曜日、豊増に会ったときにも同様の話を持ち出しています。

豊増は書店のある久我山駅に現れました。

夕方、仕事帰りのミチルを出迎える、というより待ち伏せするかっこうで改札口付近に立っていました。

いずれ豊増と会う覚悟はできていたので、動揺はしません。ただ連絡もなしに現れるのは予想外でした。改札口のそばに男を見つけてミチルはいつもとは違う感触をおぼえています。来るなら来るで携帯にメールくらい打てるはずなのに。予告抜きで驚かすつもりだったのだろうか？　驚いてあたしが喜ぶとでも思ったのだろうか？　それともこの不意打ちには何か別の意味があるのか。

豊増はおだやかな笑顔でミチルを迎えました。

「うまくいってるみたいだね」

「就職のこと？」

「そう、安心したよ。よく働いてくれるって店長さんも喜んでた」

「店長と話したの？」

「話したよ、さっき。着替えてもうじき出てくるっていうからここで待ってた」

「だったら先にあたしに連絡してくれればよかったのに。どうしたの、いきなりこんなとこに」

「出張の帰り」

ひとことで意味は通じました。

豊増は二ヶ月ぶりにあの海辺の町を訪れ、ゆうべ一泊して、今日、帰京したその足でミチルの前に現れたのです。

「直接、浜田山のほうに行こうかと思ったけど、時間があったからこっちに来るのが早いと思って」

「直接？」

と聞きとがめますが、そのミチルの口調も、自分自身の言葉づかいも豊増は意に介さないふうでした。

「まっすぐ大泉町に帰らなくていいの？　出張帰りの晩は子供をお風呂に入れるんでしょ？」

この嫌みも豊増の耳には届かなかったようです。

「すこしでも早くミチルの顔が見たくて。こないだ会ったとき、あらためて連絡すると約束してくれてたのに、こっちの携帯が通じなくなって心配もしてるだろうし。電話くれた？」

「電話はまだしてないけど。携帯が通じなくなったって、どうして？」

「ちょっと、手違いがあってね。とにかく会えてよかった。一緒にミチルの部屋に行こう」

何かが変だ、この男はいままでと違う、と思いつつミチルは答えます。

「あの部屋に行ってもなんにもないよ」

「じゃあコンビニで何か買って帰ろうか？　おなかすいてるだろ？」

そうじゃなくて、あたしはあの部屋には住んでいないのだ、とここで宣言してしまいたいのを堪《こら》えました。豊増に会ったらその話をするつもりでいたのですが駅の改札口ではできません。

「食事はあとでいい。ただね、あたし、かずきさんにすこし話がある。どこか落ち着いて話せるところで」

「うん、わかってるよ。わかってる。僕からもミチルに話すことがあるんだ」

「わかってるって、どうわかってるの」

「僕に話すことがあるんだろう？　ミチルの部屋に行こう」

「いや。あの部屋には行きたくない」

「じゃあ、とにかく電車に乗ろう。どこかふたりきりになれるところで話そう」

「どこに行くつもり？」

「とりあえず、池袋にでも」

「池袋のどこ」

「わかってるだろ？」

「じゃあ浜田山のあのマンションに行くしかない」

「いやよ」

井の頭公園の竹井の部屋まで豊増を連れてゆきました。

迷ったすえに、というわけではなくて、この一週間、竹井の部屋で寝起きしながら考えたことのなかに、いずれ豊増から会いたいと言ってきた場合には浜田山かどちらかに呼びつけたうえで引導を渡す、という作戦があるにはあったのです。つまり以前のように言いなりに池袋で待ち合わせたりすることをやめて、何かいままでとは違う気配を感じ取らせて、わざわざ駆けつけさせて、自分が主導権を握りつつ有無を言わさず別れを宣告する。宣告して、お払い箱にする。

別れ話のみで終わるにしても、豊増が久太郎の件をむしかえす危険性を考慮に入れても、人目のある場所は憚《はばか》られるし、かといって池袋のなじみのホテルにこもるのは論外です。すると場所はしぜん浜田山にしぼられるわけですが、その場合、呼びつけるにしてもミチルは日の高いうちを予定していました。夜のあの部屋は怖いからです。ところが予定にないことが起きて、豊増は会いたいと言って来るまえに直接会いに来た。これからとっぷり日が暮れるという時刻に、たとえ誰と一緒でも浜田山のあの部屋にあがりこむのは気が進みません。久太郎が殺害された現場で、消息を絶った久太郎の話が豊増の口から語られるかもしれない。想像しただけでたまりません。でも、だからまた昼間に出直して来てほしいと無茶を言うわけにもいかず、仕方なく「あたしについてきて」と豊増に指図して、京王井の頭線の電車で浜田山とは逆の方角へ向かいました。

予定にないことはこの日もうひとつ起きています。

事件が発生して以来、はじめて高倉さんが竹井の部屋にやって来たことです。とうぜんミチルが顔を合わせるのも事件の夜以来ということになります。

この訪問は本人が望んで実現したのではなく、ひきこもりがちの高倉さんを危ぶんで、いわば竹井がねばりづよく懐柔した成果でした。すくなくとも竹井の口ぶりではそのようでした。知らせはマンションに帰り着いてまもなくかかってきた電話でミチルに伝えられます。玄関と間仕切りなくつながっているＬＤＫの部屋でテレビに向かい、豊増とはすこし離れた位置にすわって、着替えもしないお茶もいれない、たったいま静かに話せる場所にふたりで着きました、という状況です。電源オフのテレビ画面が鏡になって所在ないふたりの影を映していたでしょう。豊増は出張帰り、ミチルも朝から働いてやや疲れ気味です。肝心の話をどちらがどう切り出すのか、きっかけがつかまえられず、しばしおたがいむっつりしているところへ携帯が鳴り、リュックのポケットから取って出てみると、高倉さんを今夜うちに呼んであるから、と竹井の声が告げました。

「呼んであるって？　また晩ご飯を一緒に食べるとかそういうこと？」

「違うよ。そういうことじゃなくて、できればひとりにはしときたくないからさ。ミチルちゃんがそばについていれば安心だし、少しは気がまぎれるんじゃないかと思って。とにかくいま危険な状態だからね、高倉さんにとっても、僕らにとっても。わかるよね？　本人もミチルさんとなら一緒にいられると言ってる。お願い、僕が帰るまで話相手になってやって」

「竹井は何時に帰って来るの」

「たぶんいつもどおり、八時頃」

「高倉さんは？」

「六時半頃にはミチルちゃんも仕事から帰るって教えてあるから、もうじき来るんじゃない？」

「わかった」

とミチルは聞き分けよく電話を切りました。

高倉さんが今夜ここへ来る。では豊増とよそへ行かずこっちに帰ってきたのは良い選択だった、勘が働いたのかもしれない、という前向きな考えと、でもあの高倉さんとこの豊増がここで鉢合わせするのはまずいのではないか？　という胸騒ぎと両方ありました。携帯で時刻を見るとすでに六時半をまわっています。

「かずきさん、さっきあたしに話があると言ってたよね？　それどんな話？」

「僕のはあとでいいよ、ミチルの話を先に」

「あたしのは簡単なの。来る途中にも言ったように、あたしはいまここに住んでる。前みたいにこの竹井の部屋に居候して仕事に通ってる。今後もしばらくは竹井の世話になるつもり。だから浜田山のあの部屋はもう必要ないわけ」

「それで？」としか豊増は言えませんでした。

「それで、引っ越し祝いにもらったエアコンやテレビや冷蔵庫も要らなくなった。まだ新品だしかずきさんがそうしたいなら引き取ってもらっていい。あと、いますぐにじゃないけど、あの部屋、契約解除の手続きもするつもりだから、立て替えてもらった敷金の返済もそのときに。言ってる意味わかるよね？」

「よくわからないな。竹井って地元の後輩だろ？」

「そうよ」

「ゲイの」

手持ちぶさたに携帯をリュックに戻して、背負い直そうとしていた動きをミチルは止めました。

「そうだけど、ちがう、そうじゃないんだけど、この話は竹井とはぜんぜん関係ないの。こないだ言ってた久太郎とも、ほかのどんな男とも関係ない。純粋にあたしの気持ちを喋ってるの、あの部屋にはもう住みたくない、わかる？　かずきさんがいつ訪ねて来てもあたしはもういないの」

「別れ話をしてるのか？」

「そうよ」

「そうよって」豊増の顔がここでこわばりました。「突然すぎるだろ」

「いいえ、突然なんかじゃない。あたしはずっと考えてました。東京に出てきてからずっと、この二ヶ月ひとりで考えてきました。考えるのに飽き飽きするくらい。もうこれ以上はどう考えても無理だと思う、かずきさんとこんな関係を続けていくのは無理。お金のことでも負担のかけどおしだしね、かずきさんだけじゃなくて奥さんや娘さんにも悪い事をしてる。その鞄の縫いぐるみ、これ見よがしにつけてある縫いぐるみ、お守り？　それ娘さんに貰ったんでしょう？　可愛らしいね。娘さんはパパの帰りを待ってるのよね、お風呂にも入らずに。はやく帰ってあげるべきよ、出張帰りにあたしに会いに来たりしないで、まっすぐ大泉町に帰るべきなのよ。それとも、その豚は娘さんじゃなくてほかの誰かの贈り物？　ほかの女に貰ったものを大事そうに鞄につけてるの？　だったらそのひとにも悪い事してるよね？　もう、どっちでもいいけど。どっちにしても、別れましょう」

「これか？」

と出張用の旅行鞄を豊増が引き寄せました。

その鞄の持ち手に小さなピンクの豚が紐で結びつけてあります。よくある豚の貯金箱をミニチュア化したような形態の縫いぐるみです。久我山から電車でここへ来るまで震動で跳ねるのが何回も目に入って目障りだったので、つい八つ当たりしてしまったのですが、言ったあとでよくよく思い出してみると、その飾りは二ヶ月前にも、いやもっと前の出張のときにも豊増の鞄についていたのを見た覚えがありました。駆け落ち同然に東京へ出てきたときにも、ただそのときは気にならなかっただけで豊増はおなじ鞄を携えていたのです。

「これが原因で別れたいのか？」

「そんなことは言ってない」

「じゃあなぜ急に縫いぐるみにケチをつけるんだ」

「あたしの話を聞いてないの？　もう飽き飽きしたと言ってるの。人の目を気にしながら、びくびくして生きていくのは嫌なの。おととい浜田山のお祭りを見ててそう思った。みんながら楽しんでることをあたしひとり楽しめない。あんなににぎやかな場所に立っているのに、まわりには大勢ひとがいるのに、寂しくて、心細くてたまらなかった。きっと罪の意識があるからよ。だからどんなときでも心が晴れることがないのよ。自分が悪いことをしてると自分でもわかってるの。でも相談したくても頼れるひとは誰もいない。自分しかいない」

「浜田山のお祭り？　言ってることがわかりづらいよ。何にびくびくしなきゃいけないんだ？」

自分でも変だとわかっていました。びくびくしているのも罪の意識があるのも豊増との関係のせいではない。あたしはいま自分から望んでした不倫と、いやおうなく巻き込まれた殺人事件とをまぜこぜにして喋っている。

そうだとしても、いまのいま喋ったことを取り消すわけにいきません。豊増はさきほどからの流れの動作で、両手に旅行鞄を抱えたままミチルを見て、顔色を読もうとします。

「わかってるはずよ」と目をそらさずに答えました。「あたしはかずきさんとのことが奥さんや娘さんに知られるのが怖いの、日陰の身で、びくびく怯えながら生きていくのに飽きたと言ってるの。ずっと我慢してたけど、あたしと会うときにはずして来ないのは無神経すぎると思う。その鞄の豚、別れましょう」

「ミチル」と眠った子を起こすような口調で豊増が言いました。「本気で喋ってるのか？」

「本気よ」

「豚の話は冗談だろ？」

「これが冗談を喋ってるような顔に見える？　この話をするために今日ここに呼んだのよ。あたしのほうの話はこれだけ、もうこれでおしまい。言いたいことは言わせてもらいました。こんどはかずきさんの番、あたしに話したいことがあると言ったよね？　別れるまえに聞いてあげる。その話ってなに？」

鞄を抱きしめた豊増の顔に、懸命に怒りを堪える、というかひどく切なげなというか、どちらともつかない表情が生まれました。

「さあ話してみて。あの町に出張して何か、あたしの噂話でも仕入れてきたの？」

追いつめられてやけになった男の反撃をミチルは待ち構えます。その口から久太郎の名前がいまにも出るのを覚悟して。覚悟といっても久太郎のことを訊ねられたらとことんしらを切るしか手はないのだし、訊ねられなければそれに越したことはなく、今日のところは何とかしのげる、といった程度の覚悟ですが。頭のなかでカウントして、五秒くらいは待ちました。

「かずきさん？」

「あきれてものも言えない」と豊増がつぶやきました。

「話がないのなら、もう帰ってくれる？」

「帰れるわけないだろ、このままで。わけのわからない言いがかりをつけられて。この豚の縫いぐるみは娘のプレゼントじゃないし、だいいち去年から」

「そんな話ならいい、言い訳は聞きたくない」

「いや言わせてもらう。僕にも言いたいことを言わせてくれ」

「だから、さあどうぞ話してって言ってるでしょ。なんの話？」

「まず縫いぐるみの話だ」

「帰って」

と、うんざりして繰り返しますが、豊増は腰をあげません。あげるはずもありません。

「この縫いぐるみは去年の誕生日に、立石さんが提案して、書店のみんなが金を出し合って買ってくれたんだよ。ミチルだって何百円か出して参加したはずだ。憶えてるだろ」

「立石さんの提案でね」うっすら思い出したので、かえって腹が立ちました。「その話はもういいってば」

肝心な久太郎の問題に触れずにこれ以上細かいことをぐずぐず言うのなら、いっそ奥の手を使って追い出そうか、とまでミチルは苛々しはじめました。わけのわからない言いがかり？　あたしがなにも知らないと思ってこの男は被害者ぶっている。

立石さんとの不倫の件を持ち出すのです。あきれてものも言えないとはこっちの台詞だと決めつけてやるのです。ただ、それを言えば久太郎と会ったことを認めるようなもので、藪蛇になりそうな危険はともないますが、久太郎に会って聞いたのではなく地元の初山さんから情報がもたらされた、ということで通せば、事実そうなのですから、どうにかごまかせるかもしれません。

立石さんとの不倫、すなわちふたまたの事実を突きつければ豊増にとどめを刺せるものと、ミチルは信じていました。しかし何事も思いどおりには展開しないものです。寸前まで、藪蛇になろうと何になろうとかまわない、こともあろうにタテブーなんかと、あんな太った女とあたしを両天秤にかけていたこの男は許せない、やっぱりひとこと言わなければ気が済まない、と感情的にもなりかけていたのですが、そこへ玄関のドアホンが一回、たっぷり間《ま》を置いてもう一回、控えめな音をたてて、邪魔が入りました。高倉さんの登場です。

高倉さんはスーツケース持参で現れました。

キャスター付きの頑丈なスーツケースです。把手《とって》を伸ばして地面をごろごろ転がして歩けるやつです。

それを玄関に引っぱり込んで下駄箱と反対側の壁に立てかけ、片手にさげていたコンビニのレジ袋をお土産だと言ってミチルに手渡し、それから部屋にあがろうとして、高倉さんは身をすくめました。見慣れない男物の靴に気づいたからです。

「お客さんだったんですか」

「うん。でもいいのよ、ちょっと話があって寄ってもらっただけだから。あがって」

そう言ったあと振り返ると、豊増はなぜか急に居心地悪そうに腰を浮かしました。視線はミチルではなく初対面の高倉さんのほうに貼り付いています。なにか珍しいものを見たように思ったのかもしれません。部屋にあがり、ひとの靴まで揃えて置き直した高倉さんが、こんばんはと御辞儀をし、豊増が立って不承不承おなじ挨拶を返しました。

「竹井の同級生の高倉さん、こっちは豊増さん」

ふたりを紹介したのは、そうしないと間がもてなかったからです。LDKの一と間に、三人とも突っ立ったまま、すぐには何をどうしてよいのか誰にもわかりません。豊増はテレビの前で旅行鞄を胸に抱え、ミチルは玄関近くにコンビニの袋とリュックを両手に持って立っています。高倉さんは手ぶらです。

「豊増さんて?」高倉さんが敏感に反応しミチルに確認します。「出版社のひと?」

「そうだけど」と豊増が答えてミチルを見ました。「それが？」

ミチルには何とも答えようがありません。

ふん、と吐息まじりの、軽蔑もまじっていたかもしれません、短い笑い声を洩らして、高倉さんはしげしげ豊増を観察しだします。ああ、これが、竹井くんが「信用しちゃだめだ」と言ってた例の男ね。いまにもそんな不適切な発言がとびだしそうです。でも実際には、高倉さんは豊増に向かってこう言いました。

「こみいったお話ですか？」

「ミチル？」

「ミチルさん」

「はい」

と考え事に入りかけていたので上の空で返事をしました。事件当夜のことをふと連想していたのです。いまとおなじ時間帯だったこと。高倉さんとあたしと久太郎。高倉さんとあたしと豊増。竹井は八時頃まで帰って来ない。場所が違うだけで、おなじ状況が生まれようとしていること。

このままふたりを喋らせてはいけない。知らない間にふたりは言い争いをはじめ、あたしは訳もわからず巻き込まれる。ぐずぐずしてるとまったくおなじことが起きてしまう。

高倉さんが興奮してフライパンを取り出す。あたしはまた悲鳴をあげる。そんな先走りした想像が止められなかったのです。

「あたし、邪魔だったら遠慮なく言ってくださいね。外で時間をつぶして来ますから」

と高倉さんから申し出がありました。うんそうね、絶対そのほうがいいと思う、と答えたいのを踏みとどまって、

「いいのよ、用はもう済んだし。竹井からもあなたが来るのは聞いてたの。ここにいて」

と首を振ったところへ、

「ミチル、行こう」

と豊増がまた妙なことを言い出しました。

「このひとにはここにいてもらって、僕たちが外に出よう」

「なにを言ってるの？　ひとりで帰ってよ」

そう答えながら、リュックとコンビニの袋をさげた両腕に鳥肌が立つのがわかりました。

「そういうわけにはいかないんだ。一緒に行こう」

「いやよ。大泉町に帰りなさいよ」

「大泉町には帰れないんだ、浜田山に行こう」

「ミチルさん、あたし梨をむきましょうか？」

「梨？」ミチルは高倉さんと豊増とを順繰りに見てそれぞれに聞き返しました。「なんで帰れないの？」

「母から梨を送って来たんですよ、とても大きな梨。ひとりでは食べきれないから、スーツケースの中に」

「理由を話すから一緒に浜田山に行こう」

また事件の夜の光景が連想されて混乱します。

「ううん、いいのよ、梨なんかむかなくても。あとであたしがやるから、すわって。ゆっくりすわってて。このひとをそこまで送ったらすぐ戻って来るから」

と高倉さんに言い、豊増には目配せしますが、ふたりとも立った場所から一歩も動きません。

「すいません」高倉さんがおっとりと余計な口をはさみます。「突然来て、なんだかあたしが豊増さんを追い出すみたいになって」

「いや、あいにくだけどね、ミチルとはまだ話が残ってるんだ。片づくまでもう少しここにいさせてもらうよ。そのあいだきみは梨をむいてるといい」

「馬鹿なこと言わないでよ」

「急いで帰ってもどうせ、どこにも行くとこはないんだし」

これは豊増の口から出た独り言にちかい発言です。

「豊増さん、そうなんですか？」

「嘘よ。気にしないでいいのよ、高倉さん。このひとには帰る家がちゃんとあるんだから」

その場を言い繕って豊増のそばへ駆け寄り、両手のふさがった状態で玄関まで引っぱって連れてゆくのも無理があるので、反対に奥の部屋へと押してゆきました。コンビニの袋とリュックをとりあえずベッドの上に置き、ＬＤＫとの仕切りの引き戸を閉めます。四枚あるうちのいつもは開けっ放しの二枚を両側から寄せてぴたりと合わせました。それから豊増を睨みつけて、気になったことを立て続けに質問します。高倉さんの耳があるのでとうぜん、押し殺した声で。

「浜田山浜田山って、なんでそんなにあの部屋に行きたがるの？　それに大泉町には帰れないって、どういうことよ？　どこにも行くとこがないなんて、なんで急にあんなこと言い出すの」

豊増はとっさにどの質問に答えればよいか考えをまとめきれなかったようで、視線が定まらず、あげくに引き戸のほうへ顎《あご》をしゃくって、投げやりな口調になりました。

「あいつ、なんか癇《かん》に障る女だな、スーツケース持ってここに何しに来たんだ」

「知らない」

「いつも帽子をかぶってるのか？」

「知らないって。そんなことかずきさんには関係ないでしょ。質問に答えて」

答えるまえに男はうつむいて、深いため息をつきました。

「ミチルのほうこそ、浜田山に行くのをなぜそんなに嫌がるんだ？」

「あたし？　あたしはべつに」

「嫌がってるよな？」

「もっと低い声で喋って。あたしはただ、かずきさんと一緒にあそこに行く理由がないと言ってるだけよ」

「ごまかすな」

「声が大きいって」

「ごまかすな」と低めた声が繰り返しました。「さっきから、ミチルはいい加減なことばかり喋ってるだろう。縫いぐるみなんてほんとはどうでもいいことのはずなのに。本気で別れ話がしたいのなら、ごまかさずに正直に言うべきだ。僕と一緒に行けない理由がほかにあるって」

驚きました。しかしどこまでごまかしを見抜かれているのかがつかめません。恐る恐る訊ねてみます。

「どんな理由？」

「僕に言わせるのか」

と豊増が大いに落胆した顔で言い、二度目のため息をつきました。もう喋るのも疲れはてた、と言いたげな手つきで旅行鞄を足もとにおろして、ベッドにすわりこみます。その隣にはさきほどミチルが置いたリュックとコンビニの袋。袋の口がひらいて、高倉さんの買物の中身が何点か覗けました。菓子パン、ミネラルウォーター、キシリトールガム。急に気になって引き戸を細めに開けてみると、高倉さんの後姿が目に入りました。台所の流しに向かっているようです。スーツケースからほんとに梨を取り出した模様でした。

「上林君だろ」

そのとき背中に声がかかりました。

「彼が浜田山のマンションにいるんだろ？　だから今夜、僕と一緒に行くのをそんなに嫌がってるんだろ？」

心底驚きました。

つまり豊増はこんなことを想像していたのです。浜田山のマンションには久太郎がひそんでいる。今夜、あとからミチルが訪ねて来るのを待っている、この自分を追い払ったあとで。

「まだそんなこと疑ってるの？　久太郎のことなんか知らない。東京に来てから久太郎とは一回も会ってないし、電話で話したこともない。もうなんべんも言ったでしょ」

「どうしてすぐにばれる嘘をつくのかな」

豊増の疲労しきった顔には微笑が浮かんでいて、あるいは無理に微笑もうとする努力のあとがうかがえて、それがかえってこの男の真剣さを、また同時に、先行きの読めないこの状況の深刻さを物語っているようにとれました。

「もうわかってるんだよ、ミチル。僕はきのう立石さんとも会ってきたし、いまの状況はぜんぶ見えてる。聞いたところでは、上林君はまだ東京にいるそうだ。東京にいるのにミチルに一回も会いに来ないなんてあり得ない。絶対にミチルは上林君と会ってる。会って、心変わりしたんだ。やっぱり彼に結婚をせまられて断れなかったんだ。近いうちにあそこを引き払うっていうのも上林君のさしがねだろ？　ふたりで新しい部屋を借りて住む計画なんだろ？　どこか、僕の知らないところに」

いっそその通りだと認めて、この話を片づけてしまえたらどんなに気が楽か、そんな誘惑にミチルは耐えます。

「ミチルに言い分があるのもわかってる。想像はついてるよ。身から出た錆《さび》ってことだ。

上林君と会ったときに、立石さんの件も聞かされたんだね？　つまり、どう言うか、彼女と僕の、以前の関係のこと。それでミチルは僕を見限ったんだ。こないだから妙に邪険だったのはそのせいだろ？　こんなことなら最初に言っておけばよかったと後悔してる。立石さんとは確かに昔、そんなふうなことが、なくもなかったけど、あれはおたがい酔ったうえでのまちがいだったし、正直なところ、いまはもうそんなつきあいは全然ないんだ。ミチルとこうなるずっと前から、仕事上の関係しかない。それはほんとなんだよ」

これは自暴自棄になった男の思いがけぬ告白です。そんなふうなことが、なくもなかったけど？　酔ったうえでのまちがい？　ただ唖然《あぜん》と聞くしかありません。

「ああ、でも、まいったな」

豊増の口から三度目の、いちばん大きく哀れな吐息が洩れました。

「こんなときに突然、別れ話をされても困るよ。もうどこにも行くところがないのに。ミチルにまで見放されたら僕はおしまいだ」

「その話、さっきからなんなのよ。行くところがない行くところがないって」

「どうしようもなくて会いに来たのに。ほかに相談に乗ってくれる人間もいないし、ミチルだけが頼みの綱だったのに」

「なんの話かさっぱりわからない」

「ほんとに大泉町には帰れないんだよ。このままじゃ会社にだって顔を出せない。ほんとに、切羽詰まってる」

何の話かも、なぜだかもわからないけれどこの男はこんどは泣こうとしている、と直感したとたん、豊増は涙声になっていました。

「ミチル」

「なに」

「結婚しよう」

「はい？」

「頼むよ、別れるなんて言わないでくれ。上林君のところには行かないでくれ。結婚のことは僕だって真剣に考えてた、前にもそう言ったろ？」

「奥さんがいるじゃない」

「いるけど、妻より僕はミチルを選ぶ。なあ、頼むから」

「どうしろって言うの」

「僕といっしょに逃げてくれないか？」

そしてミチルに何を言う暇もあたえず窮状を訴えはじめました。

# 13　手切れ金

　豊増が涙しながら語った内容をすべて、その場でのみこめたわけではありません。夏のさかりに妻が独断で買い替えた大型冷蔵庫の話から唐突にはじまって、そのさい使用されたクレジットカード、家族会員カード、ふだんなら妻の目に触れることのない利用代金明細書、カードの利用限度額、カードローン、キャッシング、銀行口座、残高不足、明細書をめぐっての妻とのいさかい、また唐突に勤務先の経理担当の話に飛び、再三の呼び出し、ごまかし、事情聴取、空出張、偽の領収書、はては消費者金融、借金、穴埋め、利息、返済の催促の電話、といった事柄や単語が男の口から数珠つなぎに語られたのですが、それらが正しい順番でいえばどう連鎖しているのか、そもそもの出発点はどこで、それからどこをどうたどって、というかどうまちがっていまの窮状におちいったのか、ミチルにはまるで理解できませんでした。

　わかったのは、抜き差しならないトラブルを抱えている、ということだけ。要は、この男はお金のやりくりにほとほと困って泣いているのです。

先立つものは金。

いつかミチルじしん痛切に感じたことのある言葉がまた、こんどは他人事として、頭に浮かびました。ほとんど手つかずの2億円を銀行に預けてある者としての余裕です。余裕と言っていいでしょう。いぜんのミチルなら、目の前で泣いてみせる男の雰囲気にのまれて、一気に暗い気分に浸っていたかもしれません。しかしこのときは冷めていました。相手の泣き方にまで不満を感じたくらいです。さっきから涙声のわりに涙はほんのちょっとしか流れていない。

「そうなの」とミチルはとりあえず声をかけました。

豊増の反応はありません。話すことを話しつくした男はベッドに腰かけてしおれています。うつむいて、両手で膝小僧をつかんで、もっと涙をしぼり出そうと演技がかっているようにも、逆に、これ以上はこらえようと踏んばっているふうにも見えます。どっちにしても情けない様子をミチルはそばに立ったまま見下ろしていました。

でもいつまでもふたりで黙りこくっているわけにもいきません。仕切りの戸のむこうでは高倉さんが梨をむいています。

「そうだったの」ミチルは言い直しました。「かずきさん、それで、いま、借金はどのくらいあるの？」

答えた男の声はいくらか平静でした。

「どのくらいと言われても」

「いまさら隠してもしかたないでしょう、いくら？」

「四、五百万」

「四百万？　五百万？」

「五百万」

怖れていた金額とは一と桁違い、安堵の思いでミチルはあらためて訊ねます。

「どうしてそんなに借金ができたの？」

すると豊増が顔をあげてミチルをちらりと見ました。恨めしげな目つきです。

「そんな、ひとごとみたいに言うなよ。いま説明しただろう？　ミチルのためにどれだけ現金が必要だったか、思い出してみればわかるだろ。カードで限度額いっぱいまで買物もしたし、かなりの借金もした、それでも追いつかなくなって」

これは二ヶ月前、東京に出てきたときの旅費からホテルの宿泊費、その後の池袋でのデートに要したしゃぶしゃぶ代とホテルの料金、あとは浜田山のマンションを借りるとき頼みもしないのに手配してくれた家電製品にかかった費用のことを指しているのです。が、それはなかば事実にしても、残り半分は口から出まかせだとミチルは感じ取りました。あたしが東京へ出てきて二ヶ月で、いくらなんでもそれだけで、借金がゼロから五百万円にふくれあがるはずはない。この男はあたしのためだけではなく、ほかのことにも金を使っているはずだ。自分の財布ではまかなえない、いわば身分不相応な金を。

（それでも追いつかなくて、あたしのために空出張の伝票を切ったと言いたいの？）

いますぐ問い詰めたいのをこらえて、ミチルはここでふたつのことを考えていました。ひとつ、豊増はもともと、あたしと出会うまえからこんなに金にだらしのない男だったのだろうか。もうひとつ、この男は、たかが五百万の金のせいで、五百万ぽっちの金も自分では工面できずに、おろおろ取り乱しているのか。僕といっしょに逃げてくれないか？　いったいどこに逃げるというのだろう。東京を逃げ出して金も持たずにどうやって暮らしていくというのだろう。

そのとき背後で風が吹き、戸を揺らしました。ミチルの耳にはそう聞こえました。ＬＤＫとの仕切りの引き戸がレールを走る音です。振り向くと、戸が一枚分ひらいていて、仁王立ちになった高倉さんのシルエットがありました。

いきなりのことなのでミチルはうろたえ、ああ、と意味不明の声をあげたかもしれません。高倉さんの手には梨をむくのにもちいた果物ナイフが握られている。そう信じたのはミチルの見た幻影で、高倉さんは今回は何も握っていませんでした。

「ミチルさん?」と片手を引き戸に添えて訊いてきます。「だいじょうぶですか?」

「うん、だいじょうぶよ」

「あんまり話が長いから、ちょっと心配になって」

「あたしはだいじょうぶなのよ、高倉さん、ただね、このひとがね、ちょっと困ったことになってるの、今夜泊まるところがなくて困ってるから相談に乗ってたの」

「そうなんですか」

「そうなの」ミチルは取り繕います。「そうよね?」

しかし豊増の耳には入りません。

たったいまベッドで猫背になっていたのに、背筋をのばして、好奇の目で、高倉さんの立ち姿を眺めています。じゅうぶんに眺めたあとで、ミチルにむかって眉をひそめました。きっと高倉さんの髪の色について説明が欲しかったのでしょう。驚いたのはミチルも同様でした。スーツケースを持ってこの部屋を訪れたときから、さきほどまで、高倉さんは鍔《つば》ひろの帽子を深めにかぶっていました。ひろい鍔を前のほうだけ折り返して立てて、化粧気のない顔を人目にさらしているという恰好でした。その帽子をいつ脱いだのか、高倉さんの両耳にかかる長い前髪がいまはあらわになっていました。後ろのほうも下ろして肩までとどいています。その髪全体が一と目、シルバーグレーに見えます。銀髪に染めたのではなく、もともとの染色が落ちた黒い髪のなかにおびただしく白いものがまじっているのです。

引き戸があいて高倉さんが顔をのぞかせた瞬間から、ミチルは驚きをおさえこむのに懸命でした。豊増に説明を求められても答えようがありません。このひとは、いまはこんな白髪頭をしているけれどあたしよりも若いの、ほんの二週間前まではこうじゃなかったの、などと答えられるはずもありません。

「じゃあ浜田山に泊まってもらえばいいじゃないですか」

と高倉さんが提案したのでミチルはさらに驚きました。

「だってミチルさんはここに寝泊まりしてるし、あっちは誰も使ってないから、いつでも泊まってもらえるでしょう？　布団だって毛布だってあるし」

「そうね、今夜泊まるところがないなら、あの部屋に泊まってもらえばいいよね」

とミチルが答えたのは、その場しのぎというかもう投げやりというか、どっちつかずでした。豊増との別れ話もまだ片づいていないのに、高倉さんの髪の異変についても心配しなければならない。ふたつ同時には無理です。他人の話に余計な口出しをするな、とでも豊増がここで言い出せば、それこそ二週間前の浜田山の二の舞になるかもしれません。

「かずきさん、今夜のところは、そうしてくれる？　それがいちばんいいと思う」

「え？」

と豊増が戸惑っているあいだに、ミチルはリュックに手をのばし中をさぐって浜田山のマンションの合鍵を取り出していました。

「ほんとに、それがいいと思う。さっきから自分であんなに行きたがってたんだから、実際にあの部屋に行って確かめてみればいいのよ、ひとりで。そうすれば疑いも晴れるはずよ。久太郎どころか、誰も住んでいないってことがわかるはずよ。ね、そうして」

そばへ寄って男の手に合鍵を握らせることではずみがついて、ミチルは言い聞かせました。それから腰をかがめ、耳もとに口を近づけて、おねがい、言うとおりにして、と囁きます。囁く姿勢のまま振り向くと、その視線を受けとめて、高倉さんは引き戸のそばを離れ、おとなしく台所のほうへ去ってゆきました。ミチルは豊増の耳のなかへなおも言葉を吹きこみます。

「言うとおりにしないと、いまここで、何が起きても知らないから」

いちど身震いして、豊増が顔の位置をずらしました。耳の穴がくすぐったかったのでしょう。どういう意味だよ？　と真正面からミチルに確認しました。

「見たでしょ」

「彼女？」豊増はミチルの視線を追います。

「かずきさんを睨んでたでしょ。あのひと、持ってきた梨をむいてるのよ。いま台所で果物ナイフを握ってるのよ」

「それはなに」豊増が急に愉快そうな目つきになりました。低い声で喋りつづけているので笑っても声はたてません。「僕への脅し？」

「そうよ、警告よ」

とまともに答えながら自分でも少々馬鹿らしく思えました。間近で正対した男の笑顔を見ていると、続ける言葉にも迫力がこもりません。

「はやく、ここから出ていって」

「あの若白髪の女に睨まれただけで、僕が逃げ出すのか？」

「高倉さんはもともと若白髪じゃなかったの」

「だからなんだよ。果物ナイフ？　そんなもので僕を脅して追い払えると思う？」

「まじめに聞いてよ」

「聞いてるよ」豊増は手のなかの合鍵をもてあそんでいます。

らちがあきません。ミチルはここで踏ん切りをつけました。じつは豊増が涙まじりに事情を語ってみせたときから、この話をいつ切り出そうか迷っていたのですがとうとう心が決まりました。

「あの女を怖がらなきゃいけない理由があるのか？」

と訊かれて、首を振りました。

「高倉さんの話はもういい、忘れて。かずきさん、いまの問題はお金でしょ。携帯だって料金未払いで止められてるんでしょ？　でも、まとまったお金さえあればどうにかなる。そうよね？」

「そうだけど」

「結局、五百万あれば逃げなくてすむんでしょ？」

「それはそうかもしれないけど、でも五百万なんて大金、簡単に言っても」

「あたしが助けてあげる」

「うん？」

と聞き返したあとで、豊増の目もとに残っていたからかうような笑みが消えました。柔らかみがぬぐいさられて表情が引き締まりました。

「そのお金、あたしがなんとかする」

「嘘だろ？」

「嘘じゃない。あした、いいえ、あさってのお昼までには揃えて持っていく。だからそれまで、浜田山に行って、あの部屋でおとなしく待ってて」

「あさっての昼までに五百万?」

「ええ」

「五百万も揃えられるのか?」

「だからなんとかする」

「なんとかするって、どうやるんだ」

「それは、あたしが自分の頭で考える」

「なあミチル、五百万だぞ、五十万じゃないんだぞ」

「わかってます」

「ほんとにできるのか?」

「もうだまって、あたしにまかせて。そのかわり」

言い終わるまえに豊増がベッドから腰を浮かし、試しに、といった遠慮がちなのろい動作でミチルのからだを抱き取ろうとしました。しかしうまくゆきません。ミチルは相手の両腕をつかみ、邪険にひきはがして、押し戻しました。豊増があっけなくベッドに尻餅をつきました。

「なにやってるのよ。そのかわり、さっきの話、あたし本気だから」

「僕はいやだ」豊増の口から、やっぱりか、という感じで吐息がもれました。「あんな一方的な話、納得できない」

「かずきさんがいやでもなんでも、あたしの気持ちは変わらないから。本気で別れるつもりだから」

「こんなに困ってるときにか？　僕を見捨てるのか？」

「見捨てるんじゃない、助けてあげると言ってるの。ただし、きょうかぎり別れるのが条件で。きっぱり別れてくれると約束するなら、お金はあたしがなんとかしてあげる」

「おなじことだ」

豊増はまた肩を落とし、うなだれて、両手でマンションの合鍵をいじりはじめます。主導権はたしかに自分が握っている、もう一と押しという気がして、ミチルはこう言いました。

「お金が欲しいんでしょ？　欲しくないの？」

「うん」と男の頭が上下します。

「どっち」

「欲しいさ」

「だったらあたしの言うとおりにしなさいよ。五百万ものお金、だまって用立ててくれる人がどこにいる？　利子取って貸してくれる人だってみつからないと思うよ」

「わかったよ」

と、さほど待つことなく男の返事が聞こえたので、その諦めっぷりに、僅《わず》かながらミチルはあてのはずれた思いを味わいます。瞬間、ちいさな疑惑がめばえかけたと言うべきかもしれません。しかしそのあとすぐに男が煮え切らない言葉を付け足したので、疑惑は大きくならないうちに摘み取られてしまいました。

「じゃあ、考えてみる」と豊増は付け足しました。

「考えてみるなんて、ゆうちょうに言える立場？」

「でも考えさせてくれ。今日いちんち、いや、あさっての昼まで」

「いくら考えても無駄よ。あたしからお金を受け取るか、ひとりで勝手に逃げるか、どっちかしかないのよ。あたしはかずきさんと一緒にどこにも行くつもりはないから」

この宣告はたとえ本音にしても冷酷で、厳しすぎる、と自分でも思ったくらいですから、相手の身にこたえたのはまちがいありません。豊増はミチルの目を見る勇気もなさそうで、合鍵を上着のポケットに滑りこませると、足もとの旅行鞄に手をのばしました。持ち手部分の豚がまた一と跳ねします。

「今夜は？　どうするの」

「ミチルの言うとおりにするよ」

「浜田山に泊まる？」

「うん、泊まる。ほかに行くあてもないし」

「お金はいま、いくらか持ってるの？」

「電車賃くらいなら」


その夜、ミチルは財布の中から一万円抜いて渡しています。

マンションの外の通りまで送って出て、明後日の午後の約束を再度確認して、それで豊増とはあっさり別れることに成功しました。旅行鞄を提げた後姿をしばらく見守りましたが、未練がましく振り返ることもありませんでした。駅へむかって歩きながら、豊増はその一万円を頼りに浜田山での二日間を乗り切る算段をしていたのかもしれないし、あるいはまったく別のことを考えていたのかもしれません。ミチルに握らされた一万円札をポケットに入れたのは事実ですが、所持金が「電車賃くらい」という言葉を真に受けてよかったのかどうかは定かではありません。

いそいで竹井の部屋の階まで階段をのぼると、開放廊下に高倉さんの姿が見えました。目にはいった瞬間、「危険な状態」という竹井の警告が思い出され、いまわしいイメージが頭をかすめましたが、ここは二階です。塀を乗り越えていまにも身を投げるのでは？などと案じるのは過剰反応というものです。よく見ると、高倉さんはドアの前で待ち受けているようでした。ミチルはなにくわぬ顔で歩いてゆき、そのまま廊下で、立ち話になります。ちょうどそこへ竹井が帰宅するまで、ほんの数分間でしたが、ふたりきりで。

あとから思えば、次の事件が発生していまあることの何もかもが大きく変わってしまう以前に、二度、高倉さんとさしむかいで罪悪感について話す機会があったのですが、これがそのうちの一回として記憶に残りました。といっても、このときはたがいの口から浜田山の殺人の話が出たわけではありません。二週間前にそれが起きて、すでに取り返しがつかないという現実を踏まえて、はじめてふたりきりで言葉をかわしたというだけです。

「ああ、よかった」ミチルを出迎えて高倉さんが言いました。「出て行ったきり、ミチルさんが帰って来なかったらどうしようと心配してたんです」

「だいじょうぶよ、ちょっと下まで送ってきただけよ。そう言ったでしょう？」

「はい。でも、よく考えてみたらミチルさんはリュックを背負って出ていったし、あとから気になって、あのままどこか遠くに行ってしまうつもりなんじゃないかって」

「どこか遠くって、どこ？」

「わからないけど、そんなイメージがわいてきて。ミチルさんがリュック背負ってずんずん歩いていくのが見えるような気がして」

「このリュックはね、たいした意味はないのよ、ただこれが背中にあたってないと落ち着かないの、東京に出てきてからついた癖」

「そうでしたよね。初めて会った晩にも、ミチルさん」

「高倉さん、中に入って話さない？」

「そのまえに、ミチルさんにひとこと謝っておかないと」

高倉さんがぎこちなく腰を折り、頭をさげました。

白髪のめだつ髪はもう後ろでまとめてありました。見慣れれば大騒ぎするほどのことでもなく、ただ気の毒に思えるだけです。このとき廊下で、ミチルは高倉さんがさっきまで見とはぜんぜん違う柔和な目をしていることを認めています。もしかしたら、さっきまで見えていたものが自分の見間違いだったのかもしれない、とすら思われました。さっきいきなり仕切りの戸を開けて、仁王立ちになった高倉さんの怖い姿、それじたいが幻影だったのかもしれない。高倉さんは台所で梨をむいていて、奥の部屋の話し声や物音が気になったのかもしれない。帽子を脱いで、輪ゴムで髪をまとめ直そうとしている最中に、男の涙声を耳にとめて、心配になって様子を覗いてくれただけなのかもしれない。彼女は最初からあたりまえのことを喋り、あたりまえのことをしているだけなのかもしれない。竹井が強調して言うほど、このひとは危ない状態ではないのかもしれない。

「竹井君から話は聞いてたんです。ぜんぶあたしのせいですよね。あたしのせいで、ミチルさん、せっかく借りた浜田山の部屋にも住めなくなって」

「いいのよ。やめよう、その話は」

「よくないです、いちばんの責任はあたしにあるんだから。そのうえ、こうやって今夜は押しかけたりして、お忙しいときに。迷惑かけてばかりでごめんなさい。ミチルさんが顔を見たがってるって、竹井くんは言うけど、そんなの嘘でしょう？　ほんとうはあたしの顔なんか、迷惑ですよね」

「迷惑なんて、そんなことないよ」

「でも」

「顔を見たいと思ってたのはほんとうよ」

「ミチルさんはあしたも朝からお仕事なのに」

「高倉さん、中に入りましょう」

「はい。でも」

「だいじょうぶよ、仕事はもう慣れたから」

「でもほんとにごめんなさい。ここに来たとき最初にちゃんと謝るつもりだったけど、さっきはあの男のひとがいたから、すぐには言い出せなくて。あたし、あのことも、浜田山の夜のこともこのままでいいのか、ずっと。ああ、竹井くん」

帰宅した竹井がミチルの背後に立っていました。

「びっくりさせないでよ」

と振り向きざまミチルは後ずさりしたのですが、竹井は平然と、

「びっくりしたのはこっちだよ」

と言い返します。

「何してるの。こんなとこで、ふたりで」

この質問に生真面目に答えようとして、口ごもった高倉さんを、竹井はさっさとドアを開けて部屋の中へみちびきます。

「ひとが見たら怪しまれるよ」

と、この文句はミチルを責める口調で言い、竹井に肩を抱かれた高倉さんが申し訳なさそうにミチルを振り返りました。いましがた柔和に見えたはずの目は、いちどまばたきをしただけで、もう生気のない目との区別がつきませんでした。

こうして九月二十五日、火曜日の夜、豊増は浜田山に、高倉さんはミチルと竹井の同居

する井の頭公園のマンションに一泊することになりました。

　翌朝、ミチルは八時半に仕事に出ます。いつもとは反対にベッドのある奥の部屋のほうを竹井と高倉さんが使っていたので、ＬＤＫの床に敷いた布団で寝て、ひとり早起きして身支度をすませました。出かけるときまで仕切りの引き戸は閉じたまま、「行って来ます」の声も気兼ねしてかけていません。

　仕事あがりが六時で、六時半に帰宅すると、竹井はいつものことですが高倉さんの姿もありませんでした。ほどなくして携帯にメールが届き、今夜は高倉さんのところに泊まると竹井が言ってきたので、冷蔵庫にあるもので夕食をこしらえ、食後はゆっくり風呂につかって、明日の豊増との約束に頭を向けました。夜が更けてベッドのシーツを取り替えているときに、部屋の隅に高倉さんのスーツケースが寝かせてあることに気づいたのですが、そのことをとくに不審にも思いませんでした。ゆうべあのあと三人で食事をしたり、まんぜんとテレビを眺めたり、交替でシャワーを浴びたりと言葉すくなに過ごした何時間かを思い出して、梨や、バスタオルや、着替えの衣類や、辞典や読みかけの本までスーツケースに入れてきたのにパジャマと歯ブラシは置いてきたという高倉さんのちぐはぐな忘れ物が印象に残っていたので、あのまま連泊は不便だろうし、いったんは戻ってまた近いうちに泊まりに来る予定でいる、すくなくとも竹井には高倉さんにそうさせる心づもりがあるのだろうと、そのくらいのことを考えただけでした。今夜、竹井はバイトを早めにきりあげて高倉さんの部屋で手料理でもつくったのだろう。

　そして木曜日、ミチルは朝から銀行に寄ります。

予定の行動でした。前日までは午前九時から夕方六時までだった勤務を、十二時半から夜九時半までの遅番に入れ替えてもらっていたので、預金をおろしてから豊増に会いにいくための時間はたっぷりあります。

　吉祥寺にある、例の、2億円の当たりくじを持ちこんだ銀行です。

　順番待ちの番号札を手に呼び出しを待っているときも、窓口に立ち、ペンを握って預金引き出しの所定の用紙に金額を記入したときも、またあらためてカウンター前の椅子に腰かけて名前が呼ばれるのを待ち、実際に百万円の札束を五つ、それを収める封筒といっしょに受け取ったときにも、気持ちは揺るぎませんでした。豊増にむかって「助けてあげる」と口にした約束をいまさら撤回するつもりはないし、これを手切れ金にしてきっぱり縁を切るという決心も、あれからふた晩、再検討してなおさら固まっていました。『【その日】から読む本』にはこう書かれていたのをミチルは憶えています。お金はお金でしかありません。お金は何かほかのもの、あなたの人生を幸せにするものに換えてこそ価値を持つものです。戻って来た預金通帳にはまだ一億九千四百万円以上の残高がありました。

一万円札五百枚のかたまりを封筒に詰めると厚みが小型の辞典ほどになります。リュックに押し込み、ミチルはまっすぐ浜田山にむかいました。

午前十一時を過ぎた頃です。

浜田山商店街そばのマンションに着き、玄関のドアの前に立つと、とうぜん最初は鍵を使わずに、自分で借りている部屋ですから、とうぜんとここで言うのが適切かどうかはわかりませんが、ドアチャイムのボタンを押しました。

ところが応答がありません。もういちど押して、ドアのむこうの様子をうかがいました。人の足音のようなものは聞こえません。静かなままです。レバー型のドアノブをつかんで回そうとしてもドアは開きません。ミチルはここで迷わずにキーホルダーを取り出し、自分の部屋の鍵を鍵穴に挿しこみました。

中は無人でした。玄関をあがってすぐの狭い台所にも、奥の六畳間にも人の気配はありませんでした。ミチルは携帯の待受画面で時刻を見て、靴を脱ぎ、奥の板の間へと入りこみます。豊増は早朝から出かけた模様で、おととい持っていた旅行鞄もどこにも見あたりませんでした。そのかわり、六畳間の床の上にじかに、豊増のものらしい書き置きが見つかりました。手帳から一枚切り取った縦長の白い紙です。上半分にテレビのリモコンが重しにのせてあります。ミチルはその場にしゃがみ、手を触れずにそこに書かれた横書きの文字を読みました。

ごめん、急用できた

指先で、リモコンをわきへ払いのけてみましたが、上半分は空白でした。ごめん、急用できた。書かれている文字はそれだけです。ミチルは床に膝をつき、リュックをおろして五百万円の包みを取り出すと、書き置きのメモ紙の上にいささか乱暴に、投げ出すようにかぶせました。きっと辞典を一冊放り出したときと同じ音がひびいたはずです。またリュックを背負い直し、立ってベランダ側の窓を開け放ちました。ふと気になったので、押し入れを開けてみると、まだ真新しい布団と毛布が、自分が畳んだのではない他人の畳み方できちんと重なっています。どうやら、いちどはここに布団を敷いて寝たのは確かなようです。そう見当をつけて、押し入れの襖《ふすま》を閉めました。それから十二時十五分に携帯のアラームをセットして、豊増の帰りを待ちました。

すこしでもミチルの気持ちが揺らいだとすれば、およそ一時間後、アラームの音で放心から醒めた直後ではなくて、ベランダをむいてすわっていた窓敷居から、もの憂い気分をふりきって腰をあげ、両手の指をくみあわせて背伸びをし、窓を閉め、玄関の戸締まりをしてマンションを出て駅まで来た道を戻り、久我山の職場へ行くための電車に乗ったころ、電車のドアが閉まるというアナウンスを聞いてそのドアが現に閉まるのをなすすべもなく見守ったあたりのことです。駅を離れていく電車の座席で、ミチルは急に、自分にはまだ考えることがいくつも残っているような焦りにとらえられていました。それを考えないまま、中途半端にアラーム音で断ち切られて、現金の包みをあの部屋に置きっぱなしにしてきた自分の行動が頼りないものに感じられました。

ミチルは気づいていたと思います。きょう用意した五百万の現金、あれを豊増が欲しがっているのはまちがいない。そこは疑いようがないけれど、五百万の現金にはじつのところ彼を「助けてあげる」効力などないということに。助けるというよりも、自分は金で面倒な男を遠ざけ、すっぱり切り捨てる気でいるのだが、どっちにしてもこれは単純明快に片がつく問題ではない。たとえ豊増があの金を借金の穴埋めに使うことができたとしても、現在かかえているトラブルを解決してすべてなかったことにできるわけではない。本人の語ったことがぜんぶ事実なら、クレジットカードの明細を見られた妻にはすでに浮気が露見しているのだし、会社の経理の人間にはたびかさなる空出張の証拠をつかまれている。いまさら五百万円を手に入れたところで、「大泉町には帰れない」というほど深刻な夫婦間の亀裂はもとにはもどらないだろうし、社内での立場も回復はしないだろう。豊増はもういままでの豊増としては生きてゆけない。だからこそ、一緒にどこかへ逃げてくれと頼んできたのではないか。つまりどれだけ金があってもなくても、いまの豊増にはおなじことではないのか。

日のあたるベランダで窓敷居にすわってぼんやり考えたこと、一時間前、放心への入りぎわに頭にうかんでいた考えの切れはしがよみがえりました。

豊増にはあたしと別れる気などはなからなくて、手切れ金を受け取る決定的な場面から今朝も逃げたのではないか？

だとすればあたしは軽率なまねをしている。五百万もの大金を無駄にしたうえ、こんどはその大金の出所を相手に探られることになる。電車が駅から遠ざかるにつれて不安がふくらみ、しまいに、今朝、豊増が出先で電話をかけて、携帯は止められているので公衆電話で立石さんと話している内容まで聞き取れるようでした。タテブーはこう言うのです。

「古川さんが五百万円どうにかする？　そんなのありえない。だって噂によると、銀行口座を親に押さえられてるそうじゃない。かずきさんも知ってるでしょう。あのひと、お金に困ってるはずよ。そうでなくても、五百万円ものお金、どこでどうやって都合するというのよ。宝くじでも当たらないかぎり絶対に無理よ」

ものの数分で電車が久我山駅に到着し、遅刻せずに十二時半からの勤務についたあとも、この妄想にミチルは何回も苦しめられました。しかし現実に、この妄想に近いやりとりが豊増と立石さんとのあいだで交わされたに違いないと思い知る機会がまもなく訪れるのです。

# 14　事件

木曜日、遅番の仕事を終えて帰宅すると、竹井と高倉さんがさきに戻っていました。夜十時頃です。普段そうするように合鍵を使い、断りなくドアを開けてみて、気まずい思いをするほど、寄りつきがたい空気が漂っていたのをミチルは憶えています。一瞥《いちべつ》で印象にとどめました。高倉さんはひとり座卓のまえに膝をくずしてすわり、音を低くしたテレビを眺めていて、卓上には見慣れないラベルの酒瓶と、角氷のつまったグラスと、あと平皿が一枚載っていました。手持ちぶさたにおなかのあたりにクッションを押さえているという恰好で、お帰りなさい、とミチルに声をかけ、目が合うと笑顔を作りはしましたが、そこから立って動こうとはしません。平皿には八等分ほどに切り分けた梨が二三個残っていました。

竹井は奥の部屋にいるようです。仕切りの戸はひらいたままで、そばへ行くと、机に向かってパソコンをいじっているのが見えました。

「おかえり」液晶画面に目をこらしながら言います。「晩ご飯、残り物でいいなら冷蔵庫に入ってるよ」

竹井も高倉さんもすでに夕飯も入浴もすませたあとで、一見くつろいだ様子です。高倉さんは下は無地のグレーのスエットに上はありきたりの半袖のTシャツ姿で、それが先日スーツケースに詰めるのを忘れてきた彼女のいうところのパジャマなのかもしれないし、もしかしたら今夜も忘れて竹井の古着でまにあわせているのかもしれません。灰色に見える白髪はあいかわらず灰色のまま、無造作に後頭部でまとめて髪留めで挟んであります。

ミチルはなんとなく居場所がないような心持ちで、しばらく仕切りの戸のそばに立っていました。宿題のリポートでも書いているのか竹井はパソコンから目を離しません。どのくらい前からああやって黙々と作業をつづけているのだろう、とミチルは疑問に思います。高倉さんがこっちでいま飲んでいるウィスキーは何杯目なのだろう？　今夜のこのふたりは、ふたり別々の部屋で、就寝まえの時間を自由きままに過ごしているルームメイトのようにも見えるし、ずっと一緒にいることに飽き飽きして、たがいにたがいを避けて好き勝手している夫婦者のようにも見える。

そのときリュックのポケットに入れておいた携帯電話が鳴り出し、ミチルがためらっていると、

「どうして出ないの」

と竹井が訊ねました。返事を待たずに続けて、

「誰から？」

いぜんとして顔はパソコンの液晶画面を向いたままです。

「誰からだかわからない」

「どうして」

「番号しか表示されてないから」

むかし持っていたのを処分して買い替えて以来、ミチルの携帯には数えるほどの人名しか登録してありません。竹井、豊増、初山さん、不動産会社の担当者、勤務先の書店の店長、それに高倉さんくらいのものです。それ以外に新しい携帯の番号を知っている人間はいないはずです。だから登録名の出ない着信は、間違い電話、迷惑電話のたぐいということになります。このときはまだそう考えていました。ちなみに、ここで鳴っているのはごく標準的な電話の呼び出し音です。聞けば誰もが電話だと理解しうる音階です。好みの音楽をダウンロードして着信音として設定するような、若い人にありがちな好奇心とはミチルは無縁でした。この二ヶ月ほどは特に、という意味ですが、新しく手にした携帯は通信の用をはたす端末機でしかありませんでした。

「出てみたら？」と竹井が勧めます。電話の相手に関心があるのではなく、個性に欠ける着信音をうるさがるような言い方です。「誰か知ってるひとかもしれないよ」

「あたしの知ってるひとは誰もかけてこないよ。だってこの電話の番号、家族にだって教えてないんだから。さっき駅から歩いて来るときにも一回鳴ったんだけど、たぶん誰かが間違えてかけてるんだと思う」

「こんな時間に？　いまのも一回目とおなじ番号？」

着信音が鳴り止んだので、キーを押して履歴を見てみると二つおなじ番号が並んでいました。竹井は椅子ごと半身になってミチルの顔をうかがいます。ミチルはうなずきました。

「あの出版社の男かもしれない、豊増とかいう」

それだけ言うとすぐにパソコンに向きなおったので竹井の表情は確かめられません。

しかし意外な発言であることに変わりはなく、ミチルはまた疑問に思います。なぜ急に豊増の名前がここで出てくるのだろう？　そう思うと同時に、高倉さんの気配の変化にも気づいています。その瞬間、彼女の手にしたグラスが大きな音をたてたわけでもないのに、彼女の口から声が洩れ出たわけでもないのに、いま自分の背後で息をひそめている高倉さんの気配、そこから動揺の波が寄せるのを感じ取っています。竹井の発言は高倉さんにとっても予想外だったのだ、という事実を頭にとどめて、ミチルは高倉さんのほうは一度も見ずに竹井に問いかけました。

「どうしてそう思うの？」

「だってお金に困ってるんだろ、あの男。自分じゃどうしようもなくて、ミチルちゃんに泣きついてきてるんだろ？　いまのも金の無心かもしれないじゃない」

とうぜんのことながら、二日前のいきさつについては、高倉さんの知り得たかぎりの情報、その詳細が竹井に伝わっているのです。べつにそのことで彼女のお喋りを咎《とが》めるつもりもなく、振り返ってみると、高倉さんはウィスキーのグラスのふちを噛むように顔をうつむかせていました。

「でも、あのひとの番号は登録してあるから着信表示に名前が出るはずだし、それにいまは」

豊増の携帯は料金未払いで使用が止められている、とまた竹井のほうを見て、口にしてしまったあとで、ミチルはひとつ、自分のうかつさに思いあたりました。今朝浜田山のマンションに置いてきた現金、あれで料金未納の処置は解除されているかもしれない。とっくに豊増の携帯は通じているのかもしれない。背中を向けたまま、竹井が思いつきを口にしました。

「じゃあ他人の携帯を借りてかけてきてるのかもしれないよ、プリペイド携帯だってあるし。金に困ってる人間なら何だってやるよ、どんな方法でだって、何回も助けを求めてくるよ。たぶん留守電にメッセージが残ってるんじゃない？　また泣きながらさ」

「そんなのあり得ない」

と直観で言えても、豊増の金銭問題はすでに解決済みだ、あたしがあげた手切れ金の五百万円で、とは口にできません。もし豊増なら復旧した自分の携帯でかけてくるだろう。おかげで助かったとひとまず礼を言い、言ったそばから態度を変えて、五百万もの大金をどこでどうやって作ったのか？　という質問に移るだろう。あるいはこのさき、納得のいく回答を求めて何回も追及の電話をかけてくるかもしれない。でも、いまかかった電話は豊増からではない。豊増がまた泣きながら助けを求めるなんてあり得ない。

ところがその場で、リュックのポケットに戻すまえに携帯をひらいて見ると、待受画面の左下隅に「留守電」のアイコンが表示されていたので驚きました。竹井に悟られないように自然に、なぜだか、そうしたほうがいいと判断したのです、いったん携帯をポケットにしまい、

「きっとこれは間違い電話よ」

と言い捨てて、ＬＤＫを横切って浴室へ向かいました。

「さきにシャワー浴びてくるね」

高倉さんと、奥の部屋の竹井にも聞こえるように言い訳して、洗面台と鏡のあるスペースに入り、洗濯機の隣に置かれた脱衣籠のなかにリュックをおろします。ＬＤＫと洗面所とは扉なしにつながっているのですが、いつもシャワーを浴びるときの習慣で出入口に取り付けられたカーテンを閉めてから、まっさきに携帯に残されたメッセージを再生してみました。耳にあてると聞き覚えのある声がながれました。

夜分にすいません、この電話、古川ミチルさんの携帯ですよね？　古川さん、あたし立石です、おひさしぶりです、留守電聞いたら、折り返し電話もらえませんか、話したいことがあるので。お願いします。

もういちど再生して、息を詰めて聞き直したあとで、次に、ミチルは登録してある豊増の番号に電話をかけます。

むこうは待ち構えていて、すぐになまの声が応答するような気がしたのですが、あてがはずれました。不通です。料金は未納のままのようです。

浴室のドアの前で、携帯を握りしめてミチルは迷いました。胸の鼓動が意識されました。タテブーは豊増から番号を教えられてこの携帯にかけてきたのに違いない。そこまではうすうす想像がつくけれど、でも何の用で？　折り返し電話もらえませんか、話したいことがあるので？　豊増を通さずにあたしに直接、何を話したいというのだろう？

それが何なのかいますぐ聞いてみたいと逸《はや》る気持ちがあり、一方で、それがどんな話にしろ聞いてしまえば後悔するに違いないとの予感もありました。短気をおこさないほうがいい、とミチルは踏みとどまります。折り返し電話をかけて決着をつけたいのはやまやまだけど、カーテンのむこうには高倉さんと竹井の耳があります。タテブーの言いなりに電話をかけて嫌な話を聞かされるよりも、ここは豊増との連絡を取るのが先決問題という気もします。それにしてもいったい豊増は何をやっているのだろう？　なぜいまだに電話料金を払っていないのだろう。

迷ったあげくに、ミチルは携帯を脱衣籠のリュックに戻しました。上着のボタンに手をかけながら、とにかくいまはシャワーを浴びて、それから冷蔵庫に残っている竹井の手料理を夕飯に食べて、時間をやり過ごそうと決めました。もっと夜が更けて、高倉さんと竹井が奥の部屋にこもり、仕切りの戸が閉まってから、自分ひとりで、ゆっくり落ち着いてこの問題を考え直してみよう。

結局、ミチルは一と晩、一日また一日と、この問題への対処を引き延ばすことになります。

金曜日。

この日は朝から仕事です。八時半に竹井のマンションを出て、駅まで急ぐあいだに再度、豊増に電話をかけました。不通でした。久我山の書店に着いても勤務に集中できません。いつものようにベストセラーの単行本を積み上げる手にも力がこもりません。昼休みに職場を抜け出してミチルは浜田山へ向かいました。昼食休憩は四十五分と決められているので、行って帰るのはらくにできます。ただまともな昼食は犠牲にしなければなりません。

豊増はまたしても不在でした。まるで前日の行動をなぞるように、玄関の前に立ってドアチャイムを押し、応答がないので自分の鍵を使って中に入り、台所と居間を見渡しました。何の異変も見つけられませんでしたが、ただひとつ、床の上に置いていた現金はあとかたもなく消えていました。五百万円入りの封筒の下敷きになっていたはずの、豊増の書き置きもなくなっています。いつ戻り、いつまた出て行ったのかはわかりませんが、部屋に出入りがあったのは確実です。辞典の厚みのある封筒を旅行鞄のすきまに押し込み、床に残った書き置きの紙片を拾いあげて、片手でくしゃくしゃに握りつぶす男の様子を頭に描いてみました。ほかにすることもなく、ぼんやり突っ立っていると携帯が鳴り出しました。また立石さんです。ゆうべ念のために登録しておいたので、かけてきたのは立石さんだとわかります。むこうもちょうど昼休みを取っているのだろう、自分もよく知っているあの従業員用の休憩室兼更衣室の、ロッカーに囲まれたテーブルで弁当を食べ終わった頃なのだろう、もしくは食べながらかけているのかもしれない、と想像したくらいで、ミチルはこの電話にも出ませんでした。数分後、留守電を再生してみると昨夜とおなじ声がみじかく用件を告げました。

古川さん？　立石です、すいませんが電話をください。お待ちしてます。

午後はいつも通りに仕事をこなして、六時半に帰宅すると、高倉さんと竹井がふたりそろって夕飯の支度中でした。ふたりとも今日はいちんち部屋にいて、外出は食材を買いに近所まで往復しただけという様子です。ふたりとも顔がむくんだように見え、寡黙でした。流しの水音、油の撥《は》ねる音、換気扇のまわりはじめる音がいちいち耳につくほど室内は静かでした。ミチルは邪魔にならないようにふたりのそばには近寄らず、着替えてニュースを見るためにテレビをつけて、あとは出された料理を食べるのみです。夕食後、例のごとく三人で交替に浴室を使い、夜が更けると二対一にわかれて奥の部屋とLDKで休みました。竹井がシャワーをあびているあいだ、高倉さんはこの日もウィスキーを飲んでいました。夕食のときから料理にはあまり箸をつけず、水割りにして飲み続けていたので寝酒というわけではありません。つけっぱなしのテレビをぼうっと見ているだけで、ミチルが話しかけないかぎり自分からは言葉を喋りませんでした。ミチルのほうは、立石さんからの四度目の電話がいつかかるかと身構え、携帯をそばに置いてちらちら視線を送っていました。しかしこの夜は携帯は静まり返ったままです。明かりを消して眠るまえに、もう何度目かに豊増に連絡を取ろうと試みたのですが、通話ができない状態であるとのアナウンスが反復されて無駄に終わりました。

土曜日。

自分からは動きませんでした。

午前九時に書店の仕事に入り、昼休みにもどこへも出かけず、午後も店長の指示にしたがって時間が来るまで勤めました。そのあいだにもし、立石さんから三度目のメッセージが残されていれば、折り返し電話をかける気でいたのですが、仕事あがりに携帯をひらいてみると一件の着信もありません。立石さんは立石さんでこちらの動きを待っているのでしょうか。ミチルは久我山駅からまっすぐに帰宅します。

六時半に竹井のマンションに着くと、高倉さんがひとりで料理の下ごしらえをしていました。竹井からは、いつもより一時間ほど早く帰ると連絡があったそうです。ミチルはその報告にただうなずき、手洗いとうがいをすませ、奥の部屋を借りて着替えにかかります。竹井とふたりでいるときに、毎日まいにちバイトで遅くなったりせずに、高倉さんのことが心配なら自分が早く帰ってそばにいてやるべきだと意見したおぼえがあったので、それがすこしは効いたのかもしれないなどと考えていました。そのあと、明日は休みがもらえたので洗濯しようと持ち帰った制服を、リュックごと洗面所のほうへ持ち運ぼうとして高倉さんの背後をふたたび通りかかると、

「ミチルさん」

と呼びとめられました。なにやら深刻な話を切り出すふうの口調なので、続きを聞き洩らさないように足をとめて、

「なに？　どうかした？」

「豚肉とか鶏肉団子とか入った寄せ鍋、食べます？」

ちょっと考えて、好きか嫌いかという意味の質問と解釈してミチルは答えました。

「食べるよ」

「ふつうに食べます？」

「うん」

そこで間があいたので、洗面所へ移動し、制服のブラウスとスカートを網の袋に入れて、

あとで竹井や高倉さんが洗うものがあったら一緒にというつもりでとりあえず洗濯機のなかに落としました。あの声で呼びとめておいて話はあれだけ？　と物足りなく思いつつ高倉さんのそばに戻ると、続きが待っていました。

「あたし、食欲ないんですよ」

「そうみたいね」

「でも竹井くんは、食べろ、食べろって無理なことを言うんですよ。あたしはできれば、お肉はだしをとるくらいにして、お野菜だけ入った雑炊みたいなのがいいと思うんだけど、そんなのは病人の食べ物だと決めつけて、晩ご飯はミチルちゃんも一緒に食べるんだからって、竹井くんはどうしても豚肉とか鶏肉団子とか入った寄せ鍋にしたがるんですよ。おとといだって、季節だから栗ご飯を炊いておかずは魚料理にしようって言うから、お魚の切り身の塩焼きならと思ったけど、竹井くんは凝り性だから、一匹ずつさばいて、それも塩焼きじゃなくてあんかけとかクリームソースとか作るつもりでいたんですよ。あたし、やっぱりご飯ものは重い気がするって抵抗して、ちょっと議論になって、とうとう焼きビーフンに落ち着いたんですけど、ミチルさんも残ってたのを食べましたよね？　あれだって具はお野菜だけにしてほしかったのに、干し海老とか豚肉とか竹井くんが足したんです、味だけじゃなくて見た目の彩りも足りないからって、言うことを聞いてくれないんです、あたしは皿の端に選《え》り分けてビーフンだけ口に入れたけど、見てて気をそこねたみたいで、料理したひとの目の前でそういう食べ方はどうなのか？　みたいな議論にまたなって、それで竹井くんの不機嫌は続いてて、きのうの夕飯のラムチョップなんか、もうあたしの意見はまったく無視で」

「そうだったの？　そんなことがあったの」

とミチルは言葉をはさみ、勢いを一時せき止めました。このままこのひとをほうっておくと愚痴がえんえん続いてゆき、喋り声の音量調節もつかなくなるだろうと怖れたのです。

「竹井は高倉さんのことを心配してるんじゃない？　竹井があなたにお肉やお魚を食べろって言うのは、栄養をとって、元気をつけてもらいたいからだと思うよ」

「でもきのうのラムチョップなんか」と包丁をざくざく使いながら高倉さんは喋ります。「もうあたしの意見はぜんぜん聞いてくれなくて、ひとりで勝手にお肉を見つけてきて、サラダの材料まで自分で選んで、それだけじゃ足りなくて、ケーキ屋さんに寄ってデザートまで買い足そうとするから、あたしは見てるだけでおなかいっぱいになって先に帰って来たんだけど、あとで出来あがった料理を見たら、羊の肉はヘルシーだとか言ってたくせに、かかってるソースは嫌がらせみたいにこってりしてるし、こってりだったでしょう？　ミチルさんがいないすきに、あたしを見て、これはほんとは赤ワインに合うんだ、なんて言うんですよ。あたしがずっとウィスキーを飲んでるのが気にいらなくて、そんな嫌みを言うんです」

「あのソースが嫌がらせなんて、思い過ごしよ」

そのとき高倉さんが包丁を持たないほうの手でグラスをつかみ、口へ運ぶのをミチルは見ました。切りかけた野菜が山盛りになったまな板の横に最初から置いてあったようです。高倉さんは今日は夕食前からウィスキーを飲んでいるのです。

「ミチルさんは、ほんとにこのままでいいんですか」喉をうるおした高倉さんが、一と息つき、こんどは意識して抑えた声で質問します。「竹井くんが作る料理を、だまって、毎日おなかいっぱい食べて暮らしていけるんですか」

「あたし?」ミチルは戸惑いました。

「たくさん食べろ、料理に合うワインを飲めって竹井くんは言うけど、どうしても無理なんですよ。ミチルさんならわかるはずでしょう? 食欲はわかないし、ワインなんかひとくちも飲みたいとは思わないんです。想像しただけで身体がそわそわして、くつろげないんです。ワインと一緒にお肉を食べる気になんか、たぶん一生なれませんよ。でも竹井くんはおかまいなしに勧めるんです」

「それは、わかるような気がするけど。あの晩のことを思い出して、飲んだり食べたりする気が起きなくなるのはあたしもおなじだけど」

高倉さんはいま久太郎殺害の件に触れているのです。自分から触れたがっているのだと、ミチルは気づきました。

「竹井になんか言われたの？」

「いいえ、なんにも。竹井くんは、ひとことも触れないんですよ。まるで何も起きなかったみたいにふるまって、でも、そのくせ無言の圧力をかけてくるんです。きっとあたしが最初にあんなことをしてしまったから、全部こうなったって、あたしに罪を押しつけたがってるんだと思う」

「まさか」

「あたしの存在が、だんだん邪魔になってきたんだと思う」

「そんなはずない、竹井は高倉さんのことであたしに相談までしたのよ」

「相談て、何の話ですか」

高倉さんが身体ごと振り向き、ミチルと目を合わせました。思った以上にきつく、険悪な顔つきでした。

「だから、あなたが落ち込んでるのが心配で、できるだけそばにいてやってくれって」

「それはそばにいさせて、おたがいを監視させるためですよ」

真剣だったぶんあてがはずれたのか、ミチルの発言を軽くあざ笑うような応《こた》え方です。

高倉さんはまな板に向き直り、切り終わった白菜を両手でボウルに掬《すく》いました。

「どういう意味？」

「あたしもそうだけど、ミチルさんが妙なことを考えでもしたら、竹井くんは困るんじゃないですか？」

「よくわからない」ミチルは呟きました。「ねえ高倉さん、さっきから聞いてると、なんだか竹井がものすごく悪者みたいじゃない」

「だって現に悪いことをしてるから」

高倉さんのその言い方では、竹井がいまも悪いことを重ねている犯罪者のように聞き取れたので、ミチルはいったん返答に詰まりました。

「ミチルさんは昔の目で竹井くんを見てるんですよ」

「昔の目？」

「幼なじみの竹井くんしか見えてない」

「あのね高倉さん、べつに竹井をかばうわけじゃないのよ。あの晩に起きたことは、もう取り消せないのもわかってる。でも、そのことを言えば、悪いのは竹井だけじゃなくて、あたしたちみんな」

「でも、いちばん悪いのはあたしなんですよね？　いちばん悪い人間が罪をあがなえって、竹井くんはそう言いたいんだと思います。ミチルさんもおなじことを思ってるでしょう？」

「ううん」とっさに首を振りましたが、自分の心の奥底までは覗けませんでした。「思ってないよ」

「ミチルさん、あたしのこと、怖がってるでしょう？　よくわかるんですよ。最初にあんなひどいことをしてしまったのはあたしだし、怖がられてとうぜんですよね。あたしは、いまの竹井くんのほうが怖いけど、でもそう言いながら、もし竹井くんに見捨てられて、ひとりぼっちになったときを想像したら、そんなの耐えられない気がする。もう正直、どうしていいかわからないんですよ。こうなったのは、ぜんぶあたしの責任です」

ミチルにわかりづらかったのは、高倉さんがいま竹井をひどく怖れているという理由です。あの晩、竹井は久太郎の死体の後始末について冷静に判断をくだしました。その冷静さを、なにもかも竹井の指図にしたがって行動したあとから薄気味悪く思ったのはミチルもおなじでしたが、しかし高倉さんのほうはむしろ最初から積極的に竹井の計画に加担したはずです。いまさら、という気がします。その点への疑問を投げかけようとして、適切な言葉を何度も選びそこねているところへ、高倉さんが言いました。

「ミチルさんが羨ましいです。いつでも身軽で。そのリュックを背負って、いざとなれば自分の好きなところへ旅立てるし。はじめから感じてたけど、ミチルさんはあたしとは違う、あたしは、スーツケースいっぱいの荷物がないとどこにも行けない」

「誤解よ、いつでも旅立てるなんて、これは旅行用に買ったんじゃないんだから。こないだも言ったでしょう？　ただ、いつも持ってないと落ち着かないの。着替えだって一日分しか入らない、だいいち、あたしはどこにも行くつもりなんかないから」

言い訳がましくなったのは、高倉さんの言う「旅立てる」が、いざとなればいつでもあたしたちのそばから、つまりこの行き詰まりの状況から「逃げ出せる」と非難めいて聞こえたせいでした。

「そのリュック、いつも中に何を入れてるんですか」

「はい？」

「自分ではそんなつもりはなくても、ミチルさんはそう見えますよ。身軽で、自由そうに」

「ねえ、何の心配をしてるの」声がうわずるのが自分でもわかりました。「あたしがあなたたちに内緒で、警察に密告するとか？　あたしがあぶなっかしく見えるということ？竹井とふたりでそんなことを話してるの？」

「いいえ、竹井くんとそんな話はしません。ミチルさんはあぶなっかしくなんか見えません、言ってるじゃないですか、自由そうに見えて羨ましいって」

「じゃあなぜ」思い切って訊ねます。「急にリュックの中身を気にするの」

「べつに」高倉さんがまた包丁を持つ手に力をこめ、まな板の上で大根が輪切りにされました。「急にじゃなくて、いつも、何を入れて持ち歩いてるのかな？　と思って見てたから。でもあたしにはうまく想像がつかない。ミチルさんにとって大切なもの、手放せないもの？　いまいる場所を出るとき、かならず持って行くものが入れてあるんですよね？　リュックだけ背負っていつでも旅立てるように」

「だからそれは誤解よ」

「でも、いまはその気がなくても、仮に、そのときが来ればミチルさんにはできるでしょう？　できますよね？　二ヶ月前、お財布だけ持って東京に出てきたときみたいに」

「それはまあ、いつかそうしたいと思うなら、だけど」

「羨ましい。やっぱり、あたしとは違うんだ」

「仮の話よ、高倉さん。いまはこの中にはたいしたものは入ってないのよ」

ミチルのせいいっぱいの嘘には耳を貸さず、高倉さんは包丁を使い、二つ、三つと輪切りの数が増えていきます。

「ミチルさんは、あたしと違う」

「ほんとにどこに行くつもりもないのよ」

「あたしはお野菜しか食べないけど、ミチルさんは、あたしと違って、食欲があって、お肉も食べられる、竹井くんともうまくやってるし、それにだいいち」

「なに？　高倉さん、大根はもういいんじゃない？」

「それにだいいち」

それにだいいち2億円近い大金を持っている。

リュックの中に預金通帳を隠し持っている。

ずばりとそういう台詞が高倉さんの口から出るのではないか、と怖れたのですが、予感ははずれました。実際に耳にとどいた言葉はこうです。それにだいいち、人も殺していない。

ミチルが何とも応えられないでいると、高倉さんの背中の動きが止まりました。やがて、握っていた包丁を置いて、

「竹井くんが帰ってきた」

と言いました。

竹井がマンションの階段を上ってくる足音、二階の廊下を歩いてくる足音に耳をすまし

ていたのです。

その土曜日の夜ほど気づまりな夜をミチルはかつて経験したことがありません。竹井と高倉さんがほとんど口を聞かないのはとうぜんです。どちら側に味方しようもないので、板挟みになったミチルが、夕食の献立について議論を蒸し返すわけにもいかずあたりさわりのない話題を見つけては、ぽつりぽつりと沈黙を破ることになります。ひとつ破るたびに、より大きな沈黙の壁がのしかかってきます。それは思えば前日も前々日もおなじようなものだったのですが、事情を知っているのと知らないのとでは気の遣い方がまた別です。誰もまともに見ないテレビは相変わらずつけっぱなしでした。竹井が仕上げた寄せ鍋を三人三様の食欲でつついて、むっつり後片づけをすませると、竹井はパソコンにむかい、高倉さんはウィスキーを飲み続け、ミチルは時間もかまわず洗濯機を回し、洗いあがった制服を干します。あとは夜が更けるのを待つのみです。夜が更けても立石さんからの電話はなく、豊増の携帯とも連絡はつきませんでした。ひとりで布団に入ったあとも、仕切りの戸のむこうの静けさがかえって気になって、うまく寝つけなかったことを記憶しています。つまるところ、何の進捗《しんちょく》もない一日の終わりでした。

そして事件は日曜日に起こります。

朝八時過ぎに睡眠不足のまま、ミチルは竹井の部屋を出ました。ひとつには、その時刻にならら、浜田山で豊増をつかまえられるかもしれないとの考えがあったのと、もうひとつは竹井と高倉さんが起き出すまえに板挟み状態から逃走するためです。しかし豊増には会えません。浜田山の1DKの部屋は二日前に訪れたときとおなじくからっぽです。何の変化もありません。ゴミひとつ落ちていません。ミチルは散歩がてら近所を歩き、サンドイッチと牛乳を買ってきて朝食にしました。それからテレビで正午のニュースを見終わるまで、豊増を待つというよりもただぼんやりと部屋で過ごしています。例のごとく放心から醒めて、気づいたらその時間だったというなりゆきだったのかもしれません。午後、井の頭公園のマンションへ引き返してみると、こんどは竹井の部屋が無人でした。ふたりそろって外出した模様です。携帯に連絡もないので行先はわかりませんが、高倉さんのスーツケースは奥の部屋に置かれたまま、ゆうべの鍋の残りも卓上コンロの上に載ったままだし、洗濯物も干しっぱなしでした。立石さんなり豊増なりからの連絡を待つほかにやることもないのでミチルは働きます。ふたつの部屋に掃除機をかけ、洗面台と流しのシンクを磨きました。トイレ掃除もしました。制服のブラウスとスカートにはアイロンをかけ、畳んで手ごろな紙袋に入れて、明日の仕事に忘れないよう玄関の下駄箱の上に置きました。そこまでやり終えると三時をまわっていて、ミチルは空腹をおぼえます。土鍋の蓋をとってみると、材料を足せばなんとか食べられそうで、食欲のない高倉さんのおかげで材料はまだ冷蔵庫に残っています。炊飯器にご飯も保温してあります。ひとりで遅めの昼食をとり、四時を過ぎると、テレビを見ている瞼《まぶた》が重くなりました。横ずわりで、座卓に頬杖をついていたのですが、こらえきれないほどの睡魔に襲われ、ミチルはカーペットの上に崩れるように横たわります。テレビを消すのは言うまでもなく、クッションを枕にするのも忘れて眠ってしまいました。

携帯の着信音で起こされたのが、あとから考えれば八時半頃だったでしょうか。歯も磨かずに寝たので口の中がねばねばして気持ち悪いとか、けだるくてからだが重く感じるとか、偏頭痛がするとか、髪がぼさぼさになっているとか、目覚めたときミチルは考えたかもしれませんが、そんな記憶はすべて電話に出たあとでは消しとびます。竹井の声でした。はっきり言葉が聞き取れなかったのは、ミチルの脳がはっきり目覚めていなかったのかもしれないし、竹井のほうに、はきはき言葉を喋るのをためらうようなところがあったのかもしれません。ようやく意味を理解すると、ミチルはカーペットに手をついて起き上がりました。嘘でしょ？　とそっと訊ねました。竹井の返事はありません。そんな、高倉さんが死んだなんて、嘘でしょ？　とミチルはもういちど言いました。

## 15　想像

京王井の頭線の吉祥寺・井の頭公園間の踏切で人身事故が発生し、近くに住む大学生が死亡、電車の運行に最大一時間ほどの遅れが出たというニュースは翌日の新聞で報じられています。また事故当夜、復旧まで上下線とも運転を見合わせているといった情報が、速報としても駆けめぐったに違いないのですが、そのひとつとして見たり聞いたりした記憶がミチルにはありません。

高倉さんが踏切をくぐって線路に侵入し電車に轢《ひ》かれたのは、記事によれば九月三十日、日曜日、午後七時頃ということです。つまりその一時間半後に竹井は電話で彼女の死を伝えてきたことになります。警察は早々に自殺と結論づけたようですが、どうやって自殺者の身元を調べ、どういった経路で知らせが竹井のもとに届いたのかも、つまびらかではありません。竹井の話から想像できたのは、というよりこの事件で唯一ミチルが記憶にとどめているのは、奇妙なことに、実際には見たことのない現場の様子です。そこが幅三メートルにみたないちいさな踏切だったということです。近所の住民が抜け道として利用している路地と、その道を真横に突っきる線路とにはかなりの高低差があり、踏切に上がるために数段、階段がもうけてあるので車も通れません。階段の両脇に傾斜道がつけてあるので自転車は押してのぼることができます。その狭い踏切のなかへ、遮断機が降り警報器が鳴っているあいだに高倉さんは自転車を乗り捨てて、身体ひとつで入りこんだのです。そして途中で歩くのをやめました。うつむいて、思いなおし引き返すにも、たとえ土壇場で後悔がはじまったにしても時間が足りません。直後、非常用の警笛を響かせ轟音とともに電車が迫ります。扇状にひろがった光が線路上に立ちつくす高倉さんの全身を、振り向いた蒼白な顔を照らし出します。事件現場の話を聞いたとき、そこからさきの想像を自分に禁じ、ミチルは両手で顔を覆いました。

しかしそれも日曜日の深夜、帰宅した竹井と対面したのちの出来事で、同日八時半頃にかかった電話では、ミチルはまだ詳細を聞かされていません。高倉さんが死んだという事実を伝えるのみで、竹井は電話では多くを語っていません。突然のことにうろたえて、

「嘘でしょ?」とくり返すしかないミチルに対して、

「嘘じゃないよ。自殺らしい」

と言い聞かせたうえで、最後にこう付け加えました。

「今夜は遅くなると思うから。でもミチルちゃんは心配しないで、さきに寝てて」

寝ていられるわけがありません。電話が切れるとミチルはそわそわと立ち上がりました。眠気はもう消え失せ、目がさえていました。まずLDKの部屋を歩きまわりました。一周、二周と意味もなくせわしく歩いたあと、トイレに行って用を足し、気を落ち着けます。洗面台の鏡ではればったい目が気になったので顔を洗い、歯をみがき、みだれた髪を湿らせて手で梳《す》いてととのえました。けれど何をしてもしたりないような、そわそわする気持ちをしずめることができません。LDKに戻り、つけっぱなしだったテレビの音声が急にうるさく耳についたのでリモコンで電源を切り、かわりに携帯を取って竹井の番号を押します。耳にあてて、鳴りつづける呼び出し音を聴きながら奥の部屋へ歩きました。ベッドに腰をおろして、部屋の隅に置かれたままの高倉さんのスーツケースを見やります。彼女の死についての、もっと詳しい事情を知りたいと思ったのですが、竹井はこの電話に出ません。さっきむこうからかかってきた電話、竹井が口にした言葉が夢だったのかもしれないと、できれば思いたいところですが、夢ではない証拠に携帯には着信履歴がちゃんと残っています。このまま竹井の帰りを待つほかに自分がやるべきことはないのだろうか。

ミチルはベッドを離れ、いまは遺品となったスーツケースのそばに立ってしばらくそれを見下ろしました。やがて背中が頼りないのに気づき、座卓のそばに置きっぱなしのリュックのことを思い出して駆け戻りました。ストラップに腕をとおしてリュックを背負い、また部屋から部屋へうろうろ歩きます。忘れた用事をもっと思い出そうとするように、てのひらを額にあてて歩くあいだに、実際に思い出したことがひとつあって、それは昼間、床に掃除機をかけたり座卓を布巾で拭いたりしているときに頭にうかんでいた考えでした。高倉さんと竹井と自分と三人で、今後もここで暮らしていくのは無理があるから、もしかしたら余計な自分がいることでふたりの関係がぎくしゃくしているのかもしれないから、そろそろ浜田山のマンションの始末をつけて新しい居場所を見つけたほうがいいのかもしれない、今夜にでも竹井にこの話を切り出してみよう、という考えです。あたしはここにいないほうがいいのかもしれない。あたしがいないほうが、たとえば晩ご飯の問題ひとつとっても、あのふたりの関係はうまくいくのかもしれない。ここを出て別の場所で暮らすようになれば、竹井はあたしに気をつかうことなく高倉さんのために野菜中心の料理だって考案できるわけだし、ソースの濃い薄いで喧嘩になったりもしないだろう。

でもいまさらそんなことを考えても遅い。というかそんなことをいま考え直している場合ではない。高倉さんが死んでしまった。自殺らしい、と竹井は言う。とんでもないことが起きてしまった。いや、とんでもないことはとうの昔、三週間まえにもひとつ起きている。高倉さんのまえに久太郎が死んでしまっている。久太郎は高倉さんの手で殺された。

テフロン加工のフライパンで殴り殺された。高倉さんの自殺はそのことが原因だろうか？　そうに決まっている。高倉さんはみずから犯した殺人の罪の重さを背負いきれなくなって命を絶ってしまったのだ。命を絶った方法は想像がつかないし、想像したくもないけれど、動機ははっきりしている。決して意のままにならない晩ご飯の献立のせいではなく、肉も食べなきゃだめだと竹井に責められたせいではなく、野菜も肉もふつうに食べられる鈍感なあたしを見て絶望したせいでもない。竹井にも、あたしにも、罪はない。いやそんなことはない。そんな自分勝手な理屈はとおらない。じゃあ高倉さんの犯した殺人の証拠を隠すために手を貸した竹井とあたしの罪はどうなる？　死体遺棄を手伝った罪の重さはどのくらいだろう？　竹井にも、あたしにも、罪はある。でもあれは高倉さんのためにやったことだ。つきつめて考えれば、何もかもが高倉さんのためではなく自分のためだったのかもしれないけれど、いまはつきつめて考えている余裕などないし、それに、そこまで自分に厳しくあたることもない。あれは結果的に高倉さんのためになることをやったのだ。竹井にも、あたしにも、罪はあるけれどそれは高倉さんの自殺に関しての罪ではない。高倉さんはあたしたちが手伝った証拠隠滅《いんめつ》のせいではなく、自分がしでかした過ちのせいで今夜自殺を選んだのだ。そうに決まっている。それ以外に考えられない。そうだよね？

と自分自身に問いかけたところで、ミチルは歩きまわる足を止めました。その場に膝を折ってすわりこみました。答えは得られません。あれこれせわしなく考えすぎて頭が痛くなりそうです。床に正座の姿勢で、両手で顔を何度かさすりあげ、何度目かにそのまま額の生え際からてのひらをすべらせて髪の毛の先をうなじのあたりで絞るようにして、深い息をついて、ふと、自分にいまできるのは祈ることではないか？　という思いにとらえられました。いまはただ、ひたすら祈るしかないのではないか？　死んでしまった高倉さんのために。久太郎のために。残された自分たちのためにも。正座から尻をうかして膝立ちになり、胸のまえで指を組み合わせれば祈りのポーズになります。故郷の海辺の町の教会、子供のころ通った古びた教会で一心不乱に祈りをささげる実母の姿をミチルはまぶたのうらに描いていました。あの葡萄色の夕暮れ。母はあの日、あたしのために祈ってくれていたのかもしれない。自分本位の願い事をとなえていたのではなく、そばにいる幼い娘のために祈っていたのかもしれない。イエス様、この子を悪の道からお救いください。マリア様、わたしが病に倒れ、死んだあともどうかこの子をお守りください。そんなふうに想像すると涙がこみあげます。しかしこみあげてもあふれ出はしません。生前の母の祈る姿を記憶によみがえらせただけで、この夜のミチルは実際には母とおなじポーズをとることもなく、誰のためにも祈っていません。たとえ床にひざまずいたところで竹井の寝室にはイエス様の像もマリア様の像もないし、見慣れた壁紙の模様にむかっても気分が出るはずもありません。祈るかわりにミチルは、膝小僧のすぐ前にあったスーツケースに手をかけています。試しに留め金をはずし、両側面の角に手をそえて持ち上げてみると思いのほか簡単にひらきました。

このへんの記憶は曖昧です。スーツケースを開けてみて、自分が高倉さんの遺書を探そうとしていることに気づいたようですが、最初からそのつもりで留め金をはずしたのかどうかは疑問です。故人のプライバシーを覗き見している、悪い事をしているという意識はこのときミチルにはありませんでした。まず手にしたのは英和辞典で、そしてそれ以外に手を触れた記憶もありません。ざっと見て、遺書らしきものは発見できなかったということです。あとはほとんど衣類で埋めつくされていたので、めぼしいものとしては小型の厚みのある辞典しかなかったとも言えます。目をひいたのはとうぜんでしょう。手にしてすぐ、頁《ページ》のあいだから異なる紙質のものがはみだしていることに気づきました。二つ折りにした封筒でした。引き抜いてみると銀行名の印刷された封筒でした。

空封筒のようだ、と手に取っていったん思ったのに、中をあらためる気になったのは、それが糊付けされていない封筒を手にした人のやりがちな習慣的な動作だったのかもしれないし、それとも、第六感がはたらいたのかもしれません。封筒のデザインには見覚えがありました。ミチルもおなじ銀行に口座を持っているからです。いうまでもなく宝くじの当選金を預金している銀行です。でもまだミチルは怪しみませんでした。吉祥寺のその銀行に当選くじを持ち込んだささい高倉さんと出くわしたことがあるし、彼女も口座を持っていたのは間違いなく、持ち物の中にこの封筒がまじっていたとしても不思議ではないからです。そんな考えが頭にありながら、ただ単に空であることを確認するつもりで、指先をこじいれ、空気を吹きこんで中をあらためたのです。底のほうに紙切れが一枚入っていました。封筒をさかさまにして揺らし、二本の指ではさんで引っぱり出してみると、長方形のメモ用紙のようなものがやはり二つに折りたたんでありました。つまんだまま、指をずらしてひらくことができました。そこに書かれた文字を読むまえに、たぶんミチルの頭では記憶のフラッシュバックが起きていたと思います。それはいちど見たことのあるメモ用紙でした。木曜日の朝、浜田山のマンションの床の上に置かれていたのを見た記憶がありました。

ごめん、急用できた

寝室もＬＤＫも蛍光灯があかあかと灯っているので見間違えようがありません。これは豊増が書き残したメモです。木曜日の朝、ミチルが五百万円の札束を上に載せて置いた、あの書き置きです。それが高倉さんの持ち物として、いまは遺品のひとつとして、ここにあるのです。なぜここにあるのか？　とっさには見当もつきません。眉をひそめて、穴があくほどメモを睨みつけて、たった一行の文句を読み返すことしかできません。息が苦しく、まるで真空の時間のなかに放りこまれたように喘《あえ》いだのは、自分で呼吸を止めていたからです。そのくらい狼狽《ろうばい》しています。正気をたもつためにあえて意識して息を吸い、長く吐きました。しかしどのように考えても、考えようとしてみても、心が騒ぐばかりで考えがまとまらず、正しい筋道をたどれそうにありません。

豊増の手から高倉さんの手にこのメモが渡った？

いつ？　そしてどのように？

高倉さんが浜田山のマンションからこのメモをこっそり持ち出して取っておいた？

いつ？　そしてなんのために？

わかりません。豊増のメモと銀行の封筒とをさんざん見くらべて、頭を悩ませ、どのくらいの時間が過ぎたでしょうか、そのうち、ミチルは恐ろしいことを思いつきました。右手にメモ用紙、左手に空の封筒をつまんでスーツケースの前にすわりこんでいたのですが、どちらの手も震え出しているのが目に止まりました。この封筒の中には、もともとあたしの五百万円が入っていたのではないか？　これは木曜日の朝、あたしが銀行で現金を引き出すときに貰って、札束を詰めて浜田山に持って行ったあの封筒ではないのか？　高倉さんはあの分厚い封筒とこのメモとを同時に浜田山から持ち出してきたのではないのか？　そこから五百万の現金を抜いたものをいまあたしは手に握っているのではないのか？

電話が鳴っています。

だとしたら抜かれた五百万の現金はどこへ消えたのだ。

いや、そのまえに、高倉さんは鍵も持たないのにどうやって浜田山の部屋に出入りできたのだろう。

いや、そんなことよりも、もし高倉さんが五百万の現金をこっそり持ち出したのだとすれば豊増はなぜ黙っているのだろう。

なぜあたしに連絡してこないのだろう。

いったいぜんたい豊増は何を考えているのだろう？

電話が鳴っていました。竹井からに違いありません。さきほどのミチルからの着信に気づいて折り返しかけてきたのでしょう。携帯はＬＤＫの座卓の上です。ミチルは立ってそちらへ急ぎました。竹井なら知っているはずだ。高倉さんといちばん近しい間柄なのだし、間柄だったのだし、このところ一緒にいる時間も長かったのだから、竹井なら説明できるはずだ。これはどういうことなのか。どういう経緯で、豊増のメモやあたしが五百万円を詰めた封筒が高倉さんのスーツケースにしまわれることになったのか。竹井の口からぜひとも聞かなければ。電話は立石さんからでした。

出ないほうがいいのか出たほうがいいのか、ミチルが迷ったのはほんの一瞬です。あたしの知らないところで何か重大な事が起きている。あたしひとり蚊帳《かや》の外におかれている。そんな気がして仕方がありません。

「もしもし、古川さん？」訝《いぶか》しげに問う声が聞こえてきました。「古川さんなの？」本人であることを確認したいというよりも、ミチルが電話に出たことじたいが予想外との本音がにじんでいるようです。「わかる？　あたし立石です」

「はい」

「古川さん、ひさしぶりね」

「どうも」挨拶するしかありません。「ごぶさたしてます」

「まる二ヶ月ぶり？　たしか七月の末に、あなたにお金をあずけたとき喋ったのが最後よね？　おぼえてる？　宝くじのお使いを頼んだとき。まさかあれが最後になるとはね。ひとに頼まれた宝くじを持ったまんま東京に家出しちゃうひとがいるなんて思いもしなかった。あのときはみんな心配したのよ」

「すいません」

「いいのよいまさら、宝くじの件は別にして、家出したことをあたしに謝られてもしかたがないの。そんなつもりで電話してるんじゃないから。じつは木曜日にも何度かかけたののよ、金曜日にも一度、気づいてもらえなかったみたいだけど。驚いたでしょう、なぜこの電話番号がわかったのかと不思議に思ったでしょう？」

　ミチルはこの電話に出たことを早くも後悔しかけます。

「あの、立石さん、ご用件は」

「古川さん、いまひとり？」

「ひとりですけど」

「かずきさんは？　そばにいるのならちょっと代わってもらえる？」

　豊増のことです。かずきさん、とはっきり聞き取れました。かわさきさんではなく。自分から電話番号の入手先をあかしているようなものです。

「何のことですか」

「一緒じゃないの？」

「いいえ、ひとりです」

「おかしいわね、じゃあ、あのひとどこにいるのかしら？」

「さあ、知りませんけど」

　この話になるのは予測がついていたし、豊増をめぐる三角関係にいまさら触れられるのはまっぴらだとも思ったのですが、そう思う一方で、すこし様子がおかしいことにも気づいていました。ミチルの想像では、立石さんと豊増はひんぱんに連絡を取り合っているはずでしたし、ことに今週月曜日の出張後、久太郎の消息がふたりの関心にのぼってからは、連絡はより密になったものと懸念されました。それがいま立石さんの口から、豊増の行先についての質問が出ているのです。まるっきりとぼけている口調にも聞こえません。

「心当たりくらいあるでしょう？」

「さあ」

「さあって、古川さん、あたしに隠さないでほしいんだけど」

「隠してなんかいません、ほんとに知らないんです。だって、立石さんもご存知ですよね？　あのひとの携帯、こないだから繋がらなくなっているし」今日まで何回もかけたけどいまだに繋がらないという心配な点は省略しました。「居場所を知りたくても、連絡の取りようがないから」

「あなたが浜田山に借りてるマンションは？」

「はい？」

「そこにとりあえず泊まってるんじゃなかったの？」と立石さんがじれったそうに言い、ミチルを追いつめました。「合鍵を渡したんでしょう？」

「そのこと誰に聞いたんですか」

「本人よ、かずきさんに決まってるでしょう。火曜日の夜に電話がかかってきて聞いたの、公衆電話からだったけど。もうわかったでしょう？　そっちで起きていることはあのひとの口から聞いてるし、だいたい想像がついてるの。だから、いまさら隠しだてしてもおなじことよ」

では五百万円をあたしが工面するという話もとうぜん伝わっているわけだ。ミチルは唇を噛みたくなりました。あんな不実な男に憐れみなんかかけなければよかった。

「古川さん、正直に答えて」

「ええ、火曜日の夜は、たしかに浜田山に泊まったんだと思います」

押し入れにしまわれていた布団のたたみ方を思い出しながらミチルは答え、でもそのあとのことは知らない、火曜日の夜以降、いちども豊増の顔は見てないし、むこうからも何の連絡も来ない、と素直につづけるのも癪《しゃく》なので、かわりにこう言いました。

「でも、とっくに大泉町に戻ったんじゃないですか？　立石さん、あのひとの自宅の電話番号もご存知ですよね？　そっちにかけてみたらどうですか」

「古川さん、馬鹿にしてるの？　あたしがそんなことも考えつかないであなたと喋ってると思う？」

「かけたわよ、今日の昼間、仕事場から。ところが奥さんも、あのひとの居場所がわからなくて心配している」

「会社のほうへは」

「今週はいちども出社してないそうよ」

「そうなんですか？」

「古川さん」まどろっこしくてやりきれない、といった感じの吐息がここで伝わりました。「いいかげんにして。あなた、どこまでしらばっくれるの」

「そんなこと言われても」

「じゃあ上林さんはどう？　上林さんとなら連絡がつけられるんでしょう。彼はいまどこにいるのよ？」

久太郎のことです。いちばんの急所を突かれたも同然です。

「どうなの？」

「知りません」

こんどはみじかい静寂の間があったのち、立石さんが語気を強めました。

「それはおかしいじゃないの。上林さんは、あなたに会いに上京したのよ、そのために前もってかずきさんの連絡先まで調べてたのよ。それが東京に行くと言ってこっちを出たきりまだ帰ってきていない。どう説明するのよ、あなたが彼の居場所を知らないはずないじゃないの」

「でも、ほんとなんです」ミチルは嘘を通しました。久太郎の死体の捨てられた場所を正確には知らないという意味では、かならずしも嘘はついてないとも思いましたが、そんな言い訳は成り立たないでしょう。「ほんとに知らないんですよ」

「ああそう」

と立石さんはひとことで切り捨てます。納得したという意味の「ああそう」ではなくて、呆れたものね、そんな子供騙しの嘘ですませるつもり？　あんたあたしのことなめてるの？　という怒りの伝わる「ああそう」です。とうぜん、次の台詞まではふたたび静寂のみじかい間が置かれます。できるだけ感情的にならないように立石さんも努めているのです。

「ねえ古川さん、変だと思わない？　自分で言ってることが変だと気づかない？　もし言ったとおりだとすれば、あなたのまわりで大の男がふたりも行方不明になっているのよ。上林さんの携帯はずっと留守電のままだし、かずきさんのほうは、水曜日にまた連絡すると約束したのに今日までいちども電話をかけてこない。この事実をどう思う？　あたしが心配するのもわかるでしょう？　それなのに、あなたは平気で、ふたりの居場所を知らないと言う。上林さんも、かずきさんも、そっちであなたに会ってるのは間違いないのに、そんなことは、あたしにも見抜かれてるのに、しらをきろうとする。おかしいじゃないの。あなたに会いに行った男がふたり、立て続けに失踪した。そういうことになるのよ。おまけに、あなたはかずきさんに、自分の名義で借りてる部屋の合鍵まで渡している。この事実をどう説明するつもりなの」

「ほんとうですか、立石さん」ミチルは急遽《きゅうきょ》気になり出したことにこだわりました。「あのひととは水曜日から連絡が取れてないんですか」

「かずきさんのこと？」

「ええ」

「そう言ってるでしょう。火曜の夜に電話がかかったのが最後で、それから声を聞いてない。水曜日以来、生きてるのか死んでるのかもわからない」

「生きてるのか死んでるのかもわからないって、立石さん？　どうして」喋るうちになぜか心が逸り、息が喉につかえます。咳払いをし、呼吸をととのえてから、「どうしてそう思うんです？　何か理由があるんですか」

「理由なんかないけど、事情を知らないひとがあなたの言い草を聞いたら、みんなそう思うんじゃない？　お金のことで困り果てていたでしょう、自殺したと聞いてもだれも驚かないくらいに。でも、自殺はあり得ないのよね？　だって火曜日の夜には、お金の問題はもう解決済みだったんだから、古川さんの気前の良さのおかげでね。そうでしょう？　だからあたしが言いたいのは、いま生きてるのか死んでるのかわからないけど、もし死んでるとしたら自殺じゃなくて他殺だってこと。第一容疑者は古川さんね、きっとお金を渡すのが惜しくなって殺したのよね？」

「そんな、まさか」

「冗談よ」

「ああ立石さん、怖がらせないでください」

「何を言ってるのよ、怖いのはこっちよ、冗談だってことはあなたがいちばんわかってるでしょう？　でもね、古川さん、ここからさきは冗談じゃないの。真剣に聞いて。上林さんの居場所も、かずきさんの居場所もあなたは知ってる。知ってて隠してる。そのことは想像がつくけど、まあいいわ、言いたくないのなら言わなくてもいい。ほんとはそんなことはどうでもいいのよ。約束を破った男にはもう用はない。あたしが話をしたいのは古川さん、あなたなの、関心があるのはね、あなたがこっちで買って東京に持ち逃げした宝くじのことだけ。上林さんも、結局かずきさんもあなたに会いに行って上手にまるめこまれちゃったみたいだけど、ミイラ取りがミイラになるとかいうのはこのことよね？　でも、まだあたしが残ってる。あたしのことを忘れてもらっては困る、もともと古川さんに宝くじを頼んだ人間なんだから。とにかく、あたしを仲間はずれにしないで。あの裏切り者にもよく言っておいて、あなたたちの出方しだいではあたしにも考えがある。ううん、黙って聞きなさい古川さん、あなたはこっちで起きてることがよくわかってない。2億円の当たりくじが、ターミナルビルの宝くじ売場で売られていた事実はもうみんな知ってるの、バラ券で若い女性が買って行ったって、まことしやかな噂だって流れはじめてるの、だからいまあたしが沢田主任の耳にひとこと吹きこめば、ことはもっと大きくなる。あなたがその売場で宝くじを買ったのはかずきさんが目撃してるんだし、ぜったいまちがいない、かずきさんの口からはっきりと聞いてる、いまさら見なかったなんてそっちで口裏をあわせても遅い。東京に家出する前、あなたはあたしたちに頼まれた枚数よりも多く宝くじを買ってたのよ、そうよね？　そのなかに2億円の当たりくじがまじってた。それなのに、あなたはごまかそうとして、はずれ券だけ郵便で送り返してきた。沢田主任はまんまとごまかされた。でもあたしはごまかされない。からくりはもうぜんぶ読めてるの。ねえ、考えてみて、上林さんやかずきさんと相談するならしてもいいから、よく考えてみて。あたしを仲間はずれにするのと、仲間に入れて四人で秘密を共有するのと、どっちが得になるのか。あたしが喋れば、沢田主任はその日から大騒ぎすると思うのよ、血まなこになって古川さんを探しまわるだろうし、実家の親御さんのところにも、もしかしたら警察にだって駆け込むかもしれない、騒ぎを聞きつければ初山さんだって指をくわえてはいないでしょう。そうやってきっと何人ものひとに秘密がばれてしまうのよ。みんな大金に目がくらんで、取り分を要求する。古川さんのいま持ってる2億円はどんどん減っていく、減ってくだけじゃなくてゼロになるかもしれない、もともと、古川さんにその当たりくじの権利があるのかどうかも疑問だしね」

ミチルは黙って立石さんの話すことを聞いていました。

しかし聞きながら考えていたのは、秘密を共有する人数や、それによる損得勘定や、また当たりくじの権利の問題などではありません。2億円当選の秘密を立石さんに完全につかまれていると知って動揺はしたものの、そのことを深く掘りさげるほうへも、どうしてもミチルの考えは向きませんでした。おそかれはやかれ秘密はあばかれるだろうという不安、もしくは、あばかれても仕方のない軽率なまねをしたという後悔は、手切れ金がわりに五百万円の援助を豊増に約束したとき、そして現実に、その大金を銀行からおろして浜田山の無人の部屋に置いてきたときから、すでに心のどこかに用意されていたような気がします。

そんなことよりもいま、この電話の最中にしきりに気になるのは豊増の行方です。よく考えてもらうために時間の猶予をあたえる、一と晩だけ待ってまたこちらから電話をかける、という立石さんの大金に目のくらんだ提案を聞きながら、火曜日の夜以来、自分も立石さんもその声を聞いていない、おそらくは生きている姿を誰も見た者のいない豊増の身の上をミチルは案じていたのです。

あの部屋の合鍵を使えば、高倉さんは五百万の札束の入った封筒をこっそりではなく堂々と持ち出すことができたのではないか？　と疑うところからその怖い想像ははじまりました。

ミチルはこう考えています。あたしがお金をあそこに置いて来たのは木曜日の昼間、そのとき部屋はもぬけのからで、あったのは短い書き置きだけ、豊増の出張用の鞄も見あたらなかった。次に訪れたのは一日経った金曜日の昼休みで、すでにお金は封筒ごとなくなっていた。ようするに木曜日の午後から金曜日の午前中までに、高倉さんはあの部屋に侵入してお金を、書き置きのメモも一緒に、持ち去ることができたのだ。合鍵さえあれば。

では合鍵はどこで手に入れたのか？

合鍵は火曜日の晩にあたしが豊増に持たせている。それが使われたのに違いない。それ以外の鍵はあたしが肌身離さずリュックに入れて持ち歩いているからほかには考えられない。つまり豊増にあずけたはずの合鍵がいつのまにか高倉さんの手に渡っていたということだ。

火曜日の夜一泊して、水曜日の朝を浜田山のあの部屋で迎えたはずの豊増は、その日を境に立石さんに連絡を取るのをやめ、行方をくらましている。だから水曜日、その日のうちに何かが起きたのだろう。何らかの理由で合鍵が豊増から高倉さんの手に渡ったのだろう。何らかの理由？　豊増が自分から合鍵を高倉さんに譲り渡すどんな理由も考えられない。高倉さんは合鍵を盗んだのだ。あるいはむりやり奪い取ったのだ。水曜日の朝、あたしが仕事に出かけたあと、彼女は浜田山のマンションを訪れた。帽子を目深にかぶって玄関の前に立ち、呼び鈴を鳴らした。寝ぼけまなこの豊増が応対に出る。彼女は口実をつくって部屋にあがりこみ、豊増のすきをついて、台所の棚からフライパンを取って殴りかかった。豊増は頭を押さえてうずくまる。けれども彼女は容赦なくフライパンを振り下ろす。うめき声をあげながら何度も何度も振り下ろし続ける。

「古川さん？」最後に念をおす立石さんの声が聞こえます。「いいわね、待つのはいちんちだけ、ひとばんだけよ」

物も言わずにミチルは電話を切りました。

豊増は死んだのかもしれない。豊増はもう死んでいるのかもしれない。豊増の行方がつかめないのはどこかに身をひそめているのではなく水曜日に死んでしまっているからなのかもしれない。

この想像に無理があるのはわかっています。水曜日に豊増が死んでいるのなら、木曜日にこの目で見た豊増の書き置きはどうなるのか？　ごめん、急用できた、と高倉さんが豊増になりすまして書いたのかもしれない。だいいち豊増がどんな癖のある文字を書くのかもあたしは知らない。

しかしこの想像にも無理があるのはわかっていました。なぜ高倉さんが豊増を殺さなければならないのか？　動機はお金かもしれない。大金に目がくらんだのかもしれない。火曜日の夜、あたしと豊増との会話を盗み聞きして五百万円を奪う計画を思いついたのかもしれない。いや、そんな動機ではなく、そもそも動機と呼べるものなどなく、こんどの殺人もあのとき同様に衝動的に犯されたのかもしれない。久太郎がわけもわからず殺されたように豊増も殺されたのかもしれない。異常な殺人鬼の高倉さんの手にかかって。でも後始末はどうなる？　高倉さんは豊増の死体の始末をどうつけたのか？　木曜日の朝に訪れたとき、あの部屋はきれいに片づいていた。板張りの床には殺人の痕跡など見あたらなかった。血の一滴も落ちていなかった。豊増が殺されたとすれば死体はいったいどこへ運ばれたのか？　答えが出かかっているのがわかります。この想像上の犯罪にひとつ欠けているものがあるのがわかります。

ミチルは恐ろしいことを考えていました。さきほど高倉さんのスーツケースにしまわれていた銀行の封筒とその中のメモを発見して思いついた恐ろしいことよりも、それはすうだん恐ろしい想像でした。犯罪の実行にひとつ欠けているものは、竹井の存在です。もし犯行時に竹井が高倉さんのそばにいたとしたら？　そばにいて手助けをしたのなら、殺人はもっと容易になされたに違いない。その後の死体の始末も手際よくおこなわれただろう。久太郎の死体をかこんで三人でやったことをこんどは二人でやればいいだけの話なのだ。水曜日、まるいちんち竹井と高倉さんの姿を見ていないこと、夜もこちらへ帰宅しなかったこと、あのふたりがどこで何をしていたのか自分がまったく知らないことにミチルは気づいていました。

# 16 正体

竹井の帰りを待つうちに想像はたんに想像ではなくなり、いつしか確信と呼べるものにまで成長します。

自分の知らないところで、水曜日からおそらくは木曜日の明け方にかけて、竹井と高倉さんとの共同でなされた犯罪の一部始終がミチルの目には見えるようでした。

あの日、あたしが仕事に出かけたあと、ふたりは浜田山のマンションを訪れた。いや、訪れたというよりも、豊増が所在なげにひとり時間をつぶしている部屋に押し入ったのだ。午前中に電車でまっすぐ向かったのかもしれないし、あるいは、いったん竹井がバイトさきまで車を取りに出向き、高倉さんを拾ったのち、用意周到に目的地をめざしたのかもしれない。

呼び鈴に気づいた豊増は最初はいぶかっただろう。あたしとの約束は翌日の木曜日だったから。きっとドアの覗き穴に片目をあてて外の様子を確認したはずだ。その時点では、あたしでなければ突然の来訪者は久太郎だと予測していたかもしれない。しかし見えたのは帽子を目深にかぶった高倉さんの立姿だった。ミチルさんのお使いで来ました、とでもドア越しに声が聞こえただろうか？　油断した豊増は自分からドアを開ける。まず高倉さんがすきまに身体をねじこみ、わきにひそんでいた竹井がそのドアをしっかりとつかむ。何？　と問うひまもなく豊増は圧倒されて一歩も二歩も後退し、ふたりはやすやすと室内に侵入できただろう。何が起きているのかわからないまま、竹井に羽交い締めにされ、高倉さんの両手打ちのフライパンで頭を殴られたかもしれない。もしくは、高倉さんが注意をそらしているすきに、竹井が別の何らかの方法で手をくだしたのかもしれない。

いずれにしても水曜日の夜にはすでに豊増は殺害されていた。そうに違いない。あの日は仕事あがりが六時で、六時半に帰宅すると、ほどなく竹井から携帯にメールが届き、今夜は高倉さんのところに泊まると言ってきた。あたしはそれを鵜呑《うの》みにして、ひとりで夕食をとり、風呂にもつかった。でも実のところ、その頃ふたりは浜田山にいたのだ。豊増殺害の後始末のために。竹井なら嘘のメールも平気で打つだろう。高倉さんが久太郎を殺したと知ったときにも冷静に対処できたくらいの男だ。死体を隠蔽して犯罪をなかったものにするための方法を常日頃から、いわば趣味のように考えていた男だ。竹井ならなんだってやる。またひとつ温めていたアイデアを生かす機会を得て目を輝かせていたかもしれない。現実にふたつめの死体を前にして、竹井にはやるべきことがいくらでもあったはずだ。そのひとつとして、豊増殺害ののちに嘘のメールをあたしに送信したのだろうか。それとも、殺害目的で部屋に押し入るまぎわにあのメールを書いたのか。

死体の始末は久太郎のときと同様、真夜中におこなわれた。殺害現場を一時抜け出して竹井が運搬用の車を、高倉さんが死体の血まみれの頭部をくるむためのバスタオルやタオルケットを取りに行って戻ったにしろ、はじめからマンション近辺に停めて車内に必要な物を準備してあったにしろ、殺された豊増は久太郎のときとおなじく真夜中にふたりの手で運び出され、トランクに押し込められた。あのときの手順がそっくりそのまま繰り返された。台所の床についた血痕はあとかたもなく拭い取られ、殺人の痕跡はあの部屋からとっくに消えていただろう。竹井と高倉さんはドライブがてらまた例の青梅市にあるという山の中まで車を走らせたのだろう。そして高い崖から投げ捨てた。やがて時が経って白骨化すれば投身自殺と見分けがつかぬように。投げ捨てられた豊増の死体は久太郎の死体のそばに重なるように転がり落ちただろう。

それが未明までの出来事で、何も知らないあたしは木曜日の朝、豊増に渡すための現金五百万円を引き出すために銀行へ寄り、その足で浜田山に行ってあの部屋にあがりこんだ。午前十一時を過ぎた頃。そして豊増の手帳から一枚切り取った書き置きのメモを読んだ。

ごめん、急用できた。おそらく竹井が豊増になりすまして書いたメモを。午前十一時前に、やり残したことを思い出して竹井と高倉さんはあの部屋に舞い戻っていたのか、そうではなくて死体を運び出す以前にすべてを竹井の指図でやり終えていたのか。何も知らないあたしは五百万円をメモの上に重ねて置き、久我山駅の書店へむかった。遅番の仕事をこなして帰宅したのが夜十時。竹井と高倉さんはさきに帰ってくつろいでいた。くつろぐというよりも、ふたりばらばらに時間をやり過ごしているように見えた。高倉さんはLDKの座卓のそばでウィスキーを飲んでいたし、竹井は奥の部屋でパソコンの画面に集中していた。そのときすでに五百万円はふたりの手に渡っていたのだろうか。午後から夜まであたしが働いているあいだに、三たびあの部屋に侵入し、封筒入りのぶあつい現金を盗み出し、同時に偽のメモを回収してなにくわぬ顔であたしを出迎えたのだろうか。そうだとしても辻褄《つじつま》は合う。時間の流れを追って考えればそういうことは可能だったろう。

この想像に無理があるのはわかっている。いちばんの無理は動機だ。竹井と高倉さんが豊増を殺さなければならない理由がわからない。でもこれはもうたんに想像とはいえない。まざまざと目に見えるようだ。この通りのことが起きたのだと確信できる。いまあたしの二の腕は左右ともに鳥肌が立っている。寒気すらおぼえる。ふたりはお金に目がくらんだのかもしれない。竹井はただ、殺人を犯し死体を隠しおおせるというアイデアの実践にこそ熱意をかたむけているのかもしれない。つまり殺す相手は豊増でなくても誰でもよかったのかもしれない。

竹井の帰りを待つうちに確信は深まり、しだいに恐怖が増幅されていくようでした。木曜日から土曜日まで、要は豊増殺害の日からゆうべまで、竹井と高倉さんとの関係はぎくしゃくしていたのではなかったか。そう見えたので、あたしはなるべくそばに寄りつかないようにしていたのではなかったか。ところが高倉さんは突然、竹井への不平不満を並べたてた。ゆうべ、台所に立って、包丁を使いながら。竹井の料理したラムチョップのソースの味付けが自分への嫌がらせだとかなんだとか。聞いていると竹井が一方的に悪者あつかいされているように取れる。突然すぎて、なんのことだか真意があたしにはつかめなかった。

(だって現に悪いことをしてるから)

高倉さんはそう言った。確かにはっきりそう言ったのに、なぜ聞き流してしまったのだろう。なぜあのとき、竹井が現にどんな悪い事をしているのかと、問いただしてみなかったのだろう。

(ミチルさんは昔の目で竹井くんを見てるんですよ)

(昔の目?)

（幼なじみの竹井くんしか見えてない）

高倉さんは竹井を怖れていた。その理由もあたしにはわかりづらかった。でもいま、こうなってみればわかる。竹井の帰りを待つうちに、皮膚が粟立ちはじめ、首筋や腕のつけねが熱く痺《しび》れる感覚をあじわっているいまならわかる。豊増殺しは竹井主導で実行されたのだ。激情にかられてフライパンで久太郎を殴り殺してしまったのは高倉さんだが、おなじあの部屋で、豊増を別の何らかの方法によって、衝動的にではなく、計画的に殺害したのが竹井なのだ。死体隠匿、犯罪隠蔽のアイデアをもう一回試すために。

高倉さんは本気で竹井を怖れていたに違いない。たぶん言いくるめられて豊増殺しに加担したこと、豊増に渡るはずの五百万円を盗み出したこと、両方ともきっぱり断れなかったことを本気で悔やんでいたに違いない。木曜日からゆうべまで、高倉さんは悩みぬいていた。なんとか機会をとらえ、あたしに真実を伝えなければならないと、その決心をつけようとひとりで葛藤《かっとう》していた。それができずにきょう、今夜、発作的に自殺をえらんでしまったのではないか。スーツケースの中に遺書ではなく、竹井主導でなされた犯罪の証拠をのこして。自分の死後、誰がそれを発見するかを高倉さんは予見していたのだろうか。あたしに発見させて、竹井の正体を見抜かせるために、いままさにあたしが考えているようなことを考えさせるために、英和辞典のあいだに銀行の封筒と偽の書き置きをはさんでおいたのだろうか。では高倉さんはいつから死を覚悟していたのだろう。今夜の自殺は発作的ではなかったのか。高倉さんは竹井を怖れていた。高倉さんは今夜自殺した。高倉さんは今夜自殺したと竹井が電話をかけてきた。高倉さんは竹井を怖れていた、竹井は高倉さんをそそのかして共同で豊増を殺した、死体を隠し五百万円を盗んだ、そのことをあたしに黙っている、高倉さんは悩んであたしに告白しようとした、それができずに高倉さんは今夜自殺した、自殺したと竹井が電話でさっきそう言った。しかしそう言ったのは竹井だ。信じていいのだろうか。なにをどこまで信じるべきなのか。高倉さんが死んでしまったのは事実なのか、事実だとして、ほんとうに高倉さんの死は自殺なのか？

竹井の帰りをこのまま待っていてはいけない。

ミチルはこのときようやく身の危険を感じ取って思わず腰を浮かしました。しかし下半身に力がはいらず、すぐには立つことができません。原因は恐怖です。ほかにも耳の下から鎖骨にかけて、腕の付け根、腋《わき》の下、みぞおち、太腿といった身体の各部分が熱をもって、あまく締めつけられるような感覚があります。その感覚がまえにも体験したことのある何かと似ているようなのですが、何であるかは思い出せません。座卓に押しつけた自分のてのひらが脂汗で湿っていることに気づきました。額や耳もとの髪のはえぎわに汗の粒が浮いているのにも指先で触れてみて気づきました。身体にこもりつつある熱を外に出そ

う と何回も息を吐いてから、ゆるゆるとミチルは動きます。いったん奥の寝室へ戻り、高倉さんの英和辞典をスーツケースに入れ直してもとどおりに蓋を閉じました。抜き取った封筒とメモ用紙はいっしょにしてジーンズのポケットにねじ込みます。それから背中のリュックの重みを確認すると、ＬＤＫを通り抜けて玄関へむかいました。

気持ちだけせいて、身体は思うようにてきぱき動いてくれません。じれったがりながらもミチルは履いて出る靴をえらびました。通勤用のスニーカーではなく、東京に出るとき履いてきたサンダルでもなく、宝くじに当たったあと冬にそなえて買っておいたスウェードの丈の短いブーツです。自分の足のくるぶしのでっぱりをこのときほど邪魔に思ったことはありません。ブーツ側面のジッパーを力まかせに上げて、ドアの内鍵をはずし、外に出ようとして下駄箱の上の紙袋に目をとめました。洗ってアイロンをあてた制服が入っています。そちらへ伸ばしかけた手を宙に止め、しばし迷いましたが、持たずにゆくことに決めてドアを開けました。

このとき時刻は十時をまわっていたものと推定されます。高倉さんの自殺を知らせる電話を竹井がかけてきてから、一時間半もしくは二時間が経過していたことになります。もっとも、ミチルは通常の時間の感覚を失っていました。竹井は確か電話で「今夜は遅くなると思う」と言ったはずで、そのおぼろげな記憶を頼りに思いつつ、急ぎ足で、もつれがちな急ぎ足で部屋の前の開放廊下を歩き、二階からマンションの玄関まで階段を降りてゆきました。

けれど下まで降りきるのは無理でした。途中にふたつ設けられた踊り場のふたつめを直角にまがり、最後の階段に一歩踏みだそうとしたとき、目のまえに人影が現れます。遅くなると言ったはずの竹井の姿が、待ち構えていたかのようにそこにありました。とうぜんミチルの足は竦《すく》みました。

「ミチルちゃん？」

と声をかけたきり、あとの言葉を竹井は喋りません。

こちらを見上げて立っているだけです。どこへ行くつもりなの？　とも、なぜそんなに怯えた目をしてるの？　とも訊いてはきません。階段の横幅は二メートルていどです。竹井が両腕を水平に広げれば通せんぼできます。かまわずに突っ切ろうとミチルは駆けおりました。勢いをつけたつもりだったのですが、また足がもつれかけてためらいが出たのかもしれません。竹井はちょっと立つ位置をずらしただけで、らくらくとミチルの身体を受け止めました。両腕をミチルの腰に巻きつけるようにしてしっかりと摑みました。手提げ鞄を手に持ったほうの腕と、何も持たないもう一方の腕でミチルの腰を抱き取ったのです。ミチルは声をあげます。しかし自分の声すらも思いのままに操れません。大声をあげて助けを呼びたいのに掠《かす》れぎみの喘《あえ》ぎ声にしかなりません。あぶないよミチルちゃん、落ち着いて、と言い聞かせたあとで竹井は腕の力をゆるめ、解放してくれました。

そのときにはもう、というか、たったそれだけのことで、というべきでしょうか、ミチルは振り切って外に出てゆく勇気をなくしていました。ふたたび腰が抜けた状態に見舞われていました。普段はなよなよして見える竹井の本気の腕力に、矛盾しているのはわかっていますが、頼りがいのようなものを感じたのを憶えています。ミチルは階段のいちばん下の段に尻を落としてすわりこみました。そのまま数十秒、あるいはミチルの感覚では数分、気持ちと、息づかいとを整える時間を与えるつもりなのか、沈黙の時間をつくったあとで竹井がいたわるように話しかけました。

「すこしは落ち着いた？」

両手で鼻と口もとまで覆って、ミチルはおそるおそる相手の目の色をうかがいました。

「突然、こんなことが起きてしまって、ミチルちゃんが取り乱すのはわかるよ。僕だって混乱してる。でも事実は事実としてしっかり受け止めないと」

べつだん殺気だっているようにも見えません。昔から見慣れた後輩の温和な目に、心なしか、親しいひとを亡くした当日の疲労、悲哀の色が溶けこんでいるようです。

「じゃあ行こうか」

「どこに？」

「上、僕の部屋」

「行ってどうするの。部屋でなにをするつもり？」

「べつになにも。僕がミチルちゃんに変なまねなんかするわけないだろう。ただ話したいことがあるから。いつまでもこんなとこにすわってたら人目につくよ」

「それは高倉さんの話？」

「そう。それもある」

「高倉さんは今夜、ほんとうに自殺したの？　そのことは間違いないの？」

「うん」

「どうやって」

「だからくわしいことは部屋で話すよ」

「いまここで話して」

竹井はここで事件の内容を要約して聞かせます。車も通れない小さな踏切のこと。今夜七時頃、高倉さんみずから遮断機をくぐって線路に入り込んだと思われること。その要約をうけて、ミチルは説明から洩れた事実を想像し、最後まで想像しきれずに両手でこんどは顔全体を覆ったのです。竹井がふたたび時間の猶予を与えることになります。数十秒、もしくは数分の沈黙。

「ミチルちゃん、行こう。ひとが来るよ」

「あとは何の話？」

「え？」

「さっき、それもあるって言わなかった？」

「うん、高倉さんのことだけじゃなくて、ほかにも話がある」

それから夜中の一時過ぎまで、ミチルは二階の部屋に戻って竹井の話につきあいました。辛抱の限界までという意味です。

ミチルはＬＤＫの座卓のそばに腰をすえて、ときおり脚がしびれないように坐り方を変え、あとはトイレに立つことを除けばじっとしていました。いうまでもなくリュックは背負ったままです。一方、竹井は奥の部屋とＬＤＫとを行き来して鞄を置いて来たり、上着を脱いで着替えたり、ふたり分のミルクティーをつくったり、冷蔵庫を開けてサンドイッチの材料を取り出したり、ミチルに背を向けて台所にむかい食パンの耳を落としたり、ミチルのほうを見て流しに寄りかかって喋ったり、かと思えばまた奥へ消えパソコンを手に現れたりと、しじゅう動いていました。

竹井が愛用のパソコンを持ち出して来たのはちょうど真夜中のことです。そのときまで、ジーンズの尻ポケットにねじ込んであった封筒とメモ用紙の感触を意識するばかりで、ミチルはまだ豊増の件に触れるきっかけをつかめずにいました。竹井のほうも「ほかにも話がある」と言ったその話をなかなか切り出す気配がありません。ノート型のパソコンは座卓の上、つまりミチルの目の前に置かれました。横から竹井が手をのばしてトラックパッドとキーを操作します。ミチルはディスプレイには関心をはらわず竹井の細長い骨張った指の動きを見守っていました。いきなり何がはじまるのか、好奇心もありましたが、悪い予感のほうがうわまわっていました。きっと見たくもない恐ろしい画像をむりやり見せられてしまうのだと想像しながら、その場から逃げることもできずにいました。

「竹井」ミチルはささやかな抵抗を試みます。「話があるんじゃなかったの？」

「その前に、ちょっとミチルちゃんを驚かそうと思って」

「怖がらせるのはやめて。なにを見せるつもり？」

「すぐにはじまるよ」

と思わせぶりに言いおいて、竹井は台所のほうへ離れました。

するとまもなくパソコンが歌いはじめました。反射的にディスプレイに目をやりましたが、どんな映像も流れていません。仮想ＣＤプレイヤーのスイッチパネルが表示されているだけです。竹井は冷凍庫を開け閉めし、製氷皿の角氷をグラスに移しています。夜食のサンドイッチとミルクティーで腹をみたしたあとはウィスキーを飲むつもりなのです。亡くなる数日前から高倉さんが飲み続けていたのと同じ銘柄のボトルが流し台の上に見えます。座卓のパソコンのそばには竹井に勧められたツナとコーンのホットサンドイッチが手つかずのまま残っていました。マヨネーズの匂いがミチルを憂鬱にします。その隣のミルクティーもひとくちふたくち飲んだだけでとうに冷めています。パソコンはきんきん耳に響く少年の声で歌い続けていました。

「なんなのこれ」と音源を顎《あご》でしゃくって訊ねてみるしかありません。

「真夏の夜の夢、松任谷由実の」と竹井が答えてウィスキーのオンザロックをすすりました。「ちょっと音程がはずれてるけど」

「そんなのわかってる。なんなのこれ」

「歌ってるのは僕だよ。小学校の一年生か、二年生？　当時ミチルちゃんがうちに遊びに来て、ふたりでカセットテープに録音したの憶えてない？」

憶えてなどいません。しかし言われてみればそれもわかります。そんなことをして遊んだ昔があったのかもしれません。わからないのは、当時カセットテープに録音された歌声がいまなぜパソコンに保存され、しかもなぜ今夜、突然いま、自分が聴かされなければならないのかという点です。

「実はこれ、高倉さんのお気に入りだったんだよ」と竹井が教えました。いくらかしんみりした口調ですが、たぶん再生中の無邪気な歌声と比較してそう聞きとれるだけで、頬はゆるんでいます。「彼女がどうしても欲しいっていうから、おたがいのパソコンに落としたんだけど、昔のカセットテープから。懐かしいよね？　よくふたりでこんなことして遊んだよね」

「昔のカセットテープ？　それを小学校のときからずっととってあったの？」

「そうだよ。いままで何百回聴いたかわからない。ああ、ちょっと待って、このあとね、ミチルちゃんのMCの声が入るんだよ、もうすぐ」

と予告されてミチルは顔をしかめました。

少年のふりしぼった高音の声が余韻もなく断ち切れて、はあ、といちど吐く息の聞こえたあと、両手を打ち合わせて少女ミチルが喋り出します。ウィスキーのグラスを片手に流しに寄りかかった竹井がその声にかぶせて、少女とおなじ台詞を暗唱してみせました。よどみなく一言一句、正確に。

「はい、ただいまのステージはタケイテルオくんの歌で、真夏の夜の夢をおおくりしました。すばらしかったです。拍手かっさいでした。では、つづけてもう一曲おねがいしましょう。おねがいできますか？　恋しさとせつなさと心強さと、いけますか？　いける？　はい、ＯＫがでました。では、つづけておおくりします、タケイテルオくんがまた歌います。どうぞ！」

そしておおきく息を吸いこむ音。とうとつな歌い出し。途中からまたしても音程のはずれた、きんきん声。

「これが終わったらミチルちゃんの歌も聴けるよ」竹井が鼻を鳴らしました。「自分でなにを歌ったか憶えてる？」

憶えてなどいません。いまこの場で、少年竹井の二曲目をしまいまで聴き、次に十歳になるかならないかの頃の自分の歌声に聴き入りたいとも思いません。ディスプレイ上に表示された停止ボタンにポインターをあわせてクリックすれば再生が止まるのは理解できるのですが、そのためにトラックパッドに指をそえてすべらせるという細かい手仕事が億劫に思え、ミチルはディスプレイを手前に倒して、パソコンを折りたたんで強引に眠らせました。

「高倉さんのお気に入りだったたって、いま言ったのに」竹井が不満を述べました。「あの世でいっしょに歌ってたかもしれないよ」

「ねえ竹井、ほかにも話があるって、これのことだったの？」

「ううん」竹井は流しに寄りかかった姿勢のままです。

「じゃあなに？　はやくその話をして」

「落ち着いてよ、ミチルちゃん。感情的になったら伝わる話もうまく伝わらなくなるよ。ミチルちゃんがすこしは癒されるかと思って、懐かしい歌を聴かせたのに」

ミチルはのばしていた脚をひっこめてすわり直し、それでも足りなくて膝にちからをこめ、腰をあげました。座卓にへばりついて竹井の話を聞いていると、見おろされているようで圧迫感をおぼえます。

「悪いけど、いまは昔の歌なんか聴いてる気分じゃない。そんなもの聴いても懐かしいとも思えない。ほんとはね、あたしのほうからも話があるんだ。話というよりも、質問だけど」

「わかってるよ。あの男のことだろ？」

竹井がそう答えたときにはミチルは立ち上がって、右手をジーンズの尻ポケットにまわしていました。

「誰？」

「豊増とかいう男のことだよ。なにか行き違いがあるみたいだけど、たぶんミチルちゃんは誤解しているんだと思うよ。僕はあの男からミチルちゃんを守ってあげたんだよ」

「意味がよくわからないんだけど」ミチルの右手は行き場を見失います。「なにが、どうわかってるの？」

「あいつは最初からお金があてだったんだ」

「お金」自分からきりだすつもりでいた難題に話がおよびミチルは生唾《なまつば》をのみました。

「なんのお金」

「ミチルちゃんもウィスキーを飲むといいよ。夜は長いよ。高倉さんのためにふたりでお通夜をしようよ」

「なんのお金？」

「ミチルちゃんが持ってる大金のことさ」

と竹井が答えたので、ミチルはさらにまた生唾をのむことになりました。豊増のために木曜日に用意したお金、銀行の封筒につめて渡そうとしたのにいまは行方不明の五百万の札束について、竹井の口から語られるものとてっきり思いこんでいたのです。

「あたしが持ってる？」

「うん、そのリュックの中の」

「大金？」

「2億円だよ。ミチルちゃんが宝くじで当てた2億円」

それから竹井はミチルに背を向けて、もう一杯オンザロックをつくるためにグラスを手もとに引き寄せます。

「ミチルちゃん、いまさらとぼけるのはよそう。2億円のことはみんな知ってたんだから」

グラスに角氷が投げ入れられ、そのなかへウィスキーが注がれる音をミチルは観念して聞いていました。いまさらどんな言い逃れを探しても無駄であることがわかります。もうこれまでだと腹を決め、この状況を受けとめるしかありません。

「いつから」

「え？」

「いつからばれてたの」

「さあ。それは豊増本人に訊いてみないとね」

「竹井に訊いてるの。いつから知ってた？」

振り向いた竹井は、目もとに皮肉っぽい笑みを浮かべていました。僕が知ってたことをミチルちゃんはいまのいままで知らなかったの？　とでも言いたげです。

「どうやって知ったの」

両手にグラスを持った竹井がそばへ歩み寄り、ひとつを差し出しました。ミチルは首を振ります。

「どうやってとか、そんなふうに真顔で訊かれてもね。答えづらいけど」竹井はまだ笑っていました。「いつだったか銀行のＡＴＭに並んでたらね、僕のすぐ前のおばあさんが、記帳したばかりの通帳をひらいて預金残高を眺めてたことがあったんだよね。ほんの短いあいだだけど、でもその数字が僕には覗けた。８という数字が先頭にあったから、たぶん八千万、そのくらいの大金。へえ、このおばあさんすごい金持ちなんだなって思った。僕がひどくお金に困ってる人間なら、あとをつけて襲ってたかもしれないね。いや、これはたとえ話だけど、僕が言いたいのはさ、そうやって隙があれば、赤の他人にだって秘密はたやすく知られてしまうということ。ましてミチルちゃんとはもう一ヶ月以上いっしょに住んでるんだし、どうやって知ったのなんて、そんな質問、するほうが馬鹿げてるよ。そう思わない？」

そうかもしれないとミチルは自分を嗤《わら》いたくなりました。頭を使って上手に隠すというならまだしも、つねにリュックにしまってあるだけの秘密を、同居している人間に嗅ぎつけられないと信じこむほうが人が良すぎるのかもしれない。たとえば入浴中に、眠っているあいだに、その気になれば竹井にはリュックの中を覗くチャンスがいくらでもあったに違いない。

「2億円を隠し持ってる人間にしては、ミチルちゃん、あまいよ。隙だらけだよ。見てるとはらはらする。豊増のことにしても、たったの五百万でぜんぶかたがつくと思った？　そんな都合のいいことあり得ないって。へたするとぜんぶあいつに毟《むし》り取られてたよ。僕たちが守ってあげなければ。ほら、ひとくち飲んで」

あらためて竹井がグラスを差し出します。もういちどミチルは嫌がりました。

「五百万。やっぱり……」

「やっぱりって何」

「あたしが置いてきたお金をあの部屋から持ち出したのね」

「ああそのこと。取り戻して来たんだよ」

「認めるのね？」

「いつまでもあそこに置いとくのは危険だろ？」

「僕たちって、竹井と高倉さんのことでしょう」

「そうだよ。高倉さんだってミチルちゃんのことを心配したから僕に相談してくれたんだ」

「あなたたち、ふたりで、あのひとを殺したのね」

かぼそい息が唇のあいだをわって洩れかけるのに気づいて、ミチルは歯をくいしばりました。

「ちょっとすわったら？　顔色が悪いよ」

「殺したのね？」

「ミチルちゃんをあの男の悪だくみから守るためだよ」

「まじで、殺しちゃったの？」

「うん」

「うんて、竹井」ミチルは血の気のひいた顔を両手でこすりあげました。「正気？　自分がなにを喋ってるかわかる？」

「正気だよ」

「正気なわけないでしょう、死体はどうしたの、久太郎のときみたいにまた山の中に捨てた？」

「落ち着いて、ミチルちゃん」

落ち着いてなんかいられない！　と叫びだすまえに、竹井がおだやかに言葉をつなぎました。

「だいじょうぶだよ。そんなにうろたえなくても。高倉さんは死んじゃったけど、これで秘密を知ってるのはミチルちゃんと僕だけになったんだから。物事はいいほうに考えようよ。あのふたりの死体が見つかる心配はないし、僕たちさえ黙っていれば何もかもうまく行くって。あの五百万円はね、僕がちゃんと預かってる。お金のことはもうすこし時間がたってからふたりで話し合おうよ。ね？　浜田山のほうはそのうち始末をつけて、ここでふたりで暮らそう」

左右の二の腕、太腿の皮膚がふたたび粟立つのが感じられました。両耳の下から顎にかけて、脇腹から腋の内側、そして下腹が熱をおび、じんと痺れるような感覚もよみがえりました。ミチルは走り出したいのを堪えて、竹井のそばを離れました。

「どこに行くの」

答えずにトイレへ向かいました。竹井は追ってきません。このときのミチルは胃の中のものを吐くつもりでいたそうです。でも便器に顔を伏せてもそれはできませんでした。自分の身体が正しくは何をしたがっているのかもうわかりませんでした。いたしかたなくミチルは便座に腰をおろして、あることを考えます。場所にも状況にもふさわしくない、奇妙な思いつきです。この身体が熱を持った感覚、おさまったかと思うと、ときおりぶり返して悩ましに来る感覚は、やっぱりなにかと似ているようだ。この感覚は恐怖とはまったく別のものと似ているようだ。ジーンズをはいたまま、リュックを背負ったまま便座の上で長い時間を過ごし、それが何であるかやっと突きとめたあとで、いったん記憶はぶつ切りになります。それはたぶん、恋をしたときと似ている。

部屋に戻ると、竹井は座卓にむかってあぐらをかいていました。パソコンを起こして少年時代の歌声を再生しなおしているところでした。さっきまでミチルがすわっていた席は空けてあります。夜食の皿と紅茶茶碗は片づけられていました。かわりにオンザロックのグラスがふたつ、飲みかけと、ふちまで中身の詰まったものと卓上に並んでいます。

「高倉さんのお通夜なんだし、ミチルちゃんも飲もうよ。飲むと顔色もよくなると思うよ」

位置が入れ替わったかたちでミチルは台所の流しのそばに立ち、竹井の背中をしばらく見おろしていました。

「まだ具合が悪いのなら横になってもいいからさ、こっちにおいでよ。僕がずっとそばについててあげるよ。今夜みたいな日はね、ミチルちゃんをひとりにしておけない。いや、今夜だけじゃなくて、これからはミチルちゃんをひとりにはしない。約束するよ。余計なことは何も考えなくていい、僕がいつもそばにいて守ってあげるから。知ってた？　昔から僕、ミチルちゃんとふたりきりでいられるのが何より嬉しかった。それって子供の頃の話だと思うかもしれないけど、実を言えば、いまでもその気持ちはおなじなんだ。あの頃から僕の気持ちは変わってないんだよね。これ、いちおう告白だけど。大学に受かって上京したときも、いちばん辛かったのはミチルちゃんと離ればなれになったこと。信じてよ。ほんとの話なんだよ。昔も今も、ミチルちゃんとふたりでいられる時間が僕の生きがいなんだ。僕にとってミチルちゃんは宝物だよ。ミチルちゃんを守るためなら何だってやってあげるよ。ひとができないことでもやってみせる。ミチルちゃんと僕の、ふたりのためになる事なら、どんな犠牲もいとわない。自分が殺人者になってもかまわない。ていうか、もうなっちゃってるわけだけど。ああ、でも誤解しないで、ミチルちゃんには絶対、変なまねをするつもりはないから。だから、安心して、こっちへ」

竹井が振り向きました。

いいえ振り向こうとする気配が感じ取れました。どちらともはっきり言えません。そこで記憶がふたたび途切れているとミチルが語るのを信じたいと思います。最後に憶えているのは、台所から持ち出したフライパンを手にしていたこと、テニスラケットの両手打ちのようにして強く握りしめていたこと、それだけです。

## 17　放浪

ここからは順を追ってお話しするのがむずかしくなります。

九月三十日の深夜、竹井の部屋において、台所にあった直径30センチほどのティファールのフライパンをつかみ、竹井の背後に立って高く振りかぶったところから、ミチルの語る記憶には破損箇所がめだちはじめます。

記憶のフィルムが空転しているというべきか、たびたびハレーションを起こして白い靄《もや》にぼやけているとでもいうべきなのか。フライパンを振りかぶり、まさに振りおろす瞬間、竹井の赤らんだ耳がぴくりと動いたこと、その一《ひ》とコマの映像と、直後に腕にきた衝撃とを憶えている。そうミチルは語るのですが、口ぶりから判断するとどうも、のちに見た夢と、現実との境界線上を行きつ戻りつたゆたう記憶のようで、言葉どおり受けとるわけにはいきません。じっさい振りおろされたフライパンの底面が竹井の後頭部をとらえたのかどうかもあやしい、とまでは申しませんが、すくなくとも致命的な一撃というにはほど遠かったはずで、その点はのちの事実が証明しています。

いずれにしても九月三十日以降、よみがえる記憶の映像はとびとびになり、時間的に整理することが困難になり、つなぎめすら突きとめにくくなります。

ミチル本人の言葉を借りるなら、それからおよそ二ヶ月後、十二月初旬のある日、とつぜん、見知らぬ男の手が肩を揺すり、

「お嬢さん」

と呼びかけて目を覚ましてくれるそのときまで、長い夢のような旅がつづきます。

この旅とはなにかの比喩《ひゆ》ではありません。まさにそのものです。あとになって振り返れば、旅した記憶が、見た夢のように思いなされるという意味にすぎず、現に、ミチルは日本各地を転々としているのです。

宝くじの当選金の振り込まれただいじな預金通帳、それをリュックの底に隠し持ったまま、二ヶ月もの長期にわたってほんものの旅をつづけたのです。

十月一日の朝、ミチルは羽田空港にいました。おそらくいたものと推測されます。

そのときの荷物は背中のリュックと、小ぶりの紙袋がひとつ。紙袋のなかには洗濯してアイロンをかけた制服が入っていました。竹井の部屋を出るさい持ち出したに違いないの

ですが、なぜそうしたのかは自分でもわかりません。竹井の部屋を出たあと、どこで何をしていたかも不明です。放心からさめてみると、空港ロビーの椅子に腰かけて、膝のうえにその紙袋がのっていたというぐあいでした。七月の末に豊増とともに上京して一夜を過ごし、翌日、午前中から夕方までぐずぐず空港にとどまっていたときとそっくりです。あるいはミチルは故郷へ帰るつもりで、ふんぎりがつかず、このときも迷っていたのかもしれません。

はじめは高倉さんのことが頭にあったようでした。放心への入りがけにはいつも、あれこれの思い出が脳裏をかけめぐるのです。生前の高倉さんの発言、彼女とふたりでかわした会話の内容を思い出せるかぎりかき集めていたのを憶えています。高倉さんはこうも言ったし、ああも言った。

「出て行ったきり、ミチルさんが帰って来なかったらどうしようと心配してたんです」「リュックを背負って出ていったし、あとから気になって、あのまま遠くに行ってしまうつもりなんじゃないかって」「そんなイメージがわいてきて、ミチルさんがリュック背負ってずんずん歩いていくのが見えるような気がして」「ミチルさんが羨ましいです。いつでも身軽で。そのリュックを背負って、いざとなれば自分の好きなところへ旅立てるし」「自分ではそんなつもりはなくても、ミチルさんはそう見えますよ。身軽で、自由そうに」

「ミチルさんにとって大切なもの、手放せないもの？　いまいる場所を出るとき、かならず持って行くものが入れてあるんですよね？　リュックだけ背負っていつでも旅立てるように」「いまはその気がなくても、仮に、そのときが来ればミチルさんにはできるでしょう？　できますよね？　二ケ月前、お財布だけ持って東京に出てきたときみたいに」

あらためて高倉さんの発言集をひもといてみると、まるで、いまのこの状況を彼女が予言していたかのように思われてきます。旅立つべきだ、できるだけ早く、竹井のもとを離れるべきだと、こちらを暗示にかけようとしていたのではないか？　そんな疑いまでわいてきます。でもそれは考え過ぎだと首を振って、ミチルは彼女とかわした会話のなかから、ひとつだけ自分の台詞を拾いあげました。

「それはまあ、いつかそうしたいと思うなら、だけど」

そのいつかが来たわけです。高倉さんの予言したとおりに。

考え過ぎではないのかもしれない、とミチルはまた首を振ります。竹井を怖れていた高倉さんは、はっきりものを言うことができずに、リュックを背負っていま旅立つべきだと、とにかく竹井から遠く逃れるべきだと、暗に伝えようとしていたのかもしれない。あたしのためを思って。たぶん高倉さんはリュックの中身のことも知っていたはずだ。知っていながら、あたしに逃げることを勧めたのだ。あたしのまわりで大金に目がくらまなかったのは高倉さんだけなのかもしれない。信用できるのは自殺した高倉さんの残したことば、彼女のことばにこめられた暗示だけなのかもしれない。あなたは逃げるべきだ。あたしは逃げたほうがいい。でもどこへ逃げればいいのか？　いまとなっては東京に頼れる知り合いはひとりもいない。「僕といっしょに逃げてくれないか？」ほんの数日前にあたしを誘った豊増はもうこの世にいない。あの誘い文句が本心だったのかどうかはべつにして。あれは火曜日だった。火曜日の晩に、あたしは、まだ生きていた豊増をつめたく突き放してこう思った。いったいどこに逃げるというのだろう？　逃げれば問題が解決するのか？　東京を逃げ出して金も持たずにどうやって暮らしていくつもりだろう？　いまもおなじことを思っている。こんどは自分自身に対して。いや、おなじことではない。あのときやみくもに逃げようと持ちかけた豊増と、いまのあたしは違う。豊増は金に困っていた。あたしには、大金がある。

　ちなみにこのとき放心から醒めたのは、背中で鳴っている電話の音に気づいたからです。リュックのポケットから取り出してひらいてみると立石さんからの着信でした。一と晩だけ考える時間をあげるといった約束どおりに一と晩たって電話してきたわけです。着信音が鳴りやむのを待って電源を切りました。そうすると同時に、飛行機に乗る決心がついたのかもしれません。ミチルは椅子を立ち、航空会社のカウンターのほうへ歩き出しました。

あたしは逃げたほうがいい。このまま東京にとどまれば、身の危険が迫るのをただ待つだけになる。それは賢い選択とはいえないだろう。でも故郷へ帰る便に乗るのも、いちばん賢い選択とはいえない。

次の日曜日。

ミチルの姿は旭川《あさひかわ》にありました。

好天の秋空のもと、大勢の子供たちや家族連れにまじっていたので休日であったことはまちがいないし、初山さんに一日遅れの誕生祝いのメールを送ったおぼえもあるので、それが十月七日の日曜日であると特定できます。

旭川までは特別仕様の列車に乗りました。

五六両で編成された列車は一両ごとに色分けしてペンキが塗られ、それぞれライオン号、チンパンジー号などといった名前が記されています。また外見だけではなく、列車内の天井、床、座席のシートカバーにまでカラフルな動物の絵が描かれてもいます。動物園へむかう人々をはこぶ電車です。ほぼ満員の車内には親子連れのほかに若いカップルの姿も見かけたので、リュックを背負った若い女のひとり旅もさほど不自然ではありません。いちど行ってみたいと願っていた場所ではあるし、ミチルの気分もいくらか華やいでいたことでしょう。逃亡ちゅう、という意識が消えてなくなり、純粋な旅行気分に置き換わるときがあったかもしれません。ただし、車内ではみな連れとのお喋りにいそがしく、あえて世間話をしかけてくるような、袖ふりあうも多生の縁みたいな相手もいません。紅葉のはじまった車窓の景色に目をむけて、ミチルは道中ひとことも口をききませんでした。

そして着いたさきでもおなじです。来場者の流れにしたがって寡黙に園内をめぐり歩き、めあてのホッキョクグマやアザラシの施設ではたっぷり時間をとって、動物園というより水族館のトンネルに入ったような心持ちで、陸上ではのっそりしていたあの白い巨体が水中へ躍りこむ姿が見られるかもしれない、運が良ければ、というので運試しにいくらでも待ち、豪快な水しぶきを見たのか想像で見たつもりになったのかは定かでないものの、次は待った甲斐があって、垂直に立ったチューブ型水槽のなかをゆらゆらと泳ぐ愛嬌のある顔に目を奪われ、子供たちのはしゃぎ声をさんざん聞いたあとは外の空気をすいに出て、足まかせに歩く途中、寄ってきた放し飼いのゴールデンレトリバーのふさふさした毛にじかに触れ、とミチルは言うのですが、これはほかの場所での記憶がまじっているのかもしれません、そのうちに動物よりもすれちがう人間の顔を見飽きた気分になって、足をやすめた場所で、なにがそんなに面白いのか動きのない陸亀にまじまじと見入っている男の子と若い母親の様子に目がとまります。そばに立っていっしょに我慢くらべをしているうちに、ふと初山さんのことを思い出しました。

初山さんには失礼な話ですが、陸亀の目鼻立ちが直接的に似通っていたわけではなく、泰然というか悠長というか、その身にまとっている空気が連想を呼んだのです。ミチルはここで絵文字入りの短いメールを書いて送信します。人恋しさもあったでしょうし、故郷の町での、久太郎周辺の動静や、立石さんのその後の言動にさぐりをいれるつもりもあったでしょうか。

一日遅れたけど、お誕生日おめでとう。

最近どう？　変わりない？

初山さんからの返信はまもなく届きました。

うれしい。おぼえててくれて、ありがとう。

元気だよ。

古川のほうこそ、どうしてるの？

何の手ごたえもありません。

初山さんはあいかわらずです。久太郎と豊増と、初山さんも顔見知りの男がふたりも殺害されているというのに、と焦れったくも思いますが、そう思うのはミチルの身勝手で、そもそも宝くじの1等当選すら知らないのですから、初山さんのマイペースを責めるわけにもいきません。古川のほうこそ、どうしてるの？　という質問に答えようとして、携帯を持った左手の親指がうごきかけましたが、思い直して、ふたたび電源を切りました。じつはいま旭山動物園にいる、と返事を書いて驚かせたい気持ちをどうにかこらえました。

立石さんからの再三の電話、着信履歴を見て憂鬱になったのも、竹井が残した留守電のメッセージに気づいたのもその頃です。あるいは旭山動物園で初山さんにメールを書いたときだったのか、それより何日も前のことだったのか。

「ミチルちゃん、いまどこにいるの？」と訊ねる声は竹井にまちがいありませんでした。続けて何事か、熱心に、訴えかけるような竹井の口調を耳にしたおぼえもあるのですが、内容は記憶に残っていません。もともとそんな内容はなかったのかもしれないし、途中で聞くのをやめて消去ボタンを押したのだったかもしれません。確実なのは、竹井がこの時点で、まだ生きているのがはっきりしたということだけです。あともうひとつ、この時点でミチルが、自分は立石さんと竹井のりょうほうから追われる身の上であると判断をくだして、旅の続行を決めたことも想像がつきます。

紅葉の見頃には、京都に足をのばしていたようです。

つまり十一月のなかばから下旬にかけての時期です。

中学の修学旅行でいちど来たというだけで京都にはいささか土地勘があるような気でいたのですが、まったく役に立ちませんでした。なにしろまず人間の多いことにまいりました。旅行案内を手に、市内のどこへ出向いても人でごったがえしています。八坂神社、清水寺、金閣寺、銀閣寺、嵐山と、だれもが行きたがる名所はひととおりおさえて見てまわったように思いますが、背中のリュックから片時も注意をそらさず、ぶつからないように人ごみを縫って歩くことに気疲れしたせいか、訪れた場所の記憶はろくにありません。宿のひとに勧められて、庭園の紅葉のライトアップで有名な、なんとかという寺院まで出かけたことも憶えています。でも行ってみると門の前から行列をつくった見物人の数に驚いて、リュックを背負ったままにしても両腕で抱くにしても預金通帳だけ別に持つにしても、その長い行列に加わるのは怖い気がして、結局あきらめて引き返しました。だから写真の一枚も残っていないかわりに、滞在中、たまたま乗ったタクシーの運転手から、十一月に京都を訪れる観光客は七百万人いて、これは埼玉県の人口に匹敵する、などと教えられた豆知識がいまも頭から消えません。

ひとつ心残りは、この機会に三千院を訪れるつもりでいたはずなのに、それを果たせなかったことです。たしか嵐山の渡月橋を見物に行ったときだったか、あまりの人の混雑にミチルはおじけづくと同時にのぼせてしまい、その後はもう、昔の自分を思い出させる修学旅行の制服の群れや、ぞろぞろおなじ方角へ流れる観光客を見るたびに辟易して、案内地図を見直す元気もなくなりました。タクシーの運転手さんに「ひとのいないところに行ってください」と頼んでみたところ、この季節、京都にそんなところはないとすげない返事だったらしく、七百万人という数字を教えられたのもこのときだったかもしれません、だったら京都でなくてもかまわない、と短気をおこして言い張ったせいで、タクシーは東山を越えて滋賀県へ向かった模様です。気がついてみると、ミチルは琵琶湖のほとりに立っていました。右も左もわからぬ土地に取り残され、日が暮れるまえにとりあえず宿泊先を求めて歩きながら、京都ではまだひとつやり残したことがあったと、唇をかむことになったのです。ちなみに三千院が心にひっかかっていたのは、昔、修学旅行のときバスガイドをつとめた女性が、みずから手拍子をとりながら、情感こめて歌いあげた「♪きょうと、おおはら、さんぜんいん。こいに、やぶれた、おんなが、ひとり」という曲の歌詞が印象深かったので、いつか大人になったらひとりで再訪しようと決めていたからです。理由はほかにありません。

京都行きの前後の記憶は曖昧ですが、瀬戸大橋を渡った四国側の山間の町でうどんを食べたおぼえがあります。鳥取砂丘のなだらかなのぼりくだりを遠望し、そこへ行って歩いてみるとショートブーツの靴底が砂に埋まって立ち往生しかけ、そのときそばをラクダが通るのを見かけたような気もします。小豆島に高速フェリーで渡り、島内の車のいないまっすぐな道を、笑みがもれるほど爽快な気分で自転車に乗って走ったような、もしくは押して歩いていて、軽やかに自転車で走るひととすれ違いざまにひととき、爽快な気分をおぼえたようなおぼろげな記憶があり、また砂丘のあとかさきかには琵琶湖とは別の青い湖のほとりに立っていたようにも思います。

ビジネスホテル、民宿、ペンションといった低料金の宿に身を寄せることが多く、三日四日と連泊することもしばしばでした。いっぽうで温泉地の老舗《しにせ》の旅館や、施設のととのった贅沢なホテルに宿泊したこともあります。テーマパークにも、遊園地にもひとりで出かけました。美術館にも、映画館にも、ショッピングモールにも、美容院にも行きましたが、夜はたいてい部屋にいて、することは決まっていました。テレビを見るか、旅行のガイドブックに目を通すか、またはベッドサイドに備え置かれた聖書のほうは敬遠して、個人的に秘密のバイブルと呼んでいた『【その日】から読む本』をひらいて読み直すかです。どの頁に何が書いてあるかはもう暗記しているくらいなのに、ミチルはそれを再読することをやめませんでした。たとえば第二部第8章の扉にはこんな記述が見えます。

当せんしたことで、あなたの経済状態や人生設計は以前と変わったものになったかもしれません。でも知っておいてほしいのは、あなた自身、あなたの性格そのものは、当せんを機に大きく変わったりはしないということです。

大きなお世話のようなことが記されています。でもだからこそ、読み返してみたくなるともいえるでしょう。もう知っているのに忘れがちな正しい意見。それに気づかせてくれる、どこの誰とも知れない、顔の見えない語り手のモノローグをたどりなおすことで、心がやすまる場合もあるのでしょう。ひとりで気持ちの弱っているときは特に。第二部第8章には続けてこうあります。

もしも自分の中で何かが変わったと感じられるなら、それは当せんによって得た生活面でのゆとりが、あなたの人生を豊かにする手伝いをしてくれたことで生まれた変化ではないでしょうか。もちろんその変化は、あなたにとってプラスに働くはずです。

初山さんと電話で話したのは十月下旬でした。

それが一回きりではなかったと思われるふしもあるのですが、とにかく一回めの電話は、十月下旬でまちがいないようです。

月末恒例の出張に豊増が姿を見せなかったという報告から、会話がはじまった記憶があります。その夜たまたまミチルの電話が生きていたのか、それともいちどではつながらず、留守電を残した初山さんにミチルのほうからかけなおしたのか。

「古川？　ちょっと気になることがあるんだけど」

「どうしたの」

「豊増さん、会社やめたんだって？」

「……そう？」

「そうなんでしょ？」

「あたし、よく知らない。その話だれに聞いたの」

「きょうね、新しい営業のひとがやって来て、沢田主任と話してた。なんだかそんなふうなこと喋ってたから、気になって、聞き耳たててたんだけど」

「そう」

「あんまりいいやめ方じゃなかったんじゃない？」

「どうして？」

「どうしてって、ひとごとみたいに。豊増さんのことだよ」

「わかってる」

「聞いた印象だと、お金の問題？　借金取りから逃げて、いまは消息もつかめないみたいな」

「ずっと連絡が取れないってこと？」

「たぶんね。古川は？　連絡取ってるの？」

「ううん」

「そうか、豊増さんとはもう別れたんだ？　いつのまに？」

「その話、触れられたくないんだけど」

「別れられたのなら、それはそれで良かったと思うよ。立石さんとふたまたかけられてたかもしれないんだし、正解だよ。まあ、細かいことには触れずにおくけど、じつはね、こっちでほかに大変なことが起きてるのよ、起きてるっていうか、噂になってて」

「また？　こんどはなに」

「久太郎君と、立石さんの噂なんだけど」

「久太郎のことなら、あたしには関係ない。ずっと会ってもいないし、なんにも知らないから。タテブーの噂ってなに？」

「噂はひとつだけよ」

「どういう意味よ」

「意味わかるでしょ？　ふたりに関する噂が、ひとつ流れてるの」

「久太郎とタテブーにどんなつながりがあるの？」

「どんなつながりがあるか、聞きたいのはこっちだよ。久太郎君は古川のことしか頭にないと思ってたのに。古川を連れ戻しに東京まで行く気まんまんに見えたのに。そうじゃなかったの？」

「知らない。会ってないって言ってるでしょう」

「立石さんとは？」

「もちろん会ってないよ」

「じゃあやっぱりふたりはいっしょなのかなあ」

「なに言ってるの？　なんで久太郎とタテブーがいっしょにいるのよ」

「だって久太郎君は東京に行くと言ったまま行方不明らしいし、そのあと立石さんまでいなくなっちゃったんだよ」

「立石さんまで、なに？」

「ある日、急にいなくなったの。朝、家を出たきり帰って来なかったんだって。いまだに連絡つかないし、旦那さんが捜索願いを出したとか、出さないとか」

「それいつの話？」

「たぶん今月のあたま。立石さん、今月に入ってずっと仕事休んでるから。どうも東京にむかったらしいよ、久太郎君と一と月遅れで、あと追いの駆け落ちだって、もっぱらの噂」

絶句するしかありません。

「ねえ、信じられないよね？　でも古川が久太郎君のことを知らないというんだから、噂は事実かもしれないね。あのふたり、ほんとに駆け落ちしたのかもしれない。まだこっちにいるとき、こそこそ会ってるのを目撃したひとがいるの。目撃したひとって、沢田主任のことだけど、そのときになんとなく空気は読めてたらしいよ、立石さんの素振りから。でもね、あたしはまだ、まるごと信じてはいないの。だって立石さん、以前には豊増さんと不倫してたのはまちがいないんだし、その関係が終わっていたとは言い切れないと思うし。古川もそれは疑ってたでしょ？　だからね、彼女が夫と子供を捨てて駆け落ちしたのがもし事実だとしても、相手は、久太郎君とはかぎらないと思う。もしかしたらいま、立石さんは久太郎君とじゃなくて豊増さんといっしょにいるのかもしれない、豊増さんの消息だって誰も知らないんだから。あたしは、そっちの可能性もあると思うよ」

仮に、その可能性があるとすれば、立石さんも死体となって豊増のそばに横たわっている場合だけだ。

ミチルは冷酷に、そう確信していました。立石さんが東京にむかったのは駆け落ちなんかじゃない、しめしあわせて久太郎もしくは豊増と落ちあうためではなく、このあたしに会い、宝くじの当選金2億円の分け前にあずかろうと直談判する気でいたのだ。きっとそうにちがいない。浜田山の住所も、おそらくは竹井のマンションのありかも豊増から聞かされて彼女は知っていただろう。浜田山からさきに様子を見に寄ったのだろうか。それから意を決して井の頭公園のほうへまわり、竹井を訪ねたのだろうか。古川ミチルの居場所を教えてほしいと詰め寄るために。竹井に会って、立石さんは話をどう切り出しただろう。反対に、どこまで話を聞いたところで、竹井の頭に、この女も殺して死体を隠してしまおうという考えが浮かんだのだろう？

しばらく間を置いて、

「子供のころ、母と行った教会でね」

とミチルは言いました。自分でも唐突だと思いながら口にしてしまったのですが、でもこれは、ことによると十月末ではなく、別の機会にもういちど初山さんと電話で話したときだったのかもしれません。初山さんはただ「うん」と応えて聞いてくれました。

「母がとなりで必死に祈ってる姿を、最近よく思い出すんだ」

「うん」

「あれはあたしのために祈ってくれてたんだなって」

「やさしいお母さんだったんだね」

「そういうんじゃないの。母はね、たぶん、これ以上、娘が悪の道に進まないように祈ってたんだと思う」

「悪の道って？」

「いろいろ考えてたら、気づいたの。あたし子供のとき、万引きしたことがある。文房具屋さんで、香水のにおいのする消しゴム。母はそのことを気に病んでたんじゃないかな。まえは、母の祈る姿だけ憶えてて、父の浮気に悩んでたんじゃないかとか、ぼんやり疑ってたんだけど、ほんとはちがう、母はあたしが犯罪者になったことに心をいためてたんだと思う」

「子供のときでしょ？」

「そうだけど」

「出来心だよね？　万引きで犯罪者は大げさじゃない？」

「でもよくよく考えてみたら、万引きは一回だけじゃなくて、リップクリームを、中学のときもやっちゃったおぼえがあるし、高校に入ってからも友達とぐるになって、ピアスを。あたしには、もともと犯罪者の素質があったのかもしれない。母はそのこと見抜いていて、心配してくれてたのかもしれない」

「でもいまは、やってないでしょ？」

「いまはやらないけど」

「だったら大丈夫だって。お母さんが必死に祈ってくれてたんだから、イエス様だって、万引き三回くらい大目に見てくれてるよ。もう時効だよ、いまごろ、なにをくよくよ考えてるのよ」

「でも、犯罪者のこころに時効はないんだよね」

「はあ？」

「あたしそう思うよ。きっと母もそのことをあたしに伝えたかったんだと思う。だから祈るしかないんだよ。消しゴム盗んだ子供の罪は生涯、消えないから。犯罪者の烙印《らくいん》はあたしのこころに押されたままだから」

「古川、あんた食べるもんちゃんと食べてる？」

「なんで？」

「なんか妙なことばっかり言うから」

「食べてるよ、きょうだって……」

「まえから心配はしてたの。だいたい、古川は自分でまめにご飯つくったりする子じゃないから、東京に行ってもちゃんとやっていけてるのかって。ひとり暮らしって、気を緩めたらいくらでもずぼらになるものでしょう？　晩ご飯もコンビニのおにぎりでまにあわせたり。ちがう？　面倒でも、手間かけて、栄養のあるもの食べなきゃだめだよ」

涙があふれてきたのはこのときでした。

初山さんのとんちんかんな受け答えによって、気持ちの張りが一気にくずれたようでした。いまのいままで、自分を第三者的に突き放して喋っていたはずなのに、その突き放した自分も喋っていた自分もとつぜん見失っていました。きょうだって、京都の寺町通りのお店で、と声に出そうとした言葉が喉につかえました。

「泣いてるの？」

「ごめんね、急に」

「どうしちゃったの？」

「ほんとにごめん」涙がとまりません。「自分でもわからない」

「古川、なんか変だよ。いまひとり？」

「ひとりだよ」

「あんたいまどこにいるの？」

「わからない」

ほんとうのところ、ミチルにはもう自分の居場所がわかりませんでした。タクシーに連れていかれた寺町通りの古い店の座敷で、仲居さんがそばにつきっきりで給仕をしてくれてすき焼きを食べたのはその晩のことだったのか、それとも京都に滞在したのは先週のことだったのか、もっとずっと前だったのか。旭山動物園で一頭のアザラシから好奇の目で見つめられたのはいつだったのか。がらがらの列車の座席で鱒鮨《ますずし》の駅弁を食べたのはいつで、讃岐《さぬき》うどんの手打ちの実演に見とれていたのはいつだったのか。砂丘を歩いたのと、貸し自転車に乗ったのとは、どちらがさきであとだったのか。琵琶湖からふたたび京都へ戻って三千院を訪れたのか、いちどめで気を殺《そ》がれてほかへまわったのか。京都駅北口の構内で、とてつもなく高い天井を振り仰いで、まるでクジラの腹の中に呑みこまれたようだと思ったのはゆうべだったのか今朝だったのか。駅を出て京都タワーを見たおぼえがあるのはいつのことか。タクシー乗り場の長蛇の列に怖れをなして引き返したのは前回か今回か。季節はいまが紅葉の盛りなのか、とっくに木の葉は落ちつくしてしまったのか。いったい竹井の部屋をとびだしてからどのくらいカレンダーがめくれたのか。
たったひとつの拠り所は、所持金だったと思われます。預金通帳に打ち込まれた金額の目減りだけが、二ヶ月にわたってつづいた旅の確実な証拠でした。しかしながら、それも記帳の跡がめだつ程度の話であって、2億円近い金額にさしたる変化が見られたわけではありません。このかんにミチルが引き出した総額は百万円前後だったと推定されます。何十回ATMで現金を引き出しても、その現金を惜しみなく使ったつもりでも、頭が19からはじまる九桁の数字はびくともしませんでした。通帳の最下段に並んだ数字をながめていると、まだまだ好きなだけ旅はできるのだと励まされもし、逆に、目を泣きはらした夜などには、この旅は永遠に終わることがないのではないかと数字じたいを苦痛に感じることもありました。

そして十二月上旬。
ミチルは故郷へ落ちのびようとしていました。
長い旅路の果てに、ふりだしに戻ったというべきでしょうか。

新幹線にあと一時間ほど乗っていれば到着する、という地点でわざわざ途中下車して、いちんち時間をつぶしたところに迷いも見てとれますが、結局その晩、宿の予約もせずに高速バスの乗り場に現れているのですから、こころは帰郷へ傾いてはいたのでしょう。いまここで切符を買えば、とミチルは考えたにちがいありません。それが最後の切符になる。むこうでどんな運命が待ち受けているにしても、バスに乗ってしまえば、旅は終わる。

時刻は十時を過ぎていました。故郷の海辺の町へむかう終車の、乗車案内がたったいまアナウンスされたところでした。それを聞いたおぼえがないというのですから、また例の放心へと入りこんでいたようです。バスの発着所と、乗客の待合所は透明なガラスの壁で仕切られています。ガラスの壁には乗車時だけ開かれる通り抜けのドアがあり、端から端まで行き先別に番号がふられています。ドアと向き合う位置に、青と黄色と橙色の三脚一と組の椅子が縦に並んでいて、ミチルが腰かけていたのは12番ドアの前です。その場所でバスを待っているのはもうミチルひとりでした。

乗車案内は聞きもらしたのに、おなじ拡声器から発せられた、ひとの名前を呼ぶ声に反応した記憶はかすかにあります。しかしそのとき自分が顔をあげたこと、すこし離れたところから振り向いた相手と目を見合わせたこと、その相手がバスの運転手であったことには気づいていません。

運転手のほうは、案内カウンターでの立ち話をすませると、拡声器で呼ばれて入ってきたときとは別の、手近の12番ドアから外に出て、停めてあった自分のバスに戻り、一日の仕事のしあげとして車庫へ移動させました。それから帰りの支度を終えるまでに小一時間はかかったでしょうか。あの女があのままあそこにじっとしているなどあり得ないと知りつつも、帰宅の車を発着所のそばにいったん停め、降りて確認してみると、まだ椅子にかけていました。あいかわらずリュックを背負ったままです。左右の手を交差させて膝の上のバッグをおさえ、顔はうつむき加減で、自分の足もとのあたりへうつろな視線を投げていました。ガラスの壁越しに覗いたそのときの姿を忘れません。十二月五日、月曜日のことです。それがミチルとの出会いの日ですから忘れるわけもありません。

私はまた12番ドアを通り抜けてそばまで歩いてゆき、だいじょうぶですか？　とためらうことなく声をかけました。このとき「お嬢さん」と呼ばれたとミチルは思いこんでいますが、そうではありません。そんな言葉を使ったおぼえはありません。めぼしい反応がないので、さらに、女の肩に手を置いて、

「どうかしたのですか？」

と私は訊ねました。

# 18　事の次第

なにもかも憶えています。十二月五日、月曜日の夜から、翌火曜日の朝までに起きたことはぜんぶ、はっきり憶えています。週日の時刻表にしたがい、ほぼ定刻の十一時にバスを駐車スペースの4番につけたこと、乗客が全員降りるのを例のごとく運転席から見送ったこと、そこへマイクを通した声で私の名を呼ぶ臨時の、規則違反のアナウンスが聞こえたこと、ステップを駆けおりて4番ドアから待合所へ入り、路線バス案内／高速バス予約カウンターまで早足で歩いたこと、歩きながら制帽を脱いで内側にこもった汗のにおいを追い出し、癖のついた髪を片手でならしたこと、三分の一ほどシャッターのおりかけた案内所のカウンターに帽子を置いて、顔見知りの従業員から私的な用件を聞かされたこと、それが偏見のない、たんに親切で中立的な報告に私には思えたこと、話の途中で相手にうながされて振り向くと、視線のさきにリュックを背負った若い女がひとり椅子にかけていて、無遠慮にこちらの顔を見返してきたこと、いまにも、腰をうかし近寄ってきそうな気配で、私の手招きを期待し見逃すまいとする執拗さで、まるで、飼い主の懐かしい顔をもとめる迷い犬のような目で。

私はひとつの嘘もつくつもりはありません。自分の都合にあわせて事実を曲げたりしないし、またこれまでミチルの身の上を語るさいそうしたように、ある部分を想像で埋めることも差し控えたいと思います。ここからは、この目で見たこと、みずからの体験、その記憶をありのまま正直に申し述べることになります。

案内カウンターの女は最初にこう言いました。

「きょうね、変なひとが来たの。あなたのことを聞きに」

「だれ？」

「知らない男のひと。年は香月《かつき》くんとおなじくらいかな、もうすこし若いかな。あたしの勘だと、奥さんのほうの知り合いみたいだったけど、心あたりある？」

「いや。それで？」

「奥さんのほかに女がいるのかって聞かれた。ずばりとじゃないけど、まわりくどく聞かれてるうちにね、ほんとはそれを聞きたがってるのがわかった。たぶんあなたの素行を調べてるのよ」

「素行」

「まえから女がいて、いまも付き合ってるんじゃないかって疑ってるみたい」

「ばかばかしい」

「でしょう？　ほかに女なんて、香月くんは休みの日はいつも奥さんと一緒だったんだから。そうじゃないときはお母さんと一緒。社内でも有名で、そのことはあたしだって知ってるくらいだもの」

「そう答えたの」

「うん、答えたけど。なにかまずかった？」

「いや」

「でもね、以前はそうだとしても、いまはどうだってしつこいの。最近見ててなにか変わったことはないかって。女の影に気づかないか、みたいな。ねえ、あそこでバスを待ってるひと、こっちをじっと見てるけど、あれあなたを見てるんじゃない？　ほら、前髪あげた子」

　私は振り向いてそこではじめてミチルの顔を記憶にとどめました。

「知ってる顔？」

「いや」

「なんでこっちをじっと見てるのかしら」

「高速バスの切符を買おうかどうか迷ってるんじゃないか？」

「もう最終は出ちゃったのに。変な子ね」

「で、女の影の話はどう答えたの」

「そんなのまったく見えないって」

「うん」

「そうでしょ？　ありえないよね、香月くんにかぎって」

「女といわれても、やっぱり母か祖母くらいしか思いつかないな」

「あたしの耳には香月くんがそう言うのが自然に聞こえるけど。でも事情を知らないひとはそうは思わないかもしれないし、気をつけてね。ここに来るくらいだから、たぶんいろんな所で話を聞き回ってるはずよ。面白がって、あることないこと言いふらすひとが出てくるかもしれない」

「わかった。女の影なんてないから気をつけようがないけどね」

「そうよね。お母さんはお元気？　食堂のほうはあいかわらず？」

「ああ、あいかわらずだよ」

「よろしく言っといて、そのうちまた家族で寄らせてもらうから、生姜《しょうが》焼き食べに」

「伝えとく。ありがとう」

私は制帽を被りなおして、背後で案内所のシャッターの閉じる音を聞きながらミチルのすぐわきを通りました。できるだけ時間をかけて歩いて12番ドアからバスの駐車スペースへ出ました。ドアを押し開けるまえに足をとめ、振り返りすらしたのですが、ミチルはもう私への関心をなくしていたようです。うつむいていました。暗い格子柄の、もこもこした綿入れみたいなジャンパーを着込んでいて、そばを通るとき目にした、彼女のリュックと、それごとまるまった背中が印象に残りました。

それから小一時間して、まっすぐ帰宅せずにもとの場所へ戻ってみた理由はひとつです。あの娘をあのまま、もしあのままの状態でいるのなら、見過ごすわけにいかないと考えたからです。異性として惹かれたせいではありません。第一印象におけるミチルは、私よりもずっと年少に見受けられるだけで、一般の若い女にある晴れやかさも、健康さも、もっといえば清潔感も欠いていました。あったのは心ここにあらずの動物的な視線と、倦怠を感じさせる曲がった背中です。あとで向かいあって気づいたことですが、唇は上下ともにひびわれて、いちぶ切れて血の色が滲み、上唇のまんなか寄り、人中《じんちゆう》と接するあたりには半透明のかさぶたまでできていました。

「どうかしたのですか?」

私が手を肩に置いて訊ねるとミチルは夢から醒めました。

顔をあげて、心なしか眉をひそめ、首を振りました。いいえ、どうもしませんという意味ではなく、どうすればいいのやら、わかりません、と言いたがっているように私には見てとれました。

「ここにいてもどうしようもないですよ。もうじき出入口のシャッターが閉められるし、この建物で夜明かしはできないよ」

「はい」とミチルは返事をしました。

私の喋る言葉はちゃんと通じているようです。前髪をひとつかみ、裏返して頭頂部で留めてあるので、おでこにぽつぽつと薔薇色の突起が出ているのにも気づきました。その吹き出物に前髪が触れるのが不快で持ちあげていたらしいのですが、それが私の目には、ほかの用事にとりまぎれてしかけた化粧を忘れたまま人前に出て来たような、間の抜けた恰好に映りました。とっくりのセーターのうえに着込んだジャンパーは紺と深緑の格子柄で、まじまじ見るとその格子柄にかぶせて白と明るい黄色の細い線が縦横に入っているのがわかります。おなかに抱えているのは淡いチョコレート色の布袋。のちの本人の説明によればキャンバス地のトートバッグで、持ち手部分が濃いチョコレート色の革で補強されています。背中のリュックを除けばほかに荷物はありません。

「おなかがすいてる?」と私は話をつづけました。

「いいえ。ああ、でも」

「どうした?」

「すいてるかもしれない、晩ご飯食べるの忘れてたから」

「立って歩けるの?」

「歩けます」

「じゃあ立って。閉じこめられるまえに外に出たほうがいい。これで温かいものでも食べなさい」

余計なお節介だと抵抗されるのを承知で、私はそう言い、用意していたものを差し出したのです。このとき眠たげに濁っていたミチルの目に生気がもどったようでした。旅の途中ではきっといちども出会うことのなかった、私のような人間にたいする好奇心です。ミチルは私の手もとではなく、目を見返して言いました。

「なんですか? これ」

「見たとおりだ。だまって受け取りなさい」私は相手の手に握らせました。「晩ご飯がまだなんだろ?」

「一万円?」ミチルがあらためて視線を落とし、声にだして驚きを表しました。

「こちらが勝手にやってることだから、恩にきなくてもいい。とにかく立ってここから出なさい。いいね？　じゃあ、僕は車をとめてあるんで、あとから荷物を手に歩いてくる女を待ちました。追って来る気配を感じていたからです。運転席側のドア付近にふたり向かいあって立つまで2分とかかりませんでした。乗りかかった船という言葉があります。その短い時間に私の頭にはもうひとつ、お節介のアイデアが浮かんでもいたのです。

私はさきに12番ドアを抜けて駐車していた車へ戻り、あとから荷物を手に歩いてくる女を待ちました。

こんどはミチルがお札をつまんだ手を差し出しました。

「あの、あたし、このお金はいただけません」

「いいんだ。遠慮しなくてもいい」

「でも、見ず知らずのひとから、こんなもの」

「それより、行くところがなくて困ってるんだよね？　この街ははじめて？」

「はい」

「もしこれから泊まるところを探すのなら、心あたりがあるからこの車で送ってもいいんだ。そのお金で宿泊代を払ってもお釣りはじゅうぶん残る、朝ご飯は宿泊代にふくまれてるしね。一と晩ぐっすり眠ったら、気持ちも落ち着くんじゃないか。まあ、僕にできるのはそこまで、あとは、幸運を祈るとしかいえないけど」

「でも一万円もらっても、あたし」

「それはもういいから、財布にしまって。気にしなくていい。僕だってそんなに金持ちというわけじゃないけど、でも幸いなことに仕事も、帰る家もある。きみよりは余裕がある。そのくらいはなんでもないよ。あとで返してくれとも言わない。で、どうする？」

「はい？」

「今夜泊まるところ」

「ああ、すいません、じゃあ紹介してください」

「そっち側のドアを開けて車に乗って」

「ああ、でも」

「どうした？」

「まだ荷物が」

「ほかに荷物があるの？」

ミチルはうなずいて、旅行でふえた荷物をコインロッカーに預けてあると答えました。旅行でふえた荷物というのは、見てみるとサムソナイトのスーツケースのことでした。本体に車輪が付いていてごろごろ転がして歩けるやつです。言うまでもなく高倉さんが愛用していたのと同型です。なかに詰められていた衣類の数の多さにものちに驚きましたが、それ以前にスーツケースじたいが、一と目で値のはる品物だと私にもわかりました。

見ず知らずの他人へのお節介をめぐっては、かつて妻と言い争いになったことがあります。ほかの件では言い争いどころかまともに議論などしたためしがなかったので印象に残っています。話のきっかけは、テレビが伝える万引きと傷害事件がひとつに合わさった犯罪のニュースでした。ある中年男性が、コンビニで万引きしている中学生のグループを見かけて、あたりまえの注意をしたところ、反対に居直られて暴行をうけたというのです。私はその男性に同情しましたが、妻の意見は違っていました。

（たかが万引きくらい、見て見ぬふりをすればすむことなのにね）

この事なかれ的な言い草がなぜだか私を感情的にしました。さきに断っておきますが、いま考えれば感情的になった理由を分析することができます。見て見ぬふり、という妻のことばにふくまれた毒に過剰に反応したのです。しかしその場では、まったくあさっての方向へ私は怒りをぶつけました。たかが万引きくらい？

（だれだって一度や二度、おぼえがあるんじゃない？　若気のいたりっていうでしょう）

（僕は一度もない）

（そうね、あなたはないかもしれない。でもあたしにはある）

(目の前でひとが、悪いことをしてるのを見逃すのか。じゃあきみは、殺人現場を目撃してもだまって通り過ぎるのか？)

(万引きの話よ)

(おなじことだ)

(ううん、万引きと人殺しはおなじじゃない。子供の万引きくらい大目に見たっていいときがあると、あたしは思う。でも人殺しはほっとけない)

(どっちもほっとけないじゃないか)

(バスを運転してると、いろんな光景が見えるってまえに言ってたわよね？　喧嘩してるひととか、泣いてる子供とか、道ばたに倒れている浮浪者とか、あと、ひったくり事件もね？　でもバスを降りていって、お節介を焼くわけにはいかない。信号が青になったらだまって通り過ぎるしかない。見たことはぜんぶ忘れたことにするしかない。あなたがそう言ったのよ)

(それは運転中の話だ、仕事を放り出してそこまでやれば余計なお節介になると言ったんだ)

(ひったくりを目撃してもね。もし運転中に殺人を目撃したらどうするの、それでもだまってバスを走らせる？)

私は返事に詰まりました。ほんとうのところ妻は、殺人などではなくそこに別のことばを当て嵌《は》めるつもりでさっきから私を試しているのではないか、そんな不安に急にとらえられたからです。もし運転中にあたしを目撃したらどうするの？

この話を私は会ったばかりのミチルにしました。

私たち夫婦の関係や、当時の感情の分析などは省略して、ただやりとりしたことばのみを、という意味ですが。

十二月五日深夜、正確には日付が変わって六日の明け方のことです。終夜営業のレストランでテーブルをはさんで向かいあっていました。食事のまえにも、あとにも幾度となく、ミチルがスティック状のリップクリームを取り出して、手遅れの処置をほどこしていたのを憶えています。

見ず知らずの人間のお節介というものを、はじめて実地に体験して、ミチルはいささか空気にのまれた模様でしたが、それは立場こそ違えこちらも同様でした。私は私で、見知らぬ人間へのお節介を実践してみて、多少ともうわずったところがあったと思います。いいひとを演じ切ろうとしてあがっていたのです。心あたりの旅館へ車を走らせたまではよかったのですが、時刻も時刻だし、むこうへ着いても温かい食事など望めないことにまもなく気づきました。そこはもともと素泊まりの旅館だし、泊まり客に宿賃にふくまれた朝食を提供する隣の食堂のほうも、夜は十一時で閉店しているはずです。さらにいえばミチルとおなじく、私自身も晩飯を食べたおぼえがありません。途中の幹線道路沿いにファミリーレストランの看板を見つけて、遠慮がちの提案をしてみると、助手席のミチルもまったくいやがるふうには見えませんでした。

これは食事のあとのやりとりです。ミチルが興味をしめして、あるいは私を気づかってくれたのかもしれませんが、こう訊ねたのを憶えています。

「そのとき奥さんになんて答えたんですか」

「運転中に殺人を目撃したらどうするか？」

「はい」

「そんなことあるわけがない、と答えた」

「殺人？」

「そう。身近で、殺人など起きるわけがない」

「奥さんはなんて？」

「妻もきっとそう思ったんだろう。こんどは、徘徊老人の話をもちだして責めた」

私はさらにこの話を長びかせました。ものを食べているときにはどうにかしのげた沈黙が、腹がおちつくと始末におえなくなっていたからです。広いテーブルの食器がきれいに片づけられコーヒーが運ばれてきて、お猪口《ちょこ》ほどのデミタスカップに砂糖とミルクを足してみると、あとはすることが残っていません。ほんの三口でコーヒーは空になり、このまむっつりしているわけにもいかないと、行きがかり上こうなってしまったのだから、宿に送りとどけるまでは投げ出さずに面倒を見なければならないと、私なりに懸命に気をつかい頭を働かせていたのです。

「これは仕事が明けの日に、私用で車を走らせていたときの出来事なんだけど。信号待ちで、道ばたに老人がすわりこんでいる光景にぶつかったことがあった。寝まき姿の、八十歳くらいのおばあさん。意識はちゃんとあるようなんだけど、目が死んでる。そのそばに、たぶん近所のひとだと思う、ふたり普段着の女性が立っていて、見るからにそわそわしている。おばあさんに話しかけてもらちがあかないから、交番のおまわりさんでも呼んだんだろう、パトカーが迎えに来るのを待っているのかもしれない、そんなふうに僕は考えた。考えただけで、徐行して横を通り過ぎた。車の往来はすくない道だったし、そばに停めようと思えば停められたのに。車を降りて、どうかしたんですか？　と訊ねることもできたのに、それをしなかった。妻もそのとき助手席にいたんだ。そのときはひとことも意見を言わなかったけどね。でもいつまでも憶えてて僕を責める材料にするくらいだから、気にはなっていたんだろう。つまり、道で困っているひとを見かけても、声すらかけなかったあなたが、万引きを見つけて注意なんかできるの？　と言いたいわけだ。心の奥底では、迷惑ごとにまきこまれるのを避けて生きてるんじゃないの？

「でも、近所のひとがおまわりさんを呼んでるように見えたんでしょう？」

ミチルの発言はおざなりではないように私に聞こえました。

「そう見えたけどね、確認はしていない」

「車を停めたりしたら大げさになると思う。かえって、どんどんひとが集まってきて、おばあさんも近所のひとも戸惑うかもしれないし。どうせ最後には、おまわりさんが来ることになるのに」

「そうだね。そうだったのかもしれない。でも、思い出すと良心がとがめる。相手がどう感じようと、声をかけてみるのと、だまって通り過ぎるのとでは、後味がぜんぜんちがう。妻にやりこめられてわかったんだけど、僕は自分でもずっと気に病んでた、あとで気に病むくらいなら、その場で声をかけるほうがずっといい。車を停めてひとこと、どうかしたんですか？　と訊ねればよかった。どうせ最後にはおまわりさんが来るんだとしても、そのまえに」

「ああ」リップクリームを使う手がとまりました。「そうか」

「どうした？」

「いまおじさんが喋ってるのはあたしのことなんだ」

「うん？」

「今夜あたしに声をかけてくれた理由を喋ってるんでしょう？」

「そう聞こえる？」

「だってそうでしょ？」

「まあ、そういうことになるのかな」

「困ってるひとが目の前にいたら、だまって通り過ぎたりはしない。そういう誓いをたてるの？　自分の良心に？」

否定しませんでした。本音をいえば、妻にたいして意地になっていたに過ぎないとも思います。私の考えを、口さきだけだと決めつけた妻に、ずっと腹をたてていたのです。迷惑ごとにまきこまれるのを避けて生きてなどいないと、あのとき言い返したいけれどできなかった憤懣《ふんまん》を心に溜めこんでいたのです。要は妻への腹いせに、目の前で悪いことをしている人間や困っているひとを見かけたら、こんどこそ絶対に見て見ぬふりなどしないと決めていたのです。進んで人助けをする自分がここにいるということを実地に、証明してみせる機会をうかがっていたのです。しかしミチルは私の思惑など気にしません。いまは自分のことしか頭にない様子でした。

「それで一万円くれたんですか。道ばたにすわりこんでたおばあさんとおなじくらい、あたしが可哀想に見えたから?」

「ちょっと訊いていいかな?」私は話をそらしました。「失礼だけど、きみ、いくつ?」

「二十、三です」

「きみが思ってるほど年の差はないよ」

「え?」

「僕との年齢の差。おじさんていま言っただろう? 僕はまだ三十なかばだし、二十三の女性におじさんと呼ばれる年ではないような気がする」

「そうなんですか」

思わず口から出た、という素直な感想が返ってきたので、私は苦笑するしかありません。ミチルの視線の向きから、言いたいことは想像がつきました。年齢のわりに私の髪には白髪がめだつのです。とくに左右のこめかみのあたりの短い毛は、ある日鏡を見て自分で驚いたくらい急激に白くなっていました。

「ふけて見られるのにはもう慣れてるけど」

「ごめんなさい。親切にしてもらってるのに、礼儀知らずで」

「いいんだ、それはこっちが好きでやってることだし、礼儀なんて気にする必要はない」

私は腕時計に目をやりました。

「じゃあ、おじさんの名前を教えてください」

「そうだね、このさい親切なおじさんでもかまわないか」

「ああ、また言っちゃった」

「どうせこのあときみを旅館まで送りとどけたら、そこで、あ」

「どうしたんですか？」

「旅館まで送るのはいいけど、その、この時刻だと、もう帳場にひとはいないかもしれない」

「ちょうば。フロントのこと？」

「そのまえに玄関の戸にも鍵がかかってるかもしれない。ほら、もうじき午前二時だし、よく考えてみたら、きみはお風呂にも入れないよ」

急にこのおじさんはなにを言い出すのか？　という目つきでミチルが私を見ていました。

「いや、べつに、うろたえた演技をしてるわけじゃないよ」泊まる場所など冷静になればほかにいくらでもあるはずなのに、その旅館でなければならないかのように私は喋っていました。「ほんとに、ついうっかりしてた、こんなに遅い時間だとは思わなかったので」

「わかります」ミチルが私の早口にあわせて小刻みに二度、三度とうなずきました。「あたしだって時間のことなんか気にしてなかったし」

「よわったな」

「名前を教えてもらえませんか」

「僕の名前？　名字は香月というんだけど」

とうぜんながらミチルはこの名字をいちど耳にしています。

「かづきさん？」

およそ三時間まえにバスターミナルの待合所の椅子で、呼び出しのアナウンスを耳にとめて反応し、案内所へ急ぐ制服の運転手を目で追ったはずなのです。しかしその記憶を取り戻したふうには見えませんでした。ミチルの睫毛がうごいて両目がわずかにせばまったこと、しかるのち目もとにあらわれた憂いの影のようなものを見逃したわけではないのですが、どう解釈してよいのかこのとき私には測りかねました。

「ほんとは濁らないんだ」

「にごらないって？」

「かつき。かおる、つきと書いて。でもかづきさんと呼ばれるのに慣れてるし、自分でも名乗るときは濁ったりする」

「あたし、コーヒーもう一杯いただいてもいいですか」

「いいけど、そんなふうにのんびりしてる場合かな」

「かづきさん、なにか急ぎの用事でもあります？」

「僕はきみのことを考えて言ってるんだよ」

「だって旅館には泊まれそうにないんでしょ？　帳場のひとはもう寝ちゃってるし」

「帳場のひと、というか身内の人間なんだけどね」

「身内のかたが旅館をされてるんですか？」

「祖母がね、ひとりでやってる。いや、娘にときどき手伝わせたりもするし、ふたりでやってるというべきかな。娘というのはつまり、僕の母親のことで、まあ、この話をしだせば長くなるから」

「じゃあ、とにかく旅館はやめます」

「やめてどうするの」

「だからコーヒーをもう一杯飲みます」

「コーヒーを飲んだあとはどうするの」

「あたしは、ここで夜明かししてもかまわないけど」

「朝までここに？」

「ああ、お金ならありますから。自分で払います、食事代も」

脇に置いていたリュックから財布をとりだすと一万円札を一枚抜いて、ちょっと尻をうかし腕をさしのべて私のまえに置きました。財布の中身が覗けたわけではありませんが、それがなけなしの一枚でないことくらいは、二つ折りの革財布の折れ具合、その扱い方から見てとれました。

「さっきはご親切に、どうもありがとう」ミチルはかたちばかりの御辞儀をしました。

「お返ししておきます。かづきさんが思っているほど、あたしお金に不自由してないんですよ」

「そのようだね」

だからこれでお引き取りくださって結構です、という意味のことばが相手の口から出るのを私は予想しました。

「このまま、朝になるまでここにいても、ひとりじゃ退屈だし、途中で寝ちゃうかもしれないけど」

「うん。でもきみがそうしたいのなら、これ以上お節介を焼くつもりはないよ」

テーブルの一万円札を取って自分の財布におさめました。ただしここの食事代は持つべきだと思い、伝票に手をやったところで、「ああ、そうじゃなくて」とミチルが言い出しました。

「かづきさんのほうに、さしつかえがなければ」

「なに」

「もし話相手になってもらえたら、ここにずっといても苦にならないかも」

「僕も、一緒にここにずっといろっていうこと？」

「命令じゃないですよ。無理ならそう言ってください」

「ここにずっといて、なんの話をするの」

「なんの話でもいいんです、話相手になってくれれば。かづきさんの下の名前もまだ知らないし。あと、おばあさんがひとりでやってる旅館のこととか。ときどき手伝ってるおかあさんのこととか。話し出せば長くなるといま言ったでしょう？　でも、あしたも仕事ですよね？」

　私はつかんでいた伝票をもとに置き直しました。

「奥さんも心配してますよね？」

　腕時計で二時を確認すると私は態度を決め、店内を見渡しました。ウエイターの姿をもとめて首をのばし、テーブルに呼びました。なぜこのとき、あしたも仕事だと断って席を立たなかったのか自分でも説明がつけられません。コーヒーのおかわりが運ばれてくるまでに私の下の名前を聞き出すと、ミチルは次の質問を繰り出しました。そのときまでに私のほうにも話の接ぎ穂になる質問がふたつ用意できていました。ふたつ用意できたことに満足して、この難局を乗りきる自信すらわいていました。

「おばあさんがひとりでやれるくらいの小さな旅館なんですね？」

「うん」

「お母さんがときどき手伝いに行かれるんですか」

「いや、母は隣で食堂をやってる」

「奥さんは」

「妻はもういない」

そこではやくも話が途切れたので、私が訊ねました。

「ところできみの名前は？」

用意していた質問のひとつめです。ミチルはしぶらずに正直に答えてくれました。私は続けてふたつめを使いました。そもそもどこから来て、どこへ行こうとしているのか？

「来たのは、東京から」

「古川さんは東京のひと？」

「いいえ」とミチルは返事をして、故郷である海辺の町の名を口にしました。

「帰省の途中？」

「帰省というより、ひとり旅の途中なんですけど」

　嘘のない答え方に努めようとしていたことが察せられます。

「東京から？　じゃあ東京にいたのも旅行で？」

「いいえ、本屋さんに勤めてたんです。しばらくのあいだ」

　これも嘘とは言いきれません。

「そうか、その仕事を辞めて、Uターンということか。じゃあ明日の朝には、ふるさとに帰るわけだね？」

　ミチルは答えるまえにたっぷりと時間を取りました。まず前髪を持ちあげていた髪留めをここでようやくはずしました。そのアヒルの嘴《くちばし》形のクリップを片手でテーブルに置きながらもう一方で髪の手入れにかかりました。降ろした部分をほかとなじませるためにいったんくしゃくしゃにして、両手の指先で分け目をつけると、こんどはアイロンでもかけるように丹念に力をこめて髪をかきあげました。額の生え際からいちど、こめかみ付近からいちど左右のてのひらを後頭部まで移動させ、髪の毛の先をまとめて絞るように握って、一と息をつきました。おなじ仕草をのちに私は何度か見ることになります。力をこめて髪をうしろへ撫でつけるのは、迷いが生じたとき、考えをひとつにまとめようとするときのミチルの癖です。それをやるとオールバックの髪型がもとに落ち着くまでのすこしのあいだだけ、表情が引き締まり、年よりも大人の顔になります。ちなみにこのとき落ち着いた髪のかたちは、本人の口をかりれば普通のボブということになりますが、私の目には普通とは映りませんでした。うしろ髪は襟足にとどかないほど短く、それが前下がりに、つまり斜めにしだいに長くカットされていて、顎のラインを両側から毛先がつつむように揃えられていました。旅の途中に時間をもてあまして美容院通いが度重なるうち、普通の定義がややひろく曖昧になっていたということかもしれません。カットする美容院側によって も普通の定義はさまざまでしょうから。髪留めをジャンパーのポケットにしまい、無惨な唇にもういちどリップクリームの手当てをほどこしたあと、ミチルはこう言いました。

「いまさら帰りづらいんですよね」

「どうして」

「わけがあって」

「どんな?」

「ちょっとひとことでは話せない、複雑な事情があって」

複雑な事情と二十三歳の女が言うので、もう私には想像がつきました。男にいいように言われて、東京へ駆け落ちどうぜんに出てゆき、あげくに捨てられ、いまさら親もとには帰りづらいのだと、話を聞くまえから落ちが見えているようなものでした。おそらくその内容では朝まで時間がもたないだろう。

「話してみたら?」

「でも、どこから、どんなふうに話せばいいのか」

「最初から」私はまだ高をくっていました「そもそもの事のはじまりから話せばいい。朝までまだ時間はあるんだから、急ぐ必要はないよ」

「そうですね」

「東京に出たのはいつ?」

「夏」

「去年の夏」

「いいえ。その話はもっとあとで」

ミチルは話し出しました。

「うちの親は釣り船屋をやってるんです」

その夜出会ったばかりの私にむかって、はたしてどこまでの事実を語る気でいたのかはわかりません。まずは生い立ちから、ミチルの長い話ははじまりました。

幼いころ母に死なれた身の上からです。

## 19 結婚まで

ミチルの話は朝までかかりました。朝になっても結末に到達してはいませんでした。午前四時をまわってようやく、出版社の販売部主任である豊増一樹という男が登場してきました。それから三十分ほどしてその男と深い仲になりました。しかるのち七月二十六日の出来事がしょうさいに語られます。歯医者へ行くとの口実で早めの昼休みを願い出て、沢田主任とタテブーと初山さんの三人から宝くじのお使いをついでに頼まれ、勤め先の書店裏口から初山さんに借りた日傘をさして歩き出す場面にはじまり、出張帰りの豊増をバスターミナルまで見送りに行ったはずが空港行きのシャトルバスに同乗してしまい、あろうことか羽田へむかう飛行機にまで乗りこんでしまったという顛末です。後半のくだりには私もいささか驚きましたが、そうやって駆け落ちどうぜんに東京へ出て、初日の晩のホテルからウィークリーマンションへ、そして後輩の竹井輝夫のもとへと転々とし、ふたつきたらずで、男の不実なふるまいと金に関するだらしなさの問題が持ちあがる、と語られるあたりは予想どおりの展開といえます。私は腕時計を見て、ころあいと判断しました。眠気をもよおすいっぽうで空腹もおぼえていたのです。午前六時でした。おそらく六時半頃までにはその豊増に捨てられて傷心のひとり旅に出発するのだろう。いかにてひどく裏切られたか、非情な扱いをうけたかがまた三十分ほど語られるだろう。つまり彼女の話はほぼ終わったも同然なのだ。そこで私は自分から提案して、母の食堂まで車を走らせることにしました。その種の愁嘆場は車を運転しながらざっと聞けばじゅうぶんと思ったのです。

私の判断は誤っていたのかもしれません。車に場所をうつしたこと、いちど話の腰を折ってしまったことが、ミチルの、もしかしたら、迂回《うかい》しつつ、最終的にはそこに行き着くはずであったかもしれない告白の決心を鈍らせる結果につながったのかもしれません。助手席でシートベルトをつけるとまもなく、彼女は私の期待した愁嘆場をとばしてひとり旅の思い出を語りました。日曜日の旭山動物園と紅葉の見頃の京都の話です。私は短い相づちをはさみながらだまって聞いていました。

食堂で湯気のたつ飯に生卵に味噌汁に香の物といった朝食をとっているうちに外はすっかり明るくなっていました。ミチルは話を続ける気をなくしたようで、私もすすんでは聞きません。隣の旅館の空きを確認して、眠りたければ部屋は用意できると本人に説明したうえで、私はミチルを母にあずけることにしました。そのあと自宅へ戻っていったん仮眠をとり、目覚ましに起こされて出社し、あたえられた職務を無事にこなしました。その夜遅くに食堂を覗いてみると、ちょうど店じまいにかかったところで、私の質問に、母は洗い物の手を休めず、顔もあげずに答えました。

「いるよ、まだ。おやすみなさいってさっき言いにきたから隣で寝てるんじゃない。いくら若くても、あっちで働き、こっちで働きじゃ身体がもたないよ、まるいちんち寝てないっていうんだから」

「彼女を働かせたの？」

「ボランティアだよ。むこうが勝手に働いたの、リュック背負ったまんま。かづきさん、かづきさんて、あんたのこと呼ぶから訊いてみたら、ゆうべ知り合ったばかりだって？」

「知り合ったというか、宿を紹介するつもりだったんだけど」

「宿賃はね、働いてもらった御礼に一と晩くらいただにしてやってもいいってばあちゃんも言ってる。でも、あしたもあさってもボランティアが続いたりしたら、あんた」

「なに、金の心配？」

「あの子、身もとは確かなんだろうね？」

その時点で私はたいがいのことを知っていたといえます。ミチルが一と晩語った範囲で、という意味ですが。生まれ育った町。実家の商売。家族構成。身の上話に登場するひとびと——生母、継母、祖母、継徳という名前の実父、妹の千絵、腹違いの弟の聡一、職場の上司である沢田主任、タテブーというあだなの立石さん、ヨコブーの横井さん、同期の初山さん、幼なじみの竹井輝夫、そのガールフレンドの高倉さん、東京へ駆け落ちした相手の豊増一樹、豊増とそうなる以前につきあっていた上林久太郎。

しかしいうまでもなく、その時点ではミチルは物語の鍵を隠していました。隠すつもりで隠していたのか、話すつもりでまだ話していなかったのかはわかりませんが、上京後の経緯からは浜田山に借りたマンションの件が抜かれていました。あるいは順番を入れ替えて、あとから忌まわしい事件は事件でまとめて伝える用意があったのかとも思われます。その場所で最初の殺人が起きたこと、元の恋人上林久太郎がフライパンで殴られて死んでしまったことに触れる必要が生じたとき、その話を避けて通れないといよいよ決心がついたときに浜田山が持ち出される予定だったのかもしれません。おなじように、豊増という男の金に関するだらしなさから、場合によっては、もっと身を入れた聞き方を私がしていれば、宝くじの1等当選の秘密にたどり着くことがあり得たのかもしれません。何度もいいますが、それはわかりません。男の不実が察知されたあたりで、はやくも聞くべき話は聞き終わったと判断したのは私ですから、十二月五日夜の時点でのミチルを、というか六日朝にかけてのミチルの話の進め方をいま非難するわけにもいきません。

私はミチルの生まれ故郷の町の名だけ教え、母にこう言いました。

「こんなとこで何日も働くわけないだろ。明日になれば帰る気になってるよ」

「そう簡単にいけばいいけど」

「なに。働きたいようなこと、本人が言ってるの？」

「年寄りがふたり、膝《ひざ》や腰をいたわりながら働いてるんだから、いちんちでもそばで見てれば、手助けしてやろうって、そんな気になるのが人情だろうと言ってるの」

「それはおふくろがそう思うんだろ？　本人が言ったんじゃないんだろ？」

ふたつ断っておきますが、まず年寄りといっても母は五十代なかばで、祖母のほうも十代で母を産んでいるのでまだ七十五にもなりません。あと一点、ここで母の持ち出した人情という言葉は私の妻だった女へのあてこすりを含んでいます。趣味のボウリングに励むばかりで、旅館も食堂も自分からは手伝おうとしなかった妻との確執をいつまでも根に持っているのです。

「一と晩だけだよ。こっちからいてくれと頼んでも、あの子は帰るよ、帰る家があるんだから」

「そうだといいけど」

「まだなにかあるの」

「あれはどうも、一と晩だけ泊まるって様子じゃないよ。荷物も大きいしね。旅館に洗濯機はあるのかなんてばあちゃんに訊いてたし」

帰る気になればいつでも帰れる。

それが年の暮れから翌年正月にかけてのミチルの口癖になっていきました。それはそのとおりで、新幹線に乗れば一時間で着くのだから、帰りたくなったら帰ればいいし、旅費や土産代くらいいつでもだしてあげると、母が都合のいい台詞でこたえるのもいちどならず耳にしたことがあります。

故郷に帰りづらいいわくがあるのを見抜いたうえで、弱味につけこんで若い娘を旅館に住みこみで雇い入れ、まかないつきという条件でほとんど無給でこきつかう。雇う側の思惑は、極端にはそういうことですから、そんなあこぎなまねが許されるわけがないと私は義憤さえ感じたのですが、母や私がどう思おうと思うまいと、当のミチルは平気な様子でした。しばらく滞在するつもりでいた宿の支払いがちゃらになる、くらいに計算したのかもしれません。あるいは母にしても、最初はただで居つかれては困るくらいの考えで口にした条件が受けいれられてしまい、あとに退けなくなったのかもしれません。通るわけのない無理が意外にも通ってしまったことで、身もとの確かとはいえない娘にたいする対応に手加減がまじったのは間違いないと思われます。旅館の二階に六つある客室のうち、まもなく階段側のひとつが専用にあてがわれてミチルはそこで寝起きするようになります。客室といっても小さな座卓以外に家具ひとつない六畳間なのですが。

長逗留の客とも住み込みのお手伝いさんとも明確にはけじめのつかない生活のはじまりです。これはすべて母と祖母とミチルの女どうしの口約束で決められたことで、私は部外者扱いです。ただ、そうなって一週間か二週間かするうち、彼女たち三人の関係が、傍目にはどうやら内実よりもよほど近い間柄にうつっているらしいことに気づきました。傍目というのは、旅館の宿泊客のほうはぽつりぽつりある程度なので、おもに食堂のなじみ客、近くにある大学の学生などのあいだで、店がこむ時間になると呼ばれて出てくるミチルの姿がごく自然に、香月家の親類のように迎えられていたことをさします。私の場合は、毎日彼女たちの顔を見るわけではなく、早番の仕事帰りに、二日か三日にいちど食堂で晩飯をとりながら様子をうかがっていたわけですが、その私の目にも、とくに母とミチルとの距離が縮まっているのは明らかでした。胸あて付きのエプロンをかけて調理場にいる母と、お揃いの色違いのエプロンで給仕にあたるミチルとのあいだに、遠慮のない、親しげなことばのやりとりがあるわけでもないのに、狭い食堂に客として三十分もいればそれは居心地のいい空気として感じ取ることができました。息子としての私には、なによりも母の機嫌のおだやかさが読み取れました。

年末になってもミチルは新幹線には乗らず、香月旅館に居つづけて大掃除だの正月の準備だのに精をだしたようです。私はそのころには静観することに決めて、実家にはあまり寄りつかなかったのであとで母から聞いた話ですが、手のすいたときにもミチルは外出を好まず、祖母の自室で炬燵に入ってテレビを見ていたそうです。見たいチャンネルを熱心に見るわけでもなく、祖母とのお喋りがはずむわけでもなく、緑茶をすすったり蜜柑をむいたり、泊まり客や母に用事を言いつけられるまでいくらでもそうやって時間をつぶせたそうです。あるいは画面に目をむけたまま、ときとして放心におちいり、それに祖母が気づかないという状況もあったのかもしれません。一と月たち年があらたまる頃には、旅館でも食堂でもエプロンがけのミチルの存在があたりまえになっていて、普段の会話のなかで私の母をおかあさんと呼んでも、祖母をおばあちゃんと呼んでも誰も不思議がりはしませんでした。ある日、彼女の唇が健康さを取り戻し、いつのまにかかさぶたが消えていることに気づいたのですが、そのときになってもミチルはまだ私のことは、かづきさん、と呼んでいました。

正直に申し上げて、私はこのなりゆきを好ましく見ていました。と同時に、強い違和感にもとらえられていました。好悪とはべつです。事の善し悪しでもありません。まわりの目にリアルにうつっていることが、私にはそうは見えないということです。私にとってあたりまえでないものがあたりまえの顔をしている。ありえないことが日常にまぎれこんでいる、そんな感覚です。時がたってミチルの唇の不健康さは解消されましたが、顔つきに自然な晴れやかさが戻ったようには見えませんでした。口数が少なく、何事にもひかえめな若い娘の素顔。それが母や祖母や食堂の客にはリアルに見えても、私には、当座しのぎの仮面を一枚かぶっているように思えました。もとはこんなに地味な表情の娘ではない、以前ならこんな顔をして笑わなかったはずだと思われてなりませんでした。そう思う根拠はなにもありません。しかし初めて出会った十二月の晩、朝までかけて身の上話を聞いている最中にも私はふと思ったのです。以前なら、この娘はこんな分別くさい顔で私のまえにすわることはなかっただろう。たとえば故郷の海辺の町で上林久太郎とつきあい、魚釣りのデートに不満を持っていた頃。豊増一樹があらわれて平然とふたまたをかけていた時期。この娘はもっと活気があり、小生意気で、ずけずけとひとにものを喋っていたのではないだろうか。ほんの気まぐれから東京に出て、よほど男に痛い目にあい、おかげで分別とか、欲のなさとか、倦怠とか、年齢に不釣り合いな仮面をつけることをおぼえたのではないか。もし、たったふたつきの東京暮らしでそんな変化が起こりうるとすれば。

じっさいには見たことのない以前のミチルと、いま現在のミチルとを区切る東京での出来事、それがもしかしたら男に裏切られたというような単純な話ではないのかもしれないと、私は時間がたつうちに疑いはじめていたと思います。その疑いが、違和感を強めていた。だとすれば私の思い込みにすぎないわけですが、思い込みかどうかを本人に質《ただ》す機会は待っていても訪れません。出会いの晩にあれだけ喋ることを溜めこんでいた様子のミチルが、もう私を見ても自分からあのときの続きを語り出すことはなかったからです。

ふたりきりになる機会を持てなかったわけではありません。ミチルの住み込み生活はその後半年以上も続き、そのあいだには旅館の経営事情で、それと母の指図で、ミチルが私の家に寝泊まりすることさえありました。普段は空きのめだつ客室が一年のある時期には連日、埋まるどころか足りなくなる事態をむかえたりもします。大学受験のシーズンには受験生が、大きな催し物や祭りのときにはその関係者が組合を通じて送りこまれてくるからです。そんなとき一室でも多く客に提供するために、ミチルは住みなれた部屋を追い出され、歩いて十分ほどの距離を重いスーツケースを転がしてうちにやって来ました。東京で竹井輝夫のマンションにやっかいになったときに似て、短期の居候の身となったわけです。私の家には一階に、将来の同居を見越した母のための部屋があります。妻がいたころは妻とのおりあいが悪く、いなくなってからも意地を張って結局いちども住んだことはないのですが、母の言い分では、もともとはあたしに住む権利があるんだから、そこにミチルちゃんを寝かせて、あんたは二階に寝ればいいという理屈になります。あるいはそう言いながら、母にはべつの動機もあったような気がします。いつまでも身内とも身内でないともつかない中途半端な状態が続くのはじれったい、あんたが彼女をうちに連れてきたんだから、その気があるのならばさっさとそうなってしまいなさい、といった乱暴な動機です。雇い主のそんな魂胆を知ってか知らずか、ミチルは言われるまま従順に私の家で夜をすごし、翌日の午後には、素泊まりの客が引きあげた部屋のあとかたづけに旅館へ出向き、夜は食堂を手伝ってまたうちに戻るという毎日を繰り返しました。夜道は物騒だと母がいうのでときには私が迎えにいくことも、勤務あけに食堂に寄って車に乗せて帰ることもありました。また旅館が暇でうちに居候の必要がないときでも、母の言いつけでミチルが食事の差し入れを持って玄関に立っていたこともあります。私の休日にはそのお使いが恒例になりかけてもいました。だからミチルと私はむしろしょっちゅうふたりきりになる機会があったし、もしどちらかがその気になれば、あの晩の話の続きを切り出すことも、聞き出すことも可能だったのです。でもそれはありませんでした。

ミチルと私とのあいだに当時あったのは、ひとまわりほど年の離れた女と男の、たがいに相手の置かれた立場への遠慮、もしくは同情です。恋愛といってしまえばまったくの嘘になります。その気がすこしでもあるのかないのかの探り合いは仮にあったとしても、けつしてそこから先へは進まないのをふたりとも承知していたのですから。ミチルは母から、私の妻の話を聞き出していたと思われます。離婚届だけ置いて妻に出ていかれた男。そういう目でミチルに見られているのに私は気づいていたし、私は私でミチルに同情の目をむけていました。駆け落ちまでした相手に捨てられた娘。

とうぜんながら、生身の女として相手を意識しなかったわけではありません。ミチルのほうにも、私の思い込みでなければ、同様の意識はあったでしょう。深夜にいちど、ミチルが黙然とテレビを眺めている場面に行きあたりました。前髪を例のアヒルの嘴《くちばし》形《がた》のクリップであげて、だぶだぶの厚手のジャージを穿いて、部屋の壁に背中をもたせかけて坐っていたのですが、よく見ると目はとろんとして焦点をむすんでいませんでした。私はそばに立ってしばしためらいました。色気のないジャージのたるみがなぜかしどけなく思われてきて、いま明かりを消せば、この女は声などあげず言いなりになるのではないか、私たちの関係は大きく変わってしまうのではないかと夢想したのですが、そのときミチルが急に居ずまいをただし、投げ出していた脚を折り畳んでこちらを見上げ、もうお風呂入ったんですか？　とつぶやきました。私はうなずいて、おやすみとだけ挨拶をしてそばを離れました。手を出す勇気がなかったといえばそれまでです。ミチルのほうも私にその勇気がないことに気づいていたからこそ、他人の家で深夜に心ゆくまで放心に入りこめていたのかもしれません。しかし私がそのときふみとどまったのは、やはりひとつにはあの違和感のせいです。あり得ないことが日常にまぎれているという感覚、自分では制御のつかない感覚が、明かりを消すことでいっそう増し、現実と夢との逆転を招いてしまいそうな怖れをいだいたのです。

ところが五月の連休にちょっとした事件が持ちあがり、私たちの関係はいやおうなく変わってしまうことになります。その日も私は路線バスの運転を夜まで勤め、帰宅の途中にミチルを拾いに食堂に寄ってみると、後かたづけをしているのは母ひとりでした。ミチルちゃんは友達が訪ねてきたので、さきにあんたのうちに帰した、今晩泊めてあげて、と思わぬことを言います。連休中はミチルはうちに居候の予定だったので、これは訪ねてきたその友達もいっしょに今晩泊めるようにとの指示です。だれ？　と訊いてみても、昔の友達と答えるだけでらちがあきません。それがね、と母は機嫌の良い声でつけくわえました。連絡なしに急に訪ねてきたのよ、パソコンで見て。言ったことあるでしょ？　うちに来る学生さんがパソコンで店の宣伝してくれてたの。それにあたしとミチルちゃんの写真がのってて、偶然見つけたんだって。

とにかく急いで帰り着いてみると、一階の居間にミチルとその友人がすわっていました。

テレビがふつうの音量でニュース番組を流し、テーブルには缶ビールとスナック菓子のたぐいが袋のまま並んでいて、話がはずんでいるようにも見えません。私が現れて心なしかミチルの顔がこわばったような気さえしたので、紹介されても細かくは知らないふりを通しましたが、友達はかつての同僚、初山さんでした。その晩はふたりに居間を明け渡してそうそうに二階の寝室へひきあげ、私は初山さんとはろくに口をきいていません。おおむね事情がのみこめたのは翌朝になってからです。午前中に高速バスで帰るという初山さんを、私は出勤のついでにバスセンターまで送ることにしました。その車中、まるでゆうべ話せなかった鬱憤をはらすかのように初山さんは私にたいして饒舌でした。車がバスセンターに着いてもすぐには降りず、気がすむまで、たぶんミチルに言い足りなかったことまで、喋るといったふうでした。食堂の客である大学生の書いたブログを見て、知り合いがわざわざ初山さんに報告してくれたのだそうです。それが先月のことで、今年に入ってからはミチルが携帯電話を解約したせいでもう連絡がつかなくなっていたので、初山さんは無事を知ってひとまず安心するとともに、おおいに驚きました。まさか東京ではなくこんなに近い街に暮らしているとは思いもよらなかったのです。でも、ブログの話はまだほかのだれにもしていない、古川の実家にだって教えていないと初山さんは言います。本人に会って事情を聞かないうちは喋るつもりはなかった。おとといたまたま知り合いといっしょにこっちに来る用事があったので、このチャンスにと思い、知り合いに無理を言ってひとりだけ残って昨日、いきなり香月食堂を訪ねたのです。前もって電話で店に問い合わせる手もあったはずなのに、わざと不意を襲うようなまねをされたのが気に入らなかったのか、ひさかたぶりの再会だというのにミチルは手放しで喜んだふうには見えませんでした。感激して涙まで浮かべている初山さんに質問を繰り返して、なぜ居場所がわかったのか納得したあと、ミチルがこだわったのは、こんどはそのブログを見た知り合いが誰か？　という疑問です。古川の知らないひとだと初山さんが説明しても、最初は信じてもらえませんでした。

「地元の後輩の名前まで出して疑ったりするんです。あたしが知り合いとか思わせぶりに言ったのがまずかったのかもしれないけど、どう説明しても、あたしにそういうひとがいるというのが古川にはピンとこないらしくて。以前のあたししか知らないから」

「地元の後輩というのは、竹井くんのこと？」

「ええ。竹井くんなんて、あたしは名前を知ってるだけで会ったこともないのに」

「初山さんは、彼女が以前と変わったと思う？」

「どうかな、わが道をいく、みたいな印象は変わらないけど。古川が香月さんのまえでどんなふうか、あたしにはよくわからないし」

「ゆうべ、ほかにどんな話をしたの。後輩の竹井くんとなにかあったのかな？」

「むこうでの話はなにも。あたしの彼と、あと香月さんの話を少しずつした以外は、ぜんぶ東京に行くまえのむかし話。それもたいしたことじゃなくて、日傘の話とか」

自分のことがどう話題にのぼったのかも気になりましたが、そちらには触れませんでした。

「日傘」

「仕事もなにもほっぽりだして東京に行っちゃったことは聞いてるでしょう？　そのとき、出がけにあたしが貸してあげた日傘を、古川は途中でなくしてるんです。どこでなくしたのかぜんぜん憶えてないって、そんなの憶えてなくてあたりまえですよね、もう去年の夏のことなんだから。いまさらどうでもいいことだし、こっちが気にしてないのにくどくど謝られても」

その日、路線バスの乗務についてからも私は初山さんとのやりとりのなかの、この日傘のくだりを思い出していました。信号待ちの停車中、横断歩道を移動する人波にちらほらまじる日傘を見かけるたび、また停留所で降りていく女性客が道に立って日傘をひろげるのを目のはしにとらえるたびに気にかけていました。運転に細心の注意を払いつつも、私はこう思わずにいられませんでした。初山さんの言うとおり、去年なくした日傘のことなどいまさらどうでもいい、小さなことだ。でもなぜ、ミチルはその小さなことで初山さんに嘘をつかなければならないのか？　どう考えても腑に落ちません。それはたとえば私と出会った最初の晩に、自分はお金には困っていないと言い切ったこと、現にこの半年、小遣いていどの給金で文句もいわず働いていること、たとえば食堂の酒代や新聞代などの集金を母の留守に立て替えているらしいこと、そのことに母が二三日気づかずにいても無頓着でいたらしいこと、そういったひとつひとつの小さなこと、いままでは深く気にとめず見逃していたけれど、あらためて考えれば腑におちないことと、どこか似通った疑問であるような気がしてなりませんでした。なにかがおかしいのはわかっている。でも具体的になにがおかしいのか判然としない。私は、ミチルが初山さんに借りた日傘をどこに置き忘れたのか、すでに出会いの晩から知っていたからです。朝までかかって本人が語った身の上話の、上京するまでの事細かないきさつのなかで、その場所を知らされていたからです。

疑問が解けたのはそれからまもなくのことでした。

あしたで長い連休が終わるという日、夜、私の勤務あけの時刻を見はからって母から携帯に電話がかかりました。ちょっと妙なこと訊くけど、あんた、畳の表替えの費用、払ってくれた？　そう質問するなり、請求書の金額のことでリフォームのひとと揉めてたのあんたも知ってるでしょ？　じつはさっき、ばあちゃんと話しててわかったんだけど、あれ、とっくに領収書が郵便で届いてるんだって、ばあちゃんはあたしが振り込んだと思ってたらしいんだけど、あたしはそんなおぼえはない、あんたはどう？　とまくしたてました。そう、やっぱり、だったらミチルちゃんしかいない、五万も六万ものお金、ミチルちゃんが支払ったんだ。なんでそんな、ひとを驚かすようなまねをするんだろ。いったいどっちなんだろ、ただ当座を立て替えたつもりなのか、それとも自分の使ってる客室の畳代だから、自腹をきったつもりなのか、あんた、どっちだと思う？　どっちなのか、まずそばにいる本人に確かめてみたらどうかと私が勧めると、だってもうそばにいない、夕方、具合悪くなってあんたんちに帰っちゃったから、と母は答えました。

「それがまた、パソコンの写真見たってひとがあらわれてね、こんどは電話なんだけど、ミチルちゃんを名指しでかかってきたから、なんのきなしに代わったの。そしたら、どうもその電話に出てから深く考えこんだみたいで。客商売だし人気が出るのは悪いことじゃないとあたしは思うけど、でもあの子にしてみれば、相手の男がストーカーみたいで気味が悪かったのかもしれないね」

竹井という男？　と私が直感で母に聞き返したくらいですから、電話を取り次がれたミチルがそう思わなかったはずはありません。男が名乗ったかどうかすら母は憶えていませんでした。おそらく竹井でしょう。仮に、電話の男が竹井でなかったにしても、ミチルが深く考えこんだ理由は想像できます。今日はそうではなかったとしても、いずれ、そうなるかもしれない可能性について思いをめぐらせたはずです。遅かれ早かれ、この居場所はつきとめられる。初山さんがとつぜん来訪したようにある日、竹井もやって来る。

まっすぐに帰宅してみると、ミチルはすでに家を出たあとでした。一階の寝起きしていた部屋からはスーツケースもトートバッグもリュックも荷物はすべて消えていました。時刻は十一時過ぎ。夕方に食堂を出て、うちで荷物をまとめ、どこかに行くつもりならもうこの街をあとにしているかもしれない。私は迷いました。迷ったのはしかしほんの数分でした。私あての書き置きも、あずけてある合鍵も残されていないことを確認すると、私はまた玄関を出て、車を通勤路のほうへ向けました。最初に出会った場所、バスセンターのほうへです。あのとき待合所の椅子にすわったまま一歩も動かなかった、つまり長いこと放心に陥っていたミチルの姿が忘れられず、そのイメージに賭けてみることにしたのです。

しかし見つけたのはそこではありませんでした。バスセンターの待合所にはすでに警備員の姿しかなく、念のため次にまわった鉄道の駅にも荷物をかかえた若い娘などいません。はんぶん諦めての帰り道、幹線道路沿いの終夜営業の店のネオンに気を引かれ、もしかしてという思いで私は車を停めました。これが最後で、ここにいなければひとり夜食をとって帰るだけだと決めて、店内に入るとミチルが隅っこのテーブルについているのが見えました。とくに注意ぶかく探す必要もなく、椅子の横にスーツケースが立て置きにされているのがすぐに目にとびこんできました。

むこうは顔を上げず、テーブルにひろげたメニューでも眺めている様子です。そばへ歩み寄って、ずっとここにいたの？　と声をかけましたが返事は貰えませんでした。正面に腰をおろした私に気づき、両目の焦点が定まるまで時間を要しました。放心です。夕方からずっとここにいたのかと私はもういちど訊ねました。するとミチルは、まるで自分のほうが待ち合わせに何時間も遅刻してそこに現れたかのように、ばつの悪い笑みを浮かべて謝りました。ごめんなさい、探してくれたの？

「なにを考えてるんだ」

食欲をなくしていたのでミチルのぶんと二杯コーヒーを注文し、それが運ばれてくるまえに私は切り出しました。テーブルの空になった飲み物のカップの横に閉じた状態で旅行雑誌が置いてあるのを見て、この娘は本気でどこかへ逃げるつもりなのだと気づいたとたん、心が騒ぐのを抑えきれなくなったのです。

「去年初めて会ったとき、言ったことを憶えてるか？　僕は金持ちではない。でも一万や二万の金に不自由してるわけでもない。母も祖母もおなじで、祖母は八十になるまで旅館をつづけるなんて言ってるけど、そうしないと食べていけないからじゃない。いざとなれば建物も土地も処分してあとは年金で暮らせる。だいいち祖母の面倒は母が見るし、母には僕がついてる。うちの家計のやりくりできみに助けてもらうようなことは、今後もないと思う」

放心から醒めたばかりのミチルには遠回しで筋道がつかめなかったと思います。その曖昧な表情を見て、いま畳の表替えの件など持ち出しても無駄だと判断しました。

「とにかく、うちに戻らないか。母も心配してる」

「ああ、でも」コーヒーが届いて空のカップと取り替えられ、ミチルはいくらか正気を取り戻しました。このあとに続く台詞が私には予測できました。でも、あたしが戻るとかづきさんまであたしのトラブルに巻き込むことになる。

「僕に気がねはいらない。最初から好きでお節介を焼いてるんだ。それより、大学生のブログからきみの顔写真は削除してもらおう、今後は名前にも触れないように注意しないと。明日の朝にでも手を打とう」

「きょうかかった電話のことを言ってるの?」

「うん。それと今後の対策」

「でも、そんなことしても」

「なに」

「今後って、いつまでのことなのかわからないし」そのわからない今後を考えたあげくの行動なのだと言いたげに、ミチルは私を見返しました。「初山も言ってたけど、ブログを見なくても近所には邪推するひとがいるかもしれない。もともと、あたしみたいな女がかづきさんの家に同居してるのは変でしょ？」

「変でも、僕はかまわない。きみはいやか？」

「いやじゃないけど。あたしには、ほんとうはまだ、いくつも話してないことがあるし、それを聞いたらきっと、かづきさんもうちに戻れとは言わないと思う」

私はただ苦い味のコーヒーをひとくちふくみ、カップを受け皿にもどして間を取りました。

「じゃあその話をしてみるといい。僕がそれを聞いて、戻れと言うか言わないか試してみたら？」

「そんな、試しにできるような話じゃないの」

「去年の暮れ、ここで話してくれただろう。あの続きをやればいいんだ。あのときはぜんぶ打ち明けるつもりでいたんじゃないのか？　東京に行ってからなにが起きたのか。通りすがりの人間に話す気でいたことが、いまの僕には話せないのか？」

「簡単に話せるようなことじゃない。聞いたらひくよ」

「ひく?」

「あたしのこと、見る目が変わる。東京でなにがあったか、ほんとうの話を聞いたら、かづきさんはあたしが怖くなると思う」

私はまたカップに手をのばし口に運びました。そのときすぐにミチルに指摘されるまで、どんな表情を浮かべているのか自分では気づきませんでした。

「かづきさん? どうしたの、笑ってるの?」

「いや、笑ってなんかいない」

「あたし、真剣に喋ってるのよ。東京ではほんとに怖い経験をしたの」

「だから笑ってはいない。ちょっと考え事をしてたんだ。初山さんから話を聞いて思ったんだけど、きみは後輩の竹井のことが頭から離れないみたいだな。だれよりもまず竹井を気にしている。いっしょに東京に行った豊増でもなくて、昔つきあっていた久太郎とかいう男のことでもなくて。なぜなんだ?」

「初山はかづきさんのこと、白髪を染めればもっと男前なのにって言ってた」

「真剣な話だ。きみは竹井から逃げてるんだろう? でもどこに行けばいいのか、もう逃げ場所がわからないんだろう? だからひとりでこんなところにいるしかないんだ。きみはこんなふうに感じてるんじゃないのか？　その東京での怖い経験も、僕と同居しているいまの日常も、両方とも変だ。心底リアルに感じられない。この街を出てまた旅に出たところで、悪い夢の続きに戻るようなものだ。どこにいてもおなじことなんだ。自分の居場所はない。どこにいても、自分が現実を生きてる実感がない」

このとき私はミチルにたいして正直であったとはいえません。衝動的に口をついて出た言葉は、むしろ私自身のことを語っているようなものでした。ミチルは両のてのひらを額の生え際にあてて、髪をかきあげる仕草にかかりましたが、半年前とは違い、長くなった髪は真ん中でわけて、すでに後ろへひっつめて束ねてあります。ふだん食堂で働くときのままです。

「約束するよ。どんな話を聞いてもひかない。絶対に、うちに戻るなとは言わない」

この現実がリアルでないと感じていたのは私のほうです。ミチルと出会うまえから、私はずっとおなじ感覚に悩まされていたのです。あり得ないことが日常にまぎれているという感覚。

「ひとが殺されてるの」

とミチルがだしぬけに言い、私はただうなずきました。

「驚かないの？」

「ああ」

「もっとほかにも秘密があるの」

「わかってる」

「秘密、守れる？」

「ああ。なにもかも、ぜんぶ話してくれ。初山さんに隠してることも」

「初山に隠してることはいっぱいある」

「きょうかかった電話は竹井からだったんだね？」

「ちがう、別のひと。よくわからないけど奥さんの知り合いだったひと。あたしたちのこと邪推してるんだと思う。あたしも、かづきさんもふたりとも、奥さんの居場所を知ってるのに隠してるみたいな言い方されて。だって離婚届に判を押して出てったひとなのに。そうでしょ？」

私はまたうなずきました。

「奥さんじゃなくて、前の奥さんだよね。離婚が成立してるんだもの。あたしね、ああ……」

「どうした？」

「わからない」ミチルは両腕を抱き合わせて、二の腕をさすりあげました。「鳥肌が立ってきた」

あるいはミチルの身体に恐怖の先触れのようなものが走ったのかと私は疑い、カップの把手《とって》をつまんでいた手の震えを知られないよう皿に戻しました。いまミチルは私の妻が死んでいることにうすうす気づいているのではないだろうか？　そんな怖れすら頭を掠《かす》めました。

「落ち着いて、ゆっくり話せばいい」

「ええ」

「朝までここにいよう」

「あたしね、かづきさんが思ってるよりお金持ちなの」

「わかってる」

「ううん、わかってない」

しかしミチルの頭を占めていたのは私の妻のことではなくあくまで自分の抱えた秘密です。二の腕に生じた異変とは裏腹に、長い睫毛の目もとには信頼の色が浮かんでいました。かつて竹井といるときにも味わったという恐怖からくる微熱とあまい痺れの感覚、それが恋をしたときと区別のつかないものとしてふたたび身体を支配していたのでしょうか。ずっとのちに、この晩の私の受け答えのひとつひとつがプロポーズの台詞のように聞き取れたと、ミチルは思い出し語ることになるのですが、否定するつもりもありません。私はあえて、積極的に現実と夢とを逆転させる道へ踏み出していたと思います。殺人者がその罪に問われることもなく、街なかでひょっこり出くわした若い娘と恋に落ち、むすばれる。そんな途方もない夢で、このさきに続く現実をすっぽり覆いつくせる気でいたのです。

「かづきさんがわかってる以上にお金持ちなの」

「どのくらい」

「とんでもなく」

「それじゃわからない」

「2億円」

「そうか。初山さんたちに頼まれた宝くじだね？」

「そう。そのためにひとが死んでるの」

「くわしく話して」

「空港行きのバスに乗るまえ、宝くじを買ったとこまでは去年話したでしょう？　でもあの話はそこで終わりじゃない。東京に出てからも続きがあるの」

ミチルがすべての秘密を明かしたこのときから時がたち、正確な日付をいえばその年の十二月五日、私たちは籍を入れ、他人の目をはばかることのない同居生活に入ります。華やかな式も披露宴もはぶきました。世間には腐るほどある話でしょうが、秋にミチルが身ごもっていることがわかり、抜き差しならなくなったうえでの結婚だったといえます。私は入籍の日を迎えてもなお、元の妻の居場所については沈黙に徹していました。みずからの手で彼女を殺して埋めたことをミチルに告白する勇気はありませんでした。今日にいたるまで、誰にも喋っていません。

# 20　告白

前妻とのあいだに子供はいません。結婚して八年をともに暮らしたけれど、彼女が私の子をみごもることはありませんでした。ふたりしてどんなに望んでみても、欲しいものを手に入れられなかった。すべてがそのことに端を発し、そこへ帰着すると申し上げても過言ではないと思います。彼女の短慮なおこない、それを見過ごしてしまった私の過ちをふくめ、時がたつうちに妻と私とで背負いきれなくなっていた不幸のすべてです。

ミチルと出会った年、つまり結婚から九年目をむかえた年には、私たちは実質的に夫婦であることをやめていました。おなじ家に毎日暮らしながら妻は離婚をきりだす機会をうかがっていました。私はそれを知っていて、他人の不幸を見て見ぬふりをするかのように厄介事から目をそむけていました。

ふたりで目的のために力をあわせていた時期もあります。基礎体温をこまめに記録し排卵日を割りだして、彼女がその日を私に知らせる。それが夫婦にとって自然で、私のほうでもその日を待ちかねていた時期もあります。いつか、かならず訪れる未来を、ひとりかふたり子供のいる家庭の青写真を共有していたに違いないのですが、いつになっても兆しの見えないことに彼女が先走りして焦りました。その様子が、そばにいるといまにも常軌を逸しかけているように異様に感じられました。一定の周期で生理があるたびに、まるでそれが身体の不調であるかのように、ひどく落胆した顔になるのです。私がなぐさめるとかえって苛立ち、泣くことがありました。そのくらい必死だったのだといまなら思えます。彼女には年齢の心配もあったでしょう。私よりも四つ年上で、三十歳までにひとり目をという計画はとっくに挫折していました。たびかさなる落胆と苛立ちののち、彼女は、計算上の排卵予定日に偏執的にこだわりだしました。ほかの日にはまったく私を受けつけなくなっていきました。私は彼女の指示にだまって従い、月に一度、儀式めいた夜が繰り返されました。やがて、自分の計算にも夫の協力にも成果のないことを見きわめなければならない日が来ます。夫婦で再三おこなった検査でとりたてて異常の見つからないことを知ると、そこが行き止まりでした。そのころからにわかに彼女は変わりました。単独での外出を好むようになり、独身時代のつきあいを復活させ、以前からの趣味であったボウリング熱に拍車がかかりました。競技用のボール、靴、ポロシャツ、キュロットスカート、グラブ、手首のサポーター等、いままでどこかにしまわれていた品々が家の中のいやでも目につくところに置かれました。競技に関係のない靴や衣装までが新調されて数がしだいに増え、週に何回もボウリング場へ通いつめるようになりました。私はそれらをぜんぶ見ていながら見ないふりにつとめました。たとえボウリング場からの帰りが明け方近くになっても、非難して波風を立てるようなまねはしませんでした。むこうもひとことの言い訳もしません。そんな生活が半年ほどつづいたとき、彼女の表情からはもう、私たちの未来、いつか産まれてくる子供への関心はきれいに拭い去られていました。

私たちは夫婦であることをやめました。どちらからともなく、相手といる時間を避けるようになり、一階と二階とに別れて眠りました。廊下ですれ違いざまに肩が触れ合ったり、ふとしたはずみに息が感じられるほど近い距離で私が喋りかけたりすると、彼女はあからさまに嫌がるようにもなっていました。最後の夜に、私のさしのべた手をはらいのけたとき、彼女がこう言ったのを憶えています。この結婚はなかったことにしたい。

そうできるものなら、そのために、ふたりでもっと早期に、冷静に協議の場をもうけるべきでした。しかし遅すぎました。その夜、私たちはバスの車内にいました。私は片手に押しつけられた離婚届を握っていました。外へ出たがる女に、私は無駄と知りつつ、話しかけました。この八年間の結婚生活をなかったことにはできない。ふたりで赤ん坊の誕生を望んでいた事実も、ありうべき未来を予定して家を建てたことも、二階に子供部屋を用意したことも、いまさらなかったことになどできない。いいえ、できる、と彼女が言い切りました。現にあなたにはできている。自分ひとり何の落ち度もないような顔をして、毎日このバスを運転しているじゃないの。あたしもあなたの真似をして、ぜんぶなかったことにして忘れてしまいたい。そうしなければ、このさき、まだ何十年もつづいてゆく人生に耐えられるかどうか自信がない。彼女の気持ちは理解できました。しかし一方で、ていのよい逃げ口上にも聞き取れました。結論を急ぐ言葉のひとつひとつが、自分の裏切りを、ひとの道にはずれたおこないを正当化するための、私への罪のなすりつけにも取れました。バスの外は雨が降りつづいていました。車庫の屋根に落ちる雨音がしつこく耳に届いていました。ときおり調子のはずれたリコーダーの音色で風が唸りをあげました。

ミチルと出会うおよそ三ヶ月前、九月上旬の出来事です。

台風の進路に入っているという前日からの予報どおり、夕方になると風が強まりました。髪や衣服のみだれを気にする歩行者の姿がめだち、街路沿いに並べて立てられた宣伝用の幟がぶるぶる震えているのを見た記憶があります。停留所や信号待ちでバスを停めるたび、運転席から眺める空は暗さを増してゆくようで、車の照明が必要なほど街は早い夜をむかえていました。しかし雨が落ちはじめたのはもっと時間が経ってからでした。私の運転する路線バスに彼女が乗りこんできたのは夜九時前後で、本降りになったのはそれ以降のことです。あとで車内の点検作業をした際にも彼女の持ちこんだ傘は見つからなかったので、そうとしか考えられません。終点のバスセンターに到着するまで彼女はいちばん後ろの座席右端に悠然とすわっていました。どこへ行く目的もなく、途中で降りるつもりもないことが、窓のほうへ固定された横顔からうかがえました。顎を引き気味にして、外の景色を睨んでいるようでした。降りだした雨と風のせいで、フロントガラス以外のバスの窓は水滴に覆われていて景色など見たくても見えなかったはずです。それから二時間あまり走ったのち、例のごとく駐車スペースの4番にバスをつけて待ちましたが、ほかの乗客がいなくなったあとも座席を立ってくる気配はありませんでした。私は運転席を動かぬままルームミラーに目をあげてしばらくためらい、案内所からのアナウンスにわれに返りました。待合所に残っているひとへむけての台風情報だったかと思われます。いつのまにか雨脚が激しくなっていることにも気づきました。気づいたのちに、私は態度を保留したままバスを発進させました。バスセンターの駐車スペースを後ろ向きに離れ、最終的な行先である車庫のほうへハンドルを切りました。

正確には支部操車場というのですが、私たち運転手はそこをたんに車庫と呼んでいます。バスセンターからほんの短い距離に、二十何台かのバスを休ませるための空地が確保してあるのです。大げさでなく空地です。二十何台かのバスが頻繁に出入りするわけではなく常に車庫は空いています。バスをおさめる場所には仕切りの白線が引いてあるだけで、壁らしきものもなく、平たく長い屋根を鉄柱がささえているだけです。コの字型に設置された車庫と対面する位置に、プレハブの二階建て事務所がありますが、その周辺は舗装もされていません。業務の大半は、もとの操車場があった場所にバスセンターが建設されたとき街の郊外へ、つまり本部操車場へ移転しました。この車庫をおもな勤務地としている従業員は、路線バスの4番系統を受け持つ運転手をふくめてわずか十数名にすぎません。ただ、普段なら夜の十一時には事務所の一階にも二階にも明かりが灯り、仲間の運転手が何人かたむろしていても不思議ではないのですが、その夜は違いました。二階の照明はすでに落とされていて、車庫入れの誘導に走り出てきた合羽姿《かっぱすがた》の事務員によれば、もう残っている者はだれもいないということでした。私は運転席から、降車口のドアの前に立ったその男を見おろして報告を聞きました。はんぶん上の空でした。いまにも妻が軽率な行動を起こすのではないかと気が気でなかったからです。男は言いました。家が遠いし、家族も心配しているので、自分も早めに帰宅したい。悪いが事務所の戸締まりを頼まれてくれないか？　私はうなずきました。が、男はすぐには立ち去らず、菜園の野菜の話をはじめました。事務所の裏の遊んでいる土地に枝豆だの茄子だのトマトだのを栽培していたのが、この台風で根こそぎ持っていかれそうだという話です。私は適当に受け答えておきました。

いつまでも運転席から動こうとしないのを相手が変に思ったかどうかはわかりません。確かなのは、車内後方にいた妻の存在に気づいた様子はなかったという点です。去りぎわに男は合羽を脱ぎはじめました。私はそこではじめて席を立ち、降車口に出て、礼を言いながら濡れたビニールの合羽を受けとりました。私のバスのちょうど左隣、白線の向こう側に停めていた乗用車に男は乗りこみ、じきに姿を消しました。

それから私は合羽を放り出して運転席に戻り、降車口のドアを閉じました。濡れた手をタオルで拭いていると後方から足音が近づきました。私は制帽を脱ぎ、タオルといっしょに置き場所に迷いながら彼女を待ちました。話があるの、という声が雨音にまじって聞こえました。

「家に帰って待ってればいいんだ」と私は二時間も前から考えていたことを口にしました。すると彼女が落ち着き払ってこう答えました。「だって、待ってても、今夜も帰らないつもりでしょう」

「こんなところまで来て話をしなくても。なにも、こんな晩に」

「台風は東に逸れかけてるのよ。直撃じゃないの」

フロントガラス越しに見える土砂降りから、声のほうへ目線を移すと、手提げバッグの中を覗きこんで早くもそれを取り出そうとしているところでした。それがなにか、見るまえから私には察しがつきました。わかってるのよ、と彼女が目を合わせずに喋りました。あたしがまたいつ外泊するかと思って怖かったんでしょう。帰ってこないあたしを待つのが怖くて、それが嫌で、あなたも家に帰りたくないんでしょう。可哀想に、自分で頑張って建てた家なのに。そんなの、ばかげてるよ、もうやめよう。これで心の重荷を解いてあげる。朝まであたしがなにをしているのか、もしかしたらこのままどこかへ行ってしまうんじゃないか、これからはそんな心配が要らないようにしてあげる。なにを言ってるんだ？　と私は話をさえぎりました。わかってるでしょうと彼女が言い返し、私の膝のうえに、制帽のうえにそれを落としました。

「今日で楽にしてあげる」

私は離婚届の用紙を手にしていました。記入済みでした。ふたつ折りになったものをひらくと左側に妻の名前、婚姻前の姓、本籍地、同居の期間などが書き込まれ、子供の氏名欄のみ空白でした。愕然としたことには、右側の証人の欄までが私の知らない男女二人の署名と捺印ですでに埋まっていました。ねえ、それで楽になれるよね？　と勝ち誇った声が聞こえました。私が黙っていると、こんどは言い含めるような口調になりました。あなたは、あたしとでなければうまくいくかもしれない。もしかしたら、あたしもあなたとでなければうまくいくかもしれない。彼女の本音に聞こえました。うまくいくかもしれないとは結婚生活そのものではなく、子供を持つこと、つまり妊娠の可能性を言いたがっているのだとわかりました。そして私は、そのとおりかもしれないと考えている自分に気づきました。開けて、と次に彼女は言いました。降車口のドアを開けてくれという意味だと、とっさに気づきませんでした。開けて、とさらに命じられ、この雨風のなか、どこへ行くつもりなのか訊ねると、彼女は無言で背中をむけ、ステップに足を踏み出しました。ドアを力まかせに押し開けようとします。私は立ってゆき、背後から手をさしのべ、彼女の肘をさわりました。一瞬で振り払われました。わかってるでしょう！　癇癪を起こした声で女がさけびました。あなたもあたしもずっと前からおなじことを考えているのに。なにを言ってるんだ？　と私は無意味な質問を繰り返しました。女が振り向いて答えました。違うの？　この結婚はなかったことにしたい。そう思ってるんじゃないの？

なおも外へ出たがる女を止めるのは不可能に思えました。私は運転席について、言いなりに降車口のドアを開く操作をしました。女がステップを降り、車庫の屋根の外へ駆け出してゆくのを見守りました。まもなく私はその後姿を見失いました。開けっぱなしのドアから巻いた風が吹き込み、離婚届の用紙を千切らんばかりにはためかせました。今日で楽にしてあげる。芝居気たっぷりの台詞が耳によみがえりました。こんなもので楽になどなれるわけがないと、いまになって女への憤りがこみあげていました。私は身を乗り出し、前方に人影を探しました。降り続く雨だけが目に入りました。折りたたんだ離婚届を計器盤とフロントガラスとのあいだに置き、おなじ場所に制帽とタオルを重ねて、しかるのちバスのエンジンをかけ、サイドブレーキを解除しました。頭にあったのは自分の車を停めた場所までバスを移動させることです。通勤用の車に乗り換えて、女のあとを追おうと私は考えました。厄介なことではあるけれど、いちど外に出した女を、おそらくそのへんでずぶ濡れになっているだろうあの女を車内に連れ戻してもういちどきっちりかたをつけなければならない。もし夫婦の縁を切りたいのなら、本気でこの八年間をなかったことにしたいというのなら、今夜のうちにそれをしなければならない。一方的に記入された離婚届を押しつけられたまま終わりにするのではなくて。しかし正しくはそうではなかったかもしれません。細かいことを言えば、このとき移動のためにバスを出す必要などなく、雨に濡れるのがいやなら事務員に渡された合羽を着用すればよかったのですから。女への憤りが、ある瞬間、殺意にすりかわったのかどうか、もはや自分でもわかりません。私はアクセルペダルを踏み込み、バスを直進させました。ヘッドライトに幾筋もの白い雨脚がうかびあがり、ほぼ同時に、女の影が視界の右端に入りました。動き出したバスに見とれるように立ちつくしていました。あいつは車庫の外へ出てもどこにもいくつもりがなかったのではないか。私が追って来るのを知っていたのではないか？　そんな疑いに私はとらえられ、握ったハンドルに力をこめました。光をまともに浴びて女が片手をかざし顔をそむけました。吸い寄せられるようにそちらへバスを向けました。そのときでした。突然走り出した女の身体が暗闇に沈みました。私はハンドルを回しつつ加速していました。ブレーキのペダルに足を移す時間は、そうしたくてもなかったと思います。通勤用の車が停めてある車庫の手前でした。舗装された誘導路の凹凸のせいでできた水たまり、そこに叩きつける礫《つぶて》のような雨粒、落ちている手提げバッグ、肘を折り曲げて倒れこんでいる女を、光が照らしたのはほんの一瞬でした。バスの右前輪がごとりと固いものに乗りあげる感触があり、その感触に息をのんだのち、私はブレーキを踏みました。動きをとめたバスの運転席で、いま確かに、ひどく固いものを轢いたと感じていた記憶があるのですが、あるいは自分でそう思いたがっていただけかもしれません。たったいま人間の身体を轢いたという事実を認めたくないあまり、頭のなかでただちに罪悪感から逃れるための記憶の操作がなされていたのかもしれません。私は外へ出るのを急ぎませんでした。降車口の脇の手すりにかかっていた合羽を見つけて手に取り、制服のうえから着込むことに時間をかけました。そのあいだに彼女がさっきの場所から起きあがって、私のまえに現れるのを期待しつつ怖れていました。バスが向かって来るのを見て慌てたのよ、足を滑らせて転んだの、そのあたしをあなたは危うく轢き殺すところだった。しかしいつまで待っても彼女の声は聞こえてきませんでした。私は奇跡を諦め、雨に打たれてバスの後方へまわりました。そばへ寄らなくとも、事切れているのはあきらかでした。彼女はさっき見たときとおなじ姿勢で、水たまりのなかに肘を浸したまま、無惨な死体として横たわっていました。

あれから三年以上もの月日が流れました。

あの台風の夜から今日まで、正確に数えると三年と四ヶ月、私は往生際悪く生きてきたことになります。

いつかは警察がやって来るだろうと考えていました。彼女の死体を隠し、そのうえで離婚届を提出するなどという偽装は簡単に見破られてしまうだろうと、はじめのうちは覚悟していました。現に、消息のつかめなくなった前妻の件で私を疑い、調べまわった者もいます。職場の人間や、ミチルにまで接触し話を聞き出そうとした男がいた事実は、まえにも申し上げたとおりです。しかしそこまででした。それ以上に私の怖れたことは起きず、一年経っても、二年経っても、失踪者の捜索に警察が乗り出すことはありませんでした。結局いまに至るまで、私の犯罪はおおやけには露見していません。

時間とともに覚悟は薄れました。ミチルと出会って半年もすると、もしかしたら本当に過去をなかったことにして生きていけるのではないかと、ありえない夢を見るようになりました。前妻の死から一年後、ミチルが私の子を妊娠したと知ったときにも、後悔の念のようなものはわきませんでした。素直に嬉しかったなどという資格は私にはないのかもしれないけれど、しかしひとが思うほど、罪悪感に苛《さいな》まれたおぼえもありません。産まれてくる子供は人殺しの父親を持つことになる。まぎれもない現実です。ですが、都合の悪い現実など忘れていられました。ミチルと私とのめぐりあわせが引き寄せた、自然の結果として受けいれることができました。皮肉なめぐりあわせの結果、というべきかもしれません。長い時間をかけてどんなに待ち望んでも、どれほど努力をかたむけても授からないものは授からない。その結果に前妻と私は翻弄されたのですから。

　翌年の初夏に男の子が産まれました。長年夢見ていたものを私は手に入れました。新しい妻と、ひとりめの子供、絵に描いたような幸福な家庭です。私は白髪を染め、赤ん坊を抱きました。なんならこのまま、過去の出来事にたいしては口をつぐんだまま、生きていくこともできる。何年後かにはふたりめをもうけ、ミチルとともに子育てに苦労し、子供たちの成長を見届け、夫婦ともに年老いていく、そんな平凡な人生も自分が望めば手に入るのだと、信じられるようになっていました。さきに申し上げた、ありえないことが日常にまぎれこんでいるという悩ましい感覚は、すでに麻痺していました。現実がリアルに感じられないなどという不安は、目の前で泣く赤ん坊の声にかき消され、最初からなかったも同然でした。私はまさに現実と逆転した夢のなかに生きているようなものでした。

過去の出来事と完全に切りはなされて続いていく現実、そんなものはありません。あるとすれば、やはり、それは見果てぬ夢としか言いようがなく、いつかは肩を揺すられて、地続《じつづ》きの現実に呼び起こされるときが来ます。ミチルと初めて会った夜、私がそうやって彼女の目を醒ましたように、不意打ちで。

ただし、私の意識を現実に連れ戻したのは警察ではなかったのですが。


ゆうべのことです。

香月旅館の帳場から私を呼び出す電話がかかってきました。

先方の意向をつたえたのは従業員の女性でした。この一年、目に見えて祖母の足腰が弱ったせいもあり、ミチルの出産を機に、通いで手伝いの女性を雇い入れていたのですが、そのひとがわざわざ電話をかけてきて、東京からのお客さんがあなたに会いたがっている、と告げたのです。客の名前を訊ねると、電話口でぼそぼそ喋る声がして、そのひとは近くにいる本人に確認したようで「竹井さんです」と答えを返しました。竹井？　私は記憶のなかから男の名前を探りあてました。竹井輝夫？　そうです。もし本当にあの竹井だったら、と私は真っ先に考えました。彼は私ではなく妻のミチルに会いたいと言ってるのではないのか。この取り次ぎは混乱しているのではないか。小声でさらに訊ねてみると、いいえ、ときっぱりした返事がありました。お客さんは旦那さんのほうに会いたいんだそうです。

竹井が私に会いたがった理由はすぐにわかりました。

顔を合わせて数分もしないうちに、なによりさきに、私の前妻殺しの疑惑に触れてきたからです。私がミチルと再婚したことも、その後子供が産まれたこともとうぜん承知していました。入籍と出産の事実をいつまでもミチルの実家に伏せておくわけにもいかず、その報告をすれば、報告だけは本人からしてあったのですが、東京にいる竹井の耳に伝わるのも時間の問題であったのかもしれません。

かつてミチルが寝起きしていたことのある階段脇の部屋にこもり、彼は私を待っていました。脚が折りたたみ式になった古い座卓以外なにもない六畳間です。その部屋に私を招き入れる直前まで、ラップトップのパソコンをひらいていた模様で、仕事で必要なメールでも書いていたのか、ただ時間をやり過ごしていたのかはわかりませんが、それを閉じたあとようやく腰をあげました。入口に立ったまま私がしばらく動かなかったからです。想像していたよりも背がずっと高く、大人びた身なりの若者でした。大学を卒業して背広の着こなしが板についていたのでしょうが、いったん笑顔になると、眉と眼尻が深く下がり、そのせいでがらりと印象が変わりました。笑った顔には愛嬌があり、やや頼りなげで、ミチルから聞いている幼少時の面影を髣髴《ほうふつ》させました。この男が学生時代、殺人の事実を隠すために死体をどう始末するかの考えに取り憑かれ、あげくに実行にまでおよんでいるのだとは想像もつきませんでした。竹井は愛想よく私を室内へ誘い、座卓のまえにあぐらをかいて、前置きもなく話を切り出しました。しじゅう笑顔をはさみながら、知るよしもない過去の出来事を再現してみせました。私が前妻との離婚届を提出した三年と四ヶ月前の出来事をです。私は壁際にすわって、ひとことも口をはさまず、追いつめられていきました。要点は、死体の隠し場所です。それがどこか見当がついていると竹井は言うのです。どうやって殺したのかは知らない。でも死体を埋めて隠したのはまちがいないし、どこに埋めたかもわかる。あんたの立場になって考えてみれば想像がつく。もし僕があんただったら、そんな馬鹿なまねは絶対しなかっただろうけど。

「なんなら、いまからいっしょにそこに行ってみてもいいよ。シャベルを用意して、ふたりで掘り返してみよう」

竹井の目的が皆目わかりませんでした。私の前妻が行方不明者であるのをどこかで知ったに違いないのですが、だからといって私が彼女を殺して埋めたと決めつける根拠がどこにあるのか、それもわかりませんでした。私は竹井が鎌《かま》をかけている、何のためにかはわからないけれど、この私を罠《わな》にはめようとしている、もしくはたんに言いがかりをつけているのだと考えて、途中まで話を聞いていました。ところが最後に来て、竹井の推理は的中していました。まぐれ当たりにせよ、いまから掘り返してみようと竹井が提案した場所は、私が前妻の死体を埋めた場所に相違ありませんでした。

おそらく、私の立場になって考えてみたという竹井の台詞は口先だけではなかったでしょう。自分が殺人に手をそめたときを想定して死体の始末法をあらかじめ考えたときとは逆向きに、こんどは私が前妻を殺したと仮定し、そこからあらゆる方法を考え抜いて結論を導き出していたのでしょう。この男ならやりかねないと私は思いました。本気でシャベルを用意するだろう。

「いやなら、僕ひとりでも行くよ。前の奥さんの骨を掘り返して、あんたの目の前に突きつけてもいい」

竹井は私の身辺調査に力を注いでいたと思われます。それがいつかはわかりませんがミチルの結婚と出産の報に接した日、ミチルのそばにいる私の存在を知ったときから、網を張りはじめていたと想像できます。執念深く時間をかけて、狙っている獲物を追い込んだと確信したうえで私の前に現れたのです。でもなんのために？

「金か？」私は要らぬことを言い、竹井の顔から笑みが消えました。

「金って？」

「きみの狙い」

「僕がお金を脅し取ろうとしてるように見える？」

「宝くじの当選金のことを言ってるんだ」私は息をつめて反応を見ました。

「そうか」竹井は失望した様子で首をうなだれました。「ミチルちゃんはもう話しちゃったのか」

「とっくの昔に」と私は言いました。「なにもかも」

「僕のことも？」

「きみのしたこともぜんぶ」

「そう。だったらくどくど説明しなくても、ぜんぶわかってるよね？」竹井は顔をあげて私と目を合わせました。「僕があんたみたいなへまはやってないこと、知ってるよね。殺した死体を埋めるなんて、いちばんやっちゃいけないことだよ。しかも自分と関係の深い場所に埋めるなんて、やることが杜撰《ずさん》すぎる。骨が出て来たら、警察は絶対にあんたを見逃してくれないと思うよ」

　これにたいしては返す言葉がありませんでした。

「さあ、行こうよ。そこへ行って、掘り返して、警察に知らせるかどうかはそれから考えよう」私が怯《ひる》んだのを見てとると、竹井の目尻がふたたび下がりました。「もしそれがいやなら、あんたには別の選択の道もあるんだけど。僕抜きで、ひとりでやってもらうことも考えてはあるんだけど」

そこでじれったいほどの間が取られ、私は別の選択の道というものにすがりたくなっていました。

「いやにきまってるよね？」

「ひとりで、なにをやればいい？」

「簡単なことなんだけどね」竹井は答えました。「ひとりで黙っていなくなってほしいんだ、ミチルちゃんと赤ん坊だけ残して。あんたの前の奥さんが姿を消したみたいにさ。今夜すぐにとは言わないから、そうだな、僕がこっちにいるうちに、できれば二三日中に、そうしてもらえないかな」

竹井は私に自殺を勧めているのだとわかりました。

私は時間の猶予を与えられ、夜九時頃に旅館を出て、来たときとおなじく歩いて自宅に戻りました。道すがら、竹井をどうにかして殺せないものかと考えていました。あるいは竹井を殺して、また死体を埋めて隠し、それからひとりで黙っていなくなることを考えていたかもしれません。いずれにしても自暴自棄で、みじめな考えでした。帰宅してからも考えつづけました。ミチルは赤ん坊を連れて泊まりがけで家をあけていたので、ひとりでじっくり考えることができました。竹井がいなくなれば、ミチルに危害がおよぶ心配は消えるし、私が口を閉ざしたままいなくなれば、ミチルは夫の罪に気づかずに子供を育てていくことができる。その考えに私は魅かれました。しかしながら、過去に殺人を犯した人間がこんなことを言うのも何ですが、私には自分の手で自分を殺すのは不可能に思えました。それ以上に、他人を殺すことは不可能に思えました。殺意を持って竹井にむかっていく自分の姿など思い浮かべることもできませんでした。私はこの難局を切り抜けるために四時間考えていたようです。決断したのは午前一時でした。私の身内や周囲の人間まで巻きこむ決断であるのはわかっていました。とくに祖母や母や幼い息子をつらい目にあわせるだろうし、だれよりもミチルにとって酷な仕打ちになる。それも承知でした。しかしどう考えても自死の道は選べず、竹井も殺せないとなれば、生きるよりほか選択の道はありません。私も竹井も生きたまま、ミチルから遠ざかり、いなくなる方法をこうじるしかありません。午前一時過ぎ、私は電話をかけました。母の携帯にかけて起こし、そばにいるはずのミチルと赤ん坊の様子を訊ねました。母の説明を聞き、ミチルとは言葉をかわさないまま、母とほんの数分話して電話を切りました。そのあと、現実的にこれからわが身に起きることを考え、家のなかを片づけ、入浴し洗濯をすませ、着替えの衣類を鞄につめました。心を落ち着けて、朝になるのを待ち、それからこちらの事務所にうかがいました。私自身のではなく、ミチルの弁護を先生にお願いするためです。

私の罪は明白です。いわば世にありふれた事件であり動機も明らかです。不貞をはたらいた妻を、夫が激情にかられて殺害し、さらに死体を埋めて隠したのです。過去にもたぶん未来にも数えきれないほどある犯罪のひとつで、私もありふれた愚かな犯罪者のひとりに過ぎません。ここで先生に申し上げておきますが、私の事件に関しては、これ以上の詳しい説明を加える必要を認めません。なんら弁明の余地はないものと観念しています。いずれ裁判にかけられたときには、すなおに罪状を認めます。もちろん、それで罪が洗い流せるなどとは思いません。バスの運転手が前妻を轢き殺し、死体を操車場の敷地内に埋めていた事実が発覚すれば、どんなにか大騒ぎになることでしょう。身内ばかりか会社の人間にも、私とかかわりのある全員につらい思いをさせるはずです。そうなることは予測がつくし、なったとしても私にはそこまでの責任をどう引き受けようもありません。罪を悔いあらため、仮に生きて刑に服すことができたとしても、おそらく私は被害者である前妻をはじめだれからも許されはしないでしょう。

けれどミチルの罪は違います。

　ここまでの話の内容からもおわかりのように、彼女はただの一度も、許されないほどの大罪に手を染めてはいません。上林久太郎の突然の死に際して、善悪の判断を見失ったこと、死体を隠そうという竹井の提案に抗《あらが》えなかったこと、心ならずも後始末に手を貸してしまったこと、最初にそういった、だれもが犯しがちな小さな過ちを犯しただけです。のちに竹井と高倉さんとの共同による豊増殺し、竹井単独での立石さん殺しに、また竹井がかかわってるのかもしれない高倉さんの自殺の真相について、口をつぐんだことも罪のうちに数えられるかもしれませんが、それらは警察に話すべきことを話してしまえば全部償える罪のはずです。ミチルは自分の身の上を語ることで罪を免れ、私同様に殺人者である竹井を裁きの場に引き渡すことができます。すべてを打ち明けることで、ミチルは許されると信じます。

　しかしミチルは混乱するでしょう。これから起きることによって、困難に直面しなければなりません。どうしてよいのかわからず取り乱す事態もじゅうぶん考えられます。そう考えて、こちらにうかがいました。おそらく結婚前に私に話してくれたようには、ミチルはだれにもうまく話せないと思うのです。そうと知らずに殺人犯の妻となった身の上を、私が代わりに、まず先生に、一から順序立てて語っておくのがよいと思ったのです。

もとはといえばたった一枚、それもなんの意図もなしに余計に一枚、宝くじを買ったことが災いのはじまりでした。宝くじの当選金が災いを引き寄せ、ミチルの身に不幸をもたらしました。その不幸をさらに悪化させたのも私の罪です。当選金が今後どうなるのかわかりませんが、たとえどうなろうと、ミチルはあの大金にはさほど執着を見せないと思います。この私に秘密を打ち明けた日から、あるいはもっと以前、日本各地を転々としたすえに私たちの住む街にたどり着いた夜、バスセンターの待合所で私に肩を揺すられて、長い放心状態から醒めたとき、その瞬間からとっくに金への執着などなくしていたように思われるのです。私を見あげたときの、ミチルの憔悴しきった顔を忘れません。欲や執着とはほど遠い目つきでした。あの夜に彼女は抱えこんだ重荷を降ろそうとしていたのです。ひとりでは抱えきれない秘密を、だれかに、たとえ行きずりの相手であってもいいから打ち明けたいと望んでいたのです。だから私はもっと真剣に話を聞くべきでした。そしてもっと早く、こうなる前に、ミチルを殺人犯の妻とし、殺人犯の子を持たせる前に行動するべきでした。まだ他人であったときにとことんお節介を焼き、本人を励まして、起きたことを警察に話すよう勧めるべきでした。それをしないでまたもうひとつの長い夢へと引きずりこんだのは私の責任です。

ミチルはいまだに故郷には帰っていません。宝くじを買って東京へ出て以来、ただの一回も、両親にも、妹にも、腹違いの弟にも会っていません。実家に顔を出せばたちまち竹井に居場所が知られると怖れたのでしょうが、それについても、口を出さずに見守っていた私に責任があります。はじめから実家が嫌でとびだしたのでもないのだし、できれば帰郷して赤ん坊の顔くらい見てもらいたいと思うのが自然で、そうでなければ、ミチルは入籍も出産も親もとにはいっさい伝えず隠し通していたはずです。これから私の取る行動によって、事がおおやけになり、世間の好奇の目を集め、ミチルの帰郷がいっそう困難になるのも予測がつきます。その点も考慮に入れなければならないのはわかっています。しかし、ゆうべ私は母と電話で話をしながら、迷うことはないと感じました。好奇の目などミチルはあっさり受け流してしまうとの予感に打たれました。私の取る行動にかかわらず、ミチルはいずれ気づきます。子供のころに仕でかした、消しゴムや、リップクリームや、ピアスの万引きを気に病んでいる自分が、このさきずっと、犯した罪に頬かむりして生きてゆけるような人間ではないことに。昨夜ミチルは母といっしょに赤ん坊を連れて近間の温泉に出かけていました。旅館業組合の新年会に、祖母の代わりということで便乗したかたちですが、あまり乗り気ではなかったミチルに母のおともをつとめるよう勧めたのは私でした。おなじ晩に竹井が現れたことを考えれば虫が知らせたのかもしれません。私が電話をかけたとき、ミチルは宿にはいませんでした。母の説明では、赤ん坊が夜泣きをして、ほかの泊まり客に迷惑がかかるので、抱いて外へ散歩に出たということでした。私はそれを聞いて、なぜか、理由もなく心が落ち着きました。彼女に無断で下そうとしている決断が、まちがいではないと確信することができました。深夜の一時にひとり、温泉街を赤ん坊をあやしながら歩いているミチルの姿がまったく哀れにも、危うげにも感じられず、むしろ私は心静かに、現実としてありうる未来を見通すことができました。私はミチルがおなじように赤ん坊を抱いて、実家のそばの海岸沿いの道を歩いているのを想像しました。その様子がはっきりと見えました。そこに私はいません。私が隣にいてもいなくても、彼女の未来は変わりません。ミチルは子供を連れて崖のうえの教会へむかいます。時が経ち、もう立って歩けるようになった子供の手を引いて、週に一度、聖堂の掃除当番に通います。そして掃除のついでに、帰りぎわマリア様の像のまえで、むかし実の母親がミチルをそうしたように、息子をそばに跪《ひざまず》かせて祈りを捧げるのです。罪深いあたしをどうかお許しください。この子を悪の誘いからお守りください。

最後に先生にお願いがあります。ミチルにお伝えください。私はもう以前の私とは別人であると言い聞かせてください。前妻を殺害し、ミチルと出会うまでのあいだ、毎日バスを走らせるたびに私は先生のこの事務所の看板を見あげていました。夕方、手前の交叉点まで来るとどうやっても信号につかまるのです。そして運転席から赤信号のさきにここの看板がかならず目にとまります。前妻がそう仕向けているのではないかとさえ当時は疑われました。あの世から自首を勧告されているような気がして、鬱々《うつうつ》とした気分になるのが決まりでした。いまふたたび、当時の自分に私は戻っています。そもそも前妻を死なせてしまった日から、私は、ひとが生きているという意味では生きていません。目的もなく一日一日をやり過ごしているだけです。まるで現在進行形の自殺を生きているようなものです。ミチルと出会って以来、自分が何者であるかを忘れていることができたけれど、もう終わりです。見果てぬ夢から醒めるときがきたのだという以外ありません。語ることはこれですべて語りつくしました。あとは先生にお任せして行きます。私は決めたことをやり遂げねばなりません。ここを出たらその足で警察に出頭します。三年と四ヶ月前、自分が犯した殺人を認めること、また、時をおなじくして東京で、ミチルが関与していた最初の事件を通報することにも迷いはありません。竹井がこの街にいるあいだに。ミチルがあの男から逃げる理由を消してしまうために。このさき二度と、だれからも逃げ隠れする必要などないようにするために。私は私の妻である香月ミチルと竹井輝夫の両名を、上林久太郎の死体を遺棄したかどで告発します。

# 解説

池上《いけがみ》 冬樹《ふゆき》
（文芸評論家）

寡作だからといって発表された作品がすべて傑作とは限らないし、ときにはどうしても駄作や凡作も書いてしまうものである。佐藤正午は作家歴が長いので、作品数も多くなっているが、作家歴からいってみれば明らかに寡作だろう。だが、こと佐藤正午に関していうなら、駄作・凡作の類は一作もない。すべて佳作以上であり、とりわけ近年の小説は秀作以上である。本書『身の上話』もすばらしい出来栄えで、多くの読者に歓迎されて版を重ねたけれど、『身の上話』の魅力を語るまえに、『身の上話』の前作にあたる『アンダーリポート』の話をしたい。こちらもものすごい傑作だからである。

これは検察事務官が、自らの周辺で起きた十五年前の殺人事件を調査する物語で、事務官が過去を回想し、関係者をまわって推理し、当時何が起きたのかを探っていく。明らかにジャンル的にはミステリであり、事実、ミステリにおける古典的なトリックを用いている。ミステリの評論家からみて、あまり（というかほとんど）使われなくなったトリックであり、現代ではもはやリアリティがないのではないかと思ったのだが、さすがに佐藤正午は堂々と使いこなして、リアリティを高めていることにびっくりした。

しかし驚いたのは、その古い革袋に新しい酒をいれる手法の秀逸さもさることながら、語りの巧さであり、緻密に練られたプロットだ。驚くべき結末が語られて、そんな馬鹿なと思って読了後にもう一度第1章にもどると、すべてが書かれてある。第1章なのに最終章の役割を担っているのである。おそらくこう紹介するとネタばらしではないかと思う向きもあるかもしれないが、そうではない。最後の最後まで読まないと第1章のもつ意味がわからない。いやはや佐藤正午は、第1章であると同時に最終章でもあるという離れ業《わざ》を楽々とやってのけたのである。

この語りの巧さは、もちろんいまに始まったことではなく、デビュー作『永遠の½』のときからそうだった。〝失業したとたんにツキがまわってきた。〟という絶妙の書き出しで物語をはじめたように、作者は何をどのように語るかを考えぬいている。どのように謎を提示し、どのように話を広げ、どのように隠された側面を明らかにして読者の関心をひき、どのようにテーマを摑み取るかを正確に計測しながら物語を紡ぐ。それはきわめて実験的な私小説『放蕩記』でも、パラレルワールドが展開する『Y』でも、優れてロマネスクな『彼女について知ることのすべて』でも、『アンダーリポート』の前作になるシニカルな反恋愛小説『5』でもそうだった。

佐藤正午はデビュー当時から語りの興趣にとんでいるけれど、近年ますますそれに磨きがかかり、ほとんど巧緻な芸術作品のような仕上がりになっている。しかも興味深いのは、ミステリへの接近で、ごくありふれた日常からいつの間にかとんでもない世界へと入り込み、謎が解かれる過程がスリリングとなる。『アンダーリポート』の例でいうなら、まず過去を回想する手順が巧いし、隠された人間関係を明らかにする手つきが鮮やかだし、衝撃的な事実を狙いすましたように突きつける展開が見事だ。読者は予想外の局面に驚き、先の読めない展開に昂奮を覚え、何度も溜め息をつき、物語を読む幸福をしみじみと味わうことになる。

その予想外の展開、先が読めない昂奮、物語を読む幸福が味わえるのが、いうまでもなく本書『身の上話』でもある。物語の冒頭はたんたんと進むので普通の恋愛小説と思うかもしれない。しかし佐藤正午の作品だから、もちろん一筋縄ではいかない。

おそらく読者は最初とまどうかもしれない。いったいこの小説は何だろう、どこに向かっていくのだろう、と。簡単に大枠を説明するなら、ミチルという地方都市に住む書店員の身の上話を、将来ミチルと結婚することになる男の「私」が語るというスタイルである。この「私」は、〝初恋をふくめた少女時代の恋はぜんぶ、とうぜんながら初体験も故郷の町ですませたことになります〟と、妻の過去の恋愛話も感情をあらわさずに冷静に述べていき、ゆっくりとミチルの人生の転機になる二十三歳の時の男性との体験を語りだす。

ミチルには交際相手の男性がいたが、毎月書店まわりにくる東京の出版社営業部の豊増と付き合うようになる。ある夏の日に豊増を送りがてら、ミチルは頼まれた宝くじを買い、たまたま一枚余計に買ったことが、ミチルの人生の分岐点になる。いや、宝くじを買い、そのまま豊増とともに東京までいき、故郷に帰ることをやめたときか。

やがてミチルは自分の買った宝くじ一枚が当選したことを知る。それからだった。周囲の人物たちがとたんに別の顔を見せはじめたのは……。

物語の興趣をそぐといけないので、曖昧な形でしか説明できないが、中盤から小気味いいほどのツイストがあり、読者の予想を裏切り、とんでもない方向にいく。大金で人生を狂わせる女の話かと思いきや、ゆがんだ欲望と愛をめぐるジェットコースター的なサスペンスになり（これが怖い）、緊迫した逃走譚となっていくのである。

といっても、語り口はあくまでも落ち着いているから、派手でいかにも気味が悪いようなところはない。それでも充分に感情が抑制されているがゆえに、逆に静かにボルテージがあがっていき、ずっと読者の頭の隅にある疑問がもたげてくる。つまり、語り手の「私」とは誰で、ミチルとどのように出会うのか、そもそもなぜミチルの身の上話を語らなければならないのか、語ることに何の意味があるのかという疑問で、これらがひとつずつ解かれていく。この辺りの巧緻きわまる語りが圧倒的であり、とりわけ「私」がミチルの前に登場するくだりが絶妙だろう。

ある種劇的ともいえるこの「私」の登場は、実は『身の上話』が初めてではない。噂話をテーマにした見事な短篇連作の『カップルズ』(必読です)でも、たぐいまれな反恋愛小説『5』(これも必読です)でもそうだった。とくに『5』では三人称一視点で始まりながら、やがて小説家の「僕」が前景に迫り出してきて、複雑な人間関係の一端を示す手法がきわめて巧妙で唸らされた。

語りの巧さはまさにほれぼれするほどなのだが(いつものように)、でも、語られるテーマも切実な響きをもつ。前作『アンダーリポート』でもとりあげられていた罪と罰の主題が本書でも変奏されていて印象的だし、静かにときに劇的に変転する人生の岐路に焦点をあてながら、人はいかに生きていくものなのかを探るあたりは我が身の人生にひきつけて考えこんでしまう。佐藤正午の名作(『彼女について知ることのすべて』『Y』『ジャンプ』『5』)がみなそうだが、ありえたかもしれない人生への眼差しとともに、人と人との出会いと幸福を論じながら、人生を変えていく不可思議な縁を掘り下げていくのである。

誰もが人生で経験する出会いや関係の変転を、佐藤正午は挿話を選びながら、さりげない箴言《しんげん》をちりばめて、ある種運命的なものへと高めていく。ミステリファンのみならず純文学ファンをも昂奮させる、優れて緻密な小説だ。佐藤正午の新たな代表作だろう。

なお、この小説は、第六十三回日本推理作家協会賞の長編及び連作短編集部門にノミネートされた。受賞作は飴村行の『粘膜蜥蜴』（角川ホラー文庫）と貫井徳郎の『乱反射』（朝日新聞出版）であるが、選評（「オール讀物」平成二十二年七月号所収）を読むと受賞作よりも『身の上話』に対する賛辞のほうが光る。

〝『身の上話』は読み応えのある、まさに小説本来の喜びに満ちた作品でした。「語り方」に工夫を凝らし、文章の豊かさを原動力として読者を引き込んでいきます。「大金をめぐる人間たちの騒動」といった骨組は、西部劇やギャング物をはじめ、さまざまなフィクションで使われていますが、現代の日本で機能させるために、「宝くじ」を使ったことにも感嘆しました。（略）佐藤正午さんの最近の力作がことごとく賞と無縁であることに（一読者として）絶望的な思いを抱いていたにもかかわらず、今回、自ら選考委員となった場でも授賞できず、悲しさと恥ずかしさのいりまじった複雑な気持ちを抱いています〟（伊坂幸太郎）

〝わたしは佐藤正午さんの『身の上話』をいちばんに推した。氏は日常生活の細部とそのほころびを描写するとき、絶妙な巧さを発揮するひとだと思う。本作も「土手の柳」と評されるような主体性のない女性が、意識しないままに周囲に破綻を呼び寄せてゆく過程を、じつに計算された語り口で描いてゆく。物語の「話者」は誰なのか、彼は主人公の人生とどう交錯するのか。最後にはけっきょく何が起こったのか。その謎の提示のしかたも最後まで魅力的だ。ミステリ風味が薄い、と評価するほかの選考委員のかたがたを説得しきれなかったことは残念である〟(佐々木譲)

ごらんのように、人気と実力でもとびぬけている伊坂幸太郎と佐々木譲の両氏が絶賛である。そのほかにも、〝候補作中最も面白く読んだ。……何よりヒロインの人物像が鮮明である〟(赤川次郎)、〝『身の上話』は、《変》な人物が《普通》の仮面を被って、次々に登場する。その物語展開の巧みさに感服する。三作に授賞出来ないことがうらめしい〟(北村薫)、〝卓抜な小説である。とくに表現の巧みさにはしばしば溜め息をつかされた〟(歌野晶午)と評判は上々。選評を読めば、明らかに五人のうち三人(赤川、伊坂、佐々木)が強力に推しているにもかかわらず授賞できなかった。佐々木氏の選評にあるように、ミステリ風味が薄いという理由での落選らしいが、その理由に納得できる人はきわめて少数だろう。

事実、ミステリ評論家の香山二三郎と杉江松恋の両氏が選ぶ、『ダカーポ特別編集 最高の本!2010 Book of THE Year』(マガジンハウス)の国内ミステリー編の第一位は『身の上話』だった。『身の上話』よりもミステリ風味の濃い『アンダーリポート』だったら、間違いなく受賞していただろうが、残念ながら、候補にすらならなかった。推理作家協会賞はもともとミステリ・プロパーの作家を中心に選考する傾向があり、井上ひさし(『十二人の手紙』『小林一茶』)、小林信彦(『紳士同盟』『侵入者』)、矢作俊彦(『リンゴォ・キッドの休日』『THE WRONG GOODBYE ロング・グッドバイ』)、片岡義男(『ミス・リグビーの幸福』)、花村萬月(『ブルース』『鬱』)、近年では群像ミステリの大傑作である『シンセミア』を書いた阿部和重などを排除してきた(そもそも候補にすらしないこともある)。ミステリ作家も顔負けの技巧と優れた文体をもつ作家を自分たちのフィールドに入れたくないのだろうか。

誤解なきように言っておくが、『粘膜蜥蜴』も『乱反射』も秀作である。どちらも賞に値すると思う。でも『身の上話』のほうが(伊坂氏がいうように)小説としての読み応えがずっとあるし、なおかつ巧緻である。こういう傑作にこそ賞を与えれば、もっとミステリの読者が広がり、小説の面白さが見いだされ、多くの小説（ミステリ）ファンを開拓できると思うのだが、どうだろうか。いやいや、それは本書を読まれた方にはもうわかっていることだろうし、いままさに読むべきか読まぬべきか悩んでいるなら、すぐに読むべきであることを強くお薦めする。

# 掌を合わさずとも

遠藤《えんどう》　徹哉《てつや》
（株式会社ＫＡＤＯＫＡＷＡ　文芸局）

「月刊誌に年一回掲載の長編小説の連載」そんな終わりの見えない企画に挑戦したのは、三十年にわたる編集者人生のなかで一度だけだ。

　通常、長編小説の連載は、月刊文芸誌に掲載する場合、当然毎月の掲載で、一話当たりの枚数は三〇枚から五〇枚、それを一年から一年半かけて連載し、終了後、原稿の修正作業を経て書籍として刊行する（新聞や週刊誌連載の場合は一回の枚数やペースも違ってくるが）。おおよそ、一年半から二年がかりのプロジェクトとなる。

　年一回の締め切りで一話につき五〇枚前後のペースで連載するとなれば、小説の完結までに十話〜十二話かかるとして、本になる分量まで原稿が溜まるには少なく見積もって十年。そこから原稿の修正やデザインやらの時間を考えると、下手をすれば書籍刊行まで十二年以上の歳月が必要となってくる。

　編集者といえども会社に雇われたサラリーマンである。部署異動もあれば担当変更もある。そのスパンで本を作るとすると最後まで作品に伴走できるのだろうか。提案をもらったとき一抹の不安があったことは否めない。まして、そんな企画が持ち上がったころ、自分はもう四十代後半で、定年退職のことも頭をよぎった。が、しかし、このペースであれば連載を引き受けてくれるというのならGOするしかない。それが、二〇一六年にスタートした、「小説 野性時代」で只今絶賛連載中の佐藤正午さんの最新小説『熟柿』だ（二〇二四年一月現在）。

「依頼して原稿をいただくまで、十数年待ちました」という編集者の話は何度か聞いたことがある。しかし、「連載を開始して本ができるまでに、干支が一回りしてしまいました」という話は聞いたことがない。

今年でデビュー四十周年を迎えられる佐藤正午さんの発表された長編小説はこれまで全十八作。決して多作といえる作家ではなく、筆が速いといえるタイプでもない。原稿をお願いしても、各社の順番待ちもあるので、一作品をもらうのに十数年がかりとなってしまうのは仕方がないことではある。

入社以来三十年、部署異動も担当替えもなく、文芸編集一筋で会社員人生を歩んできた私は、佐藤正午さんと長編連載の仕事をご一緒するのは、幸運なことに、実は二度目のことなのだ。連載の立ち上げから、文芸誌（「野性時代」）での連載、単行本刊行、文庫化とタイミングよくすべての作業にかかわらせていただいた。ご存知あの津田伸一の初登場作品となる『5』だ。

『5』の単行本刊行は二〇〇七年。連載スタートはその三年ほど前のことである。現在進行中の作品はそれ以来の連載なので、原稿のやり取りは十二年ぶりのことだった。『5』連載時のころの記憶を呼び戻し、いまの仕事の進め方との違いを振り返ってみたい。

『5』は、月刊文芸誌「野性時代」での連載で一話当たり約六〇枚（七〇枚以上書いていただいた回もありました）。連載を休むことなく約一年半で書き上げていただいた。同時並行で進んでいた他社の仕事もあったと記憶しているので、月産枚数はこのころがピークではなかっただろうか。

連載前の打ち合わせで、超能力を題材に書くことは決まっていた。超能力といっても、戦いの武器になるようなものではなく、他の人と掌《てのひら》を合わせるとその人の記憶を呼び戻す能力ということになった。舞台となる場所を決めたあと（ファンの間では有名なことではありますが、正午さんは佐世保から出ないので）、私が現地に赴き、動画や写真を撮り、資料を集めてお届けする。

先に記したように怒濤の執筆ペースだったこともあり、連載開始前に打ち合わせを重ね、連載中は、脱稿した内容について話し合うという作業が主だった。

現在連載中の作品『熟柿』でも、ロケーションの取材はこちらが行い、動画や写真、地図やガイドブックなどの資料を送るという作業に変わりはない。大きく変わったのは打ち合わせのやり方だ。連載ペースが年に一話ということもあり、執筆に着手してもらう前に、一話ごとにその回の舞台設定から時代設定（毎回舞台と時代が変わります）までを、なぜその場所で、どうしてその時代なのかということを、じっくり話し合って吟味するようになった。ストーリーの展開も、あの登場人物をこう動かしたらああなる、こうしたらああなるなどとシミュレーションし、じっくり話し込んでから、執筆に取り掛かるというスタイルに大きく変化した。

雑誌「ダ・ヴィンチ」（二〇一八年二月号）のインタビューで、佐藤さんは次のように語っている。

「誰かの意見を聞いて、それをそのまま取り入れるわけではないのですが、新しいアイディアを思いつくきっかけにはなります。自分ではない誰かの思考をあいだに挟むことで、一人ではたどりつけなかった一段高い場所から景色をみることができるんです」

執筆前に編集者と時間をかけて話し込むスタイルに、正午さん自身が意識的に変えていったのだろう。

新作では、子供を持つ親の感情が大変重要になってくるのだが、正午さんも私も子供がおらず、わからないポイントがいくつかあった。そんな折、登場人物に近しい年齢の子供を持つ私の大学の同窓生が佐世保に赴任していることがわかり、彼にアポイントを取り、打ち合わせに参加してもらったこともあった。前出のインタビューの発言にある「他者のまなざしを介して、新しい種を手に入れる」作業に当たると思う。新しい編集者を紹介するのを積極的には受け入れてくれない正午さんは人見知りなんだろうと勝手に思い込んでいたので、初対面の私の同窓生に積極的に話を聞く姿にはとても驚かされた(その後、彼は何度も打ち合わせにやってくるようになった。自分の出番は終わったはずなのに)。

その佐世保での打ち合わせも『5』のころと現在では変化がある。

十数年前の打ち合わせは、毎度行きつけの居酒屋でスタートし、仕事の話はすべてそこで終えてしまう。その後、二軒目、三軒目、四軒目と続くのだが、その店で出会った知り合いと合流して次の店に流れていくので、最後の店では十人近くのメンバーとなり、どんちゃん騒ぎが繰り広げられる。そんな賑やかな場でも、正午さんは大騒ぎするでもなく、多くを語るわけでもなく、皆の話の聞き役にまわり、特徴的な独特の笑い方で応えていた印象がある。宴は毎度深夜三時四時まで続き、翌日は思いっきり二日酔いになったものだ。ところがここ最近は、一軒目の居酒屋で作品に関してより時間をかけてじっくり話し込むようになったので、二軒目に流れる頃合はすでに二十三時を過ぎてしまう。二軒目の行きつけのバーでも作品の話は続き、そのまま散会という流れに変わった。この変化の理由は、ただ単純に体力的なことに起因すると思われる。

もちろん、打ち合わせのスタイルが変わったからといって、佐世保で仕事の話だけをしているわけでもない。ここ最近はよく昔話になるのだが、そんなときはいつも正午さんの記憶力の良さに感心させられる。ただただ昔のことをよく憶えているという話ではない。私がすっかり忘れていることを、その出来事は、いつ、どこの店で、誰と誰がいたときに、どんな状況で起こったのかということを、さっきあったことのように説明してくれるのだ。常に物事を俯瞰的に観察し、空間として全体を把握して記憶しているのだろうか。小説での圧倒的な描写力は、このような事象の捉え方とも関係しているのではないかと考えている。

佐世保での話をもう一つ。『5』の単行本が刊行され、その打ち上げの会をしたときのこと。

「遠藤君とはもう一作、一緒にやりたいね」

と正午さんが言ってくれたのをよく憶えている。大変名誉で光栄なことで、とても嬉しかった。まだ若かった私は、照れ臭さもあったのか、はしゃがずに平静を装い、ベテランの編集者っぽく、

「一作ではなく、少なくとも、あと三作はお願いします」

とお願いしたのを正午さんは憶えているだろうか。そのとき正午さんは「うん」でも「いいえ」でもなく、「ふがっ！」という、あのいつもの独特な笑い方で返してくれた。記憶力抜群の正午さんは、掌を合わさずともきっと憶えているはずだ。あの返しもOKということだと解釈している。

その「もう一作」目に当たる連載中の『熟柿』は、二〇二一年からコロナ禍で私が佐世保に行くことができず、打ち合わせも掲載も二年間中断してしまった。やっと昨年佐世保に伺うことができ、打ち合わせも連載も再開できる運びとなった。この原稿を書いている今から一週間後、再び佐世保で打ち合わせをすることになっている。連載は八話まで進み、あとはエンディングに向けての展開の話し合いだ。

まずはこの作品を仕上げていただき、書籍を可能な限り早く刊行しなければ。そして新作を待ち望む読者のためにも、あとプラス二作、長編をご一緒するのが編集者としての私の目標である。老後はのんびり隠居生活をと企んでいたのだが、この執筆ペースでいくとすると「あと三作」を実現するには、私は会社に定年延長をお願いすることになるだろう。そこまでお付き合いいただければ幸甚であります。

※この作品はフィクションであり、実在の人物・団体・事件とは一切関係がありません。

二〇〇九年七月　光文社刊

光文社文庫

身《み》の上《うえ》話《ばなし》 新装版

著者 佐《さ》藤《とう》正《しょう》午《ご》

2024年4月20日　初版1刷発行

発行者　三宅貴久
印刷　萩原印刷
製本　ナショナル製本

発行所　株式会社光文社
〒112-8011　東京都文京区音羽1-16-6
電話（03）5395-8147　編集部
8116　書籍販売部
8125　制作部


ISBN978-4-334-10279-1　Printed in Japan



組版　萩原印刷

光文社文庫最新刊

| | |
|---|---|
| 能面検事の奮迅《ふんじん》 | 中山七里 |
| 十津川警部、海峡をわたる　春香伝物語《しゅんこうでんものがたり》 | 西村京太郎 |
| 南紀殺人事件 | 内田康夫 |
| E7　しおさい楽器店ストーリー | 喜多嶋 隆 |
| 逆玉に明日はない | 楡 周平 |
| YT　県警組織暴力対策部・テロ対策班 | 林 譲治 |
| 匣《はこ》の人　巡査部長・浦貴衣子の交番事件ファイル | 松嶋智左 |

## 光文社文庫最新刊

| | |
|---|---|
| 選ばれない人 | 安藤祐介 |
| 身の上話　新装版 | 佐藤正午 |
| 夢の王国　彼方の楽園　マッサゲタイの戦女王 | 篠原悠希 |
| Jミステリー2024　SPRING | 光文社文庫編集部・編 |
| 大名強奪　日暮左近事件帖 | 藤井邦夫 |
| 意趣　惣目付臨検仕《つかまつ》る㈥ | 上田秀人 |